아마야 부처님

Translated to Korean from the English version of
Amaya The Buddha

Varghese V Devasia

Ukiyoto Publishing

모든 글로벌 퍼블리싱 권한은

우키요토 출판

2023 년 발행

콘텐츠 저작권 © Varghese V Devasia

ISBN 9789359204581

판권 소유.

이 출판물의 어떤 부분도 출판사의 사전 허가 없이 전자적, 기계적, 복사, 녹음 또는 기타 어떤 형태로든 검색 시스템에 복제, 전송 또는 저장할 수 없습니다.

저자의 저작 인격권이 주장되었습니다.

이것은 허구의 작품입니다. 이름, 등장인물, 사업체, 장소, 사건, 로케일 및 사건은 작가의 상상의 산물이거나 가상의 방식으로 사용됩니다. 실제 인물, 산 사람이나 죽은 사람, 실제 사건과의 유사성은 순전히 우연의 일치입니다.

이 책은 출판사의 사전 동의 없이 출판된 것 이외의 어떤 형태의 구속력이나 표지로도 거래 또는 기타 방법으로 대여, 재판매, 대여 또는 유통되지 않는다는 조건에 따라 판매됩니다.

www.ukiyoto.com

헌신

어린 시절과 청소년기의 가장 친한 친구인 여동생 Valsamma Thomas 는 나에게 말라얄람어로 된 소설을 읽도록 격려했습니다. 나는 우리가 함께 이야기를 읽고, 망고 나무의 저지대 가지에 앉아, 울창한 잎사귀 뒤에 숨어, 우리만의 독점적인 우주에서, 우리만의 독점적인 우주에서, 뻐꾸기 둥지처럼 사하드리에 자리 잡은 케랄라의 마을 농장에서 함께 이야기를 읽던 아름다운 기억을 가지고 있습니다.

승인

이렇게 훌륭하고 멋진 책을 내놓은 우키요토 출판사와 뛰어난 편집진에게 감사드립니다. 편집자인 Isvi Mishra 는 내가 이 소설을 다듬는 데 도움을 주었고 최종 제품은 객관성과 문학적 통찰력과 결합된 그녀의 뛰어난 미적 감각을 반영합니다.

이 소설을 쓰는 것은 명상이었고, 내 존재로의 여행이었습니다. 나는 다른 사람들에게 여러 번 여행하면서 막다른 골목을 경험했지만 헛된 경험을 했습니다. 위빳사나는 복잡성 의식에서 수반되고 반사적인 의식에 이르기까지 미지의 세계로 뛰어들 수 있도록 경계를 허무는 데 도움이 되었습니다. 그것은 내가 "나는 모른다"에서 "나는 안다", "나는 내가 안다는 것을 안다", 즉 순수한 깨달음으로 갈 수 있다는 계시였습니다. 마하보디 사원 단지인 보드가야(Bodh Gaya)를 방문하는 것은 겸손해졌고 우주의 실루엣에 있는 내 존재의 진실성에 의문을 제기하는 데 도움이 되었습니다. Nalanda 는 현실을 관찰하고 확실성을 있는 그대로 이해하는 몇 가지 겸손한 교훈을 가르쳐 주었습니다. 굼(Ghum)에 있는 이가 촐링 수도원(Yiga Choeling Monastery)으로의 여행은 내가 집중하고, 생각하고, 일하고, 무신론적 틀과 인간 생존의 필요성을 분석하는 것을 용이하게 하는 나 자신으로의 항해였습니다. 황금

사원 Kushalnagara 는 사르트르가 존재가 본질에 선행한다고 말한 것처럼 외부에서 내 존재를 인식 할 수있게 해주었습니다. 인식론적으로 나는 글쓰기가 진행됨에 따라 탐구의 대상이 되었다.

모든 남자는 그 안에 여자가 있습니다. 정도는 다양합니다. 아마야는 나야, 다른 차원에 있는 나의 존재가 자주 하나로 합쳐지는 나다. 소설의 주인공인 아마야는 피아노, 연구, 법률 실무 및 위빳사나에 참여하여 각 문장과 장을 통해 변신했습니다. 그녀에게 법원, 고객, 동료, 부모, Bodh Gaya 및 Nalanda 는 그녀의 생존을 상징합니다. 감옥에서 처음으로 딸 수프리야를 만난 것은 카타르시스였고, 라자암팟으로의 여정은 깨달음의 절정이었다. 이 책은 그녀의 경험을 요약한 것입니다. 이 매혹적인 탐험에서 만난 모든 사람들에게 감사합니다.

나는 이 소설을 쓰는 데 도움을 준 사람들, 특히 Gilsi, Anju, Aparna 및 Jills 가 원고를 읽고 비판적인 제안을 해준 것에 대해 의무가 있습니다.

목차

어머니와 딸	1
딸 부름	33
딸의 아버지	56
약속	88
그녀의 권리와 그녀의 삶	119
그녀의 자유	150
딸 임신	180
그녀의 희망	205
딸의 탄생	231
딸을 찾아서	258
부처가 되다	290
저자 정보	325

어머니와 딸

통화에 참석했을 때, 아마야는 그 젊은 여성이 24년 전 아버지가 바르셀로나의 산부인과 병원에서 납치한 딸 수프리야라는 것을 상상도 하지 못했다. 아마야는 분만 당시 혼수상태에 빠졌고, 3주 후 의식을 되찾았을 때 아기는 이미 사라진 상태였다.

그리움 너머의 갈망, 수프리야를 만나고 싶은 욕망 너머의 욕망이 있었고, 아마야는 딸을 찾기 위해 유럽과 인도를 여행했다. 나중에, 케 랄라에있는 어머니의 집에서 고독하게, 그녀는 다양한 색상과 차원으로 그녀의 마음의 벽에 딸의 백만 개의 이미지를 그렸습니다. 그녀가 법률 업무를 시작하자 Supriya 는 Amaya 가 여성의 권리를 보호하기 위해 법정에서 소송을 제기하면서 가장 깊은 내면에 희망을 불태웠습니다.

"수프리야, 나는 항상 너와 함께 있을 거야, 어떤 상황에서도 너를 지켜줄게." 아마야는 마음속으로 암송하곤 했다.

저녁 5시부터 법적인 도움을 받기 위해 그녀와 약속을 잡으라는 전화가 많았고 전화가 울렸을 때 이미 9시 반이었습니다.

아마야는 지난 24년 동안 셀 수 없이 딸의 이름을 불렀을 것이다. "Supriya"는 감탄사와 함께 "사랑해"라고 그녀를 껴안습니다. 갓난아기 수프리야의 두근거리는 심장을 느끼고, 성실하고 순수하며 민감하고 사심 없는 어머니와 딸의 친밀감의 첫 징후는 짜릿한 경험이었습니다. Supriya 는 약간 더 키가 클 것입니다. 그녀의 아버지는 여섯 살이었습니다. 카란은 매력적인 미소를 지었다. 그는 주식 시장에서 유럽, 특히 스페인, 프랑스, 독일, 영국의 축구 클럽 주식을 사고 팔며 부를 축적했습니다. 떼려야 뗄 수 없는 문화적 현상인 축구는 스페인의 자부심의 상징이었습니다. 바르셀로나에 있는 그들의 집에는 축구, 그 기원, 성장, 스페인, 특히 카탈루냐, 축구 클럽 및 주식 시장의 축구 열광에 관한 수백 권의 책이 있었습니다.

아마야와 카란의 작은 별장에는 침실 두 개, 홀, 주방, 아름답게 개발된 식당, 축구, 컴퓨터 및 기타 통신 장치에 관한 책이 있는 서재가 있었습니다. 빌라에는 동쪽과 남쪽에 두 개의 발코니가 있습니다. 발코니에서 바라보는 전망은 옅은 청록색 질경이 잎이 영원토록 펼쳐지는 것처럼 몇 시간 동안 온화한 푸른 지중해를 바라보는 것이 마음을 진정시켰기 때문에 장관이었습니다. 일출은 여름에 헬싱키의 거리에서 볼 수 있는 춤을 출 때 로마니 여성의 장신구로 묶인 머리 스카프인 Diklo 처럼 바다 위로 탁월한 화려함을 선사했습니다. 아침 햇살의 날카로운 광선은 벰바나드 호수 양쪽의 코코넛 야자수 잎 아래에 숨어 남자 친구를 찾는 젊은 여성과 같았고, 오남 시즌에 푼나마다 (Punnamada)에서 뱀 보트 경주 직전에 알라푸자 (Alappuzha)를 관통했습니다. 계속되는 신선한 바람이 그녀의 벌거벗은 몸을 어루만지며 열린 갤러리에서 카란과 함께 섰다. 그것은 콧구멍을 통해 울려 퍼져 폐를 채우고 몇 년 후 섹스가 저주였던 날란다의 부처 비하르에서 수행했던 위빳사나 명상처럼 모든 세포에 퍼졌습니다. 무수히 많은 시간,

그들은 발코니에 있었고, 알몸으로, 서로 껴안고, 사랑을 나누었습니다. 그것은 그녀가 고등학교 시절부터 그 필요를 말로 표현하지 않고 갈망했던 궁극적인 하나됨이었습니다. 해변을 훑어보며 그녀는 호기심 많고 조심스러운 관광객의 에로틱한 탈선을 찾는 눈을 의도적으로 무시했고 Karan 은 열정적으로 그녀를 껴안았습니다.

코다이카날(Kodaikanal)에 있는 기둥 바위(Pillar Rocks)의 복제품인 라 페드레라(La Pedrera)라고도 알려진 카사 밀라(Casa Mila)는 큰 슬라이딩 유리 패널을 통해 멀리서 나타났습니다. 카란은 남쪽 발코니에 피아노를 두고 차이코프스키, 파가니니, 브람스, 클라라 슈만을 연주했다. 그녀가 가장 좋아하는 것은 모차르트, 바흐, 쇼팽, 베토벤이었습니다. 그들은 몇 시간 동안 함께 연주했고, 그 사이에 그녀는 연주를 멈추고 키보드에서 손가락이 부드럽게 움직이는 것을 감탄하며 지켜 보았습니다. 그렇지만 때때로 그의 음악은 제네바의 레몬 호수 너머로 들리는 알프스 산맥 한가운데서 우렁찬 천둥 소리를 냈습니다. 마치 사그라다 파밀리아에서 가만히 서서 음악을 듣는 것 같았다. 교회 음악은 강렬한 집중된 성적 서곡, 자기적이고 매혹적이며 중첩되어 저항하기 어려운 그를 향한 매혹적인 욕망과 함께 몸의 반복적인 떨림을 만들었습니다. Karan 은 피아노를 "Our Love"라고 불렀고 빌라는 "Lotus"라고 불렀습니다. 그 당시 그들의 인생에서 가장 아늑한 곳이었습니다. 그는 그녀의 필요를 느낄 수 있었고 항상 그녀와 함께 할 준비가 되어 있었습니다. 발코니에 있는 동안 그는 종종 그녀를 껴안았습니다. 그의 몸은 따뜻했고, 그녀는 사랑을 나누는 동안 그의 모든 움직임을 사랑했습니다.

수프리야는 의심할 여지 없이 카란과 같을 것이다. 그녀는 수프리야에게 흐르는 사랑을 느낄 수 있었고, 그녀를 가슴 속으로 껴안았다. Supriya 는 그녀의 삶의 매 순간마다 어머니의 비밀스런 자아에서 자랐습니다. 어렸을 때 그녀는 사랑의 의인화되고 민첩하며 유아기에 웃었습니다. 어렸을 때, 그녀는 생후 3 개월 된 포메라니안 강아지처럼 호기심이 많았습니다. 청소년 시절에 그녀는 거대한 오징어 눈을 가졌고 의심할 여지 없이 돌고래처럼 똑똑했으며 아기 코끼리처럼 평온했습니다. 수프리야는 곧 스물네 살이 되어 자신감과 책임감을 갖게 된다.

"이름이 뭐야?"

"그는 그를 뭐라고 부르나요?"

그러나 아마야는 그녀에게 수프리야라는 이름을 지어주었다. 그의 모국어인 말라얄람어로 "가장 사랑받는 자"라는 뜻이었습니다.

딸과의 친밀감을 느끼는 것은 얼음이 녹는 경험이었습니다. 부모님 집 근처 언덕 꼭대기에서 쏟아지는 작은 폭포, 고치에서 차로 30 분 거리에 있는 온화하고 반짝이는 폭포. 여름에는 작은 물방울 덩어리가되었습니다. 그러나 몬순 기간에는 넘쳐 흘렀습니다. 코코넛, 망고, 잭프루트 나무로 둘러싸인 울창한 초목, 덩굴식물, 키 큰 덤불 사이의 언덕에서 떨어지는 개울은 녹지, 맑은 공기, 새 지저귐, 점프하는 다람쥐, 황금빛 부리가 달린 녹색 앵무새 등 관광객의 유혹이었습니다. 다람쥐가 망고 나뭇가지에서 다른 나뭇가지로 뛰어오르는 것을 보는 것은 훈련된 배구 선수들이 공을 부수는 것과 비슷했습니다. 다람쥐는 슈퍼맨에서 크리스토퍼 리브를 부끄럽게 할 수직 및 수평 도약이 가능했기 때문에 최고의 곡예사였습니다. 그녀의 가장 장엄한 신비한 동물은 다람쥐였으며, 그녀는 종종 다람쥐가 어떻게 나무 위를 오르락 내리락하고 쉽게 거꾸로 매달릴 수 있는지 궁금해했습니다. 어느 날 발코니 옆에 있는 카나리아 섬 대추야자수를 오르는 다람쥐를 보면서 카란에게 물었을 때까지는 비밀이었습니다. 몇 분 안에 Karan 은 The New York Times 에 연구 결과를 내놓았습니다.

다람쥐는 강력한 추진력을 제공하기 위해 튼튼한 뒷다리를 가지고 있습니다. 뒷다리의 손목은 이중 관절이 있고 과도하게 확장이 가능하여 다람쥐가 발 방향을 바꾸고 나무가 위로 올라가는 즉시 뛰어내릴 수 있습니다. 작고 날카로운 발톱과 뒤집을 수 있는 뒷다리는 다람쥐가 원할 때 거꾸로 매달릴 수 있도록 도와줍니다. 날카로운 발톱은 또한 다람쥐가 어디에서나 안전한 정박지를 찾을 수 있도록 합니다. 연구 결과를 설명하면서 카란은 웃었다.

"우린 다람쥐처럼 되어야 해." 그가 아마야를 바라보며 말했다.

그는 그 말을 한 것을 후회한다는 듯 어리둥절한 표정을 지었다. 그러나 아마야는 바르셀로나의 다람쥐들이 카나리아 섬의 대추야자를 오르내리는 것을 좋아하듯이 다람쥐들이 다람쥐 소리를 지르는 것을 좋아한다는 것을 관찰했습니다. 몇 년 후, 그녀는 상상 속에서 수프리야를 껴안을 때마다 그 다람쥐와 그의 말을 기억했습니다.

그녀는 백일몽을 꾸는 동안 위에서 폭포를 보기 위해 Supriya 와 함께 언덕 꼭대기에 가는 것을 좋아했습니다. 딸에 대한 그녀의 사랑은 그 사랑스러운 폭포와 같았고 결코 완전히 줄어들지 않았습니다.

아마야는 로즈와 샹카르 메논에게 자신의 인생에서 두 가지 독특한 사건, 즉 첫 번째 사건에 대해 감사를 표했다. 스페인에 있는 그녀의 많은 친구들은 그것이 가장 아름다운 스페인어 이름 중 하나라고 말했습니다. 마드리드와 바스크 지방에서 그녀가 아는 거의 모든 사람들이 그녀에게 완벽하게 어울리는 이름을 표현했습니다. 친구들은 그녀를 보고 기뻐하며 그녀를 "아마야"라고 불렀습니다. 그녀는 종종 스페인 이름과 스페인 외모를 얻었다는 말을 들었습니다. 그녀는 Ines Sastre 와 Amaia Urizar 와 같은 일부 스페인 사람들에게 절묘하게 매력적이고 화려했습니다.

그러나 그녀의 이름은 바스크어에서 유래했으며 귀중하거나 놀랍도록 매력적이라고 Amaya 가 학교 친구들과 스터디 투어를 갔을 때 San Sebastian 공항의 여주인이 말했습니다. 마드리드 초등학교 5 학년 때 스페인어를 구사하는 선생님들이 그녀에게 말한 것과는 달리, 여주인의 말은 더 진정성이 있었습니다. 바스크인들은 피레네 산맥, 스페인과 프랑스 사이의 비스케이 만까지 자리 잡은 그들의 땅을 자랑스러워했습니다. 그들은 그 작은 땅을 자신의 마음처럼 사랑했습니다. 그들의 언어는 유럽의 다른 언어와 완전히 달랐습니다. 5,000 년 이상 된 전통을 지니고 있으며, 그들의 문화는 통합되고 견고합니다. 그들의 자매와 아내는 바이킹 여성과 마찬가지로 모든면에서 남성과 동등한 재능을 가지고있었습니다. 바스크 사람들은 사납고, 자유를 사랑하고, 독립적이고, 지적이고 운동적이었습니다. 그들이 소유한 분리된 정체성은 주변의 다른 유럽인들과 완전히 달랐습니다. Amaya 는 스페인 사람들이 그들에게서 훔친 아름다운 이름 중 하나라고 자유 투쟁 조직의 활동적인 회원인 Ainhoa 는 말했습니다.

아마야는 마지막 이름인 메논보다 자신의 이름을 사랑했다. 그녀는 로즈가 마드리드에서 투어 중일 때 바르셀로나에서 태어났습니다. 그녀는 안토니 가우디가 설계한 가장 유명한 건물을 스케치하고 싶었고, 뭄바이의 한 건축 회사에서 구조 디자이너로 일했습니다. 스페인 주재 인도 대사관의 고위 관리인 그녀의 남편은 아내의 모든 항해에 동행했는데, 그 역시 공무와 관련하여 스페인 전역을 자주 여행해야 했기 때문입니다.

메논 부부가 바르셀로나의 대성당인 사그라다 파밀리아를 방문했을 때, 로즈는 딸을 성당에서 출산했다. 경고 신호도 없이 갑자기 분만이 이루어졌기 때문에 두 메논은 당황했고 아기의 도착을 원격으로 준비하지도 않았습니다. 교회 사제는 그들의 아기가 라 사그라다 파밀리아의 성지에서 태어난 유일한 아이라고 말했습니다. 그녀는 매주 수십 명의 유아가 세례를 받기 위해 대성당으로 데려왔지만 하느님께 가장 소중했습니다. 갑자기 그곳에 나타난 로레토 수녀회 수녀가 아기를 손에 들고 즉시 어머니와 아이를 교회 옆 수녀원으로 옮겼습니다. 로즈와 신생아는 아기가 6주 전에 태어 났기 때문에 10일 동안 수녀원에 머물렀다. 그녀는 지속적인 관찰과 치료가 필요했습니다. 아마야라는 수녀가 아기를 손에 쥐었다. 수녀를 기리기 위해 Rose 와 Shankar Menon 은 딸의 이름을 Amaya 라고 지었습니다. 그러나 그들은 그녀를 말라얄람어로 가장 사랑하는 몰이라고 불렀습니다.

아마야는 라 사그라다 파밀리아, 똑같이 화려한 로레토 수녀원, 다채롭고 장엄하며 활기찬 지중해 도시 바르셀로나, 선율적인 카탈루냐어에 대한 특별한 사랑을 가지고 있었습니다. 수녀는 또한 어린 시절부터 바스크 지방, 사람들, 그들의 감미로운 언어, 유스카라, 그들의 전통과 문화를 사랑했다.

바르셀로나의 대성당 바깥에는 주요 도로 옆에 거대한 보물이 쌓여 있었고, 아마야는 자신의 출생지를 방문할 때마다 그 앞에 잠시 서 있었습니다. 편지는 *카탈루냐의 바르셀로나와 우리는 카탈루냐어를 구사한다는 강력한 의미를 전달했습니다.* 마찬가지로, 바스크 지방 전역에는 10km 마다 "*우리는 Euskadi 라고 불리는 독립 국가이며 우리는 Euskara 를 사용합니다*" 라고 선포하는 비축물이 있었습니다.

아마야는 마드리드의 로레토 수녀회가 운영하는 학교에서 초등 교육을 받았다. 학생 시절에도 그녀는 타고난 방랑벽을 가지고 있었습니다. 그녀의 아버지가 인도 외무부에서 사임하고 정보 분석가로 다국적 기업에 입사했을 때 그녀는 부모님과 함께 유럽 전역을 여행할 기회가 더 많았습니다. 그녀는 휴가 기간 동안 주요 도시에서 짧은 체류를 즐겼습니다. 그러한 외출 중에 많은 사람들, 그들의 환경, 생활 방식, 전통 및 문화를 면밀히 관찰하는 것은 훌륭한 경험이었습니다. 그녀는 그들의 독립을 사랑했고 자유가 인간을 만든다는 확신을 강화했습니다. 자유는 정의와 떼려야 뗄 수 없는 관계였다. 바르셀로나, 팜플로나, 산세바스티안은 그들의 독립성과 진정성을 사랑했습니다. 카탈루냐와 바스크의 하늘, 공기, 물, 환경은 독특한 매력을 지녔고, 카탈루냐와 바스크 지방의 어느 곳에서나 자유를 경험했다.

그녀가 13 살이었을 때, Shankar Menon 은 뭄바이에서 출판된 *The Word* 의 편집장으로 새로운 직책을 수락했으며 Amaya 는 도시의 고등학교에 합류했습니다. 그녀는 칸누르의 직조 장인처럼 스페인에 대한 생생한 기억을 키웠고, 씨실을 현명하게 얽혀 베틀에 밝은 모티프를 엮었습니다. 마드리드, 바르셀로나, 피레네 산맥의 바스크 지역은 그곳을 여행하고 스페인어, 프랑스어, 영어, 유스카라어, 카탈루냐어로 의사 소통하는 환상을 가지고 즐거운 환상을 품었습니다.

뭄바이에서 그녀는 나바라 왕국의 육군 장교로서 16 세기 초 팜플로나 전투에서 군대를 이끌고 스페인 수비대를 물리친 바스크 성인의 이름을 딴 학교에 다니는 것을 선호했습니다. 그 후 그는 예수 협회와 그의 동료 6 명을 설립했습니다. 그의 이름은 이그나지오 로이올라코아(Ignazio Loiolakoa)였고, 라틴어로는 이그나티우스 데 로욜라(Ignatius de Loyola)라고 불렸다.

입학 후 Amaya는 Society of 예수의 공동 설립자의 이름을 딴 우수한 대학인 St. Xavier's의 고등학교에 입학했습니다. 그녀는 자비에르가 파리 대학의 교수이자 이그나티우스 로욜라의 동반자인 나바라 출신의 바스크인이라는 것을 알고 있었습니다. 그는 선교사로서 몇 년 동안 고아와 케랄라에 있었습니다.

예수회는 아마야에게 대중 연설을 격려했고, 그녀는 강력한 웅변가로 떠올랐다. 모임에서 연설할 때마다 청중은 "아마야, 아마야"를 외쳤고, 이는 성 자비에르의 대회의장 벽과 교사와 동료 학생들의 머리 속에 메아리를 일으켰습니다. 그녀는 문제의 장단점을 설명하면서 설득력 있게 말할 수 있었고, 그녀가 알고 있는 아이디어는 간결하게 짜여져 있고 합리적이었습니다. 정당 노동자들은 그녀에게 합류를 요청했습니다. 따라서 그녀는 자신의 능력을 향상시키고 국가의 이익을 위해 그러한 아이디어를 구현하는 것 외에도 자신이 믿는 것을 사람들에게 확신시킬 것입니다. 또한 많은 NGO로부터 그녀의 노력을 강화하기 위해 합류할 것을 요청하는 초청도 있었습니다.

그녀는 정치를 싫어하지 않았지만 저널리즘을 더 사랑했고, 언론인임을 자랑스럽게 생각했으며, 두 번째 호는 부모님에게 감사했습니다. 부모님과 함께 뭄바이에 정착했을 때 그녀는 용감하고 객관적이며 분석적이기를 원했습니다. 매일 아침 아버지가 쓴 사설을 읽는 것이 그녀가 가장 먼저 한 일이었습니다. 그 신문은 인도에서 가장 존경받는 신문 중 하나였으며, 그녀는 어렸지만 그 신문에 나오는 모든 단어를 소중히 여겼습니다. 기사에 대해 한 단어씩, 한 문장 한 문장을 묵상했습니다. 아이디어의 명확성, 전달되는 메시지의 힘, 짧은 문구 및 놀라운 언어 스타일에 종종 놀랐습니다. 그녀의 아버지의 사설에 대한 각각의 논평은 그를 둘러싼 사회의 얼굴을 반영하기 위해 완벽한 생각을 투영하기 위해 매력적으로 깎였습니다. 따라서 그는 성숙한 마음과 진보 된 두뇌를 반영하는 합리적인 사고 패턴을 조각함으로써 딸의 삶에 강력한 힘이되었습니다. 그녀의 아버지는 유혹과 난기류 중에도 고개를 높이 들었다. 그는 자신의 목소리를 가지고 있었고, 부자들의 대변인이 되기를 거부했으며, 정치적으로 강력했습니다.

아마야에게 있어 그녀의 아버지는 사실적 데이터와 개인적 진실성을 무엇보다 중요하게 여겼고, 코다이카날의 기둥 바위처럼 홀로 서 있을 때 정치적, 사회적 영향력이나 심리적 압박을 결코 즐기지 않았습니다. 매주 일요일, 그는 신문의 세 번째 페이지에 *The Pillar Rocks* 라는 칼럼을 썼고, 각 독자는 첫 페이지의 주요 헤드 라인을 훑어보기 전에 세 번째 페이지를 넘겨 읽었습니다. 편집장으로서 샹카르 메논은 대부분 "계몽되지 않은 정치인, 문맹자, 범죄자, 무례하고 오만한 정치인"으로 구성된 여당이나 야당에 의무를 부과하는 것을 거부했습니다.

20 년 동안 Menon 은 런던, 도쿄, 캔버라, 리오, 베이징 및 마드리드에서 외무부에있었습니다. 그는 본국 정부에 대한 자신의 직책을 맡은 국가의 법적, 사회적, 경제적, 정치적 사건에 대한 최고의 통역사였습니다. 당국은 그가 제공 한

해석을 신뢰했습니다. 정부는 주로 Shankar Menon 의 분석을 기반으로 외교 정책을 수립했습니다. 그러나 그는 일부 장관들의 간섭으로 인도 외무부에서 사임했다. 따라서 그들은 정부가 Menon 이 일한 경제 분야에서 국가를 다룰 때 인증되지 않은 정보로부터 재정적, 정치적 이익을 얻을 수 있었습니다.

저널리즘과 암벽 등반은 젊은 시절 Shankar Menon 의 열정이었습니다. 매년 아흐메다바드의 로욜라에서 그는 두 달 동안 아부 산에 있는 암벽 등반 연구소의 여름 캠프에 참석하여 아라발리 산맥, 특히 낙키 호수를 마주보고 있는 암벽 등반의 필수 요소를 배웠습니다. 방갈로르의 저널리즘 연구소(Institute of Journalism)의 신입생이었을 때 학생들은 타밀나두에서 스터디 투어를했습니다. 드라비다 정당의 이데올로기가 그들의 연구 주제였습니다. 코다이카날을 방문했을 때, 그의 급우 중 일부는 샹카르에게 아부 산에서 암벽 등반 배경을 알지 못한 채 기둥 바위를 오르라고 도전했습니다. 그들은 아무도 정상에 오르는 데 성공하지 못했고, 그 거대한 돌기둥을 정복하려고 시도한 사람들은 지구를 걸을 수 있는 또 다른 기회를 얻지 못했다고 말했습니다. 샹카르가 그 거대한 화강암을 극복하는 데는 7 시간이 걸렸다. 남쪽의 절정에는 캄붐 계곡(Kambum Valley)과 마두라이 미낙시 사원(Madurai Meenakshi Temple)이 있었습니다. 팔라니 사원과 그 주변 마을은 북쪽에 있었습니다. 서쪽에는 문나르의 푸른 언덕이 있었다. 동쪽에는 Shenbaganur 에 예수회 철학 대학이 있었습니다. 샹카르는 꼭대기에 서 있는 것을 소중히 여겼고, 오랫동안 그 거석 위에 있고 싶었다. 그 수직 기둥을 오르는 것은 그를 대학 친구들 사이에서 영웅으로 만들었고 그들은 이름을 Shankar Rocks 로 바꾸려고 했습니다. 그러나 몇 년 후 Menon 은 자신의 게시물을 *The Pillar Rocks* 라고 불렀습니다.

외무부에 합류하는 것도 Shankar Menon 에게 도전이었습니다. 그는 놀랍고 기민하며 유능했으며 그의 고위 장교와 부하들은 그의 성실성을 존중하고 그를 자랑스럽게 생각했습니다. 런던에서 그는 드로잉과 디자인을 전문으로 하는 건축가 로즈를 만났습니다. 둘 다 말라얄람어를 말하면서 즉각적인 친밀감과 친밀감을 형성했습니다. 그들은 등록 기관 사무실인 Thrissur 에서 결혼했고 Amaya 는 15 년의 결혼 생활 끝에 태어났습니다.

마드리드 주재 인도 대사관에서 메논은 스페인어, 프랑스어, 카탈로니아어, 유스카라 문서를 영어로 번역하는 일을 주로 하는 젊은 스페인 장교가 있었는데 그녀는 엘릭산이었습니다. 그녀는 Menons 가 동료와 가족을 위한 파티를 열 때마다 딸과 남편과 함께 Menon 의 집을 방문했습니다. 엘릭산의 딸 알라스네는 아마야와 비슷한 나이였고, 두 사람은 같은 학교에서 같은 학년을 다니면서 친한 친구가 되었다. 아마야는 알라스네에게서 유스카라를 배웠고, 바스크 지방의 여느 원어민처럼 유스카라어를 말할 수 있었다. 로즈와 샹카르 메논은 엘릭산과 그녀의 가족을 좋아했고, 그들은 종종 비스케이 만의 산세바스티안에 있는 엘릭산의 조상 집을 방문했다. 엘릭산과 그녀의 남편 휴고는 수많은 여정에서 바스크 사람들의 이야기, 역사, 언어, 문화, 전통, 스페인과 프랑스로부터의 독립을 위한 투쟁을 들려주었습니다. 그들은 프랑스와 스페인의 모든 바스크 지방으로 구성된 나라를 꿈꿨습니다. 아마야는 부모인 엘릭산, 알라스네, 휴고와 함께 스페인과 프랑스에 흩어져 있는 바스크 지역인 아라바, 비스케이, 기푸스코아, 나바라, 바욘, 이파랄데로 여행했다. 그녀는 인권에 대한 이야기와 바스크 사람들의 영웅적인 이야기를 들으며 자랐습니다. 점차적으로, Amaya 는 그녀의 이름, 언어 및 정신에서 바스크어가되었습니다. 로즈와 샹카르 메논에게서 아마야는 독립하고 스스로 결정을 내리는 법을 배웠다. 그녀의 부모는 행복했습니다. 그들의 딸은 그녀의 발로 설 수 있습니다. 아마야는 부모님과 친구 알라스네와 함께 여행하면서 기본적인 인권 교훈을 배웠다.

저널리즘을 졸업한 후 Amaya 는 LLB 를 위해 벵갈루루의 로스쿨에 합류했습니다. 몇 년 후, 그녀가 고등 법원의 변호사가 되었을 때, 그녀가 가장 좋아하는 분야는 여성 인권이었습니다. 법학 학사를 마친 아마야는 장학금을 받고 바르셀로나로 가서 스페인의 신문과 TV 뉴스 채널에서 인권에 관한 이야기를 연구했습니다. 어느 날 대학 식당에서 그녀는 카란을 만났습니다. 그 만남은 그녀의 모든 상상을 초월하여 그녀의 인생을 완전히 바꿔 놓았고, 그녀는 딸을 찾기 위해 런던과 유럽의 다른 주요 도시를 간헐적으로 여행하면서 1년을 보냈습니다. 그녀는 딸이 아버지와 함께 어딘가에 있다고 믿었습니다.

아마야는 깊은 우울증에 빠진 부모님의 집으로 갔다. 딸과 함께 하기 위해 뭄바이에 있는 회사에서 장기 휴가를 낸 어머니 로즈를 제외하고는 아무도 그녀의 외로움, 고통, 고뇌를 헤아릴 수 없었습니다. Shankar Menon 은 *The Word* 와 함께 뭄바이에 있었고 끊임없이 딸에게 연락했습니다. 로즈는 아마야에게 마음을 진정시키기 위해 10 일간의 위빳사나 훈련 프로그램에 참석할 것을 제안했습니다. 그녀는 반응하지 않고 오랫동안 어머니를 바라 보았다. 그러자 그녀는 큰 소리로 웃었지만 그 웃음은 얼마 후 심장을 꿰뚫는 비명으로 바뀌었다. 로즈는 딸을 반복해서 껴안았다. 그녀와 함께 낮과 밤을 보냈다. 두 번째 해에 로즈는 다시 한 번 그녀의 요청을 반복했습니다. 아마야는 어머니의 말을 곰곰이 생각하며 며칠 동안 함께 조용히 앉아 있었다. 그녀는 언덕 꼭대기로 가서 일몰을보고, 나무를보고, 심장 박동을 느끼기 위해 껴안았습니다. 꽃을 뽑지 않고 냄새를 맡은 그녀는 덤불 주위를 돌아 다녔다. 녹지, 흐르는 물, 공기, 빛, 어둠까지 모든 것을 만지고 느끼고 싶었던 그녀는 호기심 많은 거북이와 토끼를 바라보고 나비를 쫓고 그림자와 숨바꼭질을 했습니다. 참새와 뻐꾸기의 둥지를 보면서, 그녀는 헬터 스켈터를 달리고 뻐꾸기처럼 노래하려고했습니다. 폭포는 그녀가 흐름을 느끼기 위해 다리를 물에 넣었을 때 더 얇아졌습니다. 다람쥐는 그들이 모은 견과류를 숨기려고했습니다.

때때로 Rose 는 Moi 과 합류했습니다. 그녀는 어린 시절, 친구, 학교, 대학 및 대학에 대해 이야기했습니다. 그녀는 호기심과 경이로움으로 그녀의 말에 귀를 기울였습니다. 로즈는 그녀가 말하고, 슬픔을 쏟아내고, 마음을 열고, 마음을 진정시키는 것을 도왔습니다. 그녀의 말을 듣고 친구처럼 목에 팔을 두른 로즈는 부모님, 형제 자매 및 친구들에 대한 이야기를 들려주었습니다. 그것은 친밀한 나눔이었고, 그들의 삶의 내면의 전망을 여는 데 도움이 되었습니다. 감정은 인생에서 큰 자리를 차지했으며 사람의 존재의 핵심을 구성했습니다. 많은 상황에서 감정은 이유를 추월해야합니다. 로즈는 합리성은 몸의 뼈와 같지만 감정은 살과 피라고 설명했다. 인간은 친밀한 삶의 상황에서 합리적이지 않았습니다. 인간의 결정은 비이성적이었고, 아마야는 반응했고, 로즈는 딸의 말에 동의했다. 일상 대화에서 사용되는 의복, 음식 및 단어의 선택은 감정에 따라 결정되었다고 Rose 는 덧붙였습니다. Amaya 는 교육을 위해 선택한 연구 분야, 학교 친구, 대학, 직업, 머물 곳, 집, 신문 읽기 및 TV 프로그램 시청은 모두 감정에 달려 있다고 설명했습니다. 총리나 대통령과 같은 대표를 선출할 때도 감정이 지배적인 역할을 했다고 로즈는 덧붙였다.

"인생에서 이유는 여백에 숨어 있습니다."로즈가 말했다.

아마야는 어머니의 말에 동의한다는 듯이 어머니를 바라보았다.

"마지막으로, 인생의 동반자를 선택할 때 합리성은 거의 자리를 차지하지 않습니다. 아빠가 당신을 파트너로 선택했을 때 감정이 지배적이었고 그 반대도 마찬가지였습니다." 라고 Amaya 는 성명을 발표했습니다.

"그건 사실이야. 심리학자들은 인간 결정의 약 95%가 이유가 아니라 감정에 근거한다고 말합니다. 당신은 그것을 편견이라고 부를 수도 있지만, 궁극적으로, 그것들은 모두 감정입니다. 히로시마와 나가사키의 폭격은 감정의 결과였습니다. 많은 미국인들은 게르만 혈통이었고 부모의 조상 땅을 근절하기를 원하지 않았습니다. 그래서 그들은 일본에서 폭탄을 시험하는 것을 선호했습니다. 게다가 일본인은 완전히 낯선 사람이었습니다. 미국인들은 낯선 사람을 죽이는 것이 중요하지 않다고 믿었습니다. 따라서 일본의 폭격은 승자에게 지속적인 고통을 주지 않았다고 Rose 는 분석했습니다.

"동의합니다, 엄마. 카란을 선택하기로 한 나의 결정조차도 순수하고 단순한 감정에 관한 것이었다. 이성은 전혀 없었어요." 아마야가 말했다. 로즈는 몰이 껴안는 것을 좋아한다는 것을 알고 딸을 껴안으면서 딸을 바라보았다. 둘 다 시원한 바람과 폭포의 부드러운 중얼거림을 느낄 수 있었다.

3 학년 때, 로즈는 다시 딸을 설득하여 10 일간의 위뺏사나 강좌에 참석하게 했고, 딸은 가까이 앉아서 "건축 도면과 디자인에는 상상의 의식이 있습니다. 건물의 전체성, 하나됨, 통일성을 제공하는 것은 인간의 마음 일 뿐이기 때문에 제안 된 건물의 구조에 대한 마음이라고 부르겠습니다. 마음은 구조물의 아름다움, 역동성, 웅장함의 이유입니다. 그것은 당신을 끌어당기고, 당신이 그것을 보도록 강요하고, 당신이 그 화려함을 즐기도록 유혹합니다. 구조의 상상된 마음은 진정성과 구조적 활력을 얻기 위해 차분하고 침착해야 합니다.

공기를 유인하고, 빛을 유혹하고, 내부에 활기를 불어넣어야 합니다. 이 건물의 고요함, 존엄성 및 개성은 건물을 영원히 화려하게 만듭니다. 라 사그라다 파밀리아(La Sagrada Familia), 타지마할(Taj Mahal), 파드마나바 사원(Padmanabha Temple)을 보십시오. 모든 사람은 상상의 마음, 구성된 의식, 내면의 고요함을 가지고 있습니다. 그 평온함이 사라지면 그 결과는 악의가 될 것입니다. 모든 도시의 구석 구석에서 수천 개의 불쾌한 구조물을 보았을 것입니다. 그들은 평온함과 내면의 음악이 부족합니다. 앙코르 와트, 베르사유 궁전 또는 노이슈반슈타인 성을 보면 모든 것을 잊어버립니다. 당신은 건물이 아니라 건물의 영혼에만 집중합니다. 당신은 길을 잃었지만 절대성의 면전에서 길을 잃었습니다. Meenakshi 사원은 사실 우주의 상징입니다. 우주와 하나됨을 이루기 위해서는 침착해야합니다. 인간의 마음은 상상의 현실이 아닙니다. 수백만 년의 변화를 통해 진화합니다. 그것은 당신의 지성이 아니라 당신의 두뇌와 얽힌 독립적 인 현실입니다. 당신은 그것을 행동하는 의식이라고 부를 수 있습니다. 마음을 다스려야만 그 완전한 의식을 얻을 수 있습니다. 그렇지 않으면, 당신은이 무한한 내부 세계의 구석 구석에서 끝없이 방황합니다. 통제되지 않은 마음은 상황을 원하는대로 분석하려고 시도하기 때문에 슬픔, 고뇌 및 고통을 가져다주는 환상을 엮습니다. 그 결과는 끝없는 투쟁, 무의미한 노력, 목표 없는 탐색, 길 없는 여정이 될 것입니다."

로즈의 말을 듣고 난 후, 딸은 어머니를 바라 보았습니다. 로즈의 눈에는 공감이 가득 차 있었다. 건축가의 그 말이 딸의 뇌에 반복적으로 울려 퍼지기 시작했습니다.

그들은 폭포 가까이에 앉았고 어머니의 말도 함께 흘렀습니다.

"당신이 존재하지 않는다면 아무것도 존재하지 않을 것입니다. 녹지, 폭포, 이 새와 동물, 태양, 달, 별, 그리고 궁극적으로 이 우주는 뇌의 산물입니다. 당신이 그들을 알 때, 그들은 존재하게됩니다. 모든 것은 당신의 지성, 마음, 의식을 통해서만 의미가 있습니다. 그러나 당신의 마음은 미쳐 버릴 수 있고 통제하기가 어렵습니다. 종종 마음이 당신을 붙잡기 시작하고 당신을 태워줍니다. 그것은 당신이 생각할 수 없는 것을 생각하도록 강요하고, 당신은 그것의 노예가 됩니다. 당신의 마음을 통제하여 보스가 되십시오. 그것을 통제하기 위해서는 강렬하고 엄격한 훈련이 필요합니다. 당신을 염두에 두십시오. 당신의 마음은 당신의 적 1위가 될 수 있습니다. 당신의 성격, 개성, 존재는 독립적이지만 상호 의존적인 세 가지 현실의 결과입니다. 그것들은 당신의 몸, 지성, 마음입니다. 몸이 없으면 뇌도 마음도 존재할 수 없습니다. 마음이 없으면 야채가되어 살아남을 수 없습니다. 마음이 몸과 지성을 통제할 때, 당신은 노예가 됩니다. 따라서 마음을 행복, 만족, 실현으로 향하게 해야 합니다. 진화 과정에서 우리의 DNA 는 성장하고, 발전하고, 변화했습니다."

웃음과 포옹으로 슈무즈는 오래 지속되었고, 딸과 어머니는 오랜 이별 끝에 처음으로 대화하는 것처럼 서로의 말을 경청했습니다.

활기찬 지구처럼, 어머니는 앉아있는 동안 딸을 껴안을 것입니다. 따뜻함과 사랑의 느낌은 끊임없는 폭포처럼 흐르고, 구름이 터진 후 저녁 햇살이 내리쬐고, 폭풍 옆의 아기 바람이 불고, 쾌활하고 활기차고 나무, 식물 및 나뭇잎의 마음을 애무합니다. 딸은 엄마의 배에 머리를 가까이 대고 자궁의 내면의 음악을 듣곤 했습니다. 그녀는 백만 개의 질주하고 불안한 정자 중 하나가 절뚝거리고 마음과 분리된 정체성을 가진 새로운 존재로 진화하는 그녀의 소중한 난자를 만난 순간부터 그녀를 데려온 아름다운 자궁을 사랑했습니다. 그 핵심 하모니와 합쳐지면서, 그녀는 그녀의 말에 귀를 기울일 것입니다. 그녀의 목소리는 상처 입은 심장을 달래는 지혈대 같았다.

"인간의 지성은 점진적으로 확장되었다. 수백만 년이 걸렸습니다. 이제 우리는 지능이 마음 없이도 존재할 수 있음을 증명했습니다. 컴퓨터 지능은 인간 지능보다 훨씬 우수합니다. 컴퓨터가 마음을 창조하기 시작하면 인간은 컴퓨터에 복종합니다. 마음은 이 우주에서 가장 강력한 존재입니다. 그러나 마음을 통제하고, 개발하고, 채널화해야 합니다. 위빳사나는 마음을 통제하고 형성하는 방법입니다. 그것은 몸을 훈련시키는 것과 같습니다. 몸, 지성, 마음이 당신의 일부라는 것을 깨달아야 합니다. 당신은 온전함입니다. 당신은 주인입니다. 그것은 끊임없이 자신을 인식하고 당신의 몸, 지성 또는 마음이 당신을 지배하는 것을 허용하지 않습니다. 당신은 한 사람으로서 그들 모두를 뛰어 넘습니다. 마음을 통제하고 꾸밀 때 생산성은 100 배 증가하고 신체의 외모, 부품, 능력 및 능력에 만족합니다. 당신은 당신의 필요를 위해 당신의 지성을 활용하고, 더 공감하며, 인간의 고통을 덜어주기 위해 노력합니다." 궁극적으로, 로즈는 우리가 딸과 함께 빗속을 걷는 고통을 극복해야 한다고 설명할 것입니다.

몬순은 아침이 저녁처럼 보였고 인도양의 쓰나미처럼 산 너머로 솜털 구름이 낀 6월과 아름다운 잭프루트, 거대한 꿀벌 벌집이 있는 마법과 화려함으로 찾아왔습니다. 폭포는 Manjampatti Valley 의 장엄한 검은 뿔 알비노 들소 떼가 질주하는 것처럼 더 빠르고 더 커졌습니다. 기복이 심한 푸른 언덕의 어도비 벽돌 집 사이에서 천둥이 울려 퍼졌습니다. 지구의 자궁 안에서 잠을 자고 있는 대나무 씨앗은 부드럽고 즙이 많은 진흙을 뚫고 들어오는 하수께끼 같은 빗방울의 임박한 포옹에 대한 기대로 진동했습니다. 공작새는 피루엣을 했고, 뻐꾸기는 둥지를 찾아 둥지를 틀고 있었고, 그곳에는 녹두가 무수히 많은 뿔처럼 보였고, 눈부신 행복감을 지닌 무수한 풍요의 뿔처럼 보였습니다. 어머니와 딸은 강기슭 방갈로의 안뜰에서 소나기가 황홀하고 빛나면서 뛰어 다니고, 빙글빙글 돌고, 흔들리고, 흠뻑 젖었습니다. 대기는 축축했고, 코코넛 야자수 잎이 물방울에 흠뻑 젖어 있는 것처럼 보였기 때문에 물이 도처에 있었습니다. 로즈가 시에라 네바다 산맥에서 가져온 고독한 세쿼이아 나무는 웅장해 보였습니다. 도박은 계속되었고, 그들은 서로의 조각상 같은 모습을 보며 진심으로 웃었다. 아마야가 웃고 있는 것은 3 년 만에 처음이었다. 로즈는 딸을 껴안고 젖은 뺨과 눈에 키스했다.

"사랑해, 몰." 로즈가 소리쳤다.

"사랑해요, 엄마." 아마야는 어머니의 울로트리를 어루만지고 헤어지며 눈을 감싸고 키스를 하며 말했다.

아마야가 자연을 사랑했기 때문에 로즈가 벰바나드 호수, 쿠타나드, 알라푸자, 코발람, 이두키의 광활한 물줄기로 둘러싸인 녹지 속을 여행하는 것은 순례였습니다. 운전하는 동안 로즈는 삶, 그 의미, 자아, 그리고 엄청난 힘에 대해 이야기했습니다. 어느 날 코발람 해변에 앉아 그녀는 우아한 삶을 영위하기 위해 차분한 마음의 필요성에 대해 말했습니다. 테카디(Thekkady)와 문나르(Munnar)의 언덕에 있는 동안, 로즈는 딸에게 위빳사나를 통해 자신을 되찾을 수 있는 가능성을 상기시켰습니다. 아마야는 깊은 침묵을 지켰다. 그녀는 며칠 동안 함께 생각했고 10일간의 위빳사나 훈련에 참석하기 위해 날란다로 가기로 결정했습니다.

그것이 변화의 시작이었습니다. 아마야는 배낭을 메고 위빳사나 명상을 하러 갔다. Nalanda는 새로운 사람이었습니다. 그녀는 열흘 동안 선생님의 말을 주의 깊게 듣고 모든 지시를 따랐으며 겉보기에 영향을 받지 않은 것처럼 최선을 다해 운동을 했습니다. 며칠 만에 그녀의 내면에 변화가 생겼고, 그녀의 행동과 인식에 반영된 내적 변화가 일어났습니다. 그녀는 호흡에 집중하고 호흡만을 경험하고 호흡과 하나가되었습니다. 그것이 그녀의 존재였다. 그것은 마음을 지배하는 것이었다. 선생님은 그녀가 중재의 새로운 길을 모색하도록 도왔고, 그녀는 그 운동을 천 번 반복했습니다. 그녀의 마음은 방황을 멈추고 전적으로 그녀와 함께 머물렀고 그녀의 모든 지시에 순종했습니다. 그녀는 사고 과정을 통제하고 경계를 그릴 수 있었습니다. 마음은 그녀의 모든 명령 지시에 순종했고, 마침내 그녀는 완전히 집중할 수 있었습니다.

아마야는 새로운 사람이 되어 집으로 돌아왔다. 로즈는 자신감 넘치는 외모, 포즈, 평정심, 자기 인식을 보고 기뻤습니다. 그녀는 어머니와 함께 나누고 토론하는 데 오랜 시간을 보냈고 폭포의 잔잔한 물을 만지며 언덕 꼭대기를 방황했습니다. 폭포는 웅장했고, 그녀는 그 내면의 힘과 아름다움을 만끽할 수 있었다. 다람쥐는 여전히 나무에서 나무로 뛰어 다니고있었습니다. 그녀는 그들을 보며 미소를 지었다. 카나리아 섬의 대추야자 열매를 오르락내리락하던 다람쥐들은 사라졌고, 아마야는 새로운 사람으로 진화하고 있었다. 그녀의 위빳사나 명상은 매일 아침과 저녁에 계속되었습니다. 몇 주 안에 그녀는 변호사로 등록했습니다. 그녀는 지방 법원과 고등 법원에서 연습을 시작했을 때 28 세였습니다. 그녀의 전문 서비스는 여성, 남성 속임수, 부패, 폭력, 강간 및 유기의 희생자에게만 제공되었습니다.

Amaya 는 꼼꼼한 준비 끝에 상대방의 가능한 주장의 장단점을 연구하면서 자신의 사건을 활발하게 변론한 성공적인 변호사였습니다. 그녀는 여성들과 함께 섰고, 그녀의 입장은 법과 고등 법원 및 대법원 판결에 근거하여 항상 전문적이었습니다. 그녀는 어떤 여성도 자신이 겪는 동안 남성의 속임수의 희생자가 되지 않을 것이라고 확신했습니다. 그녀는 짐승이고 여러 개의 가면을 쓴 남성들에게 동정심을 나타내지 않았습니다.

법원에서 차로 5분 거리에 있는 시내에 빌라를 구입한 후, 아마야는 도서관에 방대한 법률 서적, 저널, 여성에 대한 중요한 판결문을 제공했습니다. 도서관에 인접 해있어 그녀는 고객과 회의실을 가졌습니다. 그 옆에는 약 10명의 고객이 앉을 수 있는 대기실이 있었습니다. 그녀가 청구한 수수료는 명목상이었고 고객에게 저렴했습니다. 많은 사람들에게 그녀는 수수료를 부과하지 않고 법원에 출두했습니다. 그녀는 항상 고객, 동료 및 직원들과 전문적인 관계를 유지했지만 법적 구제책을 위해 접근한 소외되고 억압받고 착취당하는 여성에 대한 그녀의 행동에서 이해가 나왔습니다. 그녀는 법적 관점과 주장의 심리적 영향을 고려하여 모든 상황을 객관적으로 평가했습니다.

고객과의 인터뷰와 토론은 필수적이었고, 이는 사실을 기억하는 데 도움이 되었습니다. 서면 신청서를 받아쓴 후 그녀는 후배들에게 사건 파일을 준비하도록 지시했습니다. 그녀는 의뢰인을 인터뷰하고 법원의 신청서를 지시하는 동안 두 명의 후배가 그녀와 함께 참석할 수 있도록 허용하여 후배들이 독립적으로 개업할 때 미래에 최고의 변호사가 될 수 있는 능력을 배우고 개발할 수 있도록 했습니다. 아마야는 여성 변호사만 후배로 받아들였다. 그들의 전문적인 성장을 돌보았습니다. 5년 안에 많은 법대 졸업생들이 기꺼이 그녀의 후배가되었습니다. 그들과 개인적인 대화를 나눈 다음에는 가장 합당하고 헌신적인 사람들을 선택했다.

그녀의 사무실을 관리하는 직원은 약 10명이었고 모두 여성이었습니다. 아마야는 그들 모두를 존경심으로 대했다.

비슷한 위치에 있는 사람들이 지불하는 것보다 훨씬 더 많은 합리적인 보수를 모든 사람에게 지불했습니다. 고객이 급격히 증가했고 작업량도 증가했습니다. 아마야는 4 시에 일어난 후 매일 한 시간 동안 위빳사나 명상을 했습니다. 그것은 그녀가 그녀의 마음과 생각과 욕망을 통제하는 데 도움이되었습니다. 그녀의 마음은 거의 방황하지 않았으며, 그녀가 겪은 고통에 대해 반추하지 않고 딸에 대한 깊은 사랑을 키울 수 있었습니다. 아마야는 숙면을 취하기 위해 잠들기 전에 한 시간 동안 명상을 했습니다. 그녀는 결코 그를 미워하지 않았지만, 도전적인 결정을 내린 카란을 용서했습니다. Amaya 는 안정의 단계를 달성하기 위해 수년 동안 고군분투했고 법률 업무를 진지하게 받아들였으며 그것이 고객과 자신에게 정의를 가져올 수 있는 유일한 방법이라는 것을 알고 있었습니다.

그녀가 주장한 사건은 법원에서 변호사로 활동한 설득력 있는 사례였습니다. 그녀가 판사 앞에 설 때마다 법정은 다른 변호사들, 심지어 다른 로스쿨의 선배, 교사 및 학생들로 넘쳐났습니다. 때때로, 판사들은 명확한 질문을 하는 것을 어려워했고, 아마야가 소송에서 패소한 경우는 없었다. 그녀의 개업 10 년차에, 그녀는 유능하고 지식이 풍부하며 헌신적 인 주니어 변호사를 가졌습니다. 그녀는 수난다였고, 아마야는 그녀를 무척 신뢰했다. Amaya 가 다른 도시에서 세미나, 회의 및 법원 출두를 위해 외출 할 때마다 Sunanda 는 Amaya 의 사무실을 관리하고 법원에서 Amaya 를 대표했습니다. Sunanda 는 Amaya 의 거주지, 사무실 및 자동차에 대한 여분의 열쇠를 가지고있었습니다.

아마야는 위빳사나 명상을 시작하면서 채식주의자가 되었습니다. 그녀는 육식을 경멸하지 않았지만 채식주의가 개인 생활에 적합하다고 결정했습니다. 그녀는 혼자 머물면서 주말에 직원과 후배들을 초대했습니다. 그들은 함께 다양한 요리를 요리하고 인생이 행복과 공생의 축하라고 생각하면서 음악과 춤으로 파티를 즐겼습니다. 그녀는 파티에 참석 한 사람들이 9 시까 지 집으로 돌아갈 수 있도록 필요한 준비를했습니다.

지역 사회 봉사는 그녀가 노동 계급의 주부와 여성들에게 법적 인식을 심어주기 위해 지역 법률 대학에 합류하면서 그녀의 일상에 필수적이 되었습니다. 기본권에 대한 지식, 국가 정책의 지침 원칙 및 결혼, 상속, 보살핌, 자녀 보호 및 이혼에 관한 다양한 법률이 여성이 품위있는 삶을 사는 데 도움이 될 것이라고 굳게 믿었으며 여성과 함께 일했습니다. Amaya 는 교육 기관에서 학교와 대학생을 만날 수 있을 때마다 연설할 시간을 가졌습니다. 사회 복지 대학은 정기적으로 Amaya 를 초청하여 법이 지역 사회 조직과 사회 복지에 미치는 영향에 대한 강의를 제공했습니다. 그녀는 버려진 문맹 아동을 위한 대학 활동의 일부가 되었습니다.

피아노는 아마야에게 엄청난 행복을 안겨주었다. 그녀는 주말에 몇 시간 동안 함께 연주했습니다. 그녀의 어머니는 아마야에게 피아노 연주를 가르쳤다. 나중에 로레토 수녀회는 그녀를 위대한 작곡가들에게 소개했습니다. 그녀는 매달 마드리드의 다양한 문화 센터에서 프로그램을 선보였던 학교 콘서트 그룹의 활동적인 멤버였습니다. 로욜라와 성

자비에르에서 그녀는 많은 피아노 기회를 가졌다. 그러나 벵갈루루 로스쿨에서 그녀는 학업, 법적 토론, 모의 법정 및 법적 인식 활동에 완전히 몰두했습니다.

고치에서 법을 실천하는 동안 Amaya 는 소설을위한 별도의 도서관을 개발했습니다. 그녀가 가장 좋아하는 작가는 성적 각성, 상징주의 및 케랄라 사회에서 여성의 위치에 대한 심리 사회적 분석에 대한 심층적 인 표현으로 Madhavikutty 였습니다. 단편 소설 작가들 사이에서 그녀는 성적, 정치적, 종교적 외설주의와 Kafkian 캐릭터를 드러내는 비순응적이고 폭발적인 아이디어로 Zacharia 를 가장 좋아했습니다. 고통을 제거한 이야기는 자신뿐만 아니라 다른 사람들을 위해 고통없는 삶에 대한 지속적인 탐구가 존재했기 때문에 그녀의 독서에 매력을 느꼈습니다. 그럼에도 불구하고 고통은 인간의 삶에서 떼려야 뗄 수 없는 부분이었기 때문에 그것은 유토피아적 이상, 고통 없는 삶이었습니다. 고통을 통해서만 사람이 성장하고 지식을 창출하며 만족스러운 경험을 할 수 있습니다. 그러나 그녀에게는 고통을 넘어서고자 하는 영원한 갈망이 있었습니다. 그녀에게 소설은 어떤 사회학적 분석, 삶의 사건 또는 과학적 정리보다 삶에 더 가까웠습니다. 그녀의 소설 세계에는 정의의 개념이 존재했습니다. 그것은 개인에게서 시작되었으며 개인 간에 정의의 상호 공유가 있었습니다. 정의는 목표일 뿐만 아니라 길이기도 했습니다. 진리와 정의는 밀접한 관련이 있습니다. 그들이 맞서면, 진리는 이상적이고 존재하지 않지만 정의는 실제적이기 때문에 정의와 함께 서십시오. 그녀는 존재하지 않았기 때문에 주어진 시간에 완전한 정의에 대해 걱정하지 않았습니다.

정의는 일상 생활에서 실행되는 인간 생활의 강력한 개념이었고, 정의의 그 부분은 완전하고 동시에 불완전했습니다. 그래서 그녀는 토니 모리슨의 소설을 좋아했습니다. 그녀의 캐릭터는 주어진 시간에 경험한 정의에 만족하면서 정의를 충만하게 달성하기 위해 노력했습니다. 카프카에서는 살고자 하는 욕망이 무엇보다 중요했습니다. 주인공이 처형되는 동안에도 삶은 반항을 일으켰습니다. 카뮈를 읽으면 끝없는 반성을하게되었습니다. 삶의 모든 순간에 정의가 총체적이었기 때문에 인간이 총체적인 정의를 경험하기 위해 종말을 기다릴 필요가 없었습니다. 전체-인-부분(whole-in-part)에 대한 이러한 탐구는 인간의 욕망의 이유였다.

고등 법원에서 연습 20 주년을 맞이하여 Amaya 는 모든 동료인 Sunanda 와 후배를 그녀의 집에서 저녁 식사에 초대했습니다. 그녀는 이미 선임 변호사였으며 그녀의 이름은 고등 법원 판사로 제안되었습니다. 그러나 아마야는 도움의 손길이 절실히 필요한 수백 명의 여성들을 도울 수 있는 법을 판사들 앞에서 설명할 수 있었기 때문에 정중하게 거절했습니다. 그녀가 주선 한 파티는 약 20 명이 모이는 모임이었습니다. 음식은 쌀 풀라브와 파야삼을 포함한 수많은 요리와 함께 채식주의자였습니다. 파티가 끝난 후 손님들이 떠나는 동안 휴대폰으로 전화가 왔지만 Amaya 는 참석할 수 없었습니다. 15 분 후, 그녀가 혼자있을 때 다시 전화가 왔습니다. 같은 사람이 다시 전화를 걸었고 번호가 밝혀졌습니다.

아마야가 전화를 받았다.

"안녕하세요." 반대편에서 누군가가 불렀다. 여자의 목소리였다.

"안녕하세요." 아마야가 대답했다.

"방해해서 죄송합니다, 부인. 저는 찬디가르 출신의 푸르니마입니다." 그녀가 말했다.

"그래, 포르니마, 내가 너를 위해 무엇을 할 수 있니?" 아마야가 물었다.

"사모님, 아마야이십니까?" 푸르니마가 물었다.

"네, 저는 아마야입니다. 뭘 원하니, 푸르니마?" 그녀가 물었다.

"사적인 질문을 해서 죄송합니다. 내 마음에 평화를 달라고 부탁해야 합니다." 푸르니마는 솔직하게 말했다.

"말해봐, 왜 내 세부 사항을 알고 싶어?" 아마야가 물었다.

"부인, 당신은 젊은 남자와 사랑에 빠졌습니까?"

정말 어리석은 질문입니다. 하지만 아마야의 머릿속에는 천둥이 울렸다. 그녀는 한 젊은이와 미친 듯이 사랑에 빠졌습니다. 그러나 그로 인한 불안과 고통을 회상하고 싶지 않았습니다. 그녀는 방어할 창도 없는 스페인 황소처럼 그녀를 압도했던 과거의 비인간적인 사건에 대해 숙고하기를 거부했습니다. 그녀는 마음을 다스리려고 애썼다. 진정해, 나를 압도하지 마, 그녀는 마음속으로 말했다. 그런 다음 차분한 목소리로 그녀는 스스로에게 물 *었다*. 그녀는 퍼즐을 푸는 데 마음을 쏟고 문제 해결에 적극적인 파트너가되고 하인처럼 행동하기를 원했습니다.

"포르니마, 모든 여성들은 과거의 기억을 가지고 있습니다. 변함없이 거의 모든 사람이 빛나는 왕자와 사랑에 빠집니다. 나에게도 과거가 있었다"고 말했다. 아마야의 말은 부드럽고 상냥했다.

"내 아버지를 개인적으로 아십니까?" 군더더기 없이 솔직한 질문이었습니다.

하지만 그녀의 목소리에서 알 수 있듯이 푸르니마에는 떨림이 있었다. 무언가 심오한 고통이 있었다. 무언가가 그녀의 평화를 조작했다. 그녀는 평정을 되찾으려고 애쓰고 있었다.

"사모님, 제 아버지는 아마야라는 사람을 알고 계셨습니다. 그가 그녀와 매우 가까웠거나 그녀는 떼려야 뗄 수 없는 사이인 것 같았습니다. 나는 지난 3 개월 동안 스페인에서 100 명의 Amaya, 스페인어 이름 인 바스크어와 접촉했다. 심지어 유럽의 다른 지역에서도 점수를 불렀습니다. 전화로 완전히 낯선 사람에게 연락하는 고뇌를 상상할 수 있습니다. 무엇을 기대해야하는지, 무엇을하지 말아야할지 모르는 것처럼 실존 적 위기였습니다. 나는 때때로 완전히 실망했고, 정신력, 균형, 희망을 잃었습니다. 그것은 사실상 생사를 건 투쟁이었다. 생존을 위한 이 싸움은 나를 정신적으로 마비시켰을 것입니다. 고뇌는 참을 수 없었고 끔찍하고 파괴적이었습니다. 매일 어떤 사람들은 나에게 소리 쳤다. 그것은 내 인생에서 가장 참혹한 경험이었습니다. 인도에서도 나는이 이름으로 12 명의 사람들에게 연락했다. 부인, 정말 기쁩니다. 마침내, 당신은 나에게 소리 지르지 않았습니다."

아마야는 몇 초 동안 계속되는 푸르니마의 흐느끼는 소리를 들을 수 있었다. 심장을 꿰뚫는 소리, 터지는 경험 같았습니다. 그녀는 그것을 잘 알고 있었다. 그녀는 수프리야가 납치된 후 4 년 동안 같은 고통을 겪었습니다. 아마야는 푸르니마에게 깊은 공감을 느꼈다.

"사모님, 내일 오후 8 시 30 분쯤 전화드릴 수 있도록 허락해 주십시오. 내 마음은 지금 말하기가 어렵다는 것을 알게 되어 동요되고 흥분됩니다. 그러나 나는 너무 행복하다. 오후 9 시 이후에 전화한 것에 대해 깊이 사과드립니다. 감사합니다, 부인. 안녕히 주무세요." 푸르니마가 말했다.

"내일 오후 8 시 30 분에 전화하셔도 됩니다. 안녕히 주무세요, 포르니마."

그녀의 가장 깊은 자아에는 떨림이 있었다. 그녀는 카란과 사랑에 빠졌지만, 그것은 25 년 전의 일이었다. 고통은 엄청났고, 포르니마도 같은 고통을 겪고 있을지도 모른다. 그녀의 슬픔은 그녀의 것이었다. 끊임없는 고통, 마음 속의 자기 소멸적인 무거움, 알고자 하는 갈망, 절망의 벽을 뛰어넘기 위한 필사적인 노력은 참을 수 없었습니다. 고통을 넘어선 세상을 경험하는 방법. 그 당시 그녀는 갈매기처럼 날개를 퍼덕이지 않고 고통이없는 먼 섬으로 날고 싶었습니다.

갑자기 그녀는 마음을 통제하고 현실 세계로 돌아와 정신적 분위기와 평정을 잃지 않았습니다. 위빳사나를 하는 동안 그녀는 다시 침착해졌고 푸르니마에 대해 생각하지 않았습니다. 다시 한번 그녀의 마음 속에는 동요가 없었다. 매일의 명상은 아무 생각 없이 자아를 알기 위한 노력이었습니다. 위빳사나는 생각 너머에 있었고, 느낄 것이 아무것도 없었습니다. 그녀는 걱정할 필요가 없습니다. 그것은 그녀의 마음이 평화 롭고 생산적이며 강력하게 유지되는 데 도움이되지 않았습니다. 그녀는 아무것도 존재하지 않는 공허의 우주를 사랑했습니다. 텅 비어 있었지만 모든 것을 가질 수 있는 잠재력이 있었습니다. 아마야는 숨을 몰아쉬었다. 그녀는 혼자였고 뇌, 머리, 얼굴, 가슴, 심장, 폐, 간, 위, 내장, 자궁, 생식기, 난자, 뼈, 수백만 개의 세포, 그리고 그들 각각에서 순환하는 혈액을 생명과 함께 경험했습니다. 지성, 마음, 의식이있었습니다. 그러나 그녀는 모두와 달랐습니다. 아마야의 인격은 다르고, 독특했으며, 그녀의 모든 부분과 전체성을 초월했습니다. 그녀는 독립적으로 존재했습니다. 존재에 대한 의식, 존재에 대한 인식, 그녀의 깨달음의 타당성이있었습니다. 그것은 충만함의 예리함이었습니다.

딸 부름

월요일이었습니다. 전날 저녁 동료들과의 파티는 우아했습니다. 이른 아침 위빳사나 이후, 아마야는 그날 여러 법원에 나열된 사건의 세부 사항을 검토했습니다. 3 개의 법원에서 7 건의 사건이있었습니다. 2 건은 입학을 위한 것이었고, 3 건은 임시 구제를 위한 초기 청문회에서, 2 건은 최종 청문회를 위한 것이었습니다. 한 사건은 남편이 재정적으로 착취한 48 세 된 수니타의 경우였습니다. 남편이 젊은 회계사와 결혼하기로 결정했을 때, 수니타는 상황의 심각성을 이해했다. 부유한 사업가인 그녀의 남편과 그의 회계사 사이에는 지난 몇 년 동안 몰디브, 발리 및 기타 이국적인 장소에서 함께 휴가를 보내면서 불륜이 계속되고 있었습니다.

몇 년 전, Madhav 는 기차역으로 이어지는 차선 중 하나에서 화장품 가게 주인이었습니다. 그는 똑바로 설 공간이 없었기 때문에 작은 가게에서 쪼그리고 앉곤 했습니다. Madhav 는 여성에게 다양한 미용 제품을 판매했습니다. 그는 젊은이와 노인을 끌어들이는 재주가 있었습니다. 그는 그들에게 정중하게 말했고, 그들은 항상 그의 입가에 미소를 지었다. 학교에 다니는 소녀들과 소녀들은 필요한 모든 것이 준비되어 있기 때문에 Madhav 의 미용실을 선호했습니다. 수니타는 매일 아침 학교로 가는 아침 기차를 타기 위해 기차역으로 달려가는 동안 그가 가게에 앉아 있는 것을 보았다.

몇 번, Sunita 는 돌아 오는 동안 Madhav 에서 비누, *kajal* 및 크림을 구입했습니다. 그는 그녀가 가게에 갈 때마다 그녀에게 부드럽게 말했습니다. 그의 접근 방식은 즐거웠습니다. 1 년 후, 어느 날 그는 수니타에게 청혼했다. 당시 25 세였던 마다브와 23 세였던 수니타가 2 년 동안 초등학교 교사로 일했습니다. 그녀는 홀아비이자 은퇴한 학교 교사인 아버지와 Madhav 에 대해 논의했습니다. 그녀의 아버지는 수니타가 지난 한 해 동안 마다브를 알고 있었기 때문에 이의가 없다고 말했다. 그가 좋은 사람이라면, 아버지는 그의 유일한 아이를 안심 시켰습니다. 수니타와 마다브는 일주일 만에 이웃 사원에서 결혼을 엄숙하게 거행했다. 마다브는 다른 두 명과 함께 방 한 개짜리 아파트를 빌렸고, 즉시 교외에 있는 그녀의 아버지가 소유한 방 두 개짜리 아파트인 수니타의 집으로 이사했습니다. Madhav 는 사랑스럽고 돌보는 남편이었기 때문에 그들의 초기 결혼 생활은 황금기였습니다. Sunita 는 그에게 더 편리한 지역에 더 넓은 상점을 열도록 격려했습니다.

수니타는 결혼 2 주년을 맞아 마다브에게 100 만 루피 수표를 줬는데, 그녀는 그 수표를 월급에서 저축했다. 그것은 그의 새로운 설립을 Sunita Beauty Care 라고 명명한 Madhav 에게 상서로운 시작이었습니다. 5 년 안에 그는 도시의 다른 지역에 두 개의 상점을 더 열었습니다. 한편 수니타는 아버지가 더 이상 없었기 때문에 방 두 개짜리 아파트를 팔았고 그 돈으로 마다브는 그의 이름으로 새 집을 샀다.

10년째 되는 해에 Madhav 는 여성용 뷰티 헤어 오일을 제조 및 판매하기 위해 아유르베다 헤어 케어 유닛을 시작했습니다. 그는 자신이 제조한 기름이 어둡고 빛나고 건강한 모발을 풍부하게 자라게 하는 데 도움이 되었다고 주장했습니다. 새로운 이니셔티브는 전례가 없었습니다. 기계화 된 초 현대식 제조 단위가 도시 외곽에서 3 년 이내에 25 명의 근로자와 함께 문을 열었습니다. Madhav 는 전국에 자신의 제품을 판매하기 위해 대여섯 명의 MBA 를 임명했습니다.

수니타는 현재 초등학교 교장이 된 그녀의 일을 계속했고, 그녀는 수니타와 침실을 공유하는 것을 중단한 마다브의 행동이 점진적으로 변하는 것을 관찰했습니다. Sunita 는 Madhav 가 여행 중이거나 사업으로 바쁠 때 항상 집에 혼자 있었습니다. 아내와 거의 이야기하지 않고 나눔이나 공생이 없었던 Madhav 는 아내에게 이혼을 강요하기 시작했습니다. 그는 교외에 침실 5 개짜리 빌라를 지었고 1 년 안에 혼자 그곳으로 이사했습니다. 큰 딸과 의사가 다른 도시에 정착하고 다른 한 명이 MBA 를 위해 해외로 갔을 때 Sunita 는 거부와 외로움을 경험했습니다. 마다브는 수니타의 100 만 달러를 돌려줄 준비가 되어 있었다. Sunita 는 Amaya 를 만나 가정 법원의 판결에 만족하지 않아 적절한 보상과 위자료 소송을 제기했습니다. 청원은 그날 최종 청문회 명단에 올랐습니다.

사건 파일을 훑어보던 아마야는 문득 전날 저녁 찬디가르에서 걸려온 전화가 떠올랐다. 포르니마는 누구였습니까? 그녀는 진짜였을까? 아마야는 한동안 깊은 생각에 잠겨 있었다. 아마야의 방에 들어가는 동안, 그녀의 후배 중 한 명이 아침에 아마야에게 일반적이지 않은 깊은 반성으로 아마야를 보고 놀랐다고 표현했습니다.

그녀의 후배는 Khadija Mohammed Kuttyhassan 의 입학 신청에 대해 Amaya 와 논의하기 위해 그곳에 있었습니다. 카디자는 스물여덟 살이었고 서른여섯 살의 모하메드 쿠티하산과 결혼했다. 그녀는 세 명의 소녀와 두 명의 소년을 낳았습니다. 쿠티하산은 수산시장 근처에 찻집을 가지고 있었는데, 하루에 1,000 루피를 버는 사업이었고 그 중 800 루피가 그의 이익이었습니다. 그는 카디자에게 300 루피를, 이전의 두 아내와 일곱 자녀에게 각각 200 루피를 주었다. 그는 현지에서 양조한 술 한 잔을 즐겼는데, 약 50 루피였고, 나머지 50 루피는 나베사에게 지불했는데, 그는 약 한 시간 동안 격주에 한 번씩 그를 방문했습니다. 쿠티하산은 자신이 18 살이라고 주장하며 카디자의 가짜 출생 증명서를 제출한 후 14 살 때 카디자와 결혼했다.

카디자가 아마야를 만나기 일주일 전, 쿠티하산은 카디자와 그들의 아이들에게 이슬람 개인법에 따라 카디자에 트리플 탈라크를 발음했기 때문에 집을 비워달라고 요청했습니다. 시립 학교의 8 학년에 다니는 다른 소녀를 보았습니다. 다섯 자녀와 함께 카디자는 노숙자가 되었습니다. 그녀의 유일한 선택은 나베사를 따르는 것이었다. 아마야는 후배에게 카디자에게 법정에 출석하라고 알려달라고 부탁했다. Amaya 는 후배에게 트리플 탈라크가 형사 범죄라고 설명했습니다. 이 법은 범죄를 저지른 무슬림 남성에게 3 년의 징역형을 선고했다. 아마야는 후배에게 감옥 선고가 카디자와 아이들의 문제를 해결하지 못할 것이라고 말했는데, 그들은 살 곳과 괜찮은 생계가 필요하기 때문입니다. 쿠티하산은 무일푼이었기 때문에 보상을 받을 가능성은 없었다. 아마야는 후배들에게 카디자가 아이들을 먹이고 보호할 수 있는 일자리를 찾아달라고 부탁했다. 한편, 어린 두 자녀를 위한 탁아소와 두 자녀를 위한 유치원을 찾아야 했습니다. 한 아이는 지역 마드라사 초등학교에서 1학년에 다녔습니다.

Amaya는 7개의 사건 파일을 모두 꼼꼼하게 검토하고 사건과 관련된 법률과 법원의 고려에 대한 가능한 주장에 대해 논의했습니다. 그녀는 자신의 주장을 강조하는 데 자신이 있었습니다. 그녀의 촉구는 항상 논리적 추론으로 간결하여 법적 구제책을 강조했습니다. Amaya가 법정에서 발표한 사건은 법과 허용 가능한 판례에 근거하여 분석적이고 투명하며 객관적이었기 때문에 일관성과 명료함이 있었습니다.

법원으로 차를 몰고 가는 동안, 아마야는 찬디가르에서 온 푸르니마와 나눈 대화를 떠올렸다. 그녀는 그 도시에 두 번이나 가봤습니다. 하나는 양수 합성 및 태어나지 않은 여자 아이의 제거에 관한 회의에서 인도 부모가 아들을 낳는 것이었고, 두 번째는 남편의 적절한 보상을 위해 법원에서 버려진 여성을 대변하는 것이었습니다. 푸르니마의 목소리에는 마치 여러 번 들은 것 같은 친숙함이 담겨 있었다. 그 이상으로, 그것은 그녀의 마음을 감동시키고 있었다.

Amaya는 모든 경우에 법원에 출두했으며 결과는 기대를 뛰어 넘었습니다. 법원은 수니타가 마다브로부터 부동산, 사업장, 주식 및 기타 재산의 50%를 받을 권리가 있다고 판결했다.

그는 판결에 이의를 제기하기 위해 21 일 이내에 정점 법원에 자유롭게 접근할 수 있었습니다. 법원이 임명 한 amicus curiae 는 명령 이행을 돌볼 것이라고 법원은 말했다.

카디자의 신청서는 최종 심리를 위해 나열되었고, 법원은 쿠티하산에게 카디자와 그들의 자녀들에게 매일 500 루피를 지불하도록 지시했습니다. 법원은 쿠티하산에게 최종 청문회가 열릴 때까지 집을 비우라고 명령했고, 카디자와 그들의 자녀들이 집을 점유할 수 있도록 허용했다. 카디자는 기뻐서 눈물을 흘렸고, 아마야의 도움에 감사할 말이 없었다.

리나 매튜의 사건은 독특했고, 법원은 최종 판결을 내렸다. 리나의 부모는 이두키 언덕에 2 에이커의 땅을 가진 농부였다. 그들은 리나보다 훨씬 어린 세 자녀, 한 딸과 두 아들에게 충분한 음식과 의복과 교육을 제공하는 것이 어렵다는 것을 알게 되었습니다. 리나는 학교에 도착하기 위해 약 8km 를 걸어야 했고, 몇 개의 개울을 건너야 했는데, 몬순 기간에는 위험했다. 산사태로 인해 차 농장을 둘러싼 언덕에 폭우가 자주 내렸습니다. 리나는 10 년 동안 맨발로 걸었다. 그녀의 입학을 훌륭하게 마쳤습니다. 학교를 관리하는 수녀들은 리나가 2 년 동안 고등학교를 계속할 수 있도록 격려했고, 재정 지원으로 리나는 이 지역에서 1 위를 차지했습니다. 수녀들은 리나가 의학 입학 시험을 준비하기 위해 장학금 호스텔에 머물도록 허락했습니다. Leena 는 결과가 나왔을 때 입학 시험에 응시한 상위 50 명의 후보자 중 하나였습니다. 곧 Leena 는 벵갈루루에 있는 의과대학에 입학했습니다. 그녀의 장학금은 그녀의 모든 비용을 충당하기에 충분했습니다.

Leena는 이비인후과를 전문으로 하는 7년 만에 졸업과 석사 과정을 마쳤습니다. 얼마 지나지 않아 Dr Leena는 상당한 보수를 받는 최고의 병원에 외과의로 합류했습니다. 그녀는 거의 모든 수입을 부모에게 보냈습니다. 그녀의 형제들은 그녀의 지원으로 훌륭한 교육을 받았습니다. 리나 박사는 부모님이 도시 근처에 별장을 짓는 것을 도왔습니다. 부모님과 형제 자매를 돕는 것이 리나 박사의 유일한 소망이었기 때문에 그녀는 항상 그들의 복지에 대해 걱정했기 때문에 가족을 갖기 위해 결혼하는 것을 잊었습니다. 리나 박사는 노년기에 부모님을 부양하고 싶었습니다. 그녀의 형제들은 결혼하여 다른 도시에 정착했고 그들의 발전을 위해 평생을 바친 언니를 잊었습니다. 안타깝게도 Leena는 직장으로 운전하는 동안 사고를 당했습니다. 부상은 심각했습니다. 그녀의 오른손이 마비되었습니다. 리나는 58세였으며 처음 몇 달 동안은 휠체어를 사용했다.

그녀가 돌아가신 부모님 집에 도착했을 때, 그녀의 형제, 아내, 아이들은 리나가 집에 들어가는 것을 거부했습니다. 사회 복지사의 도움으로 Leena는 방 두 개짜리 아파트를 임대하고 방 중 하나에 진료소를 열었습니다. 한 달도 채 지나지 않아 리나는 아마야를 만나 문제를 논의하고 아마야에게 소송을 맡아 법적 구제책을 신청하도록 요청했다. 그녀의 두 형제는 모두 응답자였습니다. Amaya는 법원에 의뢰인의 곤경과 사랑스럽고 단순한 의사, 유명한 외과 의사의 삶에 미치는 법적 의미에 대해 자세히 설명했습니다. Amaya는 이 사건이 사회와 가족 생활의 젊은이들에게 미치는 영향을 강조했습니다.

Amaya 는 의뢰인의 권리를 체계적으로 변호하고 상대방이 제기한 법적으로 지지할 수 없는 주장을 폭로하고 파괴하면서 법원 판사가 전적으로 의뢰인의 편이라고 확신했습니다. 최종 판결에서 법원은 피고인들에게 여동생이 부모를 위해 지은 집의 소유권과 소유권을 즉시 Leena Mathew 박사에게 넘겨줌으로써 집을 비우라고 명령했습니다. 법원은 또한 어린 시절부터 편안하게 돌보고 교육한 대가로 리나 박사에게 매달 10 만 루피를 지불하도록 지시했습니다. Amaya 와 그녀의 고객에게는 대단한 승리였습니다.

아마야는 저녁 5 시쯤 집에 도착했다. 그녀는 6 시쯤 사무실에 도착할 것이고 그녀의 후배들은 모두 그곳에 있을 것입니다. 그들의 시간은 아침 여덟 시부터 저녁 다섯 시까지, 그리고 여섯 시에서 여덟 시까지였다. 그녀는 고객을 인터뷰하고 필요한 문서 증거를 수집하는 것을 포함하여 법률 실무 기술을 배우기 위해 엄격한 교육을 제공하기를 원했습니다. 문서를 연대순으로 제출하고, 선임 앞에서 제출하고, 청원서 초안을 작성하고, 부속서를 준비하고, 충분한 수의 사본을 개발하는 것도 그들의 임무였습니다. 법원의 심의에 제출하고, 청문회에 참석하고, 법원의 결정을 기록하는 것도 똑같이 중요했습니다. 마지막 단계는 등록 기관 사무실에서 인증된 평결 사본을 수집하는 것이었습니다.

그녀의 후배들은 Amaya 가 청문회에서 사건을 어떻게 주장했는지, 그녀가 법원에 제출한 특정 문서, 그녀가 사용한 단어와 법적 개념에 주의를 기울였습니다. 마지막으로 Amaya 는 상대방의 주장과 헌법 조항, 다양한 법률 및 판례법을 강조하면서 고객을 변호하는 방법을 반박하려고 노력했습니다.

아마야는 사무실에 들어서자 대기실에 앉아 있는 젊은 여성을 발견했다. 그녀의 후배들은 아마야에게 그 여성이 시립 대학 중 한 곳의 조교수이며 그녀의 사건에 대해 논의하고 싶다고 알렸습니다. 15 분 안에 Amaya 는 그녀에게 전화를 걸어 그녀의 문제를 설명해달라고 요청했습니다. 그들은 한 시간 동안 토론을 했습니다. 그 여자의 이름은 테레사 조셉이었습니다. 그녀는 잘 알려진 대학에서 과학과 물리학 대학원을 졸업했습니다. 장학금을 받은 후 Teresa 는 미국 아이비리그 대학에서 박사 학위를 받기 위해 공부했습니다. 해외 대학과 연구 기관에서 매력적인 취업 제안이 있었음에도 불구하고 Teresa 는 인도로 돌아와 고국에서 일했습니다. 한편, 그녀는 동료 심사를 거친 국제 저널에 두 편의 기사를 발표했습니다.

인도로 돌아온 지 두 달도 채 되지 않아 테레사는 한 마을에 있는 가톨릭 주교 소속 대학에 소속된 대학의 조교수 자리에 선발되었습니다. 대학의 규칙과 인도 고등 교육의 정점 기관인 대학 보조금 위원회(University Grants Commission)는 대학에 의무적이었습니다. 교수진과 행정 직원의 급여는 주 정부에서 지급했습니다. Teresa 는 대학원생에 대한 교육, 연구 및 연구지도를 좋아했습니다. 학생들은 그녀의 지식, 기술 및 태도에 대해 높은 의견을 가지고있었습니다.

대학에 입학한 지 6 개월 만에 경영진은 Teresa 에게 그녀의 임명을 확인하기 위해 500 만 루피의 뇌물을 지불할 것을 주장하기 시작했습니다. 500 만 달러를 일시불로 지불할 수 없다면 은퇴할 때까지 기본 월급의 절반을 지불하는 것이 선택이었습니다. 테레사는 그렇게 하기를 거부했고, 주교는 즉시 그녀의 예배를 중단했습니다. 그녀는 미혼모였기 때문에 Teresa 가 인터뷰에서 자신이 미혼모임을 밝히지 않았기 때문에 학생들에게 나쁜 본보기가 될 것입니다. 나중에 Teresa 는 모든 교수진과 행정 직원이 임명 또는 근무 확인을 위해 상당한 뇌물을 지불했다는 것을 깨달았습니다. 테레사는 아이를 돌보는 두 살짜리 미망인 어머니를 부양할 수입이 없었습니다.

정부가 직원들의 봉급을 지급했음에도 불구하고 종교 단체를 포함한 민간 경영진이 운영하는 학교와 대학의 교수 및 기타 직원을 임명하는 데 부패가 만연했습니다. 대부분의 케랄라 교육 기관, 병원 및 자선 신탁은 민간 단체, 종교 공동체 및 조직에 속해 있었습니다. 주 의회 선거에서 그들의 영향력은 엄청났습니다. 그러한 단체는 수백만 루피의 뇌물을 받는 것을 범죄이며 윤리적으로 용납할 수 없는 행위라고 생각하지 않았습니다. 대학, UGC 및 정부는 잘못된 경영진에 대해 거의 행동하지 않았습니다. 따라서 심각한 범죄에 빠지는 것에 대한 암묵적인 승인이있었습니다. 테레사의 상황은 품위 있는 삶을 살기 위해 인도를 떠나야 했기 때문에 분명했습니다. 그렇지 않으면 법원만이 감독의 잘못에 대해 처벌하는 데 도움을 줄 수 있습니다. Amaya 는 후배들에게 서비스를 종료하기로 한 경영진의 결정을 무효화하는 데 필요한 조치를 즉시 완료하도록 요청했습니다.

두 명의 고객이 더 기다리고있었습니다. 그녀는 그들과 논의하고 후배들에게 추가 조치를 위해 사건 파일을 보도록 요청했습니다. 여덟 시 삼십 분쯤, 그녀의 전화가 울렸다. 전화는 Poornima 에서 왔습니다.

 "안녕하십니까, 부인. 저는 찬디가르에서 온 푸르니마입니다. 어제 나는 너에게 전화했다. 다시 한 번 방해해서 죄송합니다." 밝고 뚜렷한 목소리였습니다. 그것은 마치 그녀가 상상과 꿈과 깨어 있는 시간 동안 여러 번 들었던 것처럼 익숙한 소리였다.

"네, 포르니마, 안녕히 주무세요. 우리가 나눈 이야기가 생각납니다."

"사모님, 어떻게 시작해야 할지 모르겠습니다. 당신은 항상 내 인생에 있었다. 나는 평생 동안 당신을 느끼고 경험할 수 있습니다. 그것은 상상이 아니라 느낌, 보이지 않는 현실이었습니다. 당신은 내 안에 확고한 느낌이었습니다. 나는 너를 느낄 수 있었다. 나는 너 없이는 불완전했다. 지난 3 개월 동안 나는 당신이이 세상 어딘가에 있다고 확신했습니다. 당신도 살과 피를 가진 인간이었고, 인생의 복잡한 감정을 생각하고 행동하고 느낄 수 있는 사람이었습니다."

말하는 사람과 하나됨의 느낌이 들었습니다. 마치 푸르니마가 그녀의 삶의 일부인 것 같았고, 그들 사이에는 떼려야 뗄 수 없는 유대감이 존재했다.

"포르니마, 네 심정을 이해할 수 있어. 하지만 정확히 무엇을 말하고 싶은지 말해주십시오."

"사모님, 말로 표현하기가 어렵지만 설명하겠습니다. 나는 당신의 도움, 당신의 존재가 필요합니다. 당신 없이는 내 고통이 영원할 것이며, 그런 곤경은 상상할 수 없습니다. 그것은 내 존재의 끝이 될 것입니다."

"포르니마, 이해하기가 어렵군요. 명확히 해 주시겠습니까?"

"부인, 아버지는 지난 석 달 동안 의식을 잃으셨습니다. 오직 당신만이 그가 의식을 되찾도록 도울 수 있습니다." 푸르니마의 말은 간단했다.

아마야는 그 요청이 이상하다는 것을 알았다. 그녀는 신경과 전문의도 아니었고 의식을 회복하는 데 도움을 주는 의사도 아니었습니다. 그녀의 아버지는 전문적인 의료, 과학적 테스트, 검증, 분석 및 정신적, 육체적 상황에 대한 해석이 필요했습니다. 법률 실무자는 그 일을 할 수 있는 훈련을 받지 않았습니다. 기껏해야 아버지와 딸이 법적으로 권리를 보호하도록 도울 수 있습니다. 그러나 그녀는 Poornima 에 반응하지 않았고, 고통을 제거하려는 노력이 궁극적 인 의무였기 때문에 그녀를 해치고 싶지 않았습니다.

"포르니마, 이 점에 관해서는 내가 너를 많이 도와줄 수 없을지도 몰라. 최고의 신경과 전문의, 의사 및 심리학자의 서비스를 받아야 합니다. 그의 인생에서 과거의 사건에 대한 철저한 조사를 받으십시오. 흔히 대수롭지 않게 보이는 사건들이 사람에게 정신적 고통을 야기할 수 있다." 우려를 표명한 조언이었습니다.

"사모님, 그게 제가 박사님께 접근한 특별한 이유입니다. 나에게 당신은 아버지가 의식을 되찾도록 돕는 최고의 신경과 전문의이자 심리학자입니다." Poornima 는 정확했습니다.

포르니마의 말에는 매력이 있었지만 비현실적이었다. 그것들은 매력적이었고, 듣는 사람에게 매혹적이었고, 상상의 현실의 영역에서 삶의 특정 측면을 사실로 받아들임으로써 믿도록 암묵적으로 유혹했지만 존재하지 않았습니다. Poornima 의 말은 진정한 객관성없이 창조하고 신화로 남아 있기 때문에 환상적이었습니다. 그녀는 자신의 불안, 걱정, 희망이 진짜라고 믿는 사실을 넘어 전설을 발전시켰습니다. 오해는 그녀에게 가시화되었고 편집증으로 이어질 수 있습니다. 긴 침묵이 흘렀다.

"사모님, 명확하지 못해 다시 한 번 사과드립니다. 내 마음은 동요하고 내 생각을 이성적으로 말로 표현하지 못합니다. 명확히 하겠습니다. 아버지는 의식이 없습니다. 간헐적으로 그는 '아마야, 아마야'라고 불렀다. 그는 나를 엄하게 쳐다보며 나에게 무언가를 말하고 싶었다. 그는 나에게 그의 말을 잘 들어달라고 간청하고 있었다. 아마야가 뭔지 궁금했다. 나는 그 의미를 이해할 수 없었다."

희미하게 흐느끼는 소리가 들렸다. 포르니마는 감정이 북받쳐 올랐다. 긴 침묵이 뒤따랐다. 다시 한 번, 소란이 일어났고, 심하게 찌르는 듯한 느낌이 들었다. 그는 의식이 없었지만 그녀의 이름을 외웠고 그의 딸은 그 사건을 이야기했습니다.

"네 아버지 이름이 뭔지 알아도 될까?" 침묵이 깨졌다. 말은 분명했다.

"그는 아차랴 박사입니다."

낯익은 이름이었다. 아마야는 찬디가르에 있는 제약 회사의 회장이었기 때문에 여러 번 들었습니다. 그녀는 그를 언급하면서 Poornima 를 돕기 위해 그의 이름을 물었습니다.

"그는 의사입니까?"

"그는 뇌 매핑과 뇌 재건을 전문으로 하는 신경외과 의사입니다. 할아버지가 돌아가신 후 아버지가 회사를 물려받았습니다." Poornima 는 구체적이었습니다.

Acharya Pharmaceuticals 는 최고의 연구 기관 중 하나인 세계적으로 유명한 의약품 제조 회사였습니다. 손상된 인간의 뇌를 복구하기 위한 백신과 약물 개발의 과학적 성과에 대한 기사가 있었습니다. 그녀는 회사가 치매, 특히 알츠하이머 병을 위해 설계 한 매우 성공적인 약물에 대한 동료 심사 저널의 법률 의학 기사를 흥미롭게 읽었습니다. 그러나 뇌를 기쁘게 하는 부작용이 있었기 때문에 당국은 약물과 백신을 금지했습니다. 그것은 연구중인 피험자의 65-70 %에서 삶의 상황과 유사한 환각을 일으켰습니다. 이 자료에 따르면 일주일 동안 약물을 복용 한 피험자의 81 %가 "평범한 기분에서"만들 수 있습니다. 그런 사람들에게는 인생의 모든 것이 장밋빛이고 아늑하고 미묘한 것처럼 보였습니다. 나중에, 의료 형제회와 연구자들 사이에는 약물이 뇌를 조작하는 데 오용 될 수 있다는 강한 반대와 두려움이있었습니다. 그럼에도 불구하고 약물

남용으로 인해 몇 주 동안 혼수 상태에 빠질 수 있다는 점을 제외하고는 사람에게 신체적, 정신적 또는 심리적 손상을 입히지 않았습니다. 회사는 도입 직후 약물을 철회했습니다.

"하지만 네가 나한테 뭘 기대하는지 모르겠어. 내 역할은 무엇입니까? 내가 아는 한, 나는 당신의 문제와 아무 관련이 없습니다. 하지만 내가 어떻게 당신을 도울 수 있는지 말해 주시겠습니까?" 아마야는 노골적이었다.

푸르니마는 말을 이어갔다. 그녀는 Acharya 박사가 3 개월 전에 교통사고를 당했고 의식을 잃은 채로 남아 있다고 설명했습니다. 아내의 갑작스런 죽음 이후, 그는 손실을 견딜 수 없었습니다. 그들은 의학에서 학부 과정을 밟는 동안 젊은 나이에 결혼했습니다. 둘 다 졸업 후 영국으로 갔다. 나중에 그녀의 아버지는 미국으로 건너가 뇌 재건과 수리를 연구했고, 그녀의 어머니는 따로 살 수 없었기 때문에 그와 합류했습니다. 그들은 항상 미친 듯이 사랑에 빠졌습니다. 그러나 결혼 한 지 7 년이 지난 후에도 어머니는 임신을 할 수 없었기 때문에 그녀를 상당히 혼란스럽게 만들었습니다. 그녀는 우울하고 변덕스럽고 외로워졌고 남편은 아내의 고통을 견딜 수 없었습니다. 정신과 의사들은 그의 아내가 자살 충동을 일으킬 수 있다고 경고했습니다. 그는 아내에게 2 년 안에 아이를 가질 것이라고 재치있게 설득했습니다. 그리고 그들은 지중해의 태양과 모래를 즐기고 마음의 평화를 갖기 위해 2 년 동안 유럽에 갔다. 2 학년 말에 Poornima 가 태어났습니다. 나중에 그들은 맨체스터, 프랑크푸르트, 암스테르담, 프라하에서 각각 몇 달 동안 일년을 보냈습니다. 찬디가르로 돌아온 후 Acharya 박사는 제약 회사의 회장직을 맡았습니다.

아마야는 몹시 집중하며 푸르니마의 말에 귀를 기울였다. 이미 아홉 시였고 전화를 건 사람은 다음날 8 시 30 분에 그녀에게 전화할 수 있도록 허락을 요청했습니다.

이야기에서 그녀의 역할은 무엇이었고 Poornima 는 왜 그녀를 불렀습니까? 반격은 Poornima 가 그녀만큼 생생하고 복잡한 삶을 살았다는 고독의 손바닥이었습니다.

그럼에도 불구하고 마음 속에는 설명할 수 없는 불안감이 있었고, 날카롭고 놀라운 질문의 우연이 찔리면서도 마음을 진정시켰습니다. 그것은 부인할 수 없을 정도로 활기차고 목가적이며 영원 속의 고요함을 휘젓고 있었고, 아마야는 자신을 메타노이아의 새로운 생물권으로 끌어올렸습니다.

위빳사나를 먹은 후 그녀는 10 시에 잠자리에 들었습니다.

이날 대여섯 건의 사례가 기록되었습니다. 아마야는 후배들이 준비한 명단을 훑어보며 다시 한 번 주요 쟁점을 읽고 수비의 핵심 주장을 적었다. 일반적으로 그녀는 청원자의 고충을 주제별로 제시하고, 법을 강조하고, 그 장점과 법적 타당성을 강조하고, 마지막으로 자유, 평등 및 기회 균등의 맥락에서 권리 침해를 강조했습니다. 그녀가 대표하는 사례는 객관적이고 역동적이었습니다. 판사들은 그녀의 간결함, 자발성 및 법적 통찰력을 자주 높이 평가했습니다.

그녀의 법률 탁월함은 수년간의 엄격한 규율과 고객, 판사 및 변호사와의 중요한 참여의 결과였습니다. 아마야는 제기된 법의 구체적인 사실이나 관점에 익숙하지 않다는 것을 받아들이는 것을 결코 부끄러워하지 않았습니다. 그녀는 경험을 통해 무지를 받아들이면 존경심과 신뢰도가 높아진다는 것을 배웠습니다. 법정에서의 논쟁은 단지 그녀의 지식을 설명하는 것이 아니었습니다. 그것은 논의 중인 사건에 법을 적용했습니다. 가장 중요한 부분은 유리한 판결을 내리는 데 필요한 주장이었습니다. 따라서 그녀는 판사와 사실의 설명 앞에서 법적 정액 심리적 환경을 발전 시켰으며, 이는 당면한 탄원과 확고하게 관련된 판례법을 기반으로합니다. 그녀는 또한 그러한 판례법이 문제를 심리한 벤치에 구속력이 있는지 조사했습니다. Amaya 는 논쟁이 너무 짧아서는 안 되기 때문에 시간 관리에 주의를 기울였으며 내용이 없거나 너무 길어서 심사위원의 주의를 산만하게 해서는 안 됩니다. 상대방에게 경의를 표하는 데에도 똑같이 조심하면서 그녀는 모든 사람의 존경을 훔쳤습니다.

Amaya 는 로스쿨에 다니는 동안 여러 도시에서 열린 모의 법정 대회에 참석했으며 동급생 Surya Rao 와 다른 사람들은 3 년 연속 참석했습니다. 전체 운동은 실제 법정에서 변호사와 재판장을 모방했습니다. Amaya 는 기술 개발 및 실습을 위한 역동적인 기회를 제공하여 변호사가 직면하게 될 복잡한 상황에 직면하게 되었습니다. 조사, 관련 데이터 수집, 문제 분석, 판례법 지정, 초안 작성, 서면 제출 및 최종 주장과 같은 항소, 판결에 대한 사건을 처리하는 방법. 아마야는 해결되지 않은 문제나 논란의 여지가 있는 것처럼 보이는 평결을 환영했습니다.

콜카타에서 열린 모의 법정 대회에서 Amaya는 예배 장소에서 여성의 평등을 강력하게 주장했습니다. 일부 예배 장소에서는 월경 연령이 10세에서 50세 사이의 여성이 입장 할 수 없으며 입장이 금지되었습니다. 이 관습은 신이 학사라는 믿음에 근거했습니다. 월경 연령의 여성들은 신을 유혹하여 순결을 잃을 것입니다. 아마야는 이 전통에 대해 강력하게 반대하며 여성과 남성의 평등을 인정해 달라고 법원에 기도했다. 그녀의 반대자는 여성의 입국을 금지하는 것은 오래된 관행이며 특정 예배 장소의 필수 관행이기 때문에 존중되어야 한다고 주장했습니다. 무엇보다도, 그것은 그 신을 따르는 일부 사람들의 강한 믿음이었습니다.

Amaya는 여성의 월경이 자연스럽고 상대방에 대항하기 위해 부정하지 않다고 주장했습니다. 생물학적 사실인 월경은 아이를 임신하기 위한 첫 번째 단계였습니다. 모든 남성조차도 월경 한 여성에게서 태어났습니다. 월경 중인 여성이 부정하고 더러웠다면, 월경 중인 여성이 불결하다면 어떻게 예배 장소에 들어갈 수 있겠습니까? 여성의 입국을 거부함으로써 여성의 평등과 평등한 기회를 부정했습니다. 따라서 이러한 관행은 여성의 인권을 무효화했습니다. 10세에서 50세 사이의 여성이 월경 연령 그룹이 아니더라도 입국을 거부하는 것이었습니다. 따라서 그 관행은 여성성을 부정하는 것이었습니다. Amaya는 여성에 대한 금지가 월경에만 국한된 것이 아니라고 주장했다. 그것은 헌법에 명시된 여성의 자유를 공격했습니다. 전통과 루브릭에 근거한 모든 거부는 인권, 여성의 존엄성, 평등 및 평등한 기회 앞에서 무너졌습니다. 전통에 근거한 권리 박탈은 모호할 뿐만 아니라 구식이었습니다.

부정은 신화, 전설 및 편견에 서있었습니다. 그것은 민주주의 국가의 법을 위반하게되었습니다. 신화, 미신, 헌법에서 여성의 기본권 부정에 근거한 종교적 관습은 인간 존재의 의미 자체에 의문을 제기합니다. Amaya 는 뭄바이의 Dargah 에 대한 법원 판결을 인용했습니다. 법원은 판결문에서 "여성은 남성과 동등하게 다르가의 성소에 들어갈 수 있다"고 단호하게 밝혔습니다. 따라서 금지령은 "기본권에 위배되는" 것이었습니다.

인도 헌법은 모든 시민에게 자유, 평등, 평등한 기회를 보장했습니다. 인도의 모든 연령대의 여성은 남성과 동등한 권리를 누릴 수 있는 기회를 가져야 합니다. 따라서 그녀는 여성에 대한 금지를 해제하기 위해 특정 예배 장소가 필요하다고 주장했습니다. 그녀의 구두 발표는 객관적이고 사실적이며 법에 근거하고 강력하고 고무적이었습니다.

저녁 시간에는 많은 새로운 고객이있었습니다. 그들 중 한 명은 20 대 초반의 한 대학의 법대생인 카말라였습니다. 대학과 제휴한 이 대학에는 약 1,000 명의 학생이 있었고 개인 경영진이 운영했습니다. 3 년, 5 년 LLB, 2 년 LLM 및 사법 행정 MBA 프로그램이있었습니다. 학생들은 먼 곳에서 왔고, 대학은 도시에서 차로 2 시간 거리에 있는 반 숲 지역에 위치한 거대한 캠퍼스에 남녀를 위한 두 개의 큰 별도 호스텔을 가지고 있었습니다. 관리 사무실은 캠퍼스에있었습니다. 회장은 약 65 세의 미혼 남성으로 신과 같은 페르소나를 가지고 있었습니다. 그는 5 년 동안 내각에서 장관을 지냈고 광범위한 인맥을 쌓았고 부와 무한한 권력을 축적했습니다. 지역 징수원, 경찰서장, 세무 공무원 및 일부 판사와 같은 지역 관료들은 그의 영적 제자였습니다. 호스텔러, 특히 여성들은 종종 험담을 했고, 성범죄자인 회장은 은밀한 삶을 살았고, 호스텔은 그의 세라글리오였습니다. 그와 함께 잤던 사람들은 특별한 호의와 장학금을 받아 호화로운 생활을 했지만 피해자들은 깊은 침묵을 지켰다.

카말라는 그녀의 참혹한 경험을 풀기 위해 아마야를 만나러 왔다. 그녀는 중산층 가정에 속해 있었는데, 그녀의 아버지는 차 농장에서 일했습니다. 그녀의 어머니는 더 이상 존재하지 않았고 두 명의 동생이 있었습니다. 카말라는 지난 3 개월 동안 회장과 밤을 보내야 했습니다. 매일 밤 10 시까 지 그의 사적인 여성 수행원이 조용히 숙소에 들어가 카말라를 데려갔습니다. 처음에 카말라는 부인했습니다. 회장은 그녀를 신체적으로 폭행하고 복종하게 만들었습니다. 이틀 만에 카말라는 자신의 소원에 동의해야 했지만 섹스를 하는 동안 잔인했습니다. 종종 카말라는 그와 함께 부 자연스러운 활동을해야했고 캠퍼스에서 탈출 할 가능성은 없었습니다.

2 주 후, 카말라는 친한 친구와 함께 자신이 겪고 있는 성노예에 대해 이야기했습니다. 그녀는 카말라에게 강요하면서 사진을 찍는 것 외에도 옷에 고정된 작은 녹음 도구를 사용하여 회장의 대화를 녹음할 것을 제안했습니다. 카말라는 블라우스 단추와 음성 녹음 도구에 몰래 카메라를 고정했습니다. 아마야는 완전한 침묵 속에서 카말라의 말을 들었다. 그것은

중요한 사회적 지위를 가진 사람이 저지른 범죄에 관한 것이었습니다. 성범죄자는 여성의 존엄성을 존중하지 않았으며 폭력을 행사하여 피해자를 죽일 수 있습니다. 자신의 범죄를 숨기기 위해 그는 하늘과 땅을 동시에 움직일 수 있었습니다. 정치 엘리트, 종교 지도자 및 관료들은 그러한 약탈자들의 편에 섰습니다. 그녀의 지식은 지난 20 년 동안 그녀가 처리 한 다양한 사건에서 비롯된 것입니다.

카말라는 여러 날 밤 대화를 녹음하고 회장실에서 사진을 찍었다. 아마야는 녹음된 대화를 듣고 사진을 보고 법의 조사에 반대할 수 있는지 확인하고 싶다고 말했다.

기말고사가 치러졌기 때문에 카말라는 대학으로 돌아가지 않았다. 아마야는 후배들에게 즉시 사건 파일을 준비하라고 요청했고 카말라에게 전문적인 도움을 약속했다.

두 명의 수녀가 아마야를 만나기 위해 그곳에 있었다. 그들 중 하나가 우월했습니다. 그들은 아마야에게 자신들을 소개하면서, 내륙 마을에 위치한 수녀원에 네 명의 수녀가 있다고 알려 주었다. 그 중 두 명은 교구가 운영하는 학교의 교사였으며 정부 급여 보조금을 받았습니다. 다른 두 사람은 같은 마을에 있는 그들 소유의 진료소에서 일했습니다. 그들의 종교 회중에는 총 46 명의 수녀가 있었는데, 모두 시골과 빈민가에서 일했습니다. 본당 사제는 학교의 지역 관리자이자 회장으로 활동했습니다. 수녀들은 사제가 성적인 호의를 베풀기 위해 수녀 중 한 명을 끊임없이 괴롭히는 심각한 문제에 직면했습니다. 그는 수녀가 사무실에 갔을 때 한 번 성폭행했습니다. 괴롭히는 것은 참을 수 없게 되었고, 수녀들은 주교에게 서면으로 두어 번 알렸습니다. 그러나 주교는 아무런 반응도 없었고, 그의 침묵은 울부짖었다. 그는 총각 사제의 성적 탈선이나 성적 약탈 행위를 암묵적으로 지지한 것으로 보이며, 이는 수녀들이 교구장의 욕망을 충족시키는 것이 당연하다는 것을 암시합니다.

수녀들은 주교가 그들의 영적, 현세적 머리였기 때문에 반란을 두려워했습니다. 재정적으로 그에게 의존하는 수녀들은 주교가 그들의 진료소와 일상 생활에서 궁극적인 발언권을 가졌기 때문에 헬롯이었습니다. 다른 생계 수단을 잃은 수녀들은 회중을 떠날 수 없었습니다. 처녀성, 순종, 가난의 삶을 받아들임으로써 가족 생활을 포기한 그들은 품위 있는 삶을 살 수 있는 선택권이 없는 고아가 되었습니다. 상사는 딜레마를 설명하면서 다소 감정적이었습니다. 그 자매는 수녀들이 범죄 교직자들의 희생자가 된 것은 이번이 처음이 아니라고 말하였다. 그들은 아마야에게 교구 사제에게 기밀 경고 통지서를 보내 그들을 도와달라고 간청했습니다. 잠깐 생각한 후, 그녀는 사제에게 서면 메시지를 전달하기로 동의했습니다.

그녀의 이메일을 살펴보던 중, 아마야는 그녀의 어머니에게서 이메일을 발견했다. 그녀는 긴 편지를 쓰는 것을 좋아했기 때문에 적어도 일주일에 한 번은 Rose 로부터 정기적으로 이메일을 받았습니다. 로즈가 80 대였음에도 불구하고 그녀의 시력은 여전히 완벽해 보였습니다. 아마야는 단어 하나하나에 표현된 반감이 넘쳐 흐르면서 그녀의 메시지를 읽는 것을 좋아했습니다. 로즈는 종종 시와 일화를 인용하고 다른 도시에서 설계한 건물의 사진을 보냈습니다. 때때로 그녀는 코타얌에서 보낸 어린 시절에 대해 썼습니다.

그녀의 어머니와 달리, 그녀의 아버지는 전화로 몰에게 전화하는 것을 선호했고, 아마야는 그의 형언할 수 없는 이야기를 듣는 것을 즐겼다. Shankar Menon 은 *The Word* 에서 은퇴하고 케랄라로 돌아와 Rose 와 합류하여 주변에 수많은 동식물이 있는 울창한 녹지를 만든 호화로운 폭포가 있는 마을 집에 정착했습니다.

여덟 시 삼십 분쯤이었고, 아마야는 그날의 일에 행복을 느꼈다. 갑자기 그녀의 전화가 울렸다. 전화는 Poornima 에서 왔습니다.

딸의 아버지

Poornima 는 충격적인 정신적 고통을 겪고 있었습니다. 3 년 전 어머니의 죽음으로 시작되었을 수도 있고, 아버지의 교통사고가 이를 악화시켰을 수도 있습니다. 몇 달 동안 함께 지낸 아버지의 무의식 상태는 변함없이 수녀의 평화와 안녕에 영향을 미쳤다. 그러나 그녀의 고뇌는 어머니, 아버지, 그리고 자신과 관련된 이상한 문제를 의식하게 되었기 때문에 그 이상이었습니다. 그녀는 그것이 정확히 무엇인지 알고 싶었습니다. 그녀의 어머니는 캘리포니아에서 박사 학위를 연구하는 동안 남편과 함께 남아있었습니다. 그녀는 우울증에 빠졌을 때 수년 동안 함께 지낸 후에도 임신을 할 수 없다는 것을 깨달았습니다. 정신과 의사의 경고는 Acharya 박사를 두려워했습니다. 그는 어떤 대가를 치르더라도 비극을 피하고 싶었습니다. 그래서 그는 아내를 마르세유와 바르셀로나로 데려가 2 년을 보냈습니다. 바르셀로나에서 그들은 딸 Poornima 를 낳았습니다. 하지만 푸르니마는 아버지가 잠깐 의식이 없어졌을 때 왜 아마야의 이름을 반복하는지 이해할 수 없었다. 그것은 연결 고리를 찾는 그녀에게 미스터리였습니다. 그녀는 그 연결 고리가 아버지의 생명을 구할 수 있다고 믿었습니다.

"안녕하세요, 부인, 안녕하세요. 저는 푸르니마입니다." 아마야가 전화를 받자마자 분명하고 또렷한 목소리가 들렸다.

"안녕, 푸르니마." 아마야가 자신의 부름을 받아들였다.

"사모님, 다시 한 번 방해해서 죄송합니다. 내 마음은 너무 동요합니다. 당신과 이야기 할 필요가 있습니다. 아버지의 생명을 구하기 위해 몇 가지 사실을 알고 싶습니다." 라고 Poornima 는 덧붙였습니다.

아마야에는 직관적인 침묵이 흘렀다.

"부인, 저는 어머니만큼 아버지를 사랑합니다. 나는 그가 없는 삶을 상상할 수 없다. 어머니의 죽음은 그에게 영향을 미쳤고 그는 여전히 고통 받고 있습니다. 나는 당신이 그를 완전한 의식으로 되돌릴 수 있다고 믿습니다. 아마도 그는 당신을 찾고 있고 당신을 만나고 싶어합니다." 라고 Poornima 는 말했습니다.

아마야는 조용히 그녀의 말을 들었다.

"이봐, 푸르니마, 난 네 아버지를 몰라. 나는 그를 만난 적이 없다. 나는 그가 의식을 되찾도록 도울 수 있다고 생각하지 않는다. 그러나 나는 당신의 고통에 대해 안타까워합니다. 심령 고통은 최악의 비극입니다." 아마야는 침착했고, 그녀의 말은 신중했다.

"몇 가지 개인적인 질문을 드려서 죄송합니다. 제발." 그것은 다른 쪽 끝에서 간청이었다.

"그래, 가자."

"사모님, 스페인에 계셨습니까?"

"왜 이런 질문을 하는 거지? 아버지의 무의식 상태와 무슨 상관이 있습니까?" 잠시 후, 아마야가 물었다.

"아버지가 당신의 이름을 날마다 반복하실 때, 나는 아마야라는 단어의 의미가 무엇인지 궁금했습니다. 나는 그 의미를 알기 위해 여기저기 뒤졌다. 누군가 Amaya 가 스페인 이름이라고 말했습니다. 그런 다음 Google 을 검색했습니다. 아랍인들이 스페인을 정복할 때 빌린 바스크어라는 것을 깨달았습니다. 그 계시조차도 그 수수께끼를 풀지 못했습니다. 나는 대학 시절부터 아버지와 관련된 모든 논문을 철저히 검토했습니다. 아마야에 대한 언급은 어디에도 없었다. 그러나 나는 그가 반의식이 있을 때마다 '아마야'라고 부르는 소리를 들을 수 있었다. 해독하기는 어려웠지만, 나는 그것이 당신의 이름이라는 것을 느꼈습니다. 갑자기 그것은 나를 때렸다. 아마야는 나와 관련이 있습니다. 나는 그녀를 찾아야했다. 다시 한 번, Poornima 는 모든 음절이 의미로 가득 찬 것처럼 한 단어 한 단어를 말했습니다.

"스페인 전역에서 흔히 볼 수 있는 이름일 수 있습니다. 유럽의 다른 곳에서는 이 이름이 인기를 얻고 있습니다. 인도에서도 일부 사람들은 그것을 가질 수 있습니다. 그러니까 네 아버지가 찾고 있는 사람이 나라는 논리적인 연관성은 없어." 아마야가 설명했다.

"나는 합리적인 추론을 할 수 없다. 하지만 개인적인 질문을 한 것은 용서해 주십시오. 바르셀로나에서 태어났어?" 포르니마는 다시 한 번 사과했다.

"그렇다. 저는 바르셀로나에서 태어났어요." 아마야가 대답했다.

"맙소사. 이제 문제를 해결할 수 있습니다. 아버지가 미국에 있을 때까지 문서에서 아마야에 대한 단서를 얻을 수 없었을 때, 나는 부모님이 마르세유와 바르셀로나에서 보낸 2 년을 꼼꼼하게 조사했습니다. 그의 공책 중 하나에서 나는 종이 한 장을 보았다. 거기에는 '아마야'라고 쓰여 있었다. 부인, 그 작은 종이를 보니 안도감이 들었습니다. 그것은 너무나 소중하고 우리 제약 회사보다 훨씬 더 가치가 있었습니다." 푸르니마의 말이 확신에 찬 메아리로 울려 퍼졌다.

"하지만 그렇다고 해서 내가 네 부모님과 어떤 관계를 맺고 있다는 증거는 없어." 아마야는 단호했다.

"예, 그것은 증명하지 않습니다. 더 많은 증거를 찾아보겠습니다. 내일 여덟시 30 분에 전화해도 될까요?" 푸르니마가 애원했다.

"그래, 푸르니마, 내가 너의 고통을 덜어줄 수만 있다면." 대답은 솔직했다.

"사모님, 말씀드리는 게 즐거웠어요. 당신이 반대편에 있다는 것을 느낄 때, 나는 당신을 영원히 안다고 느낍니다. 안녕히 주무세요, 부인."

"안녕히 주무세요, 푸르니마. 잘 지내세요."

다음 날, 사무실에서 그날 나열된 사례의 세부 사항을 살펴보는 동안 갑자기 Poornima 가 생각에 떠올랐습니다. 그녀는 끈기 있게 탐정처럼 조사하고 검증 가능한 사실을 제시할 준비가 되어 있었습니다. Poornima 는 그녀가 말한 모든 단어의 진위를 테스트했습니다. 다른 사람들에 대한 공감과 존중을 보여주었습니다. 그녀는 즉각적으로 적절한 사회화를 겪었을 수도 있고 다른 사람들이 필수적이라고 생각하는 가치를 내면화했을 수도 있습니다. Poornima 는 그녀가 이야기한 사람이 그녀의 부모와 헤아릴 수 없는 관계를 가지고 있을지도 모른다고 의심했습니다. 그 관계는 그들에게 소중했습니다. 푸르니마의 말 한마디 한마디는 감사의 신비로 가득 차 있었고, 환상을 깨뜨리기를 바랐다.

그녀의 부모는 어머니의 마음에 평화를 가져다주기 위해 2 년 동안 마르세유와 바르셀로나에 머물렀다. 그녀의 어머니는 마르세유, 바르셀로나 또는 둘 다에서 의료 도움을 받았을 것입니다. 임신하지 않은 것에 대한 정신적 트라우마를 극복하기 위한 심리적, 육체적 도움이나 임신을 위한 의학적 치료일 수 있습니다. Poornima 가 주장했듯이 부모님이 마르세유와 바르셀로나에 머무는 것은 성공적이었습니다. 해피엔딩이었다. 그녀는 바르셀로나에 머무른 지 2 년 만에 바르셀로나에서 태어났습니다. 그러나 그곳에서의 그들의 날은 또한 그들의 딸에게 미스터리를 만들었습니다. 그리고 그녀는 아버지가 교통사고를 당한 이후로 그 비밀을 풀기 위해 노력해 왔습니다. 그는 의식을 잃은 채로 있었고, 몇 초 동안 반의식이 있을 때마다 아마야라는 이름을 암송했다. 그녀의 아버지의 잠재 의식은 그녀의 이미지를 가지고 있었고, 그는 인생의 매 순간마다 그녀를 기억했습니다. 아버지가 의식을 되찾도록 도와줄 수 있는 사람은 아마야였다. 포르니마는 아마야가 자신의 기억 속에 깊이 새겨진 친구라고 생각하며 아마야를 찾았다. 그녀를 그 앞에 제시하면 그가 그녀와 함께 즐거운 날을 회상하는 데 도움이 될 수 있기 때문에 그를 치료할 수 있습니다. Poornima 는 Amaya 가 그녀의 아버지가 그의 완전한 인식을 회복하는 데 도움이 되는 힘, 마법 및 친밀감을 가지고 있다고 믿었습니다. 그녀는 자신을 사로잡은 공포를 산산조각 내는 꾸밈없는 진실을 발견하고, 이상한 시간에도 모르는 사람에게 전화를 걸고 싶은 집착을 해체하고, 평화와 합쳐져 마음을 달래고 싶었습니다. 그녀의 부름에는 그 얼굴을 발굴하려는 끊임없는 갈망도 내포되어 있었습니다.

아마야는 의자에 몸을 뒤로 젖혔다. Poornima, Dr Acharya 및 그의 아내가있었습니다. 비록 푸르니마의 어머니는 더 이상 존재하지 않았지만, 머릿속의 모습은 분명했다. Acharya 박사는 의식이 없었고 자신의 필요를 말로 표현할 수 없었습니다. 다음번에는 푸르니마에게 아버지의 이름을 물어볼 생각이었다. "왜 그렇게 궁금해? 왜 그의 이름을 알고 싶어합니까?" 그녀는 자신의 의도에 의문을 제기했다. 하지만 그녀는 푸르니마가 정신적 시련을 극복하는 데 도움이 되도록 그에 대해 더 알고 싶었습니다. 아마야는 아차랴 박사를 대신해 카란을 대신하려 했다. 카란에 대한 기억이 생생했다. 그는 20 대 후반의 건장한 남자였습니다. 그녀는 대학 식당에서 그를 처음 만났습니다. 누군가를 찾고 있는 것 같았다.

바르셀로나는 반짝였다. 아마야는 카란을 만나기 일주일 전에 바르셀로나의 대학 캠퍼스에 도착했다. 그녀는 스페인의 인권 침해에 대한 언론 보도를 체계적으로 연구할 준비를 마쳤습니다. 손에 든 장학금은 그녀의 노력을 밝게 해주었습니다. 그녀는 저널리즘과 인권에 진정으로 관심이 있었고 정량적 데이터를 수집하여 특정 현상을 연구하기로 결정했습니다. 이 연구는 인권이 신문 기사, 사설, TV 뉴스 채널에 어떻게 반영되는지에 대한 것이었고, 억압받는 사람들의 자결권에만 국한되었습니다.

인권은 고귀한 이상이었지만 개인적, 사회적, 경제적, 정치적 선호로 가득 찬 저널리즘은 엘리트주의적 강압으로 인해 종종 사람들의 관심을 돌렸습니다. 인권 침해 사건은 권력과 정치의 독점적 인 영토에 살았던 누군가의 간접적 인 이익을 위해 언론에 나타났습니다. 스펙트럼의 반대편에 있는 분리된 약자들은 엘리트들이 대중을 억압하는 데 있어 그들의 역할을 격렬하게 부인했음에도 불구하고 희생자가 되었습니다. 증오는 인권 침해의 분출에서 사악한 색조로 구체화되었고, 단절은 무서운 규모로 확대되었습니다. 많은 사람들에게 영향을 미친 침해는 공개되지 않은 사람들의 이익을 보호하기 위해 뉴스 가치가 되었습니다. 어떤 상황에서는 인권 침해가 알려지지 않은 세력에 의해 은밀하고 억압되었습니다. 길 잃은 인권 침해는 특정 상황에서 국가 전체의 문제가 될 것입니다. 아마야는 1년 동안 그들을 분석한 다음 인도로 돌아가 변호사로 일하기를 원했습니다.

바르셀로나는 살기 좋은 곳이었습니다. Amaya 는 그곳에서 태어나 마드리드에서 어린 시절을 보냈기 때문에 도시를 알고있었습니다. 바르셀로나의 일부 대학은 유럽에서 상위권에 올랐습니다. 대학에서 장학금을 신청한 것은 Amaya 가 카탈루냐어, Euskera 및 스페인어를 알고 있었기 때문에 도움이 되었고 대학은 의사 결정을 더 쉽게 만들었습니다. 저널리즘 스쿨의 인터뷰 보드는 Amaya 를 인정한 것에 대해 기쁨을 표했습니다. 그녀는 남자와 여자 학생들이 밤낮으로 어울리는 호스텔에 잘 꾸며진 방을 얻었습니다. 캠퍼스 생활은 학습과 엄격한 연구의 환경이 있었기 때문에 스릴 만점이었습니다. 건축물은 훌륭했고 Amaya 는 어머니와 함께 캠퍼스를 방문했던 것을 기억했습니다. 로즈는 고딕 양식을 좋아하여 새로운 기술로 재창조하고 케랄라의 전통적인 가정적인 건물과 융합했습니다.

지중해 음식, 맑은 공기, 밝은 태양에는 마법이 있었습니다. 캠퍼스의 미술관에는 학생, 교직원 및 관광객을 포함하여 매일 수백 명의 방문객이 방문했습니다. 밤문화는 음악, 춤, 영화, 단막극, 문화 전시회, 토론, 모임 및 대회로 활기차고 다채로웠습니다. 그러나 아무도 다른 사람의 사생활을 엿보지 못했습니다. 절대적인 자유, 평등, 평등한 기회가 있었습니다. 약 550 년의 역사를 가진 이 대학은 거의 모든 유럽 국가에서 온 학생들과 함께 많은 과정을 제공했습니다. 12 명의 학생들이 인도 출신이었고 Amaya 는 저널리즘 스쿨에서 유일한 학생이었습니다. 대학에서 공부하고 싶은 그녀의 열망은 몇 년 전 어머니와 함께 대학을 처음 방문했을 때 싹이 텄습니다. 캠퍼스는 카탈루냐 광장 (Placa Catalunya) 근처의 도시 내에 위치하고 있으며 약 70 개의 학부와 350 개 이상의 석사 프로그램이 있습니다. 저널리즘 스쿨은 국제적으로 알려진 연구를 수행하기위한 모든 현대 기술과 시설을 갖추고 있습니다. 아마야는 도서관에 수천 권의 책, 저널, 정기 간행물, 신문이 잘 갖춰져 있다는 것을 알게 되었고, 벨리초는 활기차고 활기차고 있었다. 디지털 도서관은 훌륭했습니다. 아마야는 도서관에서 상당한 시간을 보냈다.

나중에 Amaya 는 그녀가 무엇보다 신뢰하고 사랑했던 Karan 과 함께 스페인의 여러 도시에 있는 TV 채널, 신문사 및 기타 커뮤니케이션 시설을 방문하기 시작했습니다. 그 후 24 년 동안 아마야는 딸과 아버지 카란을 찾아 다녔다. 바르셀로나 병원의 산부인과 병동에서 시작된 영원한 추격전이었다. 병원 기록에 따르면 신생아의 아버지인 카란은 18 일째 되는 날 아기를 집으로 옮겼다. 그들이 로터스라고 불렀던 그 집은 사랑과 행복의 장소였으며, 아마야와 카란은 그곳에서 일 년을 함께 보냈다. 그녀는 카르나와 함께 병원에 갔던 기억을 생생하게 기억하고 있었다. 그리고 카란이 아기를 집으로 데려간 것은 병원의 허락을 받은 것이었다. 아기는 건강하고 왕성했지만 Amaya 는 분만 중에 혼수 상태에 빠졌습니다. 신생아는 의무적인 건강 검진을 받고 필요한 모든 예방 접종을 받았기 때문에 산모가 혼수상태에 빠졌을 때 아기를 산부인과 병동에 둘 필요가 없었습니다. 그리고 병원은 카란이 아기를 집으로 데려가는 것을 허락했고, 어머니는 22 일 동안 혼수 상태에 머물렀다. 그러나 그녀는 혼수상태에서 벗어났을 때 딸의 얼굴을 결코 볼 수 없었습니다. 법정으로 차를 몰고 가면서, 아마야는 자신의 고통을 회상했다.

그날 아마야와 수난다는 70 대 초반의 파르바티라는 여성을 대표했다. 결혼한 지 8 년 후, 26 세가 되었을 때, 그녀는 마을에서 몬순 기간 동안 산사태로 남편을 잃었습니다. 그녀는 외아들을 돌보기 위해 미혼으로 남아 있었고 충분한 자금을 모으는 데 어려움을 겪었음에도 불구하고 그를 학교와 대학에 보냈습니다. 몇 년 후, 그녀는 욕실이 딸린 침실 3 개가 있는 집을 지었습니다. 그녀의 아들은 인근 마을의 은행에서 보수가 좋은 직장을 구하고 동료와 결혼했습니다. 파르바티는 그 후 25 년 동안 두 아들을 돌보고, 집을 청소하고, 음식을 요리하고, 모든 사람의 옷을 빨았습니다. 그때까지 그녀의 손자들은 일자리를 얻었고 다른 도시로 이주했습니다. 파르바티가 68 세가 되었을 때, 그녀의 아들과 며느리는 바라나시, 브린다반 및 인도 북부의 다른 많은 성지로 순례를 떠났습니다. 그들은 순례를 가는 것이 그녀의 꿈이었기 때문에 파르바티를 데리고 갔다.

두 달 후, 그녀의 아들과 며느리가 돌아 왔을 때, 파르바티는 그들과 함께 있지 않았습니다. 그들은 친척, 친구, 이웃들에게 바라나시를 방문했을 때 어머니가 성스러운 강가 강둑에서 쓰러져 사망했다고 알렸습니다. 종교 관습에 따라 그들은 그녀의 시신과 재를 화장하여 신성한 강에 담갔습니다. 파르바티의 아들은 사제와 화장장 당국이 정식으로 서명한 사망 증명서를 지방 자치 단체에 제출하여 자신의 이름으로 집을 이전했습니다. 일주일 만에 그는 돌아가신 어머니를 기리기 위해 종교 행사를 마련하고 관습에 따라 음식을 제공했습니다.

3 년이 지난 어느 날 저녁, 파르바티의 아들이 머물고 있는 마을에 한 나이 든 여자가 나타났습니다. 그녀는 피곤했지만

마을 사람들은 부정한 옷을 입은 그녀를 알아볼 수 있었습니다. 그녀는 파르바티였다. 마투라(Mathura)의 브린다반(Vrindavan)에 있는 동안 그녀의 아들과 며느리는 파르바티(Parvati)를 군중 속에 남겨두고 사라졌습니다. 파르바티는 며칠 동안 함께 그들을 찾았다. 그녀는 어디로 가야 할지, 아들에 대해 알아봐야 할지 몰랐습니다. 힌디어를 모르면 누구와도 의사 소통을 할 수 없었습니다. 그러나 그녀는 언젠가 아들이 와서 그녀를 불행에서 구해 줄 것이라고 믿었습니다. 배고프고 피곤한 파르바티는 성전 옆에서 운영하는 과부들의 집으로 갔다. 자녀들에게 버림받은 수천 명의 다른 과부들이 있었습니다. 파르바티는 2년 동안 그곳에 머물렀고, 어느 날 대피소를 탈출하여 기차를 탔다. 그녀는 일 년 동안 여러 곳을 여행했다. 비자야와다 기차역에 있을 때, 파르바티는 케랄라로 가는 간호사를 만났다. 그녀는 간호사에게 케랄라에 가고 싶지만 돈이 없다고 말했습니다. 간호사는 기차표를 받고 음식을 구입하고 케랄라로 여행했습니다. 그녀는 파르바티가 마을까지 버스를 타는 것을 도왔습니다. 파르바티는 가슴 아픈 이야기를 들려주었습니다. 그것은 그녀의 아들에 의한 속임수와 버림에 대한 이야기였습니다. 아마야는 아들과 며느리에 대한 파르바티의 탄원을 받아들였고, 그날은 마지막 청문회가 열리는 날이었다.

아마야가 출연한 또 다른 사례는 14세 미성년자에 대한 것이었다. 마드라사 선생님, 57세의 남자가 그녀를 임신시켰다. 그는 피해자를 2년 동안 강간했고, 자신이 하고 있는 일은 그녀를 더 똑똑하게 만드는 치료법이라고 말했고,

이는 그녀가 아랍어를 쉽게 배울 수 있도록 도와줄 것이라고 말했습니다. 첫 변론이 끝난 후, 법원은 최종 심리 날짜를 더 정했습니다.

다음 이틀은 토요일과 일요일에 법원의 휴일이었고 Amaya 의 후배와 사무실 직원은 금요일 저녁부터 월요일 아침까지 무료였습니다. 아마야는 일주일 동안 받은 잡지와 정기 간행물을 훑어보았다. 토요일은 개인 일을 끝내고, 집을 청소하고, 피아노를 치고, 소설을 읽고, 이메일을 쓰고, 영화를 보는 시간이었습니다.

그녀는 모든 책을 읽었기 때문에 해리포터 영화를 완전히 즐겼습니다. Amaya 는 *헝거 게임에서* Jennifer Lawrence 를 특히 좋아했습니다. 가끔씩 Amaya 는 *노예 12 년의* 특정 부분을 보았습니다. *Katwe 의 여왕*에서 Madina Nalwanga 를 존경했습니다. 그것은 상징적이었고 모든 어린 소녀가 적절하게 위대함을 성취할 수 있다고 믿었습니다. Amaya 는 *Wild* 에서 Reese Witherspoon 의 성능을 훌륭하게 고려했습니다. Amaya 는 지역 신문에 *Suffragette* 에 대한 리뷰를 썼고 Carey Mulligan, Meryl Streep, Ann Marie Duff 및 Helena Bonham Carter 는 그녀의 이상적인 배우로 남아 있었습니다.

여성 중심의 말라얄람어 영화를 보는 것이 그녀의 열정이었습니다. 그녀는 여주인공이 주연을 맡았을 때 영화가 큰 매력을 가지고 있다는 것을 알고 있었습니다. 말라얄람어 여성들의 사랑, 상처, 불안, 고통, 고뇌, 두려움, 기대와 같은 감정의 섬세한 처리는 타의 추종을 불허했습니다. 아마야는 파르바티 티루보투와 만주 워리어를 메릴 스트립이나 안젤리나 졸리와 같은 세계적 수준의 배우로 여겼다. *우야레*의 파르바티와 *루시퍼*의 만주 워리어가 그녀의 최선의 선택이었습니다. Amaya 는 *Perumazha* 의 Kavya Madhavan 을 좋아했으며 Kavya 가 그녀의 놀라운 연기 재능을 표현할 충분한 기회를 얻지 못했다고 느꼈습니다. 과거 배우들 사이에서 Amaya 는 Chemmeen 의 Sheela, *Iruttinte Athmavu* 의 Sharada, *Nakhakshathangal* 의 Monisha 를 선호했습니다. 그녀는 오래된 볼리우드 영화를 좋아했습니다. 그녀가 가장 좋아하는 배우는 Smita Patil 과 Shabana Azmi 였습니다.

아마야는 사무실에 혼자 있었다. 저녁은 고요했다. 창문을 통해 그녀는 키 큰 나무의 녹지가 가득한 가지의 실루엣에서 가로등을 볼 수 있었습니다. 문득 마드리드에 있는 인도 대사관 건물 안에 있던 어린 시절의 집과 교외에 있는 학교가 생각났다. 학교 구내에는 나무가 많았습니다. 수녀들은 풍부한 초목을 갖는 데 매우 특별했으며, 이는 학생들에게 더 나은 학습 환경을 조성할 것이라고 믿었습니다. 아마야는 과학 선생님인 알리사라는 수녀를 가장 사랑했다. Alisa 는 과학에 대해 토론하는 데 타고난 재능이 있었고 적절한 예를 들어 각 개념을 체계적으로 설명했습니다. 따라서 그녀는 학생들이 결론을 생각하고 발전시켜 독립적으로 만들도록 시작했습니다. 그녀의 가르침은 정보 수집을 위한 장소가 아니었기 때문에 지식, 기술 및 태도 형성에 있어 전체론적이었습니다.

Alisa 는 바르셀로나의 Basilica de la Sagrada Familia 에서 태어난 후 즉시 Amaya 를 데려간 여동생이었습니다. 아마야의 이야기를 들으며 알리사는 기뻐서 웃으며 아마야를 껴안았다. 그것이 친밀하고 건강한 관계의 시작이었고, 수녀는 아마야에게 자율적으로 생각하고, 결정을 내리고, 상황을 객관적으로 평가하고, 사건과 아이디어를 해석하도록 가르쳤습니다. 그러나 Amaya 는 자신의 인생에서 가장 중요한 사람을 평가하지 못해 평가할 수 없었기 때문에 한 번만 실패했습니다. 그러나 그는 거의 모든 사람들과 다르고 대담하고 대담하며 역동적이었기 때문에 결정하기가 쉽지 않았습니다. 아마야는 그를 깊이 신뢰했고, 인간에 대한 그녀의 확고한 믿음에 반하는 어떤 것도 기대하지 않았다. 그리스 신 피스티스처럼 그는 신뢰, 정직, 자신감의 의인화로 그녀의 삶에 들어왔습니다.

어느 날 저녁, 저널리즘 스쿨의 카페테리아에서 아마야는 커피 한 잔을 즐기고 있었다. 그때 그녀는 키가 크고 귓볼까지 짙은 머리카락을 늘어뜨린 매력적인 청년을 보았습니다. 그는 누군가를 찾는 것처럼 보였다.

"안녕," 그가 아마야를 바라보며 말했다.

"안녕." 아마야가 그를 바라보며 대답했다. 그의 외모는 충격적이었다.

"자리에 앉으시겠습니까?" 그는 그녀 옆 커피 테이블의 빈 의자를 가리키며 허락을 구했다.

"물론이지." 아마야가 말했다.

"저는 카란입니다." 의자에 굳게 앉아 오른손을 내밀며 자신을 소개했다.

"만나서 반가워요, 카란. 저는 아마야입니다." 그녀는 그와 악수하며 말했다.

"정말 아름다운 이름입니다. 만나서 반가워요, 아마야." 그가 미소를 지으며 말했다. 웃으면서 그의 얼굴을 보는 것이 즐거웠습니다. 그는 위엄 있고 자기적인 외모를 가졌다고 그녀는 생각했다.

"고마워요, 카란. 바스크어입니다. 그러나 스페인 사람들은 그것을 주장하고 아랍인들도 마찬가지입니다." 아마야가 말했다.

"당신은 내가 스페인에서 본 그 누구보다 아름답고, 가장 매력적으로 보입니다. 당신은 어디에서 왔습니까?" 그녀를 칭찬하면서 그는 물었다.

"저는 케랄라에서 왔어요." 아마야가 말했다.

저도 인도 출신이지만 이곳에 정착하여 사업을 하고 있습니다." 카란이 설명했다.

"저는 저널리즘 스쿨에서 인권에 대해 연구하고 있습니다."라고 Amaya 는 덧붙였습니다.

"오, 대단해. 당신은 지식인이자 동시에 사회 운동가입니다." 라고 Karan 은 성명을 발표했습니다.

그의 영어는 미국식 억양을 가지고 있었다. 그런 다음 그들은 함께 커피를 마셨다.

"나는 커피를 많이 마신다. 우리에게는 공통점이 있습니다. 여기서부터 시작합시다." 카란이 말했다.

아마야는 카란을 쳐다보았다. 그의 얼굴은 조각상과 같았고, 특별한 것이었다. 그의 자기 눈은 희귀 한 빛을 가졌다.

"매일 같이 커피를 마시자." 카란이 제안했다.

"물론이지." 아마야가 초대를 기다리는 듯 말했다. 그녀는 그를 다시 만나고 싶은 충동을 느꼈다.

"아마야, 나는 내일 이 시간에 돌아올 것이다. 만나서 반가워요." 카란이 말했다.

"내가 여기 있을게." 아마야가 약속했다.

그는 일어나서 걸어 나갔다. 등 뒤에서 그는 우아하게 보였다. 그의 검게 흐르는 머리카락은 감질나는 진동을 일으켰다. 그러나 아마야는 왜 그녀가 그를 다시 만나기로 약속했는지 결코 알지 못했고 그 이유를 이해할 수 없었습니다. 그것은 순간의 박차에 일어났을 수도 있습니다. 그것은 그녀의 지성이 아니라 그녀의 마음이 내린 결정이었습니다. 그녀는 그것에 대한 목적이나 무의식적 인 동기가 없다고 생각했습니다. 그녀는 학교와 대학에 있는 동안 그러한 충동을 억눌렀을 것입니다. 로스쿨에서 법률 및 법률 토론으로 바쁩니다. 논쟁의 법정에서 Surya Rao 는 주로 그녀의 파트너였습니다. 남학생들은 그녀 주위에 있었지만 그들과 개인적인 대화를 나누는 것은 모두에게 자연스러운 일이었지만 이상한 생각이었습니다. 그녀의 인기 때문에 그녀는 그러한 충동을 억제했을 것입니다. 갑자기 아마야는 새로운 환경에 처하게 되었다. 카란의 존재는 유혹적이었고, 그녀 앞에 발을 내디뎠을 때 그의 모습은 장엄했다. 그녀는 그를 좋아했다. 매혹적이어서 그와 긴 대화를 나누고 싶었습니다.

아마야는 저녁 내내 카란을 마음속에 품고 다녔는데, 캠퍼스의 밤문화가 남자 동료에 대한 갈망을 불러일으켰을지도 모른다. 더 밝은 조명, 더 큰 음악, 친밀감으로 매혹적이었습니다. 희망이 그녀를 집어삼켰고, 남자를 만나고 싶은 갈망이 있었고, 카란은 그녀에게 그 친구였습니다. 그럼에도 불구하고 아마야는 남자 친구의 부재를 채울 수 있을 것 같아서 다음 날 그가 나타날지 걱정했다. 그녀의 감정은 건장한 남자에 대한 매력의 산물이었지만, 그녀는 무분별한 연애의 세계에 머물고 싶지 않았기 때문에 그것만으로는 진정한 사랑으로 성장할 수 없었습니다. 그러나 그를 생각하는 것은 즐거운 경험이었습니다. 그녀는 바람직함을 넘어서고 싶었지만 육체적인 친밀감, 즉 부정할 수 없는 성적 관심의 불꽃을 갈망했습니다. 아마야는 오랫동안 카란에 대해 생각했다. 그녀는 그를 껴안고 그와 사랑을 나누는 것을 즐겼습니다. 하루 종일 콜로키움을 하는 동안 그녀는 그를 잊으려고 노력했지만 그가 이따금 그녀의 마음에 떠오르는 것은 어려운 일이었습니다.

저녁이 되자 아마야는 식당에서 그를 기다렸다. 그는 재빨리 활짝 웃으며 나타났다. 그의 손에는 장미 한 송이가 들려 있었다.

"안녕 아마야." 그는 멀리서 그녀를 기원했다.

"안녕, 카란." 그녀는 기대에 부풀어 눈을 반짝이며 일어섰다.

"만나서 반가워요, 아마야. 다시 뵙게 되어 정말 기쁩니다." 그는 활기가 넘쳤다. 그런 다음 그는 장미 다발을 부드럽게 그녀의 손에 놓았습니다.

"고마워, 카란, 사랑스러운 장미를 줘서 고마워. 신선하고 아름답습니다." 라고 그녀는 말했습니다.

"당신은 이 장미들보다 훨씬 더 아름답습니다. 그래서 나는 당신을 만나고, 당신과 이야기하고, 이 사랑스러운 여인과 몇 시간 동안 함께 있기 위해 왔습니다." 그의 말은 매혹적이었다.' 아마야는 생각했다.

그들은 함께 커피를 마시고 나갔다. 아마야는 그의 존재가 굳어지는 것을 느꼈고, 그의 곁을 걷는 것을 즐겼다. 미로 같은 오솔길은 매력적으로 보였고 그들은 이야기, 이벤트, 개념 및 아이디어를 공유하면서 함께 수 마일을 걸었습니다. 떠나기 전, 11 시쯤 그는 그녀의 손바닥을 잡고 키스를 했다.

"사랑해, 아마야, 내일 보자." 그가 말했다.

"사랑해, 카란." 그녀는 말했지만 그녀의 말에 놀랐다. 그녀는 마음껏 그를 사랑하느냐고 물었고, 마음은 긍정적인 대답을 했다. 그녀는 그가 말을 타는 것을 지켜보았다. 마음이 따뜻해지는 느낌이었습니다. 그녀는 그가 학교 입구에 있는 희망의 여신상 뒤로 사라질 때까지 그곳에 서서 바라보았다.

카란에 대한 아마야의 첫인상은 그의 수수께끼 같은 페르소나였다. 처음에는 당혹감이었고, 유혹에 빠진 느낌이었고, 마음을 유혹하고, 몸에 대한 명시적이지 않은 유혹으로 마음을 달랬습니다. 그를 만난 지 이틀째 되던 날, 그녀는 그의 반응, 태도, 정직, 친절, 감정 및 지성을 강조하면서 육체적 매력보다 그의 성향을 더 많이 찾았습니다. 그녀는 그를 평가하고 그가 정중하고, 현실적이며, 격려적이며, 비판적이지 않다는 것을 확인했습니다. 잠자리에 들기 전에 그녀는 자신이 잘못된 결정을 내리고 있는지 마음에게 물었고 그녀의 마음은 그녀에게 자신의 욕망을 따르라고 말했습니다.

다음날 Karan 은 Amaya 에게 전화를 걸어 해변의 레스토랑에서 저녁 식사를하도록 초대했습니다. 아마야는 그와 함께 갈 수 있어서 기쁘다고 말했다. 카란은 5 시 30 분쯤 도착해 아마야가 말뚝을 타는 것이 편한지 물었다. 그의 말은 부드러웠고, 그녀는 중얼거리며 동의했다. 아마야가 카란과 함께 가는 것은 기분 좋은 일이었다. 도시는 매혹적이고 웅장해 보였다. 바르셀로나의 여름은 절정에 달했고 사람들은 가족 및 친구들과 저녁을 즐겼습니다. 모든 거리에는 음악과 춤으로 축하 행사가 있었습니다. 식당과 카페테리아가 넘쳐났습니다.

20 분도 채 안 되어 그들은 해변에 도착했습니다. 바르셀로나는 해변 애호가들의 천국이었습니다. 아마야는 부모님과 함께 여러 번 도시를 방문했을 때 그것을 알고 있었다. 드러머, 바이올리니스트, 마술사, 노래하는 판매원 및 모래 예술가가있었습니다. 카란은 BMW GS 를 식당 밖에 주차하고 아마야가 내려오는 것을 부드럽게 도왔다. 식당은 우아한 좌석 배치를 가지고 있었고, 그들은 그가 미리 예약한 2 인용 코너 테이블을 가져갔습니다.

"아마야, 나는 세상에서 가장 행복한 사람이야. 이제 나는 당신이 있습니다. 작년 한 해 동안 나는 파트너를 열심히 찾고 있었는데 이 사랑스러운 여성을 만났을 때 검색이 끝났습니다." 라고 Karan 은 대화를 시작했습니다.

"나도 너를 만나서 기뻐, 카란. 당신은 내가 당신과 사랑에 빠졌다는 것을 모른 채 내 마음을 정복했습니다." 라고 Amaya 는 덧붙였습니다.

"고마워요, 아마야. 당신은 놀랍고, 똑똑하고, 교육을 받았고, 매혹적입니다. 당신은 젊고, 활기차고, 부글부글 끓고, 매력적입니다." 매혹적인 미소를 지으며 카란이 말했다.

"저는 스물세 살입니다." 아마야가 말했다. 그러나 그녀는 왜 그녀가 몇 살인지 말했는지 알지 못했습니다. 그녀의 마음속에는 그녀를 찌르는 약간의 후회가 있었다.

"나는 스물 아홉 살이지만 사랑스러운 여성과의 우연한 만남을 오랫동안 기다리면 긍정적 인 결과가 나옵니다. 이제 당신은 나와 함께 여기 있습니다. 풍부한 경험입니다. 저는 여러분의 우정으로 인해 힘을 얻습니다." 카란의 말은 마치 그가 제안하는 것처럼 아마야의 마음에 특별한 심리적 영향을 미쳤다. 카란과 함께하는 모든 것이 즐거워 보였다. 그의 엔코미엄은 아마야를 설명할 수 없는 약속과 얽힌 개인적 약속으로 감쌌다. 카란을 바라보는 것은 자기 효과가 있었다. 그녀는 그에 대한 사랑을 표현하고 그의 모든 말을 믿었고, 그의 흐르는 검은 머리카락은 그녀의 마음에 다른 세상의 영향을 미쳤습니다. 아마야는 오랫동안 마법에 걸렸다.

Karan 은 Amaya 에게 주문을 요청했고 그녀는 카탈로니아의 전통 생선 요리인 Bacalla 를 선택했습니다. 두 번째 요리는 크림 그레이비 소스에 오징어로 요리한 미트볼이었습니다. 으깬 감자를 곁들인 닭고기와 랍스터 비리 야니가있었습니다. 마지막으로, 그들은 설탕이없는 뜨거운 블랙 커피를 마셨다. 아마야와 카란은 식사를 하면서 이야기를 나누었고 여덟 시까지 식당에 머물렀다. 그런 다음 그들은 해변에서 한 시간 동안 긴 라이딩을 하고 자정 무렵에 대학 호스텔로 돌아왔습니다. 떠나기 전, 카란은 아마야에게 자신을 안아줄 수 있도록 허락해 달라고 부탁했다.

"카란, 사랑해. 너와 나는 영원한 친구야." 그녀의 말은 연상적이었고, 그녀는 미소를 지으며 말했다. 그러자 갑자기 그에게 끌렸다. 그녀는 그의 팔에 유연한 액자를 던졌다. 그의 근접성의 행복은 아마야에게 새로운 것이었다.

"고마워, 아마야." 그가 속삭였다. 그녀 쪽으로 몸을 기울이는 동안, 그는 피레네 산맥의 이국적인 포도밭에서 고대 포도주처럼 냄새가 나는 그녀의 무성한 검은 머리카락을 볼 수 있었다. 그녀가 그의 가슴에 얼굴을 숨기자 그는 그녀의 몸을 꽉 잡고 부드럽게 그쪽으로 끌어당겼지만, 아마야는 그것이 아름답고, 부드럽고, 만족스럽고, 즐겁다는 것을 알았다.

"아마야, 사랑해." 그가 다시 말했다. "오늘은 내 인생에서 가장 보람 있는 날이야." 그는 그녀의 턱을 손바닥 안에 대고 그녀의 검은 눈을 보기 위해 턱을 들어 올리며 말했다.

그녀는 미소를 지었다.

안녕히 주무세요." 그가 중얼거렸다.

"안녕히 주무세요, 카란." 아마야가 그에게 인사를 건넸다. 그러나 그녀는 입술 움직임에서 그가 알아차린 임박한 이별에 신음했다.

그녀는 왜 카란에게 매력을 느꼈을까? 왜 그녀는 오랫동안 그를 알고 지낸 것처럼 행동했을까, 아마야는 그녀 안에서 논쟁했다. 그녀는 그를 사랑한 것일까, 아니면 단지 무분별한 연애였을까? 아마야는 마치 감정의 그물에 얽힌 것처럼 그 관계에서 빠져나가는 것을 느끼지 못했다. 숨이 막히는 듯한 느낌이 그녀를 잠깐 동안 압도했다. 그러나 그녀는 즉시 자신의 감정을 바로 잡았고 질식은 일시적인 두려움의 단계에서 비롯된 것이라고 주장했습니다. 그것은 그녀가 이미 그와 맺은 가슴 아픈 관계, 실라지, 공기 중에 남아 있는 냄새, 그리고 그의 향수의 흔적과는 아무 상관이 없었다.

설렘과 함께 미래에 대한 불안감이 잠깐 들었고, 덧없는 걱정이 없는 영원의 짜릿한 느낌으로 껴안으면서 압박감을 느꼈다. 아마야는 자신의 사랑이 짝사랑이 아니라 그가 잘생겼기 때문이 아니라 이성적인 결정의 결과라고 느꼈다. 그녀는 카란의 보살핌으로 스며든 신뢰로 사랑이 자라는 것을 경험했다. 아마야는 남편에 대한 어머니의 사랑보다 자신의 사랑이 얼마나 강렬한지 비교했다. 아마야는 망설임 없이 카란을 완전히 사랑했다.

Karan 에 대한 그녀의 친밀감은 놀라운 유대감을 형성한 약속이었습니다. 그녀는 그 서약에 영원히, 오직 그 안에 머물고 싶었다. 그녀는 그에 대해 아무것도 몰랐음에도 불구하고 다른 것에 대해 생각할 수 있었습니다. 선행이 중요하지 않은 강력한 제휴를 위해서는 신뢰가 충분했습니다.

다음 날 아침, 카란에게서 전화가 왔다. "자기야, 와서 나와 함께 있어, 그러면 우리는 함께 할 것이다."

"물론이지, 카란, 난 너랑 같이 사는 게 좋아." 그녀가 대답했다. 그녀는 측정 된 결정을 내리기 위해 그의 의도를 분석 할 필요가 없다고 생각했습니다.

"소지품을 챙기십시오. 나는 저녁 6 시까 지 거기에 도착할 것이다.

"준비할게요, 카란." 그녀가 대답했다.

카란은 그녀 안에서 성장했고, 그녀의 갈망과 숨겨진 갈망을 아바타로 변형시켰다. 그녀는 오랫동안 몸을 웅크리고 있는 동안 그를 집어삼키고 싶은 충동을 느꼈고, 그녀가 빨리 행동하지 않으면 누군가가 그를 낚아챌 것이라고 생각했습니다. 두려움은 그녀를 변화시켰고, 그녀 안을 밟았지만 그녀가 전에 경험하지 못했던 그녀를 과급하는 무의식적인 충동을 드러냈습니다. 그는 같은 가치와 목표를 가지고 있었기 때문에 그에게서 자신을 철회하는 것은 불가능했습니다. 그녀는 그가 그녀와 그들의 상호 및 합의된 선호도를 존중한다고 믿으며 그의 자질에 감탄하기 시작했습니다.

약속대로 카란은 오후 6 시에 도착했다. 그는 아마야를 다정하게 껴안았다.

"아마야, 사랑해. 당신은 너무 매력적으로 보입니다. 나는 당신을 전적으로 사랑합니다." 라고 그는 말했습니다.

그의 말은 마법 같았다. 그들은 아마야의 마음 속 깊이 파고들어 그녀의 의심과 두려움을 해체했다. 그녀는 그가 그녀의 거울 인 것처럼 자신을 볼 수 있었고, 그녀는 그가 존경하는 많은 자질과 능력을 가진 사람으로 자신을 재확인하기 시작했습니다.

카란은 짐을 차에 싣고 갔다. Amaya 가 그들 중 어느 것도 보유하는 것을 허용하지 않았습니다. BMW 의 디키에 조심스럽게 넣었습니다. 그는 차 문을 열고 운전석 옆 좌석을 차지해달라고 요청했습니다. 차 안에서 카란은 미소를 지으며 오른쪽 손바닥에 키스를 하고 "사랑해, 내 사랑. 당신은 귀중한 보석이기 때문에 당신이 있다는 것은 행운입니다."

"고맙구나, 카란." 아마야가 대답했다.

20 분도 채 안 되어 그들은 노바 마르 벨라 해변 맞은편에 있는 작지만 잘 설계된 빌라의 안뜰에 도착했습니다.

"로터스에 온 걸 환영해, 아마야." 그가 차 문을 열며 말했다.

아마야에게는 새로운 느낌이었다. 그녀와 카란은 바르셀로나 해변 근처의 집에 혼자 있었습니다. 카란은 아마야의 손을 잡고 안으로 안내했다. 그가 거실이라고 불렀던 거실은 벽에서 벽까지이란 카펫이 잘 꾸며져 있습니다. 중앙 샹들리에, 벽걸이 TV, 장엄한 할아버지의 시계, 정교하게 조각된 목재 가구가 방을 장식했습니다.

"사랑하는 이여, 여기가 우리 집입니다." 그는 그녀를 부드럽게 껴안고 그녀의 입술에 키스했습니다. 아마야는 아늑하고 미친 듯이 느껴졌는데, 그것은 어리둥절한 느낌이었고, 그녀의 몸의 모든 세포가 합쳐지는 감질나는 느낌이었다.

카란은 그녀를 데리고 집 안을 돌아다녔다. 식당은 Amaya 가 즉시 집에서 느낀 현대적인 주방에 인접 해있었습니다. 부엌 옆에는 창고와 세탁실이 있었다. 식당 근처에는 메인 침실이 있었고 다른 침실은 거실 옆에있었습니다. Karan 의 연구는 축구, 축구 클럽 및 주식 시장에 관한 많은 책과 함께 반대편에 있었습니다. 거실에서 프라이버시를 유지하기 위해 3 면에 높은 벽이 있는 잘 정돈된 대리석 수영장을 향한 개구부가 있었습니다.

"나는 당신의 이름으로 이 집을 샀습니다, 친애하는 아마야. 어제 임대되었습니다. 우리 집에 있어야 할 것 같아요." 카란이 아마야에게 등록 서류와 여분의 열쇠를 건네며 말했다. 그의 말에는 환희의 소리가 담겨 있었다. 바르셀로나시 당국은 문서에 서명했습니다. 그녀는 인도 시민 인 23 세의 Amaya Menon 이라는 이름을 읽었습니다.

"카란," 그녀가 불렀다. 그녀의 말은 흥분으로 가득 찼다. "우리 연꽃 집을 네 이름으로 등록했어야 했어."

"아마야, 사랑해." 그는 다시 한 번 그녀를 껴안았다. 그는 그녀를 쥐어짜지 않도록 조심스러워했다.

Karan 은 저녁 식사를 위해 올리브 오일에 얇게 썬 토마토, 양파, 버섯을 곁들인 양고기 볶음을 요리했습니다. 아마야는 지라 라이스를 지었다. 흰색과 빨간색의 와인이 있었습니다. "매일 저녁 식사 후에 화이트 와인을 마신다. 소화와 숙면에 좋습니다. 연구에 따르면 화이트 와인은 여성이 선호한다"고 화이트 와인을 제공한다고 카란은 말했다.

"연구 결과는 무엇입니까?" 아마야가 물었다.

"화이트 와인의 이점에 대한 연구 결과는 없습니다. 그러나 화이트 와인은 여성이 임신하고, 문제 없는 임신을 하고, 건강하고 지적인 아기를 낳는 데 도움이 된다는 강한 믿음이 있습니다." 라고 Karan 은 설명했습니다.

아마야는 카란을 바라보며 미소를 지었다. "그럴 때는 매일 화이트 와인을 마시는 게 더 좋아요." 그녀가 말했다.

저녁 식사 후, 그들은 Kiran 이 가장 좋아하는 BBC 와 CNN 을 들었습니다. 아마야도 그들을 좋아했다. 잠들기 전에 두 사람은 몇번이나 섹스를 했다. 그것은 아마야에게 가장 사랑스러운 경험이었고, 그녀는 카란이 사랑을 나누는 동안 그녀를 다치게 하지 않도록 조심한다는 것을 알고 있었습니다. 그리고 아마야는 그의 곁에서 잠을 잤다.

"안녕, 아마야." 카란은 다음날 아침 6 시쯤 김이 모락모락 나는 커피 한 잔을 들고 그녀에게 전화를 걸었다. 둘은 침실 소파에 앉아 커피를 홀짝였다. 아마야는 카란을 바라보며 미소를 지었다.

"안녕, 카란, 사랑해." 그녀가 말했다. 그와의 친밀감은 우정의 로맨스와 같았습니다. 그녀는 이미 그가 그녀의 가장 친한 친구가 되었다는 것을 알고 있었습니다. 아마야의 헌신은 충성심이었고, 그녀는 그와 함께하기로 결정했다. 그녀는 그들의 공생에 기복이 있을 것이라는 것을 알고 있었지만 그들의 관계는 정직한 여정이 될 것입니다. 그녀는 카란이 자신을 사랑한다고 확신했다.

카란과의 갑작스런 유대감은 사랑에 빠지는 것과 같았습니다. 그가 커피를 홀짝이는 방식은 매혹적인 힘을 가지고 있었습니다. 그녀는 흥분과 정신이 팔려 항상 그와 함께 있고 싶었습니다. 그녀는 그에게 일주일 동안 대학에 가지 않고 그와 함께 있을 것이라고 말했습니다. 카란은 그녀의 제안에 동의하고 그의 사랑 때문에 그녀와 완전히 결정한 것처럼 미소를 지었다. 뜻밖에도 아마야는 카란을 껴안고 싶어 했다. 그녀는 마드리드, 부모님, 뭄바이와 벵갈루루 졸업에 대한 이야기를 하는 것을 좋아했습니다. 그녀는 어떤 사건들이 사소하다는 것을 알고 있었지만, 그 사건들을 카란과 공유함으로써 그와 하나가 되고 그녀만의 정체성을 잃어야 한다고 느꼈다.

아침 식사 후, 그들은 손을 잡고 카란이 피아노를 가지고 있는 남쪽 발코니로 갔다. 그녀는 동쪽과 남쪽 갤러리에서 해변을 볼 수 있었고 많은 관광객들이 이미 여름을 즐기고있었습니다. 카나리아 섬의 대추야자 두 그루가 로터스의 복합 벽 안에 있었고 다람쥐가 줄기와 잎사귀를 밟고 뛰어다니고 있었습니다. 그녀는 카란이 자신의 곁에 서 있는 것을 느꼈고, 그를 향해 몸을 돌려 그를 껴안았다. 그녀는 마치 그녀가 그를 미친 듯이 사랑하고 있는 것처럼 느꼈다. 그녀에게 키스 한 후, 그는 그녀가 옷을 벗는 것을 도왔습니다. 그곳에 서서 그들은 사랑을 나누었고, 그것은 그녀의 인생에서 가장 즐거운 행동이었습니다.

그런 다음 그들은 피아노 앞에 앉아 프란츠 슈베르트를 함께 연주했습니다. 카란은 굉장히 좋은 경기를 펼쳤고, 15분 후, 아마야는 경기를 멈추고 그의 손가락 움직임을 지켜봤다. 그녀는 그들의 관계에 대한 환상을 짜기 시작했습니다. 그것은 색채, 음악, 춤 및 상상의 현실의 세계였습니다. 때때로 그녀는 비합리적이라고 느꼈지만 실제로 자기 매력, 친밀감 및 헌신이있었습니다. 그러나 그녀는 그들에게 집착하는 것을 좋아했습니다. 카란의 감정은 그녀에게 영향을 미쳤고, 그녀는 백일몽의 세계를 초월했다. 그녀는 그러한 환상을 극복하는 데 며칠이 더 걸릴 것이라는 것을 알고 있었습니다.

때때로, 그들의 삶에 대해 함께 생각하는 세계로 빠져들지 않는 것은 그녀의 통제를 벗어났습니다. 아마야는 첫눈에 반했고, 카란에게 온전히 자신을 바쳤다. 그녀는 그가 특정한 방식으로 걷고 움직이고, 위엄있게 서 있고, 그와 함께 모든 것을 사랑한다고 상상했습니다.

"카란," 그녀가 갑자기 그를 불렀다.

"그래, 아마야?" 그가 옆을 바라보며 물었다.

"피아노를 아주 잘 치시는군요." 그녀가 말했다.

"당신은 더 나은 피아노 연주자입니다, 사랑하는 아마야." 그는 그녀를 껴안으며 말했다.

"고맙구나, 카란." 그녀가 대답했다.

그녀는 카란과 함께 공부하러 갔다. "아마야, 나는 유럽 축구 클럽의 주식을 사고 팔고 있다. 수익성이 높은 사업입니다. 각 클럽의 역사, 팬클럽, 그들이 플레이한 경기, 선수의 이름과 배경, 시장 가치에 대한 적절한 지식이 필요합니다. 나는 1 년 전에 그것을 시작했고 요즘 매일 적어도 6 시간을 보낸다. 나는 이 집, 자동차, 자전거 등 주식 시장에서 번 돈으로 모든 것을 샀다." 그의 말은 고요하고 애정이 넘치며 매혹적이었습니다.

컴퓨터와 기타 전자 기기를 갖춘 서재는 마치 음악 스튜디오처럼 보였습니다.

저녁 4 시경, 그들은 수영장에 갔다. Karan 은 알몸으로 수영하는 것을 좋아했습니다. 아마야에게 옷을 벗으라고 제안했다. 카란이 프로처럼 수영하는 모습을 보는 것은 짜릿했습니다. 아마야는 그와 합류했지만 수영 초보자였다. 그들은 6 시까지 수영장에 있었고, 카란은 면 수건으로 몸을 말렸다. "당신은 아름다워 보입니다. 온몸이 건강하구나, 아마야." 그가 젖은 머리를 닦으며 말했다. 그런 다음 그는 그녀를 껴안았고 그녀는 그녀와 Karan 이 몸이 하나뿐인 것처럼 느꼈습니다.

저녁은 쾌적했고 산들바람은 거센 바람이었습니다. 아마야와 카란은 긴 산책을 하며 이야기와 사건을 나눴다. 그녀는 카란이 그녀와 같은 감정을 가지고 있다는 것을 알고 있었기 때문에 그에게 존경심을 나타냈다. 그녀는 끊임없이 그를 생각하면서 걷는 동안 그의 몸에 가까이 있기를 갈망했습니다. 때때로 그녀는 그에게서 멀어지는 상상을 했다. 그녀는 극심한 고통을 겪었기 때문에 걸을 때 왼쪽 손바닥을 꽉 잡았습니다.

아마야는 슬픔, 불안, 외로움을 싫어했지만, 카란과 함께하는 기쁨과 그를 잃는 것에 대한 두려움은 끈질겼고, 그것들은 예고 없이 그녀의 마음에 침입했다. 말하는 동안 그녀는 그의 얼굴을 보고 그가 그녀의 말을 주의 깊게 듣고 있다는 것을 깨달았습니다. 그런 다음 그녀는 Karan 이 잘못을 저지르지 않을 것이라고 상상하고 그와의 관계를 흠잡을 데 없이 신뢰했습니다. 그들은 완벽한 짝이었고, 영원히 운명이었습니다. 갑자기 그녀는 자신의 개인적인 이야기를 하고 싶은 충동을 느꼈습니다.

"카란," 그녀가 불렀다.

"그래, 얘야." 그는 그녀를 바라보며 대답하고 걸음을 멈췄다.

"카란을 아십니까? 저는 사그라다 파밀리아 대성당에서 태어났습니다."

"정말?" 그의 말에는 많은 놀라움이 담겨 있었다.

그들은 모래 위에 앉아 서로를 바라보며 이야기를 들려주었습니다. 카란은 사랑하는 아마야에게 일어난 모든 일을 알고 싶어 했다. 눈이 휘둥그레졌다. 그는 마치 아무도 그렇게 친밀하고 매혹적이며 마법 같은 이야기를 들려준 적이 없는 것처럼 그녀의 말 한마디 한마디를 소중히 여겼습니다. 광활하고 붐비는 해변에는 아무도 없었습니다. 카란은 그녀를 향해 몸을 기울이며 아마야라는 수녀가 태어나자마자 그녀를 손에 쥐었다고 말하자 놀라움을 표했다. 그는 명랑하고 도움이

되고 부드러운 흰 예복을 입은 수녀가 판차탄트라 이야기에서 가장 소중한 보석을 입에 물고 있는 뱀처럼 소중한 아기를 손에 들고 있는 것을 볼 수 있었습니다.

"아마야, 아마야 자매님을 만나러 가자." 카란은 수녀님을 만나고 싶다는 소망을 표현했다.

좋아, 가서 만나자." 그녀는 미소를 지으며 카란의 제안을 지지하며 말했다.

"내일 갈까요?" 그가 물었다.

"물론이지." 그녀는 자신의 동의와 준비 태세를 분명히 했다.

갑자기 천둥과 번개가 연이어 일어났습니다. 아마야는 의자에서 벌떡 일어나 바르셀로나 해변에서 정신을 차렸다. 비가 내리기 시작했다. 그녀는 사무실에서 비에 흠뻑 젖은 나무 꼭대기를 볼 수 있었다. 간헐적인 천둥, 번개, 돌풍이 계속되었습니다. 그녀는 자신의 건물 벽의 문 밖에서 무언가가 떨어지는 소리를 들었다. 그녀는 정문에 인접한 창문으로 가서 밖을 내다보았다. 정문 근처에 쓰러진 나뭇 가지가 있었습니다. 바람은 계속되었다. 예기치 않게 전화가 울렸다. '포르니마가 전화했어.' 그녀는 생각했다.

약속

Poornima 가 공유하고 싶었던 복잡한 인간 문제가 있었습니다. 그것은 끊임없이 그녀의 평화를 깨뜨렸고, 그녀는 아버지를 찾는 사람을 찾기 위해 그녀의 추구를 만족시킬 수 있는 답을 찾도록 강요했습니다. Poornima 는 개인이 자신의 의식을 회복하는 데 도움이 될 수 있다고 생각할 수 있습니다. Poornima 의 고통은 꿰뚫고 상상할 수 없었습니다.

"안녕하세요." 아마야가 전화기를 집어든 후 말했다.

"안녕하세요, 부인, 안녕하세요. 저는 찬디가르 출신의 푸르니마입니다. 다시 번거롭게 해서 죄송합니다. 어제 나는 아버지가 대부분의 시간 동안 혼수상태에 있음에도 불구하고 반의식이 생겼을 때 반복적으로 이름을 말하는 사람에 대해 더 많은 증거를 찾겠다고 말했습니다. 나는 지난 3 개월 동안 그 사람을 찾고 있었다. 나는 당신이 그 사람이라고 믿습니다." Poornima 는 정확했습니다.

"증거가 있습니까?" 아마야가 물었다.

"바르셀로나에 있는 대학에 있었나요?" 푸르니마가 물었다.

"물론이지, 나는 바르셀로나 대학에 있었어." 아마야가 대답했다.

"그게 제 증거입니다. 당신은 내가 찾고 있는 사람입니다." 푸르니마의 목소리에는 확신과 기쁨이 담겨 있었다.

일련의 천둥과 번개가 있었고 전화가 꺼졌습니다. 전기도 끊겼고 아라비아 해에서 허리케인처럼 칠흑 같은 어둠이 쏟아졌습니다. 아마야는 손전등을 들고 정문으로 올라가 사방이 어두워진 것을 알아차렸다. 사용하지 않는 인버터를 켜면 사무실과 주거용 조명이 켜집니다. 전화가 여전히 비활성 상태였습니다. 그러나 헤아릴 수 없는 불안이 있었습니다. 거대한 무언가가 머리를 눌렀고, 심장을 신비롭게 꿰뚫었다. Poornima 는 아버지와 그가 아는 여성에 대해 검색 한 결과를 공유하고 싶었습니다. 그들은 바르셀로나에서, 정확히 대학에서 만났습니다. 그것은 그가 발전시키고 소중히 여겼던 개인적이고 친밀한 관계에 관한 것이었고 그는 아무에게도 드러내지 않았습니다. Poornima 는 그를 돕기 위해 그의 오래된 파일과 일기를 살펴 보았습니다. 그의 사생활을 엿보기 위해서가 아니었다. 그녀는 그를 판단하지 않고 아버지에 대해 근거없는 비방을하지 않는 것이 현명했습니다. 그녀는 말을 계속할 수 없었다. 갑자기 끝났습니다. 천둥과 번개 때문에 유선 전화가 고장났습니다. '푸르니마'는 그 다음날 방문하곤 하였다. 갑작스런 기대는 무한하지만 무형으로 보였고, 파괴적인 사이클론의 여파처럼 무겁고 부담스러워서 평화를 무너 뜨 렸습니다.

위빳사나를 하는 동안, 아마야는 그녀의 괴로운 마음을 다스렸습니다. 그녀의 가장 깊은 자아, 존재, 존재에 집중했습니다. 그녀는 고통과 슬픔, 고뇌와 절망을 넘어 섰습니다. 그것은 기쁨, 충만, 성취가 아니라 순수한 평화, 충만함의 무의미함이었습니다. 그녀는 자신의 마음에 집중하고 공허 속에서 자신을 공중에 띄웠으며 행복, 열반의 경험이었습니다.

아마야는 새벽 4시까지 푹 잤다. 다시 한 시간 동안 위빳사나를 수행하며 평온함, 감정 없는 평정의 단계, 부정이 아니라 무(無)를 경험했습니다. 위빳사나는 그녀가 직업 만족과 인식을 수행하기 위해 하루 종일 일을 증류할 수 있도록 했습니다. 그것은 의무나 책임이 아니라 고통, 그녀 자신과 다른 사람들을 줄이는 여정, 의식의 궁극적인 여정, 자아를 충만하게 경험하는 여정이었습니다.

전기 부서 기술자는 아침에 잘못된 연결을 수리했습니다. 전화도 평소와 같이 작동했습니다. 아침 식사 후, 아마야는 집 전체를 쓸고 걸레질을 했다. 작업을 완료하는 데 약 3시간이 걸렸습니다. 그런 다음 자동 다림질 시스템에 부착된 자동 기계로 옷을 세탁했습니다. 커피 한 잔을 마신 후, 그녀는 그녀가 가장 좋아하는 소설을 읽기 시작했습니다. 이야기는 교육, 직업 및 행복한 삶에 대한 소녀의 탐구에 관한 것입니다. 그녀는 생계를 위해 육체 노동을 하는 과부의 딸이었습니다. 어린 소녀는 공부를 잘했습니다. 그녀의 선생님들은 그녀를 격려했고, 한 사람은 그녀가 그림을 잘 그릴 수 있다는 것을 알아차렸습니다. 몇 가지 기본 훈련을 받은 후 소녀는 초현실적인 이미지를 그리기 시작했습니다. 고등학교 마지막 해에 그녀는 시청에서 그림을 전시하기 시작했습니다. 수백 명의 사람들이 전시회를 방문했습니다. 그 소녀는 대학 공부에 충분한 12개의 예술품을 팔 수있었습니다. 그런 다음 그녀는 전시회를 위해 인도와 해외의 여러 도시로 가기 시작했습니다.

갑자기 Amaya는 책을 읽는 동안 그녀와 함께 여행하기 시작했습니다. 그녀는 자신을 다른 세계로 옮겼습니다. 그녀는 다른 사람들을 만났고, 대도시에 살았으며, 새로운 언어를 구사했습니다. 그녀에게 독서는 내레이션에 대한 개인적인 참여를 재현하는 것이었습니다. 그런 다음 그녀는 과거로 바르셀로나로 여행했습니다.

그녀는 아마야라는 수녀를 만나러 가는 길에 카란과 함께 있었다. 장엄한 사그라다 파밀리아에 들어가는 것은 가슴 뭉클한 경험이었고, 그녀는 카란을 성당으로 안내했다. 그녀는 23년 전에 그곳에서 태어났습니다. 그녀는 다시 그 이야기를 들려주었다.

"아마야, 넌 정말 운이 좋구나. 당신은 이 거룩한 구역에서 태어난 최초이자 아마도 유일한 사람일 것입니다." 카란이 말했다.

"그래, 카란, 나는 이 교회와 하나가 된 것 같고, 이제 너와 하나가 된 것 같아." 그녀의 말은 사랑으로 빛나고 신뢰에 잠겨 있었다.

"넌 내게 너무나 소중하고, 내 탐구의 마지막이야. 카페테리아에서 처음 만났을 때, 나는 그것이 내 여행의 끝이라고 결론지었습니다. 내가 얼마나 운이 좋은지." 카란은 아마야를 껴안았다.

"우리는 내가 태어난 곳에 서서 서로 껴안고 있습니다. 정말 멋진 우연의 일치야." 아마야가 외쳤다.

"물론이지. 여기서 우리는 노조의 성취를 경험합니다." 라고 Karan 은 말했습니다.

"자, 반대편에 있는 같은 건물에 있는 로레토 수녀원으로 가자." 아마야가 카란의 손을 잡으며 제안했다.

그녀는 수녀원 입구에 도착했을 때 수녀원에서 생애 첫 열흘을 보냈다고 다시 말했습니다. 수녀들은 깊은 애정으로 어머니와 갓난아기를 돌보았다.

"아마야, 너는 사랑으로 가득 차 있어. 나는 너처럼 사랑할 수있는 사람을 본 적이 없다. 그리고 당신은 나를 어린아이처럼 신뢰합니다. 수녀님들에게서 이런 자질을 얻었을지도 몰라요." 아마야 카란을 껴안고 말한 뒤 그는 미소를 지었다. 그녀는 그의 미소를 좋아했다.

아마야 자매에 대해 묻자, 한 연로한 수녀는 자신이 산세바스티안에 있다고 말해 주었다. 즉시 아마야와 카란은 바르셀로나에서 567km 떨어진 산세바스티안으로 가기로 결정했다. 카란은 아마야에게 6 시간 안에 도착할 수 있다고 말했다. 아마야는 가는 길에 있는 아름다운 도시인 사라고사에서 저녁과 밤을 보내자고 제안했습니다. 카란은 아마야의 제안을 듣고 기뻤다.

카란은 아마야에게 운전대를 잡으라고 요청했다. 바르셀로나에서 사라고사까지는 312km 의 거리였습니다. 그는 하루 종일 그들과 함께 지냈고 고속도로 양쪽의 풍경을 보면서 다소 천천히 운전하고 저녁 4 시에 사라고사에 도착할 것을 제안했습니다. 카란은 아마야 옆에 앉아 시골 이야기를 나눴다.

하지만 아마야에게 매력의 중심은 카란이었고, 그녀는 그에게 매달리고 싶었고, 그녀의 친밀한 관계의 표현이었다. 그것은 육체적 친밀감, 더 깊은 연합, 서로의 강렬한 나눔에 대한 강한 열망이었습니다. 그녀는 자신의 것에 대해 생각할 때 그의 필요를 돌보고 그의 행복을 소중히 여기며 항상 그와 함께 있고 그와 함께 여행하는 것을 생각했습니다. 수녀는 애정, 성적 결합, 기쁨을 포함한 강렬한 감정을 표현하기 위해 보살핌과 승인과 신체적 접촉을 받기를 원했다. 그녀의 존재는 그와 하나가 되기 위한 것이었다.

Amaya 는 그녀의 문화적 계류와 기대가 사랑에 빠지도록 격려한다는 것을 알고 있었고, 그녀의 선입견 사랑 개념은 그녀의 감정과 행동과 일치했습니다. 그녀의 고조된 성적 흥분은 부모 사이의 깊은 사랑의 결과였습니다. 그것은 그녀가 그를 만나거나 그의 면전에서 Karan 과 강렬한 에로틱한 친밀감을 싹트는 데 도움이 되었습니다. 갑자기 그녀가 수년 동안 억누르고 있던 관능적 인 감정으로 폭발했습니다.

Karan 이 그녀와 함께 있었기 때문에 운전은 즐거웠습니다. 그의 존재는 길을 따라 앞으로 나아갈 수 있는 역동적인 힘이었고 목표는 그였습니다. 양쪽에 있는 농지와 저택은 마법처럼 보였지만, 아마야는 온전히 카란에게 집중하고 있었기 때문에 그녀의 관심을 끌 수 없었다.

정오 무렵, 그들은 아라곤 지역의 주유소에 붙어있는 고속도로 식당 근처에서 멈췄습니다. 차를 채운 후, 그들은 식당에 가서 테르 나스코 (Ternasco)의 로스트와 약용 뿌리에 어린 양고기의 작은 부분을 주문했습니다. Amaya 는 감자를 곁들인 보리지가 맛있다는 것을 알았고 Karan 에게 보리지가 야채의 여왕으로 알려져 있다고 말했습니다. 흰 베이컨 조각과 혼합 야채 스튜는 즐거웠습니다. 마지막으로, 그들은 계피와 함께 적포도주에 담근 복숭아 요리인 포도주를 곁들인 복숭아를 먹었습니다. 아마야와 카란은 식당에서 한 시간도 채 안 되는 시간을 보냈다. 점심을 먹은 후 카란은 운전을 시작했고, 많은 곳에서 낮은 언덕, 강, 농지, 포도밭을 보기 위해 멈춰 섰습니다.

저녁 5시쯤 그들은 사라고사에 도착하여 에브로 강변에 있는 호텔에 체크인했습니다. 아마야는 창가에 서서 강을 내려다보고 있었다. 카란은 그녀에게 다가와 그녀를 껴안았고, 그녀는 카란을 바라보며 "항상 나와 함께 있어줘, 절대 나를 혼자 두지 마"라고 말했다. 아마야를 바라보며 카란은 미소를 지으며 그녀의 입술에 키스했다. 그녀는 마치 카란과 하나가 되는 것 같았다.

"날 사랑하니, 카란?" 그녀는 자신의 질문이 아무 의미가 없다는 것을 알고 갑자기 물었다. 하지만 그녀의 마음은 그에게서 긍정적인 대답을 듣고 싶었거나, 아니면 카란에게서 "사랑해, 사랑하는 아마야"라는 말을 듣고 싶었다.

카란은 그녀를 가슴에 가까이 대며 "아마야, 내 마음보다 더 사랑해. 당신은 나의 숨결입니다."

"나도 널 사랑해." 그녀는 기분 좋게 말했다. "Murallas Romanas, 로마 성벽을 보십시오. 누군가 나에게 말했다. 로마 육군 소령이 그의 아내를 위해 그것을 지었다는 것입니다. 그는 그녀를 깊이 사랑했습니다."

"아마야, 나는 너를 위해 궁전을 짓는 것을 좋아한다." 그는 강 건너편에 있는 팔라시오 데 라 알자페리아(Palacio de la Aljafería)를 보여주었습니다.

"그럼 엄마한테 에브로 강 위에 푼테 데 피에드라보다 더 웅장한 돌다리를 건설해 달라고 부탁할게." 아마야가 소녀처럼 웃으며 말했다.

"나는 당신의 순수함을 사랑합니다. 넌 너무 교활하구나." 그는 그녀의 뺨에 키스했다.

"의심의 여지 없이 누군가를 믿으면 순진해지고 이기심이 없어집니다." 아마야가 대답했다.

해질녘에 그들은 군중과 합류하여 도시를 돌아 다녔습니다. 그들은 정원으로 둘러싸인 강둑의 오픈 레스토랑에서 저녁을 먹었고 칠린드론 소스, 후추, 양파, 토마토를 곁들인 가금류 요리인 치킨 칠린드론을 맛보았습니다. bacalao ajoarriero 는 독특한 풍미를 지닌 뛰어난 섬세한 생선 요리였습니다. 둘 다 야채 스튜를 즐겼습니다. 그런 다음 그들은 뜨거운 블랙 커피를 마시고 11 시 30 분쯤 방으로 돌아왔습니다. 카란 옆에 누워 왼손을 맨 가슴에 얹은 채로, 아마야는 자신을 사랑하고 사랑할 수 있는 남자가 있다는 것은 행운이라고 생각했다. 그는 모든 생각, 말, 행동에서 긍정적이었고 그녀가 걱정하지 않도록 격려했습니다. 아마야는 카란이 자신의 감정에 집중하고 자신의 사소한 슬픔과 불안을 이해한다는 것을 잘 알고 있었다. 그의 말은 마음을 진정시키는 힘과 활력을 지녔고, 그녀는 그의 말을 몇 번이고 듣는 것을 좋아했고, 그와 함께 모든 시간을 보냈습니다. 그녀는 알고 있었다. 그들은 일을 하는 데 시간을 보냈고, 둘 다 즐겼습니다. Karan 은 놀라운 주의를 기울였습니다. 그는 사랑의 말 외에도 육체적으로 애정이 넘쳤다. 만지고, 애무하고, 사랑을 나누는 데 그는 아무런 제약이 없었고 항상 Amaya 의 선호도에 대해 생각했습니다. 그의 모든 활동에서 그녀는 그를 위해 처음이었습니다.

카란은 그녀가 말하는 동안 귀를 기울였고 그가 말하기 전에 그녀가 말할 수 있도록 허락했다. 그는 그녀가 말하는 모든 것을 이해하려고 노력했습니다. 그는 그녀가 차를 운전하거나 피아노를 연주하도록 격려함으로써 행복과 성취감을 찾았습니다. 카란은 그녀를 웃게 만들 수 있었다. 그는 농담을 잘하고 웃었다. 교제의 제한된 시간 내에 그는 때때로 자신의 무지를 표현하고 지식을 발전시키는 데 관심을 보였으며 그녀의 제안과 전문 지식을 요구하는 것을 결코 부끄러워하지 않았습니다. 그 밖에도, 그는 주저하지 않고 그녀에게 도움을 청했고, 그는 아마야가 더 나은 이해력이나 기술을 가지고 있다고 생각했다.

아마야와 카란은 다음날 아침 식사 후 산세바스티안으로 출발했다. 한 시간도 채 안 되어 그들은 바스크 지방에 들어갔다. 고속도로 양쪽의 농지는 숨이 멎을 정도로 아름다웠습니다. 사과 과수원과 포도밭이 있었습니다. Amaya 는 운전을 즐겼습니다. 그녀는 학생이었을 때 부모님과 함께 바스크 지방을 방문한 것에 대해 Karan 에게 끊임없이 이야기했습니다. 그들은 때때로 작은 마을에서도 나타나는 놀랍도록 정교한 건축물을 보기 위해 멈춰 섰습니다. 점심 시간은 팜플로나에서 참치, 감자, 양파, 후추, 토마토를 곁들인 마르미타코로 알려진 생선 스튜를 먹었습니다. 붉은 고추를 곁들인 올리브 오일에 튀긴 대구는 맛이 좋았습니다. 그들은 돼지고기로 만든 소시지인 txistorra 와 디저트로 leche frita 를 즐겼습니다.

점심을 먹은 후, 카란은 북쪽으로 차를 몰기 시작했고, 아마야는 그가 운전하는 것을 지켜보았다. 저녁 4 시쯤 그들은 산세바스티안에 도착하여 수녀인 아마야를 만나기 위해 수녀원으로 직접 갔다. 문의를 받자 한 종교인이 아마야 수녀를 만나고 싶어 하는 것을 알고 면회실에서 기다려 달라고 요청했다. 5 분도 채 지나지 않아 중년의 수녀가 방에 들어왔고 즉시 청바지와 티셔츠를 입은 여성을 알아볼 수 있었습니다.

"아마야." 그녀는 울면서 아마야에게 달려가 그녀를 껴안았다. 아마야는 오랫동안 그녀의 품에서 사랑스러움을 느꼈다. 수녀는 아마야에게 키스하고 그녀를 만나서 기뻤다고 표현했습니다.

"부인." 아마야가 수녀를 불렀다.

"아마야, 너는 네 어머니를 닮은 여자가 되었구나. 만나서 정말 기쁩니다." 수녀가 외쳤다.

"정말 기쁩니다, 부인. 내 인생의 동반자인 카란을 만나 보세요." 아마야는 카란을 아마야 자매에게 소개했다.

"잘 지내세요, 카란." 카란과 악수를 나누며 수녀가 인사를 건넸다.

"어떻게 지내세요, 부인." 카란이 대답했다.

"아마야는 끊임없이 너에 대해 얘기하고 있었어. 그녀는 당신이 그녀를 만진 첫 번째 사람이라고 말했습니다. 탯줄을 자른 후, 당신은 그녀를 데리고 개인적으로 어머니와 아이를 수녀원으로 옮겼습니다. 그리고 그들은 열흘 동안 로레토에 있었습니다." 카란이 말했다.

"오, 하느님, 아마야, 당신은 그에게 모든 것을 말했습니다. 당신은 얼마나 훌륭한가; 당신은 정말 아름다운 여성입니다. 우리가 마지막으로 만난 것은 당신이 인도로 떠나기 전 마드리드에서였습니다. 이제 10년 만에 당신을 만나고 있습니다. 꿈이 실현된 것 같아요." 수녀가 외쳤다.

"네, 마드레, 카란이 당신을 만나고 싶다고 말했습니다." 아마야가 카란을 바라보며 말했다.

"카란, 넌 정말 운이 좋구나. 아마야는 백만 명 중 한 명입니다." 아마야 자매님이 말씀하셨어요.

"네, 부인." 카란은 어깨에 메고 있는 가방을 열고 황금 종이에 싸인 작은 꾸러미를 꺼냈다. "마드레, 이건 자네를 위한 작은 선물이야." 카란이 말했어요.

"카란, 그럴 필요 없었어." 그녀는 아마야와 카란에게서 선물을 받았다.

"부인, 그걸 열어보고 마음에 드는지 확인해봐요." 아마야가 말했다.

아마야 자매님은 작은 상자를 열고 백금 십자가가 달린 금묵주를 꺼냈습니다. "너무 사랑스러워 보여요. 예쁜 선물을 주신 Amaya, Karan 에게 감사드립니다. 소중히 하지만 개인적으로 사용할 수는 없습니다. 당신의 방문을 기념하기 위해 우리 박물관에 보관될 것입니다." 수녀가 카란과 아마야를 바라보며 말했다.

그런 다음 아마야 자매는 그들을 식당으로 데리고 가서 커피와 간식을 대접했습니다. 앉아서, 그들은 오랫동안 이야기했다. 다과를 마친 후 아마야 수녀는 그들에게 성당, 세미나실, 회의실, 도서관, 정원을 보여 주었습니다. 작별 인사를 하기 전에 아마야 자매는 그들과 함께 차로 걸어갔다. "아마야, 만나서 반가웠어. 넌 항상 내 마음 속에 있었어." 그녀는 아마야를 껴안으며 말했다.

"부인, 저를 기억해 주시고 가슴 속에 간직해 주셔서 감사합니다." 아마야가 말하며 아마야 자매의 뺨에 입을 맞추었다.

"카란, 만나서 반가워. 두 분은 매력적인 커플입니다. 앞으로 보람 있는 시간이 되길 바랍니다." 그녀는 카란과 악수를 나눴다.

"고맙습니다, 부인. 바르셀로나를 방문하실 때 저희 집으로 오세요." 카란은 아마야 수녀에게 요청했다.

"물론이지, 다시 만나고 싶어요." 아마야 자매는 안심시켰다.

"안녕히 가세요, 부인." 아마야가 말했다

"안녕히 가세요." 아마야 자매님이 대답하셨어요.

아마야와 카란은 도심으로 가서 호텔에 체크인했다. 그들은 이미 8 시까 지 외출하지 않았고 1 층에있는 식당에서 저녁을 먹었습니다. 돌아오는 길은 아침 6 시에 시작되었다. 아마야는 운전석에 앉아 운전하면서 백 가지에 대해 이야기했다. 150km 를 달린 후 키오스크에서 아침을 먹었고 정오에는 주유소 근처 식당에서 점심을 먹었습니다. 한 시간의 휴식 후, 카란은 운전을 시작했고 저녁 5 시에 바르셀로나에 도착했습니다. 아마야는 카란이 준 여분의 열쇠를 들고 주차장에서 집 옆문을 열었다.

"아마야, 멋진 여행을 해줘서 고마워." 집에 들어서자 카란이 말했다.

"카란, 당신의 사랑과 우정, 그리고 함께해줘서 고맙습니다. 당신과 함께 여행하는 것이 좋습니다. 정말 사려 깊으시군요." 아마야가 그의 뺨에 입을 맞추며 말했다.

한 시간 동안 그들은 수영장에서 보냈습니다. 여름이 절정에 달했음에도 불구하고 물은 차가웠다. 아마야는 독특한 매력을 지닌 카란과 함께 알몸으로 수영을 즐겼다. 그런 다음 야채 풀라브, 콜리 플라워, 시금치를 감자로 요리하고 저녁 식사 후 한 시간 동안 피아노를 연주했습니다. 카란은 키보드에서 아마야의 손가락이 움직이는 것을 놀란 눈으로 바라보았다. 그녀는 그녀가 가장 좋아하는 쇼팽을 연주하고 있었고 Karan 은 음악에서 작곡가를 알 수 있었습니다. 나중에 Karan 은 Clara Schumann 을 연기했습니다.

아마야가 의자에서 일어섰을 때 책이 손에서 미끄러졌다. 그녀가 25년 전 바르셀로나가 아니라 고치에 있었다는 사실을 깨닫고 잠시 놀랐다. 그녀의 일을 마친 후, 그녀는 이메일을 훑어 보았고 나중에 6시경에 지역 신문에 실린 두 개의 기사를 읽었습니다. 하나는 특허 재산에 대한 여성의 평등권에 관한 것이었습니다. 두 번째는 종교에서의 여성 착취에 관한 것이었다. 그녀는 찬디가르에서 전화가 오기를 기다리고 있었고 푸르니마가 무슨 말을 하고 싶은지 알고 싶어 했다. 5분도 채 안 되어 전화가 왔습니다.

"부인, 안녕히 주무세요. 저는 푸르니마입니다."

"안녕, 푸르니마." 아마야가 대답했다.

"우리의 대화가 중단되어 대화를 계속할 수 없었습니다. 나중에 당신을 방해하고 싶지 않았습니다." 라고 Poornima 는 설명했습니다.

"어제 바르셀로나에 있는 대학에 다니고 있는지 물어봤습니다. 당신은 당신이 대학의 학생이라는 긍정적인 대답을 했습니다. 아버지의 문서에서 당신을 만났다는 메모를 봤어요." 포르니마가 설명했다.

"쪽지에는 뭐라고 쓰여 있지? 구체적인 단어는 무엇입니까?" 아마야가 물었다.

"대학 식당에서 아마야를 만났어요." 포르니마가 쪽지를 읽었다.

"그러나 그것은 아무 의미가 없습니다. 매일 수백 명의 사람들이 카페테리아를 방문했습니다. Amaya 라는 이름을 가진 많은 여성들이 있었을 것인데, 이는 대학뿐만 아니라 스페인 전역에서 흔히 볼 수 있는 이름이었기 때문입니다." 라고 Amaya 는 말했습니다. 그러나 그녀의 마음 속에는 잔소리하는 의심이 있었다. "포르니마가 아마야 메논을 찾고 있는 건가? 포르니마는 누구지?" 아마야는 마음속으로 고민했다. 하지만 그녀는 푸르니마에게 더 이상 개인적인 질문을 하고 싶지 않았다. 그녀가 아마야의 정체에 대한 더 많은 증거를 가져오게 하십시오.

"나는 알고 싶어한다. 나는 아버지가 바르셀로나 대학에서 알고 지냈던 아마야가 아버지가 의식을 되찾도록 도울 수 있다고 믿습니다. 그것은 나에게 필수적입니다. 제발 도와주세요." 푸르니마가 애원했다.

포르니마에게 거짓 희망을 주는 것은 잘못된 일이었고, 문제 외에도 누군가의 진짜 정체성과 관련된 심각한 문제였다. 아마야는 자신이 바르셀로나의 대학 식당에서 아버지를 만난 사람이라고 주장하고 싶지 않았고, 푸르니마가 타당하고 검증 가능한 증거도 없이 누군가에게 자신의 결론을 강요하도록 부추기고 싶지 않았다.

"사모님, 옛날 문서들을 다 살펴볼게요. 25 년 된 손으로 쓴 메모를 검색하는 것은 어렵습니다. 게다가, 나는 그러한 메모나 문서가 존재한다는 것을 알지 못한다. 그러나 나는 검색을 할 것이다. 나는 아버지가 대학에서 만난 아마야를 찾기로 결심했다. 그녀 만이 아버지를 도울 수 있습니다. 그렇지 않으면 평화가 없습니다." 라고 Poornima 는 말했습니다.

"그런 경우에는 확실한 증거가 필수적입니다."라고 Amaya 는 말했습니다.

"사모님, 내일 이 시간에 말씀드려도 될까요?" 푸르니마가 애원했다.

"천만에요, 푸르니마." 아마야가 대답했다.

"고맙습니다. 안녕히 주무세요."

"안녕히 주무세요, 포르니마."

포르니마는 고통스러워했고, 아마야는 포르니마를 돕겠다는 결심을 했다. 한때 그녀는 몇 년 동안 상상할 수 없는 슬픔에 시달렸지만 어머니의 도움으로 그것을 극복했습니다. 그녀의 끈기는 매우 강렬하고 꿰뚫고 정상 참작이 가능했습니다. 로즈는 차분하고 의인화되어 딸의 슬픔을 느끼고 공감할 수 있었습니다. 로즈와 딸의 순수한 동일시는 아마야를 새로운 인식의 세계로 끌어 올렸고, 그녀의 필요에 대한 완전한 이해의 결과였습니다. 그 비결은 탓하거나 판단하지 않고 고통받는 사람의 감정을 아는 것이었다.

로즈를 동등하게 여기는 것은 아마야가 어렸을 때나 청년 시절에 경험하지 못한 새로운 지식이었다. 그녀의 부드러운 말, 행동, 딸의 고통에 대한 관심, 그리고 그녀의 마음을 훈련하고 통제할 준비가 되어 있는 것이 모든 것을 바꿔 놓았습니다. 아마야는 어머니가 제안한 위빳사나의 가능성에 놀랐습니다. 그것은 다른 우주였습니다. 이상하지만 사실인 위빳사나는 사람 안에 문제가 있다는 것을 깨달았을 때 아마야의 삶의 초점을 크게 바꿨습니다. 변화는 한 겹씩, 잎사귀로 마음을 통제함으로써 일어납니다. 로즈는 아마야에게 그것은 발견이 아니라 자신 안의 창조물이며, 이미 존재하는 것이 아니라고 말했다. 마음을 조절하는 법을 배우는 것은 외로움을 향한 여정이었고, Amaya 가 만나고 싶어하는 사람의 부재로 인해 형성된 고독과의 투쟁이었습니다.

그녀는 혼자 살면서 불행과 고뇌를 없애기 위해 자신을 훈련했습니다. 수년 동안 Supriya 의 부재는 Amaya 의 감성과 꿈에 타격을 입혔습니다. 무슨 일이 일어났는지 평가한 후, 아마야는 자신이 느끼지 않고 인식한 현실에 대한 강력한 깨달음인 수프리야의 결핍을 되돌릴 수 없다는 것을 의식하게 되었습니다.

로즈는 "벌거벗은 사실을 받아들이고, 도망치지 말고, 담대함과 결단력으로 맞서고, 평화롭고 생산적인 삶을 살라"고 제안했다.

삶의 의미를 창조하고 일관된 노력을 통해 그것을 달성하려고 노력하십시오. 두려움, 불안, 걱정, 분노, 복수를 포용하는 것은 평화를 파괴하고 고통을 가중시키며 현실과 비현실을 구별하지 못할 것입니다. 그 인식은 힘이었습니다. 아무도 그녀의 운명의 주인이 되었기 때문에 그것을 깨뜨릴 수 없었습니다. 그녀가 경계하지 않았다면 외로움이 그녀를 다시 삼켜 버렸을 것이고, 삶을 무의미하게 만들고 고통의 길로 이끌었을 것입니다. 그녀가 그러한 상황을 감지했을 때, 그녀는 방황하는 것을 막고 음악이 그녀의 마음을 진정시키고 그녀를 우주와 연결할 수 있기 때문에 몇 시간 동안 함께 피아노를 연주했습니다. Amaya 는 차분하고 널리 퍼진 음악을 만들었습니다.

그녀가 경험 한 외로움은 그녀가 자아, 그녀의 존재, 경계 및 존재에 대해 명상하기 시작하기 전에 치명적이었습니다. Supriya 가 사라진 직후, 그 느낌은 주로 사랑의 부재와 애착의 박탈에 관한 것이었고, 이는 그녀의 마음에 불행, 좌절, 고뇌를 불러 일으켰습니다. 하늘이 어둡고 무서웠기 때문에 출구도, 희망의 빛도 없었습니다. 그것은 Amaya 의 추론 능력을 감소시켰는데, 그녀는 반복적으로 집중하지 못하고 가장 간단한 개인적인 결정조차 내리지 못했기 때문입니다. 일상 생활은 초라하고 더러워졌으며 모든 것에 메스꺼움을 일으켰습니다. 그녀의 문제 해결 능력이 감소하여 그녀를 부정적인 자기 신념과 우울증으로 몰아넣었습니다. 카란이 수프리야와 함께 사라지자 그녀의 심장에는 치료할 수 없는 멍이 새겨졌고, 그의 희미해지는 발자국 소리는 가족 생활의 종말을 알리는 소리였다. 아마야는 자신에게서 도망치려 했지만, 카란의 그림자가 사방에서 그녀를 따라다녔다. 현실에 대한 두려움은 리바이어던처럼 커졌습니다. 모든 것에 대한 두려움이 그녀를 뒤쫓고 있었고, 동시에 진실은 그녀에게서 빠져 나가고있었습니다. 그것은 Supriya 의 소유를 위한 대결이었고, 무(無)와 씨름했습니다. 그것은 극도의 공포, 수치심, 자기 연민으로 인한 공포와 도망을 일으켰습니다.

아마야는 관계를 경멸했고 누군가를 신뢰하는 것을 싫어했는데, 교제는 그녀에게 헛된 일이었기 때문이다. 그녀의 고립은 Supriya 와의 공생을 깨닫지 못한 채 무력화되었습니다. 아마야는 내면에서 희미해지고 있었다. 그녀는 자신의 정체성을 낙서하고, 자신의 존재를 혐오하고, 다이너마이트가 반복적으로 폭발하면서 폭발하는 상처받은 감정으로 자신을 자극했습니다. 속임수는 그녀의 상상을 초월했고, 약속은 산산조각이 났다. 그녀의 인생 목표가 그녀의 눈앞에서 트라우마를 입었기 때문에 그것은 재앙이었습니다. 어머니가 되어도 딸을 만질 수 없고 마음 가까이에 둘 수 없었다. 백만 번, 그녀는 딸이 기어 다니고, 아기 발걸음을 내딛고, 걸어 다니고, 여기 저기 뛰어 다니는 것을 상상했습니다. 그리고 아마야는 그녀의 딸이 되었고, 수프리야는 아마야가 되었다.

마침내, 로즈는 아마야가 트라우마를 극복할 수 있도록 도왔고, 그녀의 마음에서 그 무시무시한 존재를 뿌리 뽑았다.

그것이 아마야가 푸르니마가 불안을 극복하도록 돕고 싶었던 이유였다. 그것은 아마야가 여성들이 정의를 위해 싸울 수 있도록 허용하고 싶었던 것과 같은 동기였으며, 그녀의 법적 투쟁은 항상 여성을 위한 공평성의 무용담이었습니다. 그녀는 지난 20년 동안 수백 명의 여성들이 일어서서 독립성, 자존감, 존엄성을 경험할 수 있도록 도왔습니다. 그녀가 여러 법원에서 싸운 사건은 여성을 성노예, 착취, 억압으로부터 해방시키고 현실을 직시하고 비인간적인 환경에 맞설 수 있도록 준비시키려는 그녀의 결의를 반영했습니다. 공정성은 모든 경우에 최고가 되어야 하는 인도적이었고 그녀의 슬로건은 여성에게 유리한 양성 차별이었습니다.

일요일 아침은 화창했다. 아마야는 이미 도시에서 차로 30분 거리에 있는 부모님 댁을 방문하기로 결정했다. 로즈와 샹카르 메논은 정문에서 아마야를 기다리고 있었는데, 그녀가 아침

10 시쯤 집에 돌아올 것이라는 것을 알고 있었기 때문이었다. 그것은 그녀의 평소 관행이었습니다. 그녀의 어머니는 Shankar Menon 이 인도 정부와 함께 외교 업무를 수행했을 때 건축가로 일했습니다. 그가 정부에서 사임한 후, 로즈는 남편과 함께 인도로 돌아왔다. 뭄바이에서 Shankar Menon 은 수년 동안 *The Word* 의 편집자였으며 Rose 는 Malabar Hills 의 한 회사에서 전임 건축가로 합류했습니다. Rose 가 일했던 회사인 Design-Glory 는 고딕 양식의 건축과 남부 인도 스타일인 케랄라 원형을 현대 건축과 결합한 독특한 스타일을 높이 평가했습니다. Design-Glory 는 도면 및 디자인 개발만을 전문으로 하며 인도 전역과 해외에서 고객을 확보했습니다. Rose 가 회사에 합류한 후 고객은 3 배 증가했습니다.

아마야는 건강하고 다정해 보이는 80 대 부모님을 사랑으로 껴안았다. *The Word* 의 편집자로 일하는 동안 Shankar Menon 은 많은 저널리즘 학교의 객원 교수였으며 정치, 저널리즘 및 자유에 관한 여러 권의 책을 저술했습니다. 그의 저서, *글쓰기의 자유* 와 *감히 편집자*, 뛰어난 저널리즘 공헌을했습니다. 그는 Amaya 에게 현장에서 일하는 기자들에 대한 *The Unknown Journalist* 라는 또 다른 책의 첫 번째 초안을 이미 완성했다고 말했습니다. 샹카르 메논은 인권과 평등을 위해 싸운 인본주의자였습니다. Amaya 는 어린 시절부터 그것을 알고 있었고 그의 많은 자질을 물려 받았습니다. 그녀는 자유와 정의에 대한 인류의 끊임없는 탐구를 강력하게 표현한 그의 사설과 다른 칼럼에 감탄했습니다. 그는 아무도 숭배하지 않았고, 아무도 두려워하지 않았으며, 민주주의에서 나온 독재자와 독재자를 비웃었습니다. 수년 동안 통계 데이터를 분석하면서 그는 폭력을 선동하고, 증오 발언을하고, 린치와 포그롬에 탐닉하는 사람들을 폭로하고 그들이 강력한 장관이되었음을 증명했습니다. 그러나 그들은 두려움이 많고 모든 것, 심지어 그림자까지도 두려워하는 공허한 사람들이었습니다. 편집자로서 메논은 범죄자-정치인 넥서스와 정치인과 임원으로 진화하는 범죄자를 폭로했습니다. 민주주의를 보호하기 위해서는 시위가 필수적이라고 그는 썼다. 그는 항의하는 것을 잊은 사회는 무지하고 죽은 문화라고 결론지었습니다. 샹카르 메논에게 가장 중요한 과학적 발견은 자유와 평등을 발견하는 것이었다.

마찬가지로 메논에게 민주주의를 보호하는 가장 건강한 방법은 공개적으로 항의하는 것이었다. 자신을 신으로 승격시킨 정치가들은 그들의 일상과 행동에 우주적 의미를 부여했습니다. 그들은 그들의 영광을 위해 모든 것을 했다고 주장했습니다. 결과적으로, 하수인에게 그의 정치적 주인의 모든 말은 예언 적 잠재력을 지니고 있었고, 따라서 진리는 영웅 숭배의 여백에서 사라졌으며, 사후 진실의 표현이었습니다.

아마야는 매주 부모님을 뵈러 갔다. 그리고 한 달에 한 번, 그들은 아마 야와 함께 가서 며칠 동안 고치에서 그녀와 함께있었습니다. 아마야에게 부모님은 가장 친한 친구였다. 그들도 그녀를 가장 친한 친구로 여겼습니다. 로즈와 샹카르는 딸을 만나게 되어 특별한 기쁨을 표현했다. 로즈와 메논은 종종 딸 곁에 꼭 껴안고 앉아서 서로의 어깨에 손을 얹고 담금질을 즐겼습니다. 그들은 세계관을 공유하고, 법적, 사회적 문제를 조사하고, 최신 기술, 과학적 발명품, 경이로운 건축물, 저널리즘 조사, 책, 음악, 예술, 인권 및 사회 정의에 대해 토론하는 데 몇 시간을 보냈습니다. 때때로 그들은 마드리드의 삶, 바르셀로나, 바스크 지방 및 다양한 유럽 도시 방문에 대해 회상했습니다. 변함없이 그들의 대화는 개인적인 삶, 건강, 욕망, 일 및 미래를 공유하는 것으로 끝났습니다.

Amaya는 부모님과 함께 케랄라 스타일의 채식 식사인 점심을 appam, 쌀, 다양한 요리, 삼바, 파파드, 파야삼과 함께 요리했습니다. 식당은 부엌의 연장선이었고, 함께 앉아서 얼굴을 맞대고 음식을 나누는 것은 유대감과 마음을 사로잡았습니다. 저녁 4시까지 차와 간식을 먹은 후 그들은 폭포까지 산책을 하곤 했습니다. 로즈와 샹카르 메논은 언덕을 오르는 데 아무런 문제가 없었다. 장엄한 폭포와 녹지는 몬순이 활발함에 따라 놀랍습니다. 아마야는 언덕 반대편에 새로 생긴 고층 건물들을 볼 수 있었다. 그들은 새로운 건물이 언덕 너머로 들어와 폭포의 고요함과 우연을 파괴할까봐 두려워했습니다.

로즈와 샹카르 메논은 아마야가 출발하기 위해 차에 시동을 걸기 전에 딸을 껴안았다.

"엄마, 아빠, 사랑해." 그녀는 두 사람 모두에게 키스했다.

"사랑해, *몰*." 로즈가 말했다.

"사랑해, 아마야." 샹카르 메논이 말했다.

고치로 돌아가는 동안 로즈와 샹카르 메논, 그리고 마을에서의 그들의 삶이 아마야의 마음을 지배했습니다. 그들은 자신과 그들이 영위하는 삶에 대해 행복했습니다. 그러자 푸르니마가 생생하게 나타났고, 그녀가 말하는 방식은 탐정처럼 분명한 목적이 있었기 때문에 목소리는 정확한 억양을 가지고 있었다. 푸르니마의 말은 서두르지 않았고, 그녀는 자신이 말한 사람을 존중했다. 그녀는 결코 거만하지 않았고 항상 겸손했으며 적절한 사회화와 양육의 표시였습니다.

아마야는 포르니마가 증거를 가지고 전화할 거라고 확신했다. 8 시 30 분에 전화벨이 울렸다. 아마야는 푸르니마가 그 목소리에 살짝 흥분했다는 것을 알았다.

"사모님, 제 아버지가 대학 식당에서 당신을 만났다는 확실한 증거가 있습니다." 푸르니마가 말했다.

"그 증거가 뭐야, 포르니마?" 아마야가 심장이 두근거리며 물었다. Poornima 의 이야기에 대해 더 알고 싶은 열망이 있었습니다.

"아버지의 서류에서 아마야에 대한 메모를 몇 개 찾아낼 수 있었고, 그게 당신에 관한 것이라고 굳게 믿고 있습니다." 그런 다음 Poornima 는 첫 번째 편지를 읽었습니다 : "8 월 2 일에 Amaya 를 만났습니다."

아마야의 몸 전체에 전율이 느껴졌고, 통제할 수 없는 존재가 좁은 터널을 통해 그녀를 후루룩거리고 있다는 생각이 으스스했다. 급류가 주입된 무한대의 진공 상태에서 그녀는 압도적인 모호함을 경험했습니다. 그리고 그녀는 이음매 없는 공허를 통과했고, 석화되는 무중력 상태를 경험했고, 숨가쁨이 줄어드는 정복 행위에 얽혀 있었다.

아마야는 의자에 앉아 침착하게 행동하라고 명령했다. 의자에 앉아 그녀는 그 첫 만남을 회상했다. 8월 2일 수요일, 1995일이었습니다.

"포르니마, 두 번째 증거는 뭐야?" 평정을 되찾은 아마야가 물었다.

"그것은 당신이 그의 집인 로터스를 방문하는 것에 관한 것입니다." 포르니마는 갑자기 멈춰 섰다.

아마야는 8월 5일 금요일에 카란과 함께 지내러 갔을 때 자신의 귀를 믿을 수 없었다.

"아버지의 이름을 말해 줘." 아마야가 물었다.

"그는 카란 아차랴입니다." 푸르니마가 대답했다.

아마야는 몇 초 동안 조용히 앉아 있었다.

"부인, 제 아버지에 대한 비밀이 있으시군요. 오직 당신 만이 그를 도울 수 있습니다. 그는 끊임없이 당신의 이름을 외우고 있습니다." 푸르니마는 간절히 도움을 청했습니다.

"포르니마, 네가 네 아버지의 외동딸이냐?" 아마야가 물었다.

"네, 저는 에바 박사와 카란 아차랴의 외동딸입니다. 7월 31일, 1996일, 저는 바르셀로나에서 태어났습니다." 라고 Poornima 는 말했습니다.

"포르니마." 아마야는 뭔가 더 말하고 싶은 듯 그녀의 이름을 불렀지만 말을 멈췄다.

"네, 부인." 푸르니마의 대답은 질문처럼 들렸다.

"포르니마, 나는 아마야다. 당신은 나를 찾고 있습니다. 말해봐, 내가 너를 위해 무엇을 할 수 있니?" 아마야가 물었다.

"부인, 즉시 찬디가르로 오십시오. 아버지를 만나보세요. 나는 아버지가 당신의 존재를 알아볼 것이라고 확신합니다. 그는 의식을 회복 할 것입니다. 고치발 찬디가르행 직항편이 없는 경우 전세기를 이용하시기 바랍니다. 나는 모든 것을 지불 할 수 있습니다. 아버지는 이 나라에서 가장 부유한 사람 중 한 명이기 때문에 돈은 문제가 되지 않습니다." 포르니마는 아마야를 설득하는 것이 두려웠다.

"찬디가르에 언제 와야 하나요?" 아마야가 물었다.

"오늘부터 시작해 주세요. 그렇지 않으면 내일. 괜찮으시다면 고치에 와서 개인 비행기로 찬디가르로 데려다 드릴 수 있습니다." 포르니마는 사과했다.

"저는 변호사입니다. 월요일부터 일주일 내내 약 40 건의 사례가 나열되었습니다. 제 고객들에게 그들의 청원은 삶과 죽음의 문제입니다. 이 사건은 그들의 가족에게도 영향을 미치며, 나는 그들에 대한 책임이 있습니다." 라고 Amaya 는 자신의 상태를 설명했습니다.

"사모님, 아버지가 돌아가시지도 몰라요. 제발 오세요." 푸르니마가 애원했다.

"저를 최우선으로 하는 고객의 고통을 없애고 싶습니다. 당신이 주장한다면, 나는 토요일에 당신의 집을 방문 할 수 있습니다." 아마야는 정확했다.

"감사합니다, 부인. 내가 당신에게 즉시 찬디가르로 오라고 요청한 이유가 하나 더 있습니다. 나는 아버지의 안전이 두렵다. 그의 생명이 위험에 처해 있습니다. 많은 전문 라이벌은 우리 제약 회사의 전례 없는 성장을 소화할 수 없습니다. 우리 회사 내에 그들을 위해 일하는 사람이 있을 수 있습니다. 나는 그를 돌볼 가장 신뢰할 수 있는 의사와 간호사를 임명했습니다. 게다가 아버지와 많은 시간을 보내고 있습니다." 푸르니마의 말에는 약간의 고뇌가 담겨 있었다.

"아버지를 보호하는 데 매우 조심해야 합니다. 당신이 그 주위에 사람들을 신뢰했다는 것을 알게 되어 기쁩니다. 그건 그렇고, 고치에서 델리까지 비행기를 타고 찬디 가르로 연결되는 항공편을 탈 수 있습니다. 내 여행에 대해 걱정하지 마십시오. 내가 관리할게." 아마야가 말했다.

"그럼요. 부인," 내일 저녁 8 시 30 분에 전화할까요?"

"그럼요, 안녕히 주무세요, 부인."

"안녕히 주무세요, 푸르니마." 아마야가 대답했다.

갑자기 완전한 침묵이 흘렀다. 에바는 카란이 병원 기록에 아마야 대신 입력한 이름이었다. 여권, 비자, 생년월일, 거주지 주소 및 기타 서류 사본. 태어난 아기는 에바와 카란의 딸이었습니다.

아마야는 울음을 터뜨렸다. 비명 소리는 들리지 않았지만, 그녀의 심장은 터질 듯했고, 고통은 극심했다. 아마야는 20년 만에 처음으로 자제력을 잃었다. 그녀의 마음이 조건을 지시했다. "울고 또 울고, 지난 24년 동안의 고통과 불행을 씻어 주소서"라고 그녀는 말했다. 아마야는 아무 생각 없이 두 시간 이상 앉아 있었고, 공허함과 완전한 어둠만 경험했다.

다시 한 번, 그녀는 수천 개의 가느다란 샤프트가 연결된 터널에 있었습니다. 영원의 심연이 모든 것을 삼켜 버렸습니다. 그러나 아기는 어디선가 울었습니다. 아마야는 아이에게 다가가고 싶었고 목적지에 도달하지 못한 채 달렸다. 고함소리가 더 커졌다. 수천 명이 몬순 전 급류의 간헐적인 불협화음 천둥 소리 동안 여우처럼 울부짖고 울부짖었습니다. 비명 소리는 점점 더 시끄럽고 무서워졌습니다. 쓰나미의 굉음이 비명을 가라앉혔다. 하늘 높이 솟은 물의 접근벽과 그 힘은 모든 것을 파괴하고 앞을 가로막는 모든 것을 산산조각낼 수 있습니다. 오싹한 날씨였고, 그녀는 몇 시간 동안 함께 파도 위를 떠다니는 경험을 했습니다. 콧구멍, 목구멍, 폐, 배가 터지는 죽음의 느낌이었습니다.

아마야는 수백 채의 집이 분리된 것을 볼 수 있었고, 그 중 한 채로 가려고 했다. 어쩐지 그녀는 하얀 사리를 입고 머리를 깎은 여성들만이 인간을 거부하는 큰 집에 들어갔다. 원치 않게, 그들의 아들들은 그들을 사원에 버렸다.

"우리의 날은 얼마 남지 않았습니다. 우리는 과부이기 때문에 인간으로 살 권리가 없습니다." 그들은 일제히 소리쳤다.

"그러나 과부가 언젠가는 너희에게 올 것이다. 당신에겐 출구가 없어요." 아기가 젖을 빨고 있는 한 맹인 여자가 소리쳤다.

"그녀를 저주하지 마십시오." 다른 여자가 슬퍼했습니다.

"오늘이나 내일 하나가 되어야 하는 것은 불가피합니다. 로봇이 당신의 몸을 모아 깊은 틈새에 던져 쥐처럼 썩게 할 것입니다." 첫 번째 여성은 마치 거룩한 책을 읽는 것처럼 말했습니다. "인생은 무의미한 투쟁입니다. 의미를 부여하려고 하면 아무도 받아들이지 않을 것입니다." 맹인 여자는 계속했습니다.

미망인은 죽음과 같지만 평준화되는 것처럼 보이지는 않습니다. 여자들은 고통 받고 죽을 것입니다. 지구는 그것들로부터 자유로울 것입니다. 여성이 사라지면 남성도 사라질 것입니다. 지난 400 만 년 동안 말하고 생각하는 동물들이 있었다. 그들이 발로 걷는 데는 50 만년이 걸렸습니다. 언어를 만드는 데는 백만 년 이상이 걸렸습니다. 그들은 이 행성의 구석구석을 식민지화하고, 네안데르탈인을 사냥하고, 그들의 여성과 사랑에 빠졌고, 잡종을 낳고, 호주와 아메리카의 거의 모든 동물을 파괴했습니다. 그들은 불, 철광석, 무기, 요리 및 농업을 발견했습니다. 종교는 신, 화신, 처녀 탄생, 희생, 빛나는 칼, 수백 개의 오아시스에서의 야간 습격, 유대인 학살, 여성 개종, 조혼, 십자군 전쟁, 지하드 및 탈레반으로 번성했습니다.

종교의 창시자들은 군대를 이끌고 평화로운 사람들을 침략하고 수천 명을 학살했습니다. 그들은 여자와 어린 소녀들을 아내와 첩으로 삼아 믿음을 전파했으며, 모든 곳에서 제단의 희생 동물처럼 피 묻은 칼로 수천 개의 머리를 잘랐습니다. 승리자들은 상상의 현실을 위한 예배 장소를 짓고 그것을 자비롭다고 불렀습니다. 그 가상의 존재들은 인간을 공포에 떨게 하고 그들을 위해 모든 것을 결정하기 시작했습니다. 여자들은 승리자들의 재산이었고, 그들은 육욕적인 쾌락을 위해 인구가 넘쳐나는 어린 소녀들과 술 시냇물이 흐르는 천국을 약속했습니다. 많은 사람들이 사제, 마울비스, 사기꾼들이 결정한 신성 모독으로 머리를 잃었습니다. 그들은 신화를 성문화하고, 전설을 다시 쓰고, 마법의 책을 배포하고, 고대 문화와 공예품을 말살하고, 믿기를 거부하는 사람들을 근절했습니다. 드디어 인간이 인간이 아닌 행성을 기다리고 있습니다. 아기가 젖을 빨고 있던 미망인은 임신 중에 눈을 뽑은 종교 광신자들의 희생자 인 한탄을 계속했습니다. 그들은 남편과 함께 걷는 동안 발목이 드러났기 때문에 남편을 쐈습니다.

인접한 터널에 괴물이 있었다. 아마야는 저 멀리서 한 줄기 빛을 볼 수 있었다. 그러나 산처럼 서 있는 짐승을 극복하기 위해 그의 머리 위로 터널을 운반하는 것은 매우 힘든 일이었습니다. 그녀는 그의 감시의 눈을 피하기 위해 그를 향해 기어갔지만, 그의 발 아래를 통과하는 데는 오랜 시간이 걸렸다. 괴물은 성노예였던 젊은 여성들을 위한 강제 수용소를 지키고 있었다. 야수에 맞서 싸우고 그를 죽여 캠프에 숨어있는 노예를 구해야합니다. 세상은 몰랐다. 수백만 명이 썩어가는 성노예 강제 수용소가 있었습니다. 그녀는 들판으로 들어가기 위해 벽을 넘어 올라갔다. 그런 인간의 비극을 만난 적이 없는 끔찍한 장면이었습니다. 모든 여자들은 벌거벗고 머리를 숙이고 있었다. 아무도 손이 없었고, 다리는 철제 기둥에 묶여 있었다. 썩어가는 단계에서, 그녀는 입구 근처에서 산처럼 잘린 손을 볼 수 있었다. 그 불쾌한 광경은 그녀를 산산조각 냈다.

성노예들은 겁에 질린 원숭이처럼 울기 시작했고, 가슴 아픈 경험이었습니다. 그녀는 사슬을 하나씩 끊었다. 작업을 완료하는 데 영겁의 시간이 걸렸습니다. 그들은 허리케인처럼 문을 향해 달려가 모두 배가 고픈 괴물을 집어삼켰다. 소동으로 인한 대격변의 소음이 강제 수용소 구석구석에 울려 퍼졌습니다. 그것은 착취당하고 사슬에 묶인 여성들을 위한 해방이자 자유 투쟁이었습니다. 아마야가 그들과 합류했고, 그들은 구름 벽처럼 움직였다.

"아마야," 그녀는 어깨를 두드리며 포르니마와 이야기를 나눈 뒤 깊은 충격을 받은 채 혼잣말을 했다. 자정이었다. 그녀는 21 년 만에 처음으로 위빳사나를 놓쳤는데, 마음 속의 혼란이 너무나 강력했기 때문입니다. 쪼그리고 앉고, 팔을 허벅지에 연꽃 자세로 유지하고 명상하는 것은 어려웠습니다. 눈꺼풀을 감으려고 해도 잠도 못 잤다. 그녀는 지난 24 년 동안 깨어있는 모든 시간을 꿈꿔 왔던 딸과 이야기하고 있다는 것을 알고있었습니다. 그녀를 직접 만나고, 이야기하고, 포옹하고 싶은 끝없는 갈망이 있었습니다. 그러나 Poornima 와 이야기하는 내면의 기쁨은 사라졌습니다.

분리된 느낌, Poornima 와 정서적 거리를 유지하여 그녀의 삶, 행복 및 성취를 가질 수 있도록 하려는 소망이 있었습니다. 그러나 그녀는 Poornima 가 가능하다면 아버지를 만나서 고통을 없애기를 원했습니다. Poornima 와 그녀의 삶을 공유하는 것은 그녀가 그녀의 딸이 될 수 없었기 때문에 실행 가능하지 않았습니다. Poornima 는 그녀의 어머니가 약 25 년 동안 꿈꿔 왔던 그녀의 마음 속으로 애무했던 사람과 같은 사람이 아니 었습니다. 수프리야는 아마야에게 그녀 자신의 것이었지만, 포르니마는 다른 누군가의 것이었다. 갑자기 카란은 낯선 사람, 외부인이되었습니다. 대학에서 만난 카란은 다정하고, 사랑스럽고, 역동적이고, 동반자이자 친구였다. 하지만 딸과 함께 사라진 카란은 외계인이었다.

그런 다음 Amaya 는 잠을 자고 3 시간 동안 잠을 못한 후 6 시에 일어났습니다. 그녀가 늦잠을 잤던 것은 오랜 세월이 지난 후 처음이었습니다. 그녀는 한 시간 동안 위빳사나를 할 수 있었고, 그녀의 마음은 통제될 수 있었습니다. 명상 후, 그녀의 마음에서 거대한 돌을 영원히 제거하는 기쁨이있었습니다. 그녀는 그 자유를 충만하게 즐겼습니다.

그녀의 권리와 그녀의 삶

산세바스티안에서 돌아온 아마야는 독특한 내면의 기쁨과 카란과의 더 깊은 유대감을 경험했다. 아마야는 어린 시절부터 그를 알고 있다고 생각했고, 그들은 어디에서나 함께했습니다. 그녀는 축구, 축구 클럽, 주식 시장, 오토바이, 자동차 및 다른 사람들에 대한 평가와 그의 동일시를 좋아하기 시작했지만 여전히 투우를 싫어했습니다. 수녀의 하나됨과 공생은 날이 갈수록 다양해졌다. Amaya 는 공통점이 너무 많다는 것을 깨달았을 때 놀라움이 끝이 없었습니다. 그것은 그녀가 카란의 사랑을 더 잘 이해하는 데 도움이 되었습니다. 그는 아침 일찍 일어났을 때 침대 커피를 만들었고, 그녀는 그것을 소중히 여겼습니다. Karan 은 매일 아침 식사로 특별한 것을 만들겠다고 고집했습니다. 그는 아침 식사로 황소 눈을 튀겼다. Amaya 는 고추, 얇게 썬 양파, 캐슈 조각, 정향, 카 다몬, 계피 긁힌 자국, 소금 한 꼬집을 곁들인 스크램블 에그를 선호했습니다. 맛있었어요.

아마야는 카란을 다치게 하고 싶지 않아 과녁을 먹었다. 그녀는 저널리즘 스쿨에 갈 때마다 대학 식당에서 점심을 먹었습니다. 카란과 아마야는 함께 저녁 식사를 준비했다. 카란과 함께 식사하는 것은 항상 마음이 따뜻해지는 경험이었습니다. 그는 태양 아래 있는 모든 것에 대한 이야기를 나누고, 농담을 하고, *Tere Ghar Ke Samne* 에서 Dev Anand 를 위해 Mohammed

Rafi 의 힌디어 사랑 노래를 불렀습니다. Karan 은 마지막 식사를 요리한 후 매일 혼자 부엌을 청소하고 걸레질하는 데 집착했습니다. 아마야는 매일 아침 대학에 갔다. 그는 하루 종일 자신의 몫 사업으로 바빴습니다.

일주일에 한 번, 그들은 수영장을 비우고 녹색 세제로 청소했습니다. 카란과 함께 사는 것은 즐거운 경험이었습니다. 걱정할 것도 없었고 그와 함께한 그녀의 삶에는 아무런 문제가 없었습니다. 때때로 아마야는 카란이 자신을 너무 사랑한다는 것을 경험했습니다. 그녀는 평생의 공생을 위해 필요한 그와의 싸움과 싸움을 원했고 삶의 현실을 공유했습니다. 말다툼과 마찰이 없는 삶은 그녀의 마음에 가벼운 실망을 불러일으켰습니다. 대학 도서관에 혼자 앉아 있을 때, 그녀는 카란이 그렇게 사려 깊고 사랑스럽고 완벽할 수 있는 사람은 아무도 없기 때문에 미스터리라고 생각했습니다. 때때로 그녀는 Karan 에게 가끔씩 그녀와 싸울 것을 요청했습니다. 아마야의 호소를 들은 카란은 웃음을 터뜨렸다.

"당신은 때때로 내 의견에 동의하지 않고, 내 자존심을 상하게 하고, 나를 울게 만들어야 합니다. 당신은 내 삶을 문제 없이 만들고 우리의 공생을 완벽하게 만들고 있습니다. 부모님이 다투시는 것을 본 적이 있었지만, 30 분이 지나자 부모님은 친구가 되셨습니다. 그런 다툼에는 아름다움이 있었다"고 아마야는 설명했다.

여행 중에 신문사, TV 채널, 도서관 및 기록 보관소를 방문하여 인권 연구를 위한 데이터를 수집하는 동안 Karan 은 그녀를 혼자 두고 싶지 않았기 때문에 그녀와 동행했습니다. 그는 Amaya 의 호텔 예약 및 여행 일정을 조정하는 데 탁월했습니다. 그는 스페이드 작업을 기꺼이 수행하겠다는 의지를 보여주었습니다. 카란과의 삶은 완벽한 교향곡이었지만, 그녀는 그 완벽함에 두려움을 느꼈다. 그러한 상황이 비극과 상상할 수없는 고통으로 이어질 것이라는 잔소리하는 두려움이있습니다. 아마야가 카란에게 두려움과 불안에 대해 말했을 때, 그는 그녀를 꼭 껴안고 그녀를 가슴에 가까이 두었습니다. 아마야는 그의 몸에서 나는 냄새를 좋아했다. 그의 겨드랑이에 코를 대고 그녀는 그의 포옹의 하나됨의 부산물인 행복한 황홀경을 즐겼습니다. 그런 다음 그들은 사랑을 나누었습니다. 나눔은 어리둥절했다. 그들은 가장 친한 친구로 자랐습니다. 우정 속의 로맨스, 나눔 속의 친밀감, 신뢰의 응집력이었고, 카란은 점차 아마야와 아마야, 카란으로 진화했다.

카란은 아마야에게 대학에 갈 차를 사고 연구를 위한 데이터 수집을 위해 그녀의 은행 계좌로 돈을 이체하고 싶다고 말했다. 카란에게 계좌 번호를 알려준 후, 이틀 만에 새로운 메르세데스 벤츠가 차고에 도착했습니다. Amaya 는 은행 잔고를 확인할 때 똑같이 비싼 것을 살 수 있는 충분한 돈을 찾았습니다. 그러나 그녀는 "자신의 신분을 밝히고 싶지 않은 친구"가 송금하는 것을 보고 다소 당혹스러워했습니다. 아마야는 웃으며 카란을 "수수께끼의 남자"라고 불렀다. 카란은 웃음을 터뜨렸다.

그들은 Disklavier 피아노와 함께 남쪽 발코니에서 오랜 시간을 보냈습니다. 현대 기술과 결합된 전통적인 어쿠스틱 피아노였습니다. Amaya 는 Rose 가 소유한 Upright 에서 첫 피아노 레슨을 연주했습니다. 마드리드에 있는 로레토 학교의 그랜드는 위풍당당해 보였고, 아마야는 그 아름다운 키보드를 만드는 데 상당한 시간을 보냈다. Karan 은 피아노 연주가 손과 눈의 협응력을 동기화하고 민첩성을 향상시키며 고혈압과 호흡수를 줄이는 데 도움이 된다고 믿었습니다. 피아노를 연주하면 심장 질환이 크게 감소하고 면역 반응이 증가하며 손가락, 손바닥 및 손의 손재주가 증가합니다. 집중력을 높여 뇌를 더욱 활동적이고 세심하게 만들었습니다. 아마야는 카란이 의사처럼 마음에서 우러나오는 말을 하고 있다는 것을 알고 있었다. 그녀는 피아노를 연주하는 것이 피아노가 만들어내는 음악을 듣는 데 도움이 된다는 것을 알고 있었습니다. 피아니스트는 한 번에 많은 일을 했고, 곡을 읽고, 연주하는 음을 듣고, 동시에 페달을 밟았습니다. Karan 은 피아노가 자신의 삶, 욕망 및 미래를 조정하는 방법을 가르쳐 줄 수 있다고 말합니다. 아마야는 피아노 연주의 신체적, 의학적 이점에 대한 기사와 책을 읽었을 것이라고 생각했습니다.

마드리드에 있는 로레토 학교의 수녀들은 정신적 혹은 영적 유익을 주장하였습니다. 그들은 피아노 문화를 발전시키고 내면화하는 데 중점을 둔 훌륭한 음악 교사였습니다. 그들은 아마야가 피아노를 치는 것이 쉽다고 말했다. 앉아서 건반을 눌러 연주할 수 있습니다. 음악은 자연 현상, 우주의 언어였습니다. 수녀들은 은하계, 별, 행성이 그들이 이해할 수 있는 유일한 언어이기 때문에 음악으로 소통한다고 설명했습니다. 신이 우주를 창조했을 때, 그는 음악으로 말했고, 우주는 각 음을 배우고 수십억 년 동안 스스로 연주했습니다. 그 음악은 우주의 모든 구석에 울려 퍼졌고, 외계인이 우리 행성을 방문했을 때, 그들은 음표로 말했고, 수녀들은 미소를 지으며 말할 것입니다. 피아노를 연주하는 것이 인간의 두뇌를 바꿨다고 Karan 은 말했습니다. Karan 은 돌고래, 침팬지, 코끼리, 소, 개, 고양이, 공작새, 암탉, 심지어 쥐를 포함한 모든 동물을 피아노 음악을 들으면서 기쁨을 표현하는 것을 고려했습니다. 피아노와 그 음악을 연주하는 것은 뇌를 자극하고 마음을 고양시키며 모든 사람이 삶을 즐기도록 격려했습니다. 아마야는 어머니의 말을 떠올렸다.

"피아노 연주는 음색, 간격 및 코드를 인식하고 피치 감각을 개발하여 청각 인식을 향상시킵니다."라고 Karan 은 설명했습니다.

"아마야, 너희의 에너지 수준은 항상 더 높을 거야. 피아노를 연주하는 동안 피아니스트는 새로운 신경 연결을 추가합니다." 어느 날 Karan 은 테라스에 앉아 저녁 차를 마시며 말했습니다.

"그것은 건강한 사고, 더 나은 집중력 및 성공적인 행동과 같은 뇌와 그 기능을 돕습니다."라고 Karan 은 계속했습니다.

아마야는 신경과 전문의처럼 말하는 듯 그를 바라보았다. 그의 견해로는, 활발한 두뇌는 즐거운 기억, 차분한 인식, 매력적인 연설, 강력한 언어 및 통제 된 감정적 반응의 자리였습니다. 아마야는 감탄하며 카란을 바라보았다. 그의 설명은 정확하고 과학적이었습니다.

"피아노를 치면 정신적으로 기민하고, 젊고, 활기찬 상태를 유지할 수 있습니다."로즈는 마드리드에있을 때 Amaya 에게 말했습니다. 로즈는 피아노를 아주 잘 연주한 그녀의 첫 번째 피아노 선생님이었고, 샹카르 메논은 연주하는 동안 오랫동안 그녀의 곁에 앉아 그녀의 재능을 높이 평가했습니다. Rose 는 런던의 Bagley's Lane 에 있는 피아노 가게에서 구입한 Upright 를 가지고 있었는데, 여기에는 광범위한 귀중한 피아노 컬렉션이 있습니다. Upright 는 환상적인 피아노였습니다. 그 몸 부분은 다른 종류의 나무로 되어 있었습니다. 공명판은 가문비나무였으며 탄성 때문에 가장 반향이 있었습니다. 피아노 공명판은 구부러지도록 만들어졌으며 스피커 콘과 같은 왕관이 있었습니다. 핀 블록용 단풍나무는 높은 수준의 안정성을 가지고 있습니다. 여덟 개의 열쇠는 모두 한 조각의 나무로 만든 전나무였습니다. 케이스는 참나무로, 테두리는 단풍나무와 마호가니의 조합이었습니다. 외부와 뒷 기둥은 흑단이었습니다.

"위대한 과학자들은 훌륭한 음악가였습니다."로즈는 딸에게 음표를 읽고 양손으로 연주하는 법을 가르치면서 말했다. 아마야는 빨리 배우는 사람이었고, 로레토 학교의 수녀들은 아마야가 자신의 기술을 습득하도록 격려했습니다.

바르셀로나에서 돌아와 우울증에서 회복 된 후, Amaya 는 폭포가 내려다 보이는 마을 집에서 어머니와 함께 머물면서 피아노를 계속 연주했습니다. 어머니와 함께 보낸 3 년 동안 로즈는 아마야의 산산조각난 삶에서 음악의 환경을 만들기 위해 끊임없이 노력했습니다. 아마야가 변호사 개업을 하기 위해 고치로 이사했을 때, 로즈는 그녀에게 새로운 스타인웨이 아트 그랜드 피아노를 선물했다. Amaya 는 매주 토요일, 공휴일 및 일요일 저녁에 몇 시간 동안 함께 연주했습니다. 그녀의 삶에서 만들어진 마술 음악은 믿을 수 없었고, 위빳사나와 함께 그녀의 삶을 완전히 바꿔 놓았습니다. 그러나 한 가지 생각이 그녀의 마음 속에 희망의 깜박임처럼 계속 남아 있었고, 그녀의 사랑하는 Supriya 를 만났습니다.

전화는 엄격하게 8 시 30 분에 왔습니다. "부인, 찬디가르의 따뜻한 소원을 빕니다. 나는 푸르니마다." 목소리가 울려 퍼졌다.

"안녕, 푸르니마." 아마야가 대답했다.

"어젯밤 잠을 못 잤어요. 찬디가르 방문에 대해 생각하고 있었습니다. 그것은 내 검색의 최종이 될 것입니다. 나는 당신이 어딘가에 존재하고, 내 아버지를 알고 있고, 내 아버지를 도울 수 있다고 믿었습니다. 그러나 여전히 나는 소화할 수 없다. 나는 너를 찾을 수 있었다. 내가 너와 얘기했어." 포르니마의 말은 자아실현과 희망으로 가득 차 있었다.

"포르니마, 내 유일한 의도는 네가 고통을 이겨낼 수 있도록 돕는 거야. 내가 당신의 집을 방문하는 것이 이와 관련하여 당신에게 도움이 된다면 그만한 가치가 있습니다." 아마야의 대답에는 초연함이 담겨 있었다. 그녀는 삶이 의무의 표현이었던 고통, 슬픔, 우울의 세계를 이미 넘어서서 다른 사람들이 자존감을 얻도록 도왔다는 것을 알았습니다. Poornima 는 고통, 불안 및 우울증이 없음을 느낄 수있는 의식

상태에 도달해야했으며 Amaya 는 Poornima 를 돕고 싶었습니다.

"부인, 당신은 정말 친절합니다. 그럼에도 불구하고 나는 당신이 내 아버지와 어떤 관계인지, 어떤 맥락에서 아버지가 당신과 어떤 관련이 있는지 모릅니다. 그러나 한 가지 확실한 것은, 당신이 그의 기억과 의식에 깊이 뿌리를 내리고 있기 때문에 아버지는 당신을 잊을 수 없다는 것입니다. 그것은 표현되지 않은 감사의 결과일 수도 있고, 잠긴 죄책감의 결과일 수도 있고, 심지어 다른 것일 수도 있습니다. 당신은 그 안에 있다고 확신합니다." 라고 Poornima 는 내레이션했습니다.

아마야는 잠시 생각에 잠겨 푸르니마가 내뱉은 말과 어조, 의도, 배경을 가늠했다. 비록 그것이 똑바로 신호를 보냈지 만, 그것이 의미하는 두 사람 사이의 관계를 확립하려는 의도가있었습니다. 아마야의 법적인 마음은 가정을 했다. 그러나 그것에 대해 진술하거나 반응하는 것은 불필요했으며 긴 침묵이있었습니다.

"개인적인 질문을 드려도 될까요?" 푸르니마는 낮은 목소리로 애원했다.

"네." 아마야가 대답했다.

"딸이 있습니까?"

"네." 아마야가 즉시 대답했다.

"당신은 그녀를 무엇이라고 부릅니까? 그녀는 몇 살이고 무엇을 하고 있습니까?" 푸르니마는 아마야와 긍정적인 관계를 맺기 위해 많은 것을 알고 싶어 하는 것 같았다.

"그녀의 이름은 수프리야입니다. 그녀는 스물 네 살, 당신 나이입니다. 그리고 그녀가 뭘 하고 있는지는 모르겠지만, 아마도 전문가일 것입니다." 아마야는 가능한 한 짧고 객관적이었다.

다시 한 번, 더 이상 할 말이 없거나 막다른 골목에 있는 것처럼 침묵이 흘렀습니다.

"안녕히 주무세요. 내가 말을 잘 못해서 미안해, 아니면 네 기분을 상하게 했을지도 몰라." 아마야가 반대편에서 들려왔다. 그녀는 딸의 이름과 나이를 밝힌 것을 후회하면서 마음이 혼란스러웠다.

아마야는 다음날 나열된 사례들을 꼼꼼히 살펴봤다. 입학 신청은 4 건, 초기 신청은 3 건, 최종 청문회는 1 건이었습니다. 그녀는 모든 파일을 살펴보고 논쟁의 중요한 문제에 대해 메모했습니다. 마지막 재판의 경우는 20 세 여성이었습니다. 소송 당사자 인 Divya 는 32 세의 Abdul Kunj 에서 그녀와 한 살짜리 딸에 대한 적절한 보상을 요청했습니다. 그는 그녀와 바람을 피운 후 Divya 를 버렸습니다. Divya 는 부유한 사업가인 Abdul Kunj 와 몇 년 동안 친밀한 관계를 맺은 후 그와 함께 머물기 시작했습니다. 힌두교도인 그녀의 부모는 그녀가 이슬람교도인 압둘 쿤지와 함께 기다리는 것을 반대했지만 디비야가 6 개월 동안 임신했다는 것을 알고 마지못해 동의했습니다. 압둘 쿤즈는 결혼하여 4 명의 자녀를 두었다. 그는 Divya 와 합법적으로 결혼할 수 없었지만 그녀를 창고 근처의 방 두 개짜리 집에 가두었습니다. 출산 후 압둘 쿤지는 디비야가 여자아이를 낳았다는 이유로 신체적으로 학대했고, 2 주일 만에 엄마와 아이를 버렸다. 디비야의 부모는 그녀를 받아들이기를 거부했고, 그녀는 테레사 수녀의 수녀들이 그녀를 구출할 때까지 길 잃은 개에 감염된 버려진 쓰레기 처리장에서 많은 밤을 보냈습니다. Amaya 는 케랄라 전역에서 수백 건의 그러한 사건을 알고 있었기 때문에 Divya 를 위해 정의를 내리기로 결심했습니다.

아마야는 다음 날 푸르니마의 이메일을 보고 살짝 즐거워했다. 긴 편지였고, 푸르니마는 아마야의 허락을 받지 않은 것에 대해 사과하는 것으로 시작했다. 그녀는 Amaya 가 Women's Rights and Women's Life magazine.에 발표한 최근 기사에서 Amaya 의 이메일 주소를 얻었다고 밝혔습니다. 찬디가르를 방문하는 동안 Poornima 는 Amaya 가 Dr Acharya 의 가족을 알 수 있도록 구체적인 사실을 말하고 싶었습니다.

Poornima 의 가족에 대한 간략한 설명이 있었습니다. 수녀는 찬디가르에서 사랑과 보살핌을 베푸는 부모 밑에서 자랐다. 10 학년 때까지 수녀들이 운영하는 학교에 다녔고 수녀들은 수녀에게 좋은 인간이 되도록 가르쳤다. Dr Acharya Pharmaceutical Research Centre 에 딸린 병원에 완전히 바빴지만 의사인 그녀의 어머니는 Poornima 를 돌볼 충분한 시간을 찾았습니다. 그것은 과장이 아니었다. 포르니마는 어머니에게서 사랑의 의미를 배웠다.

그녀의 아버지인 Dr Karan Acharya 는 Dr Acharya Pharmaceutical Company 의 CEO 였으며 아버지가 사망한 후 회장직을 맡았습니다. 젊었을 때 그는 펀자브의 승리한 축구 팀에서 세 번이나 대표했습니다. Acharya 박사는 뛰어난 피아노 연주자였으며 그들의 집은 가장 위대한 낭만주의 거장 작곡가의 음악으로 울려 퍼졌습니다. 신경학 박사 학위를 취득하고 알츠하이머 치료제를 개발하는 동안 그는 음악이 뇌 기능에 미치는 영향을 연구했습니다.

Poornima 의 부모는 떼려야 뗄 수 없는 사이였고 그들의 사랑은 눈부신 아름다움을 가지고 있었습니다. 그들은 젊었을 때 만났고 서로 사랑에 빠졌고 결혼했습니다. 그녀의 어머니는 약 7 년 동안 임신 할 수 없었기 때문에 우울해졌습니다. 부부는 3 년 동안 장기 휴가를 갔고 Acharya 박사는 아내와 함께 마르세유로 갔고 어머니는 그곳에서 치료를 받았습니다. Acharya 박사는 바르셀로나에서 1 년을 혼자 보냈고, 2 년차에는 축구 클럽의 주식을 사고 팔았습니다. 그는 이미 억만장자였고 제약 회사는 아버지의 리더십 아래 잘 지내고 있었기 때문에 그가 주식 시장에 진입한 것은 놀라운 일이었습니다. 알 수 없는 이유로 인해 Poornima 는 축구 클럽의 주식을 사고 파는 데 몰두한 것처럼 행동했을 수 있다고 말했습니다.

아마야는 잠시 읽기를 멈췄다. 신뢰할 수 있는 사람의 거짓말이 그녀의 개성, 성격, 인간 존엄성을 왜곡했습니다. 아마야는 다시 한 번 다음 문단을 훑어보았다. "지난 석 달 동안 나는 당신을 찾고 있었고, 당신과 이야기하자마자 당신의 이름이 구체적으로 언급된 서면 문서, 심지어 종이 한 자국까지 진지하게 조사하기 시작했습니다. 약 25년 전에 아버지가 쓴 파일의 여백에서 당신의 이름을 찾을 수 있었습니다. 당신이 나에게 진짜 문서를 보여달라고 했을 때, 나는 당신이 바르셀로나 해변에 있는 아버지 집을 처음 방문한 것에 대해 검색하고 알아냈습니다. 그러나 그의 주식 사업에 대한 거래 기록은 없었습니다. 인도에서 집, 자동차 및 기타 비용을 충당하기 위해 제약 회사의 사업 비용을 송금한 기록이 있었습니다." 책을 읽은 후, 아마야는 다시 말을 멈췄다. Poornima 는 자신의 주식 사업에 대한 기록을 추적할 수 없었고 이는 사실이었습니다.

부모님이 유럽에 머무른 지 2년 중반에 Poornima 는 바르셀로나에서 태어났습니다. 그러나 그녀는 임신한 어머니가 출산을 위해 바르셀로나로 여행하는 이유를 이해할 수 없었습니다. 마르세유의 유명한 병원에 잘 갖춰진 모자 보호 시설이있었습니다. 그녀의 어머니는 그곳에서 치료를 받고 있었다.

그것은 잘 계획된 속임수였고, 아마야가 가장 신뢰하고 보살피고 사랑했던 사람의 속임수였다. 그녀는 책을 읽는 동안 고뇌를 경험했습니다. 고통이 그녀를 압도하려 했다. "조용히, 진정해." 그녀는 마음을 다스리려고 애썼다.

"부인, 아버지의 행동에는 뭔가 신비한 것이 있었습니다. 어떻게 임신한 아내를 마르세유에 남겨두고 바르셀로나에 혼자 머물 수 있었을까? 그런 다음 그는 당신과 만나기 시작했습니다. 나는 아버지와 당신 사이에 관계를 맺을 증거가 없습니다. 하지만 아버지의 파일 어딘가에 숨어있을지도 모르는 더 많은 증거를 찾고 있습니다. 나는 그것들을 파헤치고 모든 낙서를 읽고 있습니다. 나는 아버지가 의식을 되찾도록 돕고 싶다. 작은 메모는 이 과정에서 그를 도울 것입니다. 나는 당신이 그를 도울 수 있는 유일한 사람이라고 굳게 믿습니다." 아마야는 한숨을 쉬며 이메일을 읽었다.

아마야는 꽉 쥔 주먹으로 탁자를 두드렸다. 극심한 고통이 몸을 관통했습니다. 그녀는 바르셀로나, 런던, 제네바, 비엔나, 헬싱키의 거리, 공원, 기차역을 일 년 넘게 돌아다녔을 때 같은 고통을 천 번이나 겪었습니다. 그녀는 갓난아기를 찾는 데 지옥 같은 시간을 보냈습니다. 그것은 영원한 사냥이었고, 애처로운 탐구였다. 가슴 아픈 여정 사이사이, 너무나 무서운 어둠이 그녀의 공허함을 채웠다. 그녀는 자신을 멸시받는 인간, 정체성을 잃은 목적 없는 유목민으로 진화했습니다. 하이드 파크에 앉아 몇 시간 동안 아무데도 엿보지 않고, 제네바 기차역에서 목적 없이 산책하고, 비엔나의 다뉴브 강둑을 걸으며 자장가를 신음하면서 그녀는 자신을 인간 이하의 수준으로 축소했습니다. 그녀가 견뎌낸 고통은 오이지스의 비참함보다 천 배나 더 강렬했고, 그 이상의 고통은 어떤 인간도 겪지 않았을 것이다.

아마야는 탁자에 머리를 고정한 채 킁킁거렸다. 헬싱키에서 한 대학생이 그녀 곁에 앉아서 "왜 그렇게 절망적입니까? 왜 우십니까? 당신의 눈에는 많은 슬픔이 있습니다." 그녀는 아마야가 손수건으로 얼굴을 닦는 것을 도왔다. "제발 다시는 울지 마세요. 오랫동안 여기에 앉아 있지 마십시오. 어두워지고 추워지고 있습니다. 어떻게 도와 드릴까요? 저와 함께 커피 한 잔 마시자"고 요청했다. 아마야는 그녀와 함께 갔다. 레스토랑은 따뜻하고 커피가 김이 나고 영양이 풍부했습니다. 그녀는 아마야를 호텔 로비로 안내했다. "조심해, 따뜻하게 해." 그녀는 아마야의 어깨를 두드리며 말했다. "저는 에사벨입니다. 문제가 생기면 언제든지 도시에 있습니다." 에사벨은 그녀에게 카드를 건넸다. 그녀는 식당에서 아르바이트를 하고 있는 학부생이었다. 아마야가 회사에서 경험한 위안은 영원하고 가슴 아픈 것이었다. 아마야는 행복한 사람들의 도시인 헬싱키의 심장부에서 따뜻한 마음을 느낄 수 있었다. 아침을 먹으면서 아마야는 에사벨의 다정한 얼굴을 떠올렸다.

아침 식사 후, 아마야는 사무실로 갔다. 그녀의 후배들은 오전 8시쯤 도착할 예정이었다. 아마야는 다른 벤치 앞에 나타나 바쁜 하루를 보냈다. 수난다는 두 명의 판사로 구성된 재판장 앞에서 디비야의 사건에서 아마야를 도왔고, 논쟁은 오후에 두 시간 동안 계속되었다. 피고는 델리에서 가장 비싼 변호사 중 한 명을 임명했습니다. 그는 Divya 의 삶을 음탕하게 묘사하고 그녀의 알몸을 벗기고 약 한 시간 동안 그녀의 전신에 진흙을 뿌려 법률 용어로 부풀어 올랐습니다. Amaya 는 Divya 의 학대받은 몸과 멍이 든 얼굴을 법정에 보여주는 데 많은 시간을 들이지 않았습니다. 다양한 법률에 따라 Amaya 는 상대방의 비방을 반박하고 Divya 의 권리를 설득력있게 확립했습니다. 판결에서 법원은 단호했으며 Abdul Kunj 에게 Divya 의 이름으로 아동의 보살핌, 보호 및 교육을 위해 1천만 루피를 특정 은행에 입금하는 것 외에도 1 천만 루피를 지불하도록 요청했습니다.

집으로 운전하는 동안 바르셀로나가있었습니다. 그녀는 매일 대학에서 저녁 6 시쯤 집으로 돌아가기를 간절히 바랐습니다. Karan 은 주식 거래로 바쁘게 공부할 것입니다. "아마야, 사랑해. 그날은 어땠어? 밥 먹었어?" 그는 애정에 싸인 많은 질문을 하곤 했습니다. 매일 저녁 아마야가 집에 도착하자마자 카란은 그녀를 껴안고 입술에 키스했다. 그들은 함께 저녁 차를 마셨다. 그녀가 알고 있듯이 Karan 은 항상 그녀가 차와 간식을 먹기를 기다렸습니다. 바르셀로나의 펀잡 (Punjabi)과 벵골 (Bengali) 레스토랑은 정기적으로 사모 사, 구운 나막 파라 (baked namak para), 베드미 푸리 라셀라 알로 (bedmi puri raseela aloo) 또는 스낵 용 chatpati aloo chat 을 제공했습니다.

아마야는 카란이 표현한 따뜻함과 사랑이 순수하다고 믿었고 대학 시절에는 몰랐던 그의 품에 안긴 신뢰를 누렸다. 많은 젊은이들이 아마야와 함께하고 싶다는 소망을 표명하고 지속적인 유대감을 갖고 싶다고 말했지만, 아마야는 모든 사람에게 무조건적인 "아니오"라고 말했습니다. 그녀는 사춘기 시절에 복잡한 심리학이 요구했음에도 불구하고 인생을 함께 할 남자 친구나 동반자가 없었습니다. 독립의 산물인 아마야는 누군가와 자신을 묶는 것을 거부하고 공생의 삶을 살았고, 아마야는 외로움을 버릴 이유가 없었기 때문입니다. 그녀는 외롭거나 외로움을 경험하지 않았으며 섹스를 실험하는 것에 대해 생각해 본 적이 없었습니다. 동반자를 갖기 위한 마음의 부름에 귀를 기울이는 일은 결코 일어나지 않았습니다.

자존감을 높이는 정체성을 개발하는 것을 알지 못했던 그녀는 신체적, 정서적, 사회적 발달로 이어지는 긴밀한 동지애가 필수적이라는 것을 결코 깨닫지 못했습니다. 바르셀로나에서 돌아온 후, 우울증의 해 동안, Amaya 는 에로틱 한 쾌락을 위해 그녀에게 접근 한 일부 젊은이들이나 지속적인 관계를 맺고자하는 다른 사람들에게 그녀가 야기 한 실망을 회상했습니다. 그녀는 특히 토론, 대중 연설, 박식한 토론 주도, 여섯 개 언어로 자신을 유창하게 표현하는 데 능숙하여 자신의 재능에 대해 과신했기 때문에 많은 사람들에게 무례하거나 거만했습니다. 다른 사람들로부터 받은 칭찬과 찬사로 인해 아마야는 젊은이들을 이해하는 데 무지했습니다. 그녀에게는 학교에서 유스케라를 가르치는 Alasne 친구가 단 한 명뿐이었습니다. 그러나 아마야는 다른 급우들과의 우정이 적절한 인생 파트너를 선택할 때 건전한 기대를 강화하도록 격려했을 것이라는 것을 알지 못했습니다. 친구를 사귀는 것을 거부한 그녀는 성공적인 성인 관계를 위한 강력한 토대를 구축하는 데 영향을 미쳤습니다. 따라서 많은 사람들로부터 인생의 동반자를 선택하는 데 부정적인 영향을 미쳤습니다. 그녀의 개인적인 선택은 그녀 자신의 것이었는데, 그녀는 로즈와도 그 누구와도 그것에 대해 논의한 적이 없었기 때문입니다.

그녀는 적어도 소수의 사람들과의 친밀한 우정이 필요할 때 그들에게 접근하고 더 나은 회복력을 갖추는 데 도움이 될 것이라는 것을 한 번도 이해하지 못했습니다. 어머니와 함께

3 년 동안 마을에 있었을 때, 그녀는 깨달음을 얻었다. 그녀는 카란을 평가하는 데 도움이 될 수 있는 다양한 관심사, 재능, 외모, 가치관, 신념을 가진 친구들이 그리웠다.

학부 시절 뭄바이에서 저널리즘을 하던 동급생 아누라그에 대한 생생한 기억이 있습니다. 그는 모든 프로그램과 활동에서 공연자, 조직자 및 리더였습니다. 학생들과 교사들은 그를 좋아했습니다. 어떤 사람들은 그를 존경하고 숭배했습니다. 연구에서 Anurag 는 도시에서 신흥 TV 뉴스 채널을 소유 한 아버지와 함께 일하기 위해 미래에 대한 잘 정의 된 계획을 가지고있었습니다. 정치인, 관료, 산업가 및 영화 배우가 그의 스튜디오를 방문했습니다. Anurag 는 사회의 의견 창출자이자 의사 결정자가되어 미래의 정치인과 정책 입안자를 결정함으로써 각광을 받는 것을 좋아했습니다. 많은 남녀 학생들이 그의 수행원처럼 항상 그의 주위에있었습니다. Amaya 는 Anurag 와 우호적 인 거리를 유지했지만 Amaya 의 학문적 우수성, 대중 연설 자질, 토론 능력 및 정서적 성숙에 반복적으로 감탄했습니다.

Amaya 는 많은 신선한 얼굴로 둘러싸인 새로운 장소였기 때문에 새로 시작할 수 있는 대학의 새로운 기회에 압도당했지만 그들과 친구를 사귀는 것이 그녀의 우선 순위가 아니었습니다. 그럼에도 불구하고 Anurag 는 공통된 관심사와 성격이 미래를 형성하는 데 중요한 역할을 한다는 것을 알고 있었기 때문에 많은 친구를 사귀는 것을 중요하게 여겼습니다. 그는 Amaya 로부터 아이디어를 개발하고 일관성 있고 강력하게 표현하여 청중에게 지속적인 인상을 남길 수 있는 방법을 배우고 싶었습니다. 게다가 Anurag 는 Amaya 의 회사를 소중히 여겼지만 Amaya 는 정중한 거리를 유지하는 것을 선호하고 전문적인 관계를 믿었습니다. Anurag 는 Amaya 와 더 많은 시간을 보내고 싶었고 그녀와 함께 활동하는 것을 즐겼습니다. 그는 아마야와 지속적인 관계를 발전시키기를 원했다. 그것은 의도적이었고, 그를 행복하게 만들었다. 그는 기회가 있을 때마다 아마야를 웃게 만들기 위해 최선을 다했다.

아누라그는 자신감이 넘쳤다. 첫해의 첫 두 달은 지속적인 관계를 구축하는 데 결정적인 역할을 했습니다. 그는 작은 심부름을 위해서라도 Amaya 에게 자신을 제공했으며 캠퍼스 행사에서 그녀와 함께했습니다. 거의 모든 경우에 Anurag 는 교수가 자신을 소개하고 그들이 제공하는 과정에 대해 친숙하게 이야기하는 교사 주간이나 교수가 학기 논문을 제출한 학생을 초대하는 커피 클럽과 같이 적극적인 참여자였습니다. 그는 암묵적으로 아마야에게 그와 이야기하도록 격려했다. 뮤지컬 페스티벌, 자선 쇼, 드라마틱, 피크닉 및 기타 사교 활동, Anurag 는 Amaya 를 따랐고 그러한 행사는 그에게 자연스러운 상호 작용 기회를 제공했습니다.

Amaya 가 회원이었던 많은 캠퍼스 조직이 있었고 Anurag 는 선택적으로 가입했습니다. 이러한 협회는 회원들 사이에 반복적 인 상호 작용을 제공했으며 Anurag 는 의도적으로 Amaya 근처에 있으려고 노력했습니다. 구조화되지 않은 캠퍼스 활동은 더 좋고 긴밀한 의사 소통의 기회가 더 많았고 그룹 프로젝트는 아이디어를 교환할 수 있는 풍부한 기회를 제공했습니다. 그래서 Anurag 는 Amaya 가 그녀와 더 가까워지기 위해 회원이었던 프로젝트를 의도적으로 선호했습니다. 2 학년 말, Anurag 는 Amaya 에게 아버지의 TV 뉴스 채널에서 한 달 동안 인턴십을 할 것을 제안했는데, 이는 그녀와 지속적인 우정을 쌓을 수 있는 좋은 기회가 될 수 있다는 것을 알았기 때문입니다. 많은 학생들이 그곳에서 인턴십을 신청했지만 선발된 학생은 거의 없었습니다. Amaya 가 TV 뉴스 채널에서 훈련을 신청하기로 결정했을 때, Anurag 는 그것을 그를위한 계시로 축하했습니다. 그녀는 그를 싫어하지 않았다.

점차적으로 Anurag 는 Amaya 와 따뜻한 유대감을 시작했고 부모님의 거대한 별장에서 생일 축하, Deepawali, Ram Navami, Sri Krishna Jayanti, 새해 첫날 및 Ganesh Chaturthi 와 같은 축제 및 가족 모임에 그녀를 초대했습니다. Anurag 는 항상 Bandra 에 있는 그녀의 집에서 Amaya 를 데리러 오는 데 관심을 보였고, 뭄바이의 번화한 거리를 가로질러 그의 부모님과 두 형제가 살았던 Malabar Hills 까지 운전했습니다. Anurag 는 마린 드라이브를 마주보고 있는 그의 궁전 같은 집을 자랑스러워했습니다. Amaya 의 첫 번째 방문은 Anurag 대신 고등학생이었던 쌍둥이 자매 Anupama 와 Aparna 의 생일 축하 행사였습니다. 일주일 전에 아마야를 저녁 식사에 초대하면서, 그는 아마야가 군중을 싫어한다는 것을 잘 알고 있기 때문에 가족만 참석할 것이라고 말했다. Amaya 는 교육을 잘 받은 사람인 Anurag 의 아버지를 처음 만났습니다. 그는 Amaya 를 집에서 만들어 나라의 정치 상황에 대해 논의했습니다. Anurag 의 어머니는 컴퓨터 과학 석사 학위를 받았으며 뭄바이의 여러 빈민가에 있는 여성들에게 무료 컴퓨터 활용 능력을 제공하는 NGO 와 함께 일했습니다. 그녀는 집에 들어서면서 아마야를 부드럽게 껴안았다. 그녀의 친절 함, 단순함 및 개방성은 Amaya 를 놀라게했습니다. Anupama 와 Aparna 는 학교를 관리하고 Amaya 의 뺨에 키스 한 학교, 교사 및 수녀에 대한 많은 이야기를 들려주었습니다.

그것은 단순한 생일 축하 였지만 풍부한 애정의 교환이었습니다. 아마야는 마라티어 경건한 노래와 힌디어 영화 노래를 부른 아누파마와 아파르나의 회사를 좋아했습니다. 모두가 저녁 식사를 즐겼고 Amaya 의 존재를 높이 평가했습니다. 아누라그의 어머니는 로즈에 대해 물었고 그녀가 런던, 마드리드, 뭄바이에서 일한 코넬 출신의 건축가라는 소식을 듣고 기뻐했습니다. Anurag 의 아버지는 Shankar Menon 과 The Word 에 대해 높은 평가를 받았으며 편집했습니다. 아누라그는 저녁 식사 동안 정중한 침묵을 지키며 부모님과 아마야의 대화를 들었다. 생일 파티 였지만 Amaya 는 매력의 중심이었고 Anupama Aparna 는 그에 따라 반응했습니다.

"아마야, 다시 오너라." 아누라그의 어머니는 아마야가 자신을 초대해 줘서 고맙다고 말하자 말했다. 그녀는 Anupama 와 Aparna, Alappuzha 와 Kathakali 의 보트 경주에 2 개의 그림을 선물했습니다.

반드라에 있는 집에 도착하는 동안 아누라그는 아마야와 이야기를 나누며 그의 집을 방문하는 행복을 표현했습니다. 생일 파티가 끝난 후 Amaya 는 Anurag 의 집을 여러 번 방문했습니다. 아누파마와 아파르나는 아마야에 대해 잘 알고 있었고 그녀의 존재에 기쁨을 표현했습니다. 그들의 어머니는 Amaya 가 마치 가족 인 것처럼 행동했습니다.

"아마야, 인생은 우리가 만드는 것이다. 동시에, 그것은 친구들에 의해 만들어졌습니다. 우리는 지난 3 년 동안 친구였습니다. 나는 당신이 나와 함께 내 삶을 만들도록 초대하고, 나는 당신과 함께 내 삶을 만들 준비가 되어 있습니다." Anurag 는 마지막 학기의 마지막 달에 Amaya 에게 기대를 가지고 말했습니다.

아마야는 애원이었다는 것을 깨달았다. Anurag 는 성숙하고 헌신적 인 좋은 친구였습니다. 그는 자신의 감정, 욕망 및 전망을 가지고 있었지만 Amaya 는 친밀감과 애정의 느낌으로 결코 보답하지 않았습니다. 그녀가 Anurag 를 대하는 것은 친구 같았고 그 이상은 아니었습니다.

"아누라그, 당신은 내 친구이고 친구로 남을 것입니다. 그 이상은 생각해본 적이 없어요." 아마야가 말했다.

"나는 평생 당신을 기다릴 수 있습니다. 한마디 해줘. 당신은 값진 귀중한 보석입니다. 우리는 인생에서 위대한 일을 할 수 있습니다. 팀으로서 우리는 성공할 것입니다. 자, 우리가 삶을 살게 해줘." 아누라그가 간청했다.

"미안해, 아누라그. 당신과의 거래는 전문적이었습니다. 나는 다른 의도가 없었다. 저를 이해해 주십시오. 당신은 훌륭하고, 똑똑하고, 잘 생기고, 근면하고, 성숙합니다. 당신은 엄청난 선의, 희망, 성실을 가진 사람입니다. 나에 대한 당신의 애정을 느끼고, 정직하며, 당신에게는 교활함이 없습니다." 라고 Amaya 는 설명했습니다.

"아마야, 난 너를 절대 잊을 수 없어. 당신은 영원히 내 마음 속에 있을 것입니다. 나는 너를 엄청나게 사랑해. 내 감정은 당신과 당신만을 위한 것입니다. 나는 다른 사람에게 내 파트너, 평생의 동반자가 되어달라고 부탁할 생각은 한 번도 해본 적이 없습니다. 당신에게서 나는 생명의 충만함을 봅니다. 우리의 미래는 영광스러울 것입니다. 그러나 나는 당신이 당신의 삶에 다른 계획을 가지고 있다는 것을 압니다. 당신은 현재 지속적인 동반자 관계를 맺는 것에 대해 생각하지 않습니다. 행운과 밝은 미래를 기원합니다." 라고 Anurag 는 말했습니다. 아마야는 그의 목소리에서 깊은 슬픔을 느낄 수 있었다.

"아누라그, 이해해 줘서 고마워. 우린 영원히 친구로 남았어." 아마야가 말했다.

"의도를 바꾸면 알려주세요. 영원히 기다릴 수 있어요." 아누라그가 말했다.

"아누라그, 부디 계획을 진행해 주세요. 날 기다리지 마. 안녕히 계세요." 아마야가 대답했다.

"안녕, 아마야." 아누라그가 대답했다.

그날 저녁, 아마야는 아누라그의 어머니로부터 전화를 받았다. "아마야, 우리는 항상 너를 사랑하고, 너는 우리 모두의 가족이야. 우리 모두는 다른 사람을 Anurag의 인생 파트너로 생각할 수 없기 때문에 당신을 몹시 그리워합니다. 우리는 많은 꿈을 꾸었고, 두 분은 TV 뉴스 채널에서 일하면서 훌륭한 기관으로 발전시켰습니다. 나는 너를 잊을 수 없다."

"부인, 저는 여러분 모두를 사랑합니다. 당신에 대한 나의 존경심은 경계를 초월합니다. 하지만 내 결정은 최종적이야." 아마야가 대답했다.

"나는 당신을 영원히 사랑합니다." 그녀는 떨리는 목소리로 말했다.

아마야는 어머니 로즈와 함께 마을 집에 있을 때 오랫동안 그녀의 말을 기억했고, 아마야는 여름철에 폭포가 똑같이 우르릉거리는 소리를 낸다는 것을 알아차렸습니다. 마음에서 우러나오는 눈물을 흘리고 있었습니다.

Surya Rao는 달랐고, 비슷해 보이지 않았고, 다르게 행동했고, 똑똑하게 말했습니다. 그는 로스쿨에서 아마야의 동급생이었다. 키가 크고 마른 체형의 그는 가장 예리한 지능을 가지고 있었고 사회적, 법적 문제를 꼼꼼하게 분석할 수 있었습니다. Surya는 많은 모의 법정 대회에서 Amaya의 동반자였으며 많은 도시를 함께 여행했습니다. 그는 법과 기존의 고등 법원 및 대법원 판결에만 의존하여 감정없이 말했습니다.

아마야는 첫날 로스쿨 복도 구석에 홀로 서서 수리야를 만났다. 아마야와 마찬가지로 그는 친한 친구가 없었고, 캠퍼스에서 혼자 방황하거나 도서관에서 몇 시간 동안 함께 앉아 있었다. 그는 법적 문제의 기저에 깔린 다양한 문제를 강조하면서 가장 날카로운 질문을 할 수 있었습니다. 교사들은 Surya 가 참여한 토론에 답하거나 채널을 돌리기 위해 생각해야 했습니다. Surya 는 자신의 주장에 거의 반박하지 않았으며, 사소한 논쟁으로 다른 사람들과 대면하거나 상대방을 모욕했습니다. 그는 한 번도 합당한 존경심 없이 말하지 않았습니다. 그의 설명은 다른 사람들이 토론을 계속하고 합리적으로 분석할 수 있도록 개방적이었습니다. Surya 는 전형적인 법률 전문가였으며 거래에서 조용하고 사려 깊은 내성적이었습니다.

Surya 는 Amaya 와 우정을 쌓거나 그녀의 존재를 선호하는 데 열중하지 않았습니다. 그럼에도 불구하고 그들이 논쟁의 여지가 있는 법정, 토론 또는 팀으로서 대중 연설을 위해 함께 있을 때 그는 Amaya 의 복지에 활발한 관심을 보였습니다. 그는 인권과 정의에 대해 잘 정의된 용어로 간결하게 숙고한 강력한 웅변가였으며 청중은 그의 웅변과 학문에 무조건적인 관심을 보였습니다. 그에게 정의는 정치적 교섭의 대상이 아니기 때문에 대다수의 복지가 정의보다 우선해서는 안됩니다. 한때 인도 헌법에 대한 토론에서 Surya 는 헌법 의회의 결정이 모든 사람에게 조약의 공정성을 보장하지 않았기 때문에 헌법이 자급 자족하는 도덕적 도구가 아니라고 주장했습니다. 그는 아무도 그들의 권리를 옹호하려고 하지 않았기 때문에 인도 부족의 예를 들었습니다. 따라서 그들에게는 공의가 거부되었습니다. 헌법은 선택된 집단의 사람들에 의해 만들어진 합의였지만 그들 모두에게 합의된 법률을 제정하지는 않았습니다. 따라서 정의를 실현하기 위해 지파들이 반란을 일으키는 것은 합당한 일이었습니다. 헌법은 자발적인 행동이었기 때문에 상호 이익을 위한 합의였으며, 헌법을 자율적으로 만든 남녀의 결정이기도 했습니다. 그러나 부족들은 상호 이익의 동등한 파트너가 아니었고 봉사의 상호주의가 없었습니다. 결과적으로 공정한 조건이 없었습니다. 다른 헌법 의회 의원들은 고등 교육을 받았고, 좋은 위치에 있었고, 영향력 있고, 명료하고, 압도적이었고, 부족들에게는 부족했습니다. 따라서 부족들은 부당한 법을 존중할 의무가 없었습니다. 부족들에게 헌법은 일반적으로 계약에 도덕적 힘을 부여하는 단어를 깨닫지 못했습니다. 따라서 도덕적으로 약했습니다. 헌법을 승인한 기구 내에서 당사자의 협상력은 부족의 이익과 관련하여 균형을 이루지 못했습니다. 헌법을 제정한 여러 그룹은 부족의 자율성과 호혜적 이상을 부정하면서 부족을 무시했습니다. 헌법을 통과시킨 그룹은 부족의 관점에 관여하지 않고 자신의 관점에 대해 단호했습니다. 그 이후로 헌법은 실질적인 평등이나 기회 균등을 보증하지 않았습니다.

Surya 의 제안은 청중들 사이에서 열띤 논쟁을 불러 일으켰습니다. 어떤 사람들은 그를 인도에 대항하여 일한 반국가적이라고 불렀습니다. Surya 의 증조부, 인도 국민 의회 (Indian National Congress)의 일원이자 자유 투사 인 그는 세 바스 그람 (Sevagram)의 마하트마 간디 (Mahatma Gandhi)와 함께 2 년을 보냈습니다. 그는 그와 함께 인도의 여러 지역을 여행하고 영국에 대항하는 사람들을 조직했습니다. 그는 자유 투쟁에 참여한 혐의로 예라와다 중앙 교도소에서 4 년 동안 수감되었습니다. 텔랑가나에 1,000 에이커 이상의 농지를 소유하고 있는 그는 지주로서 자신의 농장에서 일하는 노동자들과 토지가 없는 사람들에게 950 에이커를 분배하는 자비를 베풀었습니다. 그의 아들은 지배계급의 반빈곤 정책에 실망하여 감옥에서 사망하면서 인도 공산당에 입당했습니다. 수리야의 아버지는 마오주의 운동인 혁명적 공산당에 가입하여 대중 동원과 무장 반란을 통해 국가 권력을 장악했습니다. 그는 안드라 프라데시, 오디샤, 바스타르의 부족들 사이에서 40 년 넘게 일하면서 중앙 준군사 요원들과 싸웠습니다. 수리야의 어머니는 매일 여덟 시간에서 열 시간씩 농장에서 일하면서 세 자녀를 돌보며 평등, 기회 균등, 인권, 정의에 대한 아버지의 이야기와 사상을 교육하고 세뇌시켰다. Surya 는 부족을 위한 정의를 위해 싸우기로 결심한 헌신적인 마오주의자가 되었습니다. Surya 는 학업에 뛰어났기 때문에 빠르게 장학금을 받고 유명한 교육 기관에 입학했습니다.

아마야와 수리야는 차티스가르의 부족들 사이에서 한 달 간의 현장 조사 프로젝트를 하기로 결정했습니다. Surya 는 그의 아버지가 15 년 이상 그곳에서 일했기 때문에 Dantewada 지역의 Sukma 지역을 제안했습니다. 수리야가 아마야에게 그 이야기를 들려주었을 때, 그녀는 부족들에 대해 알고 싶어 했고 일하고 싶다는 소망을 표현했다. 수리야의 마오주의적 배경을 알지 못했던 로스쿨은 수리야와 아마야가 부족들 사이에서 현장 조사 프로젝트를 하도록 격려했습니다. 숙마에서 사람들의 사회적, 경제적 상황을 관찰하는 것은 끔찍했습니다. 많은 마을의 거의 모든 남성, 여성 및 어린이들은 정부, 광산 회사, 사업가, 산림 관리, 상점 주인, 관료 및 정치인에 의한 비인간적 착취로 고통 받았습니다. 지독하게 가난한 사람들은 낡은 어도비나 대나무 집에서 살았습니다. Amaya 와 Surya 가 머물렀던 대부분의 부족은 다른 정착지에서 쫓겨난 사람들이었습니다. 정부는 석탄 채굴, 철광석, 석회석, 백운석, 주석 광석, 보크 사이트 및 시멘트 공장을 세운 광산 남작에게 조상의 땅을 넘겨주었습니다. 많은 마을들은 정부가 이미 채굴을 위해 땅을 제공했기 때문에 주민들이 단기간 내에 현재 지역 사회에서 쫓겨날 것이라고 말했습니다. 수천 명의 부족이 극심한 굶주림과 빈곤에 시달렸으며, 이는 최악의 인권 침해 사례 중 하나입니다. 신체적 폭행과 강간이 흔했습니다. 그런 상황에서 많은 아이들이 태어났고, 아마야가 목격한 인간의 비극은 상상을 초월했다. 대부분의 사람들은 먹을 것이 없었습니다. 많은 여성과 어린이들이 숲에서 먹을 수 있는 뿌리와 잎사귀를 찾다가 죽었습니다. 학교가 없기 때문에 많은 어린이들이 문맹으로 남아있었습니다. 의료 시설은 존재하지 않았고 사람들은 신체적으로 작고 약하고 비참해 보였습니다.

아마야와 수리야는 부족의 가족들과 함께 머물면서 숲에서 뿌리, 잎, 씨앗, 꿀을 모으러 갔다. 때때로, 그들은 요리를 위해 마른 나뭇 가지를 모아서 머리에 짊어졌습니다. 그들은 야외에서 장작으로 숲에서 채취한 뿌리와 잎사귀를 요리하거나 환기가 되지 않는 집에 붙어 있는 작은 부엌에서 여성들과 합류했습니다. 수많은 부족이 정부나 사업가의 엘리트들로부터 극심한 착취와 억압을 받았습니다. 아마야는 많은 여성과 어린이들과 이야기를 나누며 주로 건강과 육아에 대해 물었다

빈약 한 저녁 식사 후, 거의 모든 마을 사람들이 남자, 여자, 아이들과 함께 마을 중앙의 불 주위에서 춤을 추기 위해 모였습니다. Surya 는 노래와 춤 사이의 방언으로 구조적 변화에 대한 반란의 필요성을 설명했습니다. 정부의 복지 프로그램과 NGO 의 사회 사업은 주변 사회 및 경제 발전을 가져왔다. 그러나 그들이 가져온 변화는 인권과 정의를 달성하지 못했기 때문에 효과가 없었습니다. Surya 는 소득, 부, 정치 권력 및 그들이 결코 누리지 못한 부족의 기회를 주장했습니다.

그럼에도 불구하고 Surya 는 경제적 이익을 위해 기본권과 자유를 교환하지 말라고 주장했습니다. 극심한 사회적, 경제적 불평등으로 인해 소득과 부의 평등한 분배가 필요했습니다. 게다가 부족들이 수천 년 동안 살았던 땅은 그들의 조상의 재산이었고, 어떤 정부도 그곳에서 그들을 쫓아낼 권한이 없었습니다. 부족의 땅에서 창출된 부가 정치적으로 영향력 있고 부유한 사람들에게 전용됨에 따라 Surya 는 모든 사람, 특히 사회의 최하층에 있는 사람들의 이익을 위한 부의 분배와 같은 평등의 원칙을 요구했습니다. 부와 기회의 분배는 자의적인 법률에 근거해서는 안 됩니다. 따라서 광산 남작이 창출한 부는 부족과 같이 가장 부유하지 않은 사람들의 이익을 위해 일해야 했습니다.

사람들은 폭우와 천둥, 강한 바람이 몰아치는 작은 오두막 안에 옹기종기 모여 있었습니다. 갑자기 어떤 젊은이가 달려와 낮은 목소리로 "경찰, 경찰"이라고 말했습니다. 여자들과 아이들은 큰 소리로 울기 시작했고, 남자들은 정글로 달려가 사라졌습니다. 청년들은 아마야와 수리야가 계곡에 도착할 때까지 최대한 빨리 달릴 수 있도록 도왔고, 바위 밑에서 밤새도록 몸을 숨겼다. 수리야는 아마야 무장 경찰이 6 개월에 한 번 이상 마을을 급습해 젊은이들에게 무차별적으로 총을 쏘았고 그 과정에서 모든 마을에서 수십 명의 젊은이들을 잃었다고 말했다. 부족들이 정부의 자비에 있었기 때문에 불평할 창구가 없었습니다. 수크마 마을에 머무는 동안 수랴에 대한 아마야의 존경심은 다양해졌다. 그는 억압받는 인류를 위해 정의를 위해 싸우는 사람이었고, 정의를 부정함으로써 부족을 정복하는 데 권력을 남용한 억압적인 정부에 반란을 일으켰습니다.

"아마야, 법학 공부를 마친 후 이곳으로 돌아와 이 사람들과 함께 지내며 그들에 대한 인식을 제고하려고 노력할 것입니다. 나는 평등, 기회 균등, 부의 분배를 위해 싸울 것이며, 나는 그것을 정의라고 생각한다"고 바위 아래에 앉아 Surya 는 말했다.

아마야는 수리야를 쳐다보았다. 그의 눈은 카수아리나 나무 꼭대기를 불태우는 숲 속에서 번개가 번쩍이는 동안 본 횃불 같았다. Surya 는 이미 부족의 일원이되었습니다. "수리야, 나는 당신의 성실함, 헌신, 비전에 감탄합니다." 아마야가 대답했다.

"내가 어떤 사람인지는 중요하지 않지만, 이 사람들에게 필요한 것은 매우 중요합니다. 그 목적을 위해 저와 함께 하시도록 여러분을 초대하며, 우리는 함께 일할 것입니다. 여러분과 저는 강력한 힘이 될 수 있습니다. 우리는 이 억압받고 목소리 없는 대중을 위해 성공적으로 정의를 실현할 것입니다." 수리야의 말은 정확하고 강력하며 객관적이었다. 그들은 마을 한가운데에 있는 광대한 반얀 나무의 풍요의 뿌리처럼 보이는 화강암 캐노피에서 튕겨져 나왔다. 아마야는 어떻게 말해야 할지, 어떻게 반응해야 할지 몰랐지만, 그 말이 귓가에 울려 퍼졌다.

"수리야, 나는 너와 너의 일에 대해 높은 존경심과 존경심을 가지고 있지만, 나는 내 계획을 가지고있다. 인권 저널리스트로서 저는 대중, 관료 및 정부를 계몽 할 수 있습니다. 제 부름은 달라요." 아마야가 설명했다.

"좋아, 아마야, 하지만 난 생각했어." 수리야가 말했다.

Surya 와 함께한 날을 기억하는 것은 쓴맛 - 매운맛 - 새콤달콤한 구즈 베리를 우적우적 씹는 것과 같았습니다. 바위 아래 은신처의 밤, 반딧불이가 나무가 우거진 언덕을 비추는 한밤중, 단테와다 부족이 세입자로 삼은 스카이라인과 합쳐진 마타데로 마드리드 기간 동안 간헐적으로 백만 개의 관람차 불빛처럼 오랜 세월 동안 독특한 매력을 지녔습니다.

그러나 바르셀로나에서 카란은 제우스 같은 모습으로 아마야를 사로잡았고, 그의 유혹적인 말로 그녀를 매료시켰고, 그의 의도를 드러내지 않고 그의 매혹적인 포옹 안에 그녀를 사로잡았습니다. 아마야는 그를 믿고 믿었고, 그는 등대처럼 서 있었고, 비오는 밤에도 단테와다의 그늘진 동굴처럼 반짝였다. 아마야는 카란과 함께 마드리드로 가서 아버지가 편집한 *인쇄*물과 필적할 수 있는 5 개의 신문과 아누라그에 필적하는 여섯 개의 TV 뉴스 채널에서 연구 데이터를 수집했습니다. 평소와 같이 Karan 은 여정을 만들고 항공권과 호텔 객실을 예약하고 현장 방문, 인터뷰, 관광지 방문, 엔터테인먼트, 그리고 마지막으로 투우 일정을 설정했습니다. 아마야는 투우를 싫어했지만, 그것은 카란의 선택이었다. 그녀는 그가 어디를 가든지 그와 함께 가고 싶었습니다. 카란은 마드리드에서 열흘 동안 매일의 활동과 방문을 준비하는 데 상당한 시간을 들였습니다.

그녀의 자유

마드리드는 지난 10 년 동안 상당히 변했다고 아마야는 알아차렸다. 공항은 눈부신 모습이었고 도로는 놀라울 정도로 깨끗했으며 교통은 규제되었습니다. 도시는 조명과 광고, 믿을 수 없을 정도로 아름다운 건물, 놀라운 건축물, 어디에서나 볼 수 있는 기술로 빛나고 있었습니다. 그들의 호텔은 살라망카의 세라노 거리에 있었고, 아마야는 전에 그렇게 호화로운 환경에서 살아본 적이 없었지만, 카란은 즉시 집과 같은 편안함을 느꼈다. 그는 모든 것이 편안했고, 신중한 아마야는 편안함을 느꼈다. 정원 식당에서 저녁을 먹은 후 그들은 도시를 걸어 다녔습니다. 아마야는 자신이 13 년 동안 어린 시절을 보냈던 주변을 알아볼 수 있었다. 거리는 사람들로 가득 찼습니다. 일부는 교통 체증이 없었고 음악, 춤 및 기타 오락이 있는 거의 모든 교차로에 축제 분위기가 존재했습니다.

아마야와 카란은 끝없이 이야기하고, 이야기를 나누고, 관찰하고, 서로의 회사를 즐겼습니다. 그와 함께 걷는 것은 멋진 경험이었습니다. 그녀는 무한을 향해 나아가면서 영원히 그와 함께하고 싶었습니다. 자정 무렵, 그들은 호텔로 돌아 왔습니다. 토레 반키아, 토레 피카소, 토레 데 마드리드, 토레 에스파시오 예배당, 그리고 많은 교회와 대성당의 첨탑이 28 층에 있는 그들의 방 창문에서 보였습니다.

예정대로 아마야는 스페인에서 가장 오래된 신문 중 하나인 한 신문에서 인권 문제를 다루는 선임 기자를 인터뷰했다. 기자는 영어로 말하기 시작했지만 Amaya 가 유창한 스페인어를 알고 있다는 것을 알고 스페인어로 전환했습니다. 그녀는 질문을했고 기자는 모든 질문에 객관적으로 만족스럽게 대답했습니다. 기자는 아마야와 카란을 기록 보관소로 데려가 인권을 다루는 많은 기사와 사건 이야기를 보여주었습니다. 10 만 권이 넘는 책, 다양한 주제와 저널리즘, 정치, 종교, 예술, 문화, 경제 및 기타 관련 주제가있는 도서관이있었습니다. 도서관에 부속 된 박물관은 훌륭했습니다. 그들은 다양한 전시회를 둘러보는 데 약 한 시간을 보냈습니다. 기자는 Amaya 에게 12 개월 동안 도서관을 사용할 수있는 디지털 비밀번호를 발급하여 지난 5 년 동안 인권에 관한 신문 웹 사이트를 개설하는 데 도움이되었습니다. Amaya 는 그에게 케랄라의 Devadaru 나무로 만든 절묘한 Kathakali 조각상을 선물했습니다. 그녀의 신문사 방문은 약 4 시간 동안 지속되었습니다. 다음 목적지는 저녁에 TV 뉴스 채널 스튜디오에 있었기 때문에 Amaya 와 Karan 은 호텔로 돌아왔습니다. Karan 은 10 일 동안 SUV 를 고용했습니다. 다른 장소를 방문하는 것이 편리했습니다.

TV 채널의 사무실을 방문하면서 그녀는 미디어에 등장한 뉴스의 진위를 다시 생각하게되었습니다. TV 앵커는 Amaya 에게 프로그램을 만든 사람들의 전망과 이데올로기에 따라 모든 이벤트가 투영 될 수 있다고 말했습니다. "왜곡 된 사실은 사건 자체가 존재하지 않기 때문에 환상을 만들어 냈기 때문에 객관적인 진실은 없습니다. 일어나는 일은 해석입니다." 라고 앵커는 설명했습니다. 그는 같은 뉴스 채널에서 18 년 동안 일한 경험이 있으며 뉴스로서의 뉴스의 존재를 의심했습니다. 심지어 TV 프로그램을 시청한 사람들도 설명을 보는 것을 더 좋아했습니다. 사진이나 비디오는 앵커 나 기자를 명확히해야만 의미가 있습니다. "설명이 없는 사건은 의미와 진정성이 부족했습니다. 자신의 서명으로 그림에 이름을 붙이는 예술가처럼, 그러한 세부 사항 없이는 예술은 쓸모가 없습니다. TV 프로그램에서 정치적 사건, 시장에서의 폭탄 폭발 또는 종교 모임, 이미지, 색상 조합, 각도 등은 설명에 따라 의미를 가정합니다. 살인 장면조차도 용맹의 사건, 애국적인 이야기 또는 배신이 될 수 있습니다. 따라서 진실은 관찰자에게 있습니다. 그녀만이 그 가치, 진정성, 의미를 창조합니다." 라고 앵커는 계속했습니다. 그에게는 인간 존재 개념 밖의 인권도 없었고, 인간 거주 너머의 신도 없었으며, 사회 집단 외에는 국가가 없었습니다. 의미를 부여 할 때, 그것은 특정한 이데올로기를 가정합니다. 따라서 개별 인간 이외의 가치는 존재하지 않습니다.

식당에서 저녁을 먹은 후, 아마야와 카란은 엘 레티로 공원으로 걸어갔는데, 그곳에는 수백 명의 젊은이들이 짝을 지어 또는 소그룹으로 산책하고 있었다. 아마야와 카란은 분수를 마주보고 있는 벤치에 앉아 TV 앵커의 말을 되새겼다. 아마야는 그의 많은 제안을 받아들이기가 어렵다는 것을 깨달았다. 그러나 Karan 에게 앵커가 표현한 대부분의 아이디어는 개인의 요구가 주요 관심사였기 때문에 현실을 나타냅니다. 아마야는 놀랐다. 카란의 시선은 처음으로 그녀와 달랐다. 그럼에도 불구하고 그녀는 카란의 사랑을 존경했습니다.

"카란, 저에게 정의는 사회에 대한 우리의 사랑, 억압으로 고통받는 사람들에 대한 우리의 사랑의 표현입니다." 아마야는 벤치에 앉았을 때 성명을 발표했습니다.

"우리는 추상적인 관점에서 생각함으로써 정의를 가질 수 없습니다. 그것은 개인이 정의하는 것입니다. 그 사람은 나야." 카란이 대답했다.

"개인이나 공동체의 선호는 다른 개인이나 집단에게 억압 적일 수 있습니다."라고 Amaya 는 말합니다.

"정의는 나에게서 시작해서 나에게서 끝난다. 나의 우선 순위는 내 파트너, 자녀, 부모, 형제 자매 및 기타 가족 구성원입니다. 나중에는 지역 사회와 사회로 확장됩니다. 따라서 개인의 선호도가 궁극적인 기준입니다"라고 Karan 은 설명했습니다.

"인류의 고유한 가치를 지킬 수 있습니까? 정의가 개인과 가족의 문제라면, 더 큰 사회와 그 존재는 어떻게 될까요? 개인과 공동체의 관심사를 받아들이면서 인류를 거부한다면 자유, 평등, 평등한 기회는 영원히 사라질 것입니다." 아마야는 두려움을 표현했습니다.

"개인의 자유 외에는 자유가 존재하지 않습니다. 개인이 정체성을 잃어버리는 사회에서 평등과 평등한 기회는 의미가 없습니다. 개인은 자기 가족을 사랑하며, 모든 개인은 자기 민족의 행복에 대한 이러한 관념을 가지고 있다. 인류에 대한 사랑은 무의미하며, 유토피아적인 사랑으로 아무도 그것을 할 수 없습니다. 존재할 수 없습니다. 개인이 있을 때 가족, 지역 사회 및 국가가 있습니다." 카란은 범주적이었다.

"자유, 평등, 정의가 개인에게만 국한되어 있고 더 큰 맥락에서 의미가 없다는 뜻입니까?" 아마야가 질문을 던졌다.

"확실히, 모든 상황에서 개인이 우선입니다. 나는 우주에 색, 소리, 맛 및 의미를 부여합니다. 내가 존재하기 때문에 우주가 존재한다. 내가 거기에 없으면 사라집니다. 그래서 모든 것이 개인 중심적이에요." 아마야를 바라보며 카란이 설명했다.

"당신은 다른 사람들의 유익과 당신의 유익을 어떻게 구별합니까?" 아마야가 물었다.

"나의 근심, 근심, 고통, 슬픔, 행복, 기쁨, 희망은 나의 것입니다. 내가 함축된 의미와 강렬함을 주기 때문에 아무도 그 온전한 의미를 이해할 수 없다. 내가 그것을 내 백성들과 나눌 때, 그들은 그것을 부분적으로 파악한다. 개인으로서 나는 내 감정을 형성하고 내가 개발하는 틀의 실루엣에서 다른 사람들을 봅니다. 내가 무엇인지, 나에게 일어나는 일은 내 인식의 의미에 근거한 나의 관심사입니다. 아무도 그것을 완전히 공유 할 수 없습니다. 다른 사람들이 내가 만든 구조 안에서 성취감을 찾으면 나를 더 잘 이해할 수 있습니다. 그러나 나는 독특하고, 다른 사람들은 그들의 욕망과 희망에 따라 그들의 구조를 자유롭게 발전시킬 수 있습니다. 다른 사람들이 기대하거나 받을 자격이 있는 것보다 훨씬 더 많은 서비스에 대해 비용을 지불하십시오. 이 과정에서 모든 사람은 자신의 방식대로 자유, 평등, 정의를 누릴 수 있습니다." 라고 Karan 은 분석했습니다.

"개인은 일차적인 관심사이고 사회는 무관하다는 말입니까?" 아마야가 물었다.

"그 외에도 저는 모든 맥락에서 최우선입니다. 나는 내 사람들, 내 지역 사회 및 내 나라를 포함합니다. 내가 나를 사랑할 때, 나는 그들을 사랑한다. 사랑하는 사람을 부정함으로써 사랑은 존재하지 않습니다. 나는 내 이야기의 주인공, 내 행동의 영웅이다. 모든 내러티브는 내 사람들과 나에 관한 것입니다." 카란이 말했다.

"당신과 가까운 사람들을 어떻게 보십니까?"

"나는 내가 가까이있는 나를 본다. 그들에게 소중한 것들은 나에게 중요하고, 나는 그것을 성취하기 위해 무엇이든 할 것이므로 옳고 그름은 그 맥락에서 중요하지 않습니다." 카란은 대답할 자격이 없었다.

"인류에 대한 당신의 책임을 어떻게 설명합니까?" 아마야가 물었다.

"나는 인류에 대한 책임이 없다, 단위로서의 인류가 존재하지 않기 때문에. 모양, 길이, 너비 또는 밀도가 없는 개념입니다. 거기에는 개인, 당신과 내가 있습니다. 모든 개인이 자신을 돌보면 아무런 문제가 남지 않을 것입니다. 게다가, 나는 내가 모르는 사람을 사랑할 수 없다. 그들은 존재하지 않습니다. 예를 들어, 나는 시베리아의 광야에 있는 꽃, 벵골만의 돌고래, 남극 대륙의 펭귄에 대한 느낌이 없습니다. 인류에 대한 사랑의 개념은 신화입니다. 히로시마와 나가사키를 폭격하는 동안 헨리 트루먼은 인류에 대해 생각하지 않았습니다. 스탈린은 살과 피로 천만 명 이상의 인간을 죽였습니다. 히틀러는 아우슈비츠, 템빈카, 벨제크 및 헤움노의 가스실에서 수백만 명의 유태인들을 학살하는 데 거리낌이 없었다. 마오쩌둥 치하에서 수백만 명이 중국 시골에서 사망했습니다. 인도가 분할된 후, 힌두교인과 이슬람교인은 1000 만 명 이상의 동료 인간을 학살했습니다. 처칠은 벵골 기근 동안 600 만 명이 넘는 인디언의 죽음에 책임이 있었고, 스페인 사람들은 16 세기에 라틴 아메리카에서 수백만 명을 죽였습니다. 프랑스인, 벨기에인, 독일인도 아프리카에서 마찬가지였습니다. 이란이 예멘과 시리아에서 하고 있는 일은 똑같다. 범죄, 테러, 전쟁, 점령으로 고통받는 사람은 인류가 아니라 개인입니다." 라고 Karan 은 설명했습니다.

"개인의 선택의 자유는 정의로운 사회의 조건인가?" 아마야가 물었다.

"자유는 책임을 전제로 하기 때문에 개인의 선택입니다. 어떤 사람들에게는 아첨꾼이나 노예로 남아 있는 것을 선호하기 때문에 자유는 노예입니다. 개인 밖에는 자유의 원칙이 없습니다. 행복을 얻기 위해 삶을 사는 것은 나의 자유이며, 그렇다고 해서 인생에 고정된 목적이 있다는 의미는 아닙니다. 우리가 목적을 창조하는 매 순간, 개인은 미래에 어떤 일이 일어날 지 알지 못하더라도 자유롭게 생각할 수 있습니다.

"그럼에도 불구하고 우리는 우리 안에 존재하는 미래를 잊고 미래에 도달하기 위해 노력합니다. 따라서 삶을 산다는 것은 탐구, 그 유용성을 아는 욕망을 제정하는 것입니다. 장애물과 막다른 골목에 직면했을 때, 나는 내 선택을 이해하기 위해 가장 잘 맞도록 적절하게 재설계합니다. 나의 목적은 나의 백성과 나를 포함한다. 도덕은 개인의 행동 없이는 존재할 수 없기 때문에 내 선택 밖에는 도덕이 없습니다. 개인 외부의 모든 도덕은 인간성과 마찬가지로 추상적이며, 내 외부에 존재하는 도덕은 나를 괴롭히지 않습니다. 나에게 중요한 것은 삶에 대한 나의 해석이다"라고 카란은 설명했다. 아마야는 자신의 주장이 명료하다고 느꼈고, 그가 소중히 여기는 신념에 근거한 개념이었다.

"당신이 내리는 선택을 어떻게 설명합니까? 예를 들어, 당신은 나를 당신과 함께 머물도록 초대하기로 결정했고 이제 우리는 파트너입니다. 우리는 서로를 사랑하고 신뢰합니다." 아마야는 궁금했다.

"나의 선택은 해석적이며, 내가 하나됨을 경험하는 사람들에게 기분이 좋은 것입니다. 당신은 낯선 사람이었습니다. 이제 당신은 내 삶의 일부입니다. 그것은 의식적인 결정이었습니다. 물론 개인이 그러한 선택에서 얻는 이점을 평가하기 때문에 모든 결정은 이기적이다. 당신도 그렇게 느꼈을 수도 있고, 당신의 결정은 당신의 선택이 당신에게 유익할 것이라고 느꼈을 수도 있기 때문에 당신의 이기적인 동기의 결과이기도 합니다. 이기적인 동기는 관계의 생명선입니다. 사랑, 신뢰, 공감은 자기 이익 결정의 산물입니다. 사랑으로서의 사랑이나 신뢰로서의 신뢰는 존재하지 않습니다. 당신은 누군가나 사회에 공감할 수 있지만 공감은 당신의 미성숙함과 나약함을 표현합니다. 그것은 고통스럽고 상처를 주며, 당신의 성격에 영향을 미치고, 당신의 자존감을 파괴합니다. 끊임없이 슬픔을 느끼고 삶에서 부정적인 경향을 발전시키는 것은 공감의 산물입니다. 처음에는 누군가를 도우려고 했지만 분노와 우울로 인해 점차 그 사람조차 미워하기 시작합니다. 전문적인 관계는 항상 모든 사람에게 이익이 되기 때문에 공감을 넘어 성장해야 합니다. 가족에 대한 사랑은 자기애의 결과입니다. 여기서 사랑은 존경을 의미합니다. 당신을 갖기로 한 나의 선택은 내 가족과 나에게 좋은 것이 무엇인지에 대한 자아의 숙고였습니다."

"카란, 이제 더 잘 이해할 수 있게 됐어. 너 자신을 사랑하기 때문에 나를 사랑해." 아마야가 대답했다.

"맞아. 나는 그것이 당신의 경우에도 사실이라고 확신합니다. 자신을 사랑하지 않으면 나나 다른 사람을 사랑할 수 없습니다. 자아는 우리 존재의 중심입니다. 나는 나의 필요에 대한 이야기를 만들고, 나는 존재한다. 당신은 내가 나 자신에 대해 만든 이야기에만 존재합니다. 내 인생의 매 순간마다 나는 다른 사람들의 이야기와 필요를 평가하고 재창조합니다. 나는 내 삶을 전체론적으로 만드는 떼려야 뗄 수 없는 다른 개인과 함께 내 존재를 느낄 수 있습니다. 그것이 소속감의 비결이며, 인생의 궁극적인 선택입니다. 그것을 두 개인에 의한 가장 작은 그룹의 친밀한 구성원이라고 부릅니다. 아마야, 요즘 당신은 내 인생에서 그 사람입니다. 하지만 바뀔 수 있습니다." 카란의 말은 분명하고 일관성이 있구나.' 아마야는 생각했다.

"그럼, 카란, 당신은 가치관, 정체성, 성향을 고려하지 않나요, 그게 미지의 인간들의 책임을 받아들이게 할 수도 있겠죠?" 아마야가 물었다.

"아니, 아마야, 난 그런 책임을 지고 싶지 않아. 나는 느끼고, 만지고, 보고, 들을 수 있는 주변 사람들을 소중히 여깁니다. 그들의 고뇌와 기쁨은 내 것입니다. 나는 그들과 나 자신을 분리할 수 없다. 내 우주는 내 직계 사람들과 나에게만 국한되어 있습니다. 내가 그들을 모르기 때문에 그 너머에는 아무도 존재하지 않습니다. 내가 그들을 만나기 전까지는 그들과 친밀감이 없었습니다. 그들은 나를 위해 존재하지 않았습니다. 역사적으로 카스트 제도는 5,000년 이상 존재했으며 인간의 일부는 우리에 갇힌 동물보다 더 나쁜 대우를 받았습니다. 그러나 나는 그것에 동의하거나 관련시키지 않았기 때문에 그것에 대해 책임을지지 않습니다. 더 넓은 맥락에서 나는 조상의 범죄, 국가 또는 종교에 대해 책임을 지지 않습니다. Banu Qurayza 부족의 사람들을 참수하고 무함마드와 그의 군대가 야간 습격으로 아라비아 오아시스 전역에 퍼져 있는 유대인 공동체를 학살하고 전멸시킨 오늘날의 아랍인들에게 책임을 물을 수 있는 사람은 아무도 없습니다. 마찬가지로, 무슬림에 대한 십자군 전쟁에 대해 프란치스코 교황을 비난 할 수는 없습니다. 게다가 나에게 옳은 일을 하는 것은 생존의 법칙이기 때문에 범죄가 아닙니다."

적어도 어떤 부분에서는 카란의 견해가 아마야에게 부적절했지만, 그녀는 아무 말도 하지 않았다. 석 달 간의 구애 끝에 카란이 자신의 개인적인 믿음에 대해 이야기한 것은 이번이 처음이었고, 그것은 아마야에게 계시였다. 그녀는 두려움에 싸여 미래에 대한 표현되지 않은 걱정과 불안을 경험했습니다. 하지만 아마야는 카란을 사랑했고 그의 진실성을 믿었다. 자정쯤 호텔로 돌아왔을 때 카란은 아마야를 껴안고 "사랑해, 아마야"라고 말했다. 그리고 카란을 바라보며 아마야는 미소를 지으며 그의 뺨에 키스했다.

카란의 존재는 아마야를 고양시켰지만, TV 뉴스 앵커를 만난 후 그와의 대화는 인권과 정의에 대한 그의 인식에 뭔가 문제가 있는 것처럼 그녀를 혼란스럽게 했다. Amaya 는 내면화 된 가치에 반대하는 두 가지 신념에 직면하여 일관성없는 질문과 상충되는 답변을 형성했습니다. 그 결과 카란의 이데올로기를 받아들이는 데 영원한 투쟁이 있었지만 그녀는 그를 한 인간으로서 사랑했습니다. Amaya 는 그가 정직하고, 관대하고, 사랑스럽고, 고무적이라는 것을 알았고 그의 가치 체계에 동의하지 않는다는 것을 느낄 수 있었습니다. 어린 시절부터 Amaya 는 부모의 영향으로 깊은 직관적 인 지능을 경험했습니다. 로즈는 음악, 춤, 예술, 건축, 의복, 음식, 문화, 축하 행사, 축제, 그룹 및 군중과 같은 모든 차원, 표현 및 색상에서 인류를 사랑했습니다. 수녀는 다른 이들과 그들의 슬픔에 공감했다.

샹카르 메논은 자신의 문제를 합리적으로 다루었다. 외국 군인으로서, 그리고 나중에 편집자로서의 그의 성공은 사실에 대한 객관적이고 과학적인 분석과 긍정적인 태도 때문이었습니다. 그는 연구를 통해 만들어진 지식을 존중하고 과학적 방법을 적용하여 인간의 행동을 해석했습니다. 마음의 지배를 거부하고, 그는 자신의 마음과 상의하고 머리의 기민한 결정을 받아들였습니다. 로즈와 샹카르 메논은 그들의 마음이 동료 인간과 그들의 감정을 아는 데 필수적인 요소인 뛰어난 지능을 가지고 있다고 굳게 믿었습니다. 그것은 미묘하고 추상적이었지만 인간의 열망, 필요 및 공생감을 인식할 수 있었습니다. 마음의 지능은 사람을 독특하고 다른 동물과 다르게 만들어 공감, 자선, 사회 봉사, 의사 소통 및 모든 사람을위한 정의를 달성하기위한 더 깊은 헌신을 정의합니다. 진리는 마음 속에서 진화했고, 동료 인간을 돕고 자비로운 행동을 키우려는 욕망에서 싹이 텄습니다. 그들에게 마음은 연민의 음악을 들으면서 도덕성이 싹트고 번성하는 자궁이었습니다. 마음에 주의를 기울이지 않으면 개인은 만족스럽지 못하고 진정성이 없게 될 것입니다. 무정한 삶은 혼란스럽고, 목적이 없고, 사랑이 없고, 낭비적이었습니다. 로즈는 종종 아마야에게 파시스트, 테러리스트, 부패한 정치인, 종교 근본주의자, 이기적인 사람들은 마음이 없다고 말했다. 샹카르 메논은 심장과 머리의 균형을 맞추는 것이 성공적인 삶을 위해 필수적이라고 주장했습니다. "네 마음과 머리에 동시에 귀를 기울이라." 그가 아마야에게 말했다. 마음과 머리 사이에 균형이 없을 때 갈등이 일어났습니다.

아마야는 마음과 머리가 높이 떠오르는 환경에서 자랐고, 로즈와 샹카르 메논에게서 물려받은 가치를 내면화했다.

게다가 그녀의 교육은 Loreto 의 도덕적, 윤리적 가치에 기반을 두었습니다. 자비에와 로스쿨은 흔들리지 않는 휴머니즘을 새겼다. "신념, 아이디어, 기대, 욕망 및 꿈이 많을수록 갈등의 가능성이 높아집니다."Shankar Menon 은 딸이 졸업을 위해 저널리즘을 취하고 싶다는 소망을 표명했을 때 말했습니다. "양심적인 언론인은 인간 사회, 특히 정치, 금융, 법률 및 종교의 방탕을 쉽게 인식할 수 있습니다. 마음이 원하고 머리가 지탱할 때만 직업을 가지십시오." 그녀의 아버지는 경고했습니다. 아마야는 용기를 가지고 세상을 마주할 준비가 되어 있었고, 로즈와 샹카르 메논은 그녀의 이상이자 영웅이었다.

카란의 말은 아마야가 지탱하는 기준에 도전했다. 그녀는 그가 그녀의 사랑을 감소시키거나 대인 관계 갈등을 조장하는 일을 하지 않았다는 것을 알고 있었습니다. 대신, 그의 애정은 그녀가 기대했던 것보다 훨씬 더 많았고 이미 완성의 단계에 도달했습니다. 그러나 사회적 책임과 인류애에 관한 두 가지 상반된 신념이 존재했기 때문에 그들의 가치에 대해 불편함과 혼란이 있었습니다. 아마야는 자신의 불안감이 다소 추상적이며 카란과의 일상과는 아무 상관이 없다는 것을 알고 있었다. 그녀의 분석은 Karan 이 인생을 최대한 살기를 원했고 Amaya 도 주변에서 일어나는 일을 무시하고 인류의 고통을 간과하면서 똑같이 하도록 격려했다는 것입니다. Karan 은 불우한 사람들을 자신의 삶의 필수적인 부분으로 받아들임으로써 자신의 안전지대에서 벗어나기 위해 어떤 변화도 만들고 싶지 않았습니다.

그것은 아마야의 마음 속에 전쟁을 일으켰고, 그녀는 자신의 내면에 있는 갈등을 깨닫게 되었다. 그녀는 자신의 마음, 직관적 인 목소리를 듣고 싶었습니다. 그럼에도 불구하고 그녀는 마음이 그녀를 지배하고 감정적으로 만드는 것을 원하지 않았습니다. 아마야는 머리에 마음의 목소리에 귀를 기울이고 마음을 완전히 버리라고 요청했다. 그녀는 객관적인 현실에 근거한 합리적인 결정과 함께 마음의 마지막 층을 받아들이는 것이 필수적이라고 생각했습니다. 그녀는 변덕스러운 마음을 버리고, 에이스와 나이를 저울질하고, 우선 순위를 파악하고, 잘못된 믿음이 그녀의 결정에 연료를 공급하고 영향을 미쳤는지 확인하기로 결정했습니다. 단호하게, 그녀는 내면의 갈등의 원인으로 마음의 신호를 평가했고, 마침내 카란으로부터받은 사랑에 보답하기로 결심하고 그와 함께 행복하고 만족스러운 삶을 살기로 결정했습니다. 인류와의 분리에 대한 그의 의견이 그녀의 삶에 영향을 미치지 않는다는 것을 깨달았습니다. 대신, 그들은 그녀가 Karan 을 개인으로 이해하도록 도왔습니다.

아마야는 카란과 함께 보낸 모든 순간을 즐겼다. 5 일간의 인터뷰와 데이터 수집 끝에 그들은 저녁에 로레토 학교를 방문하기로 결정했고, 그곳에서 아마야는 초등학교를 마쳤습니다. 차를 주차 한 후 정문으로 걸어 갔고 그곳에서 Amaya 는 16 세기에 지어진 고딕 양식의 건물을 볼 수있었습니다. 그녀는 카란이 그녀와 함께 있다는 내면의 즐거움을 경험하면서 그 건물에 들어가는 데 특별한 기쁨을 느꼈습니다. 그녀는 대여섯 명의 수녀들을 볼 수 있었고,

아마야가 로레토 학생이라는 것을 알고 기뻐하는 다소 나이 많은 수녀와 대화를 시작했습니다. 카란을 소개하면서 두 사람은 인사를 나눴다. 수녀는 자신이 프랑스인이며 마드리드에 새로 온 사람이며 이전에 프랑스, 스위스, 오스트리아에서 일했다고 말했습니다. 수녀는 Amaya 가 음악실을 방문하여 피아노를 연주하고 싶다는 소망을 표현했을 때 그들을 그곳으로 안내했습니다. 아마야는 클래식 음악을 배운 그랜드에 키스했다. 아마야는 카란을 초대하여 함께 놀았고, 둘 다 잠시 놀았다. Amaya 는 훌륭하고 향수를 불러 일으키는 경험을했으며 수녀의 친절에 감사했습니다. 그런 다음 아마야는 카란에게 그녀가 공부한 다양한 교실, 도서관, 실험실, 놀이터를 보여주었습니다. 학교 식당에서 커피와 비즈코초를 먹으면서 그녀는 카란과 많은 이야기를 나눴다.

아마야는 카란과 함께 도시의 미로를 걷는 것을 좋아했다. 작은 정원이 있는 교차로에서 그들은 바이올린을 연주하는 부부를 보았습니다. 그 여자가 주연을 맡았습니다.

"정말 사랑스러워요." 카란이 말했다.

"네, 정말로, 그것은 사랑 노래, 소녀와 소년의 사랑처럼 들립니다." 아마야가 대답했다.

"그래, 아마야, 잘 느낄 수 있겠지. 그야말로 기사도가 가미된 사랑 노래입니다. 어쩌면 마을 소녀와 사랑에 빠진 군인이나 시장에서 소녀를 만나는 소년의 노래 일 수도 있습니다. 하지만 정말 놀랍게 들립니다." 카란이 말했다.

작은 군중이 핀 드롭 침묵 속에서 음악을 듣고있었습니다. 바이올리니스트의 딸은 열 살에서 열두 살 사이일 수 있으며, 흰색 쿠폰을 들고 정원 입구에 서 있습니다. Amaya 는 사람들이 최대 200 페세타를 지불하는 것을 보았습니다. "당신은 어떤 금액이든 지불 할 수 있습니다. 돈을 내지 않고 자유롭게 들어갈 수 있습니다." 어린 소녀가 미소를 지으며 말했습니다. 카란이 그녀에게 3,000 페세타를 주었을 때, 그 소녀는 놀랐습니다.

"세노라, 세뇨르, 그라시아스(부인, 선생님, 감사합니다)." 소녀가 말했다.

"디오스 벤디가(신의 축복이 있기를)." 카란이 대답했다.

"Senor, deje que lenga un hijo pronto (선생님, 곧 아이를 갖도록 해주세요)." 소녀가 말했다.

"Una nina como tu (너 같은 여자 아이)." 카란이 대답했다.

아마야는 미소를 지으며 카란을 바라보았다. 카란도 미소를 지었다.

카란은 참으로 수수께끼였다. 그는 모든 사람을 사랑하고 궁핍한 사람들을 도왔고 관대했습니다.

그들은 그곳에 서서 한 시간 동안 음악을 들었습니다. 놀라운 공연이었습니다. 아마야는 그들이 연주하는 음악에 어리둥절했다.

"음악은 사람, 동물, 새를 연결합니다. 그것은 자연의 표현입니다. 궁극적으로, 그것은 우주에 속합니다." 카란은 호텔로 돌아가는 동안 논평했습니다.

"잠깐 들어라. 어디에나 음악이 있습니다. 그것은 모든 것을 포용하고 영원, 무한으로 확장됩니다." 라고 Amaya 는 말했습니다.

"나도 네 말에 동의한다, 아마야. 음악은 사람들의 행동을 형성하고, 지능을 자극하고, 마음에 활력을 불어넣고, 삶을 재창조한다"고 카란은 설명했다.

"감정을 표현함으로써 음악은 우리를 건강하게 만들고, 성장하게 하고, 인식을 만들고, 안정을 심어줍니다. 음악의 힘은 청취자의 마음에 직접 들어가 내부 구조를 부드럽게하고 즐거운 구성으로 이어집니다. 듣는 사람에게 점진적인 변화가 나타나며, 이는 마음의 평온함과 함께 실질화됩니다. 음악은 청취자 없이도 존재할 수 있지만 청취자만이 음악에 의미와 성취감을 줄 수 있습니다. 따라서 바이올리니스트, 그녀가 제작하는 음악 및 청취자 사이에는 상호 의존성이 있습니다." 라고 Amaya 는 분석했습니다.

카란은 아마야를 바라보며 미소를 지었다. "존경해요, 아마야. 당신의 말은 사랑스럽습니다. 우리 인간은 모든 것에 의미를 부여합니다. 음악의 의미는 개인마다 다릅니다. 어린 시절은 음악에 대한 사랑을 불러일으키기에 가장 좋은 시기이며, 음악의 표현이 아무런 저항 없이 아이의 마음 속 깊이 들어갈 수 있기 때문에 의미를 만들기에 가장 적절한 시기입니다." 카란의 말은 단순하고 진술하다고 아마야는 생각했다.

Amaya 는 문화가 음악에 영향을 미친다는 것을 알고 평온함을 안내하고 광대함, 깊이 및 음악의 무한한 아름다움을 창조하는 환경을 개발했습니다. 음악이 모든 예술을 포괄하기 때문에 음악의 주요 감정적 특징은 반응이 다르더라도 모든 사회에서 비슷했습니다. 그것은 인간의 감정과 그 의미에 대한 다양한 인식 때문이었습니다. 일부 문화권에서는 정서적 환경이 미묘한 차이가 있었습니다. 그리고 음악적 표현은 더 구체적이었습니다. Amaya 는 리드미컬한 아티큘레이션, 돌출 및 템포의 음악적 구조가 사회에서 사람들의 마음과 상호 작용에 영향을 미친다는 것을 알고 있었습니다. "감정은 사람에게 신체적, 정신적 변화를 일으켜요." 아마야가 카란을 바라보며 말했다.

"그건 사실이야. 음악은 사람의 불안, 고통, 고뇌, 걱정, 자살 경향 및 기타 많은 부정적인 감정을 감소시킬 수 있습니다." 라고 Karan 은 대답했습니다.

그들이 호텔에 도착했을 때, 카란은 아마야를 껴안고 "당신은 내 마음 속에 숨어있는 음악가를 공개합니다"라고 말했습니다.

"넌 날 개조하고 내 사랑을 풀어줘." 아마야가 그의 얼굴을 바라보며 대답했다.

인터뷰와 TV 뉴스 채널, 기록 보관소 및 도서관 방문은 순조롭게 진행되었습니다. Amaya 는 초기 작업을 위해 충분한 데이터를 수집했으며 Karan 은 해석을 위해 표 형식으로 변환하기 위해 성문화하는 데 관심을 표명했습니다. 그녀는 Karan 이 통계 데이터를 분석하고 다양한 테스트를 적용할 수 있다는 사실에 행복했습니다.

이틀이 더 남았습니다. 마지막 날은 투우를 위한 날이었습니다. Karan 은 투우사와 액션 근처의 그늘 아래 앞줄 티켓 두 장을 구입했으며 황소는 투우사인 Toro Bravo 였습니다. 그들이 도시에 머무는 마지막 두 번째 날은 마드리드와 그 주변의 역사적으로 중요한 장소를 방문하는 것이었습니다. 아침에 가장 먼저 온 것은 기원전 2 세기경 이집트 신 아문(Amun)을 위한 신전인 데보드 신전(Temple of Debod)이었습니다. 아마야는 이집트가 1968 년에 스페인에 성전을 기증했다는 것을 알고 있었습니다. Amaya 와 Karan 은 약 2 시간 동안 장엄한 구조물을 걸어 다녔고, Estacion De Atocha 를 보고 싶었습니다. 갑자기 아마야는 불안감, 메스꺼움, 피로감을 느꼈다. "카란," 그녀가 불렀다. 카란은 즉시 그녀를 손에 들고 주차장으로 걸어갔다. 차 안에서 그는 아마야가 토하려고 할 때 수건으로 얼굴을 닦았다. "아마야, 임신한 것 같군." 카란이 산부인과 의사를 향해 차를 몰고 가며 말했다.

약 20 분 동안 몇 가지 검사와 조사를 받은 후 산부인과 의사가 나와서 카란에게 미소를 지으며 "당신은 아버지가 될 것입니다, 축하합니다"라고 말했습니다.

"박사님, 좋은 소식을 전해주셔서 감사합니다. 나는 그것을 알고 싶어했다. 우리에겐 가장 기쁜 소식입니다." 카란이 흥분해서 말했다.

"들어오세요." 의사가 돌아서면서 카란에게 말했다.

"안녕, 아마야, 축하해. 너무 행복해." 그녀의 뺨에 키스하면서 카란이 말했다. 아마야는 미소를 지었다.

"고마워요, 카란, 사랑해줘요." 그녀가 대답했다.

"나는 세상에서 가장 행복한 사람이다." 그는 그녀에게 다시 키스했다.

"좀 더 쉬어야 해, 세 시간 정도 여기 있게 놔둬." 의사가 카란에게 말했다.

"물론이죠, 박사님." 카란이 대답했다.

카란은 밖에서 기다렸다. 아마야가 나왔을 때, 그녀는 미소를 짓고 있었다. "카란, 난 괜찮아. 사랑해"라고 말했다.

"사랑해, 사랑하는 아마야. 나는 그것을 믿을 수 없다. 당신은 나르고 있습니다. 우리 아기가 우리 말을 듣고 있습니다." 카란은 그녀를 껴안았다. 그는 신이 났고, 아마야는 눈치챘다.

"당분간 돌보고 휴식을 취해야 합니다. 집안일은 내가 다 할게." 카라나가 운전하면서 아마야를 바라보며 말했다.

아마야는 다시 미소를 지었다. "안녕, 당신은 졸고 있습니다. 호텔에 도착하면 푹 잘 수 있습니다." 카란이 말했다.

호텔에 도착하자마자 카란은 아마야가 눕는 것을 도왔다. 그는 그녀가 자는 것을 지켜보았다. 한 시간 뒤 아마야가 일어나자, 카란은 그녀를 부드럽게 껴안았다. "사랑해, 아마야. 행복을 표현할 말이 없다"고 덧붙였다.

"난 행복해, 카란. 그것은 우리의 사랑입니다." 라고 그녀는 대답했습니다.

그들은 방에서 저녁을 먹었다. "건강에 좋은 음식을 먹어야 합니다. 살이 좀 쪘으면 빨리 회복하고 아기에게 모유 수유를 할 수 있습니다." 카란이 눈을 바라보며 말했다.

"물론이지, 카란." 그녀가 미소를 지으며 말했다.

그들은 투우 티켓을 취소하고 하루 동안 바르셀로나로 가는 비행기를 앞당겼습니다. 그들이 집에 도착했을 때, 카란은 아마야를 껴안고 자신의 몸을 눌렀다. "사랑해." 그녀는 그의 부드러운 말을 들을 수 있었다. 아마야는 카란의 변화를 관찰했다. 전날까지 그는 그녀의 가장 친한 친구이자 인생의 동반자였지만 순식간에 어머니, 자매, 아버지, 형제, 남편, 아들로 변모했습니다. Karan 은 최고의 레스토랑에서 영양가 있는 음식을 주문하는 데 특히 신경을 썼습니다. 그는 Amaya 에게 그녀의 일일 취향에 대해 상담하고 세 끼의 식사와 두 가지 건강에 좋은 간식 목록을 준비했습니다. 목록에는 신선한 과일과 채소, 액체가 포함되었습니다. 그는 아마야에게 칼슘, 철분, 그리고 12 가지 주요 비타민이 들어 있어야 하는 식사와 간식을 말했다. 생선은 주요 구성 요소였으며 그는 아기의 성장에 해를 끼치는 음식을 피해야 한다고 주장했습니다. 이러한 음식에는 수은 함량이 높은 생선, 가공 생선, 날달걀, 카페인, 콩나물 및 씻지 않은 농산물이 포함되었습니다. Karan 은 항상 Amaya 와 함께 먹었고 음식이 영양가 있고 맛이 좋으며 비타민이 풍부하다는 것을 세심했습니다. 그는 Amaya 가 스트레스없는 삶을 영위하기 위해 첫 달 동안 어떤 일도 할 수 없도록했습니다.

카란은 아마야에게 아마야의 난자로 자신의 정자가 수정되어 나팔관의 팽대부에서 이루어졌고 그 결과 수정란이 그들의 아기였다고 말했습니다. 그러자 갑자기 "여자야"라고 말했다.

"그걸 어떻게 알아?" 아마야가 물었다.

"너를 닮은 딸을 갖고 싶은 마음이 간절하니까." 카란이 대답했다.

"오, 카란." 아마야가 소리쳤다.

"사랑해, 아마야." 그가 다시 말했다.

"여자 아이는 여자가 이 세상에 줄 수 있는 가장 소중한 선물이야." 아마야가 카란을 바라보며 말했다.

"우리 딸은 우리 가족에게 주는 선물이에요." 카란이 말했다.

"그녀는 보석이 될 거야." 아마야가 대답했다.

"그녀도 너처럼 가장 아름다울 거야." 카란이 예측했다.

"카란, 얘야." 아마야가 말하며 웃었다.

카란은 아마야를 위해 식당, 거실, 서재를 위한 조절식 의자 세 개를 주문했다.

처음 한 달 동안, 카란은 아마야가 대학에 가는 것을 만류했다. 두 번째 달 내내 그는 저널리즘 스쿨의 아마야에 도착하여 하루 종일 방문객을 위해 공동 객실에서 기다렸고 아마야와 함께 식사를 하는 데 주의를 기울였습니다. 세 번째 달부터 그는

Amaya 에게 운전을 권장했습니다. 카란은 따뜻한 물로 샤워를 하고 깨끗한 수건으로 머리카락과 몸을 말려주었다. 그들은 저녁에 손을 잡고 해변을 거닐었고 그는 항상 그녀의 곁에 머물렀다. 산책 후 Karan 은 아기가 물의 아름다움과 민첩성을 느낄 수 있도록 Amaya 가 수영장에서 알몸으로 수영하는 것을 도왔습니다. 처음 3 개월 동안 Karan 은 성관계를 완전히 기권했습니다. 그들이 사랑을 나누기 시작하자 그는 아마야와 태아를 다치게 하지 않도록 조심했습니다. 점차적으로 그는 2 주에 한 번 연애의 빈도를 줄였으며 26 주부터는 완전히 기권했습니다.

Karan 은 Amaya 의 검진과 진료를 위해 최고의 산부인과 병동을 갖춘 최고의 병원을 선택했습니다. 아마야는 26 주까지 4 주에 한 번씩 산부인과 의사를 방문했다. 26 주부터 32 주까지는 3 주에 한 번, 32 주부터 36 주까지는 2 주에 한 번, 출산까지 36 주 동안 매주 한 번씩 방문했습니다. 산부인과 의사는 아마야와 카란에게 아기의 도착을 준비하는 것에 대해 이야기했습니다. 그녀는 마지막 생리 첫날부터 아마야의 임신 기간을 세어 볼 수 있게 했고, 37 주 이후에는 언제든지 아기를 낳을 수 있게 해달라고 부탁했다. 의사는 아마야에게 마지막 생리 첫날로부터 2 주 후에 임신이 일어났고, 수정란이 자궁에 정착하는 데 5-7 일이 걸렸다고 말했다. 9 주째 초음파 검사와 자궁, 질 및 복부 검사 크기를 확인한 후 의사는 Amaya 와 Karan 에게 8 월 첫째 주에 아기를 기대할 수 있다고 말했습니다.

주말에 아마야와 카란은 사과 과수원과 포도밭 지대에 있는 프랑스 국경에 있는 카탈루냐의 마을 깊숙한 곳으로 장거리 운전을 했습니다. 어느 날, 카란은 아마야에게 와인 시음회에 가겠다고 말했고, 그들은 마치 비공식적인 행사인 것처럼 캐주얼하게 옷을 입었다. 그들은 어떤 향기도 내지 않도록 조심했습니다. 카란은 시식 계획이 있었지만, 아마야는 초보자로서 시식 계획이 없었다. 와인 시음회에 한 번도 참여한 적이 없었지만, 아마야는 신이 났다.

"카탈로니아와 루시옹이 만나는 수백 개의 포도밭이 있습니다." 카란은 아마야에게 와이너리에 들어가는 동안 양쪽의 카탈루냐인들이 훌륭한 와인메이커라고 말했습니다.

"여기서 뭘 할 건데?" 아마야가 물었다.

"와인 시음회를 할게요." 카란이 대답했다.

"정말? 적포도주를 맛보면 우리 아기에게 영향을 미칠까요?" 아마야는 불안감을 표현했다.

"매일 마시는 화이트 와인만 맛볼 수 있습니다. 최고급 레드 와인을 최소한으로 마셔도 문제가 되지 않습니다." 카란이 대답했습니다.

"과학적 발견이 있습니까?" 아마야가 물었다.

"아직 확인 된 결과는 없지만 일부 연구에 따르면 적포도주가 산모와 태아에게 악영향을 미치지 않는다는 사실이 입증되었습니다. 수백만 명의 여성이 이탈리아, 스페인, 프랑스, 캘리포니아에서 매일 와인을 소비합니다. 많은 사람들이 임산부입니다. 물론 포도주는 아버지에게도 해를 끼치지 않습니다." 카란은 웃음을 터뜨렸다.

아마야와 카란은 조금 떨어진 열린 홀에서 와인 시음에 참여하는 수십 명의 젊은 여성과 남성을 볼 수 있었다.

"와인은 어떻게 맛볼까요?" 아마야가 물었다.

"네 단계가 있습니다. 보고, 냄새 맡고, 맛보고, 판단하세요." 카란이 말했다.

"이 모든 범주의 전문가가 되어야 합니다." 아마야가 성명을 발표했습니다.

"누구나 사전 지식 없이 초보자로 시작합니다. 당신은 오랜 기간 동안 와인을 시음하는 지식, 기술 및 태도를 개발합니다. 먼저 와인의 두께, 끈적임, 끈적임, 끈적임 및 끈적임인 색상, 불투명도 및 점도를 검사합니다. 와인을 병에 담을 때 모든 병에는 이름, 포도밭의 세부 사항, 위치 및 포도 품종이 있으며 5 분 이내에 찾을 수 있습니다. 그러나 유리잔으로 와인을 맛볼 때는 세부 사항이 제공되지 않습니다." 라고 Karan 은 설명했습니다.

"와인의 향을 구별하는 방법?" 아마야가 물었다.

"냄새는 사용되는 포도의 종류를 알려줍니다. 부자와 약자, 유혹적이거나 마음을 사로잡는 다양한 차원에서 1 차, 2 차 및 3 차가 될 수 있습니다." 라고 Karan 은 덧붙였습니다.

"그거 참 좋네. 와인에 대한 자네의 지식에 감탄하네." 카란에게 감사를 표하며 아마야가 말했다.

"당신의 미뢰는 어떤 맛도 구별 할 수 있습니다. 신맛은 포도가 다소 산성이기 때문에 여러 매개 변수에 따라 기본입니다. 맛은 포도밭에서 포도밭으로, 지역마다, 대륙에서 대륙으로 바뀝니다. 어떤 맛은 지속되지만 어떤 맛은 일시적이기 때문에 혀로 질감을 결정할 수 있습니다." 라고 Karan 은 설명했습니다.

"카란, 와인의 품질은 어떻게 결정하지?" 아마야가 물었다.

"와인에 대한 결정은 와인의 많은 특성에 달려 있습니다. 첫째, 균형이 잡혀 있는지 견딜 수 없는지, 너무 산성인지 알코올인지, 강장제인지 눅눅한지 결정해야 합니다. 당신은 당신이 맛본 와인이 독특한지, 접선인지, 일시적인지를 결정합니다. 가장 중요한 결정은 빛나는 특성과 당신이 그것을 좋아하는지 여부입니다. 그것은 여자를 판단하는 것과 같습니다." 카란은 아마야를 바라보며 미소를 지었다. "자, 가서 와인 시음회를 하자." 카란이 아마야를 와인 시음장으로 안내하며 말했다.

그들은 다양한 와인 카테고리를 맛보고 평가 노트를 결정했습니다. Karan 은 Amaya 를 와인 메이커에게 소개하고 와인 메이커에게 노트를 제출하면서 맛본 와인에 대해 논의했습니다. 떠나기 전에 그는 4 병이 들어있는 20 개의 적포도주 상자와 백포도주 상자를 구입했습니다.

법원에서 돌아오는 길에 차고에 차를 주차하는 동안 아마야는 카탈루냐-프랑스 국경에 있는 와이너리에서 구입한 병을 기억했습니다. 그들은 이틀 동안 바르셀로나 차고에 머물렀고,

카란은 첫날 식당 지하실로 상자 다섯 개만 옮길 수 있었습니다.

그날 저녁 아마야는 두 명의 새로운 고객을 맞이했다. 엘리자베스는 30세의 가정과학 졸업생이자 5살과 3살의 두 아이의 엄마입니다. 작은 여행사 대표인 35세의 남편 토마스는 항상 성지 방문을 계획하느라 바빴다. 일년에 네 번, 유럽은 45명에서 50명으로 구성된 그룹입니다. 그는 모든 방문을 주선하고 그룹과 함께 여행했습니다. 약 7년 전, 토마스는 종교 회중의 가톨릭 사제인 제임스의 재정 지원으로 여행사를 시작했습니다. 제임스는 제임스가 이탈리아, 독일, 벨기에에서 신학 및 교회 공부를 할 때 여행사 개념을 부여한 대학 동료 인 토마스에게 영감을주었습니다. 그는 성지와 유럽에 인맥이 있었습니다. 제임스는 토마스의 집에 딸린 방인 여행사 사무실을 자주 방문했습니다. 초기 몇 년 동안 Thomas 와 James 는 방문할 때마다 꼼꼼하게 몇 시간 동안 함께 계획을 세웠고 기관은 큰 성공을 거두었습니다. 서비스가 반짝이면서 2 년 만에 수백 명의 사람들이 대기자 명단에 올랐고 Thomas 는 행복하고 부자가 되었습니다.

한편 제임스는 엘리자베스와 바람을 피우기 시작했고 둘 다 매일 성적인 친밀감을 즐겼습니다. 토마스가 일행과 함께 성지와 유럽으로 갈 때마다 제임스는 엘리자베스와 함께 밤을 보냈고, 그녀는 제임스가 두 아이의 아버지라고 확신했습니다. 그 후 야고보는 빈으로 옮겨 수도회의 국제 사무실에서 총장과 함께 일했습니다. 떠나기 전에 제임스는 엘리자베스에게 그녀와 결혼할 준비가 되어 있으며 토마스가 더 이상 존재하지 않는다면 그녀와 그들의 아이들을 유럽으로 데려가겠다고 약속했습니다. 엘리자베스는 유럽에서 제임스와 함께 살고 싶었지만 토마스를 없애고 싶지는 않았습니다. 아마야는 참을성 있게 엘리자베스의 말을 들었다. 엘리자베스가 내레이션을 마쳤을 때, 아마야는 한동안 깊이 생각에 잠겨 있었다. 그런 다음 낮은 목소리로 엘리자베스에게 가능한 한 빨리 임상 심리학자를 만나라고 조언했습니다.

25 세의 파티마는 무서운 표정을 지었다. 그녀는 아마야가 그녀에게 앉으라고 했을 때 무언가가 두려운 것처럼 떨고 히스테리를 일으켰다. 의자 가장자리에 앉아 파트마는 자신의 이야기를 들려주었다. 파티마는 5 년 동안 지방 자치 단체가 운영하는 학교의 초등학교 교사였습니다. 그녀는 열여섯 살 때 유수프 무하메드와 결혼했다. 결혼 한 지 6 개월 만에 Yusuf 는 카타르로 가서 좋은 급여를 받는 대형 냉동 시설에서 일했습니다. 그는 매년 한 번씩 집을 방문해 파티마와 한 달을 보냈지만, 9 년이 지나도 아이는 없었다. 유수프는 부모와 결혼한 네 명의 자매, 두바이와 쿠웨이트에 있는 네 명의 형제가 가족과 함께 지내고 있습니다.

파티마는 학교 교사 였고 주 정부로부터 월급을 받았기 때문에 유수프는 파티마를 카타르로 데려 가고 싶지 않았습니다. 게다가 막내였기 때문에 유수프는 부모와 가까웠고, 파티마가 없을 때 연로한 부모, 특히 병상에 누워 있는 어머니가 65 세가 넘었기 때문에 혼자 있을 것이라는 것을 알고 있었습니다. 유수프가 카타르로 떠난 후, 그의 아버지는 파티마를 성적으로 학대하기 시작했고, 매일 파티마를 강간했다. 그녀가 참을 수 없게되었을 때, 그녀는 저항했고, 그런 경우에 그는 파티마와 유수프의 이름으로 집을 옮기겠다고 약속했습니다. 나중에 그는 그녀를 위협했습니다. 그는 아들에게 파티마가 노인을 성적으로 괴롭히고 있다고 말하면서 강제로 그녀와 잠자리를 가졌습니다. 파티마는 남편이 그녀를 믿기를 거부했기 때문에 그녀의 고통에 대한 이유를 밝히고 싶지 않았습니다. 그에게 그의 부모는 알라의 놀라운 선물이었습니다. 파티마는 아마야에게 이혼 신청을 하고 혼자 살고 싶다고 말했다. 그러나 그녀는 시아버지와 이슬람 근본 주의자들이 학교 구내에서도 치명적인 공격을 가하는 것을 두려워했습니다. 아마야는 후배에게 모든 관련 서류를 수집하라고 지시했다. 이혼 및 적절한 위자료 외에 파티마에 대한 경찰의 보호를 요청하는 신청서를 법원에 제출하십시오.

한 시간 동안 위빳사나를 한 후, 아마야는 푸르니마에서 온 이메일을 살펴보았습니다. 그것은 캘리포니아의 한 대학에서 그녀의 아버지의 박사 학위 연구에 관한 것이었습니다. Acharya 박사는 영국에서 졸업 후 알츠하이머 치료법을 연구하기 시작했으며 마침내 박사 학위 기간 동안 효과적인 약물을 개발했습니다. 그는 많은 국가에서 다양한 상황에서 치매를 앓고 있는 사람들을 대상으로 테스트했습니다. 화이트 와인에 약물을 녹인 후 저녁 식사 중 또는 저녁 식사 후에 환자에게 투여하십시오. 테스트 결과는 모든 곳에서 양성이었고 Dr Acharya Pharmaceutical Company 는 이를 시장에 출시하기 직전이었습니다. "아버지는 위대한 과학자입니다. 그가 만든 약물은 알츠하이머 병에 효과적인 치료법이었습니다. 나는 그가 의학에서 가장 높은 상을 받았을 것이라고 확신한다"고 Poornima 는 썼다.

연구자 그룹은 약물이 평범한 사람들의 두뇌를 유인하기 위해 오용되어 엑스터시, 행복감 및 환상을 초래할 수 있음을 발견했습니다. 따라서 의료 종사자, 정치 지도자, 종교 광신자 또는 정신병자가 인간의 두뇌를 원하는 대로 형성하는 데 권위와 권력을 가장하여 그것을 남용할 수 있는 무시무시한 가능성이 있었습니다. 그 결과는 끔찍하고 파괴적일 것이라고 그들은 결론지었습니다. 그 결과 약물의 방출이 철회되어 제조 공정이 금지되고 내용 공개가 금지되었습니다.

"솔직히, 아버지는 오용에 대한 책임이 없습니다."라고 Poornima 는 결론지었습니다.

"넌 진실을 모르는구나, 푸르니마." 아마야는 생각했다. 그녀는 이메일을 읽은 후 반성했습니다. 다시 한 번, 그녀는 카란이 루시옹 국경에 있는 카탈루냐 북부의 와이너리에서 구입한 화이트 와인 병에 대해 생각했고, 그는 바르셀로나에 있는 식당 지하실에 깔끔하게 정리했습니다.

딸 임신

임신은 카란의 사랑, 아마야의 자궁에서 변모하는 경험, 새로운 생명의 불꽃으로 시작되는 아름다운 관계였다. 놀라운 시간이었습니다. 아마야는 카란과의 첫 만남, 그녀 안에 있는 아기의 잉태, 그리고 그 성장 과정을 반추했다. 아마야는 카란과의 하나됨, 떼려야 뗄 수 없는 유대감, 그리고 깨어 있는 모든 순간을 그와 연결시켜주는 희망의 필라멘트에 대해 반복해서 생각했다. 그녀 안팎에서 그의 존재의 평온함은 어리둥절했다. 카란은 의식을 다듬고, 인식에 집중하고, 에너지를 되살리고, 그에 대한 신뢰를 과장함으로써 희망을 반짝였다. 그녀가 어디를 돌아 다니든, 그녀가 무엇을 보든, 새로운 색이 그녀를 열광시켰고, 삶에 대한 비전이 그녀 안에서 자랐습니다. 그는 시원한 바람, 안달루시아의 향기, 독특한 향기가 나는 밤 꽃이 만발한 재스민처럼 어디에나 있었습니다. 아마야는 카란의 마법 같은 존재에 신비를 느낀 채 카란의 세계로 물러났고, 자신의 내면에서 자라나는 생명에 대해서는 거의 생각하지 않았다.

아마야는 처음 몇 달 동안 그녀의 잦은 메스꺼움에 신경 쓰지 않았고, 카란이 그녀를 돌보기 위해 거기에 있다고 생각했습니다. 그분의 사랑에 찬 손길은 되풀이되는 신체적 불안의 모든 악영향을 완화시켜 줄 것입니다. 아기의 심장 박동을 처음 들었을 때, 아마야는 아기가 뱃속에 숨어 있는 카란의 심장 박동이라고 생각했다. 만성적인 허리 통증, 기분 변화, 롤러코스터를 타는 듯한 끊임없는 감정의 썰물과 썰물을 경험했지만 Karan 은 그곳에서 그녀의 뺨, 목, 손바닥, 복부에 키스하고 따뜻한 물에 적신 면으로 마사지를 하고 있었습니다. 그는 오랜 시간 동안 피아노를 연주했고 Amaya 가 그와 함께 연주하기 위해 옆에 앉는 것을 도왔습니다. 혼자가 아니라 카란의 무조건적인 사랑과 그의 지속적인 존재에 대한 확신을 경험했습니다. 알 수 없는 이유로 감정적으로 화가 나거나 신체적으로 부응할 때마다 그는 옆에 앉아 손을 잡고 다리를 마사지하고 불룩한 배에 귀를 대고 아기의 움직임을 들으면서 그녀를 위로했습니다. 아마야는 카란과 가까이 있는 것을 즐겼고, 그의 흔적이 진정되고 근육 긴장과 정서적 혼란을 줄여주기 때문에 그의 부드러운 손길을 갈망했다.

카란은 아마야에게 자신 안에서 자라는 딸이 반짝이는 눈을 가진 아마야처럼 보일 것이라고 말했다. 그녀는 Karan 이 임신, 관계 및 친밀감을 자랑스러워했기 때문에 아기가 소중할 것이라는 것을 알고 있었습니다. 그녀는 둘 다 재정적으로 건전하고 자녀에게 행복한 미래를 제공할 것이라고 확신했습니다. 카란은 아마야에게 의심, 걱정, 슬픔, 고뇌, 불쾌감 등의 흩어진 감정이 있더라도 기뻐하고 건강을 유지하도록 격려했습니다. 그는 그녀에게 즐거운 경험에 대해 생각하고, 태어나지 않은 얼굴이 웃고, 손과 다리를 움직이는 것을 상상해 보라고 촉구했습니다. 카란은 아마야에게 진통을 미리 준비하는 방법을 설명했고, 그녀는 카란이 임신 중인 아마야라고 생각했다. 그는 절묘한 향수를 주문했다. 그들의 냄새는 흉내낼 수 없는 하나됨과 신뢰의 감정으로 아름다운 연애의 추억을 불러일으켰습니다. Karan은 Amaya가 요가에서 연꽃 자세로 앉아서 첫 달부터 명상하는 것을 도왔습니다. 그는 또한 그녀와 함께 앉았고, 그녀는 카란과 짜릿한 친밀감을 느끼며 스트레스를 없애고 불안을 조절하며 자기 인식을 향상시켰습니다. 프라나야마를 하는 동안 아마야는 우주에서 오직 세 사람, 즉 카란, 아기, 그리고 자신만을 느꼈습니다. 그녀는 또한 카란에서 흘러나오는 친절함이 끝없는 시냇물처럼 우주의 구석구석으로 퍼지는 것을 느낄 수 있었다.

Amaya는 "자신의 이름을 밝히고 싶지 않은 친구"가 은행에서 20만 달러를 이체 한 것을 알고 놀랐습니다. "왜 그렇게 많은 금액을 내 계좌로 이체합니까? 이걸로 뭘 할 건데?" 아마야가 카란에게 물었다.

"네가 필요하겠지." 카란이 미소를 지으며 말했다.

"당신은 항상 나와 함께 있습니다. 나는 어떤 비용도 없다"고 아마야가 대답했다.

"돈은 당신에게 힘을 줄 것입니다. 우리가 예측하지 못하는 상황에서, 그것은 당신을 안전하게 지켜줄 것입니다." 카란이 말했다.

"그래서, 우리는 병원비로 사용할 수 있습니다," 아마야가 주장했다.

"그러기 위해서는, 충분한 자금이 있습니다." 카란이 대답했다.

아마야는 카란을 바라보며 미소를 지었다. 그러나 그녀의 마음 속에는 알 수 없는 고뇌가 있었지만, 그녀는 그것을 빨리 잊어버렸다.

집에서 만든 음식 Amaya 가 선호하고 Karan 은 아침, 점심, 저녁 식사를 요리했습니다. 그녀는 그가 요리하는 것을 보는 것을 좋아했고 그와 함께 감미롭고 두툼한 야채를 썰었습니다. Karan 은 처음에 과녁을 선택했지만 오믈렛 만들기를 좋아했지만 임신 중에 오믈렛으로 바꿨습니다. 그녀는 소금, 후추, 정향, 카다멈, 풋고추, 고추, 고수 잎으로 계란을 휘젓습니다. 눌어붙지 않는 프라이팬에 올리브유를 두르고 풀어놓은 계란을 비우고 황금색이 되면 오믈렛을 두 번 뒤집어 바삭하게 만들었다. Karan 과 Amaya 는 프라이팬에서 그것을 먹었고 둘 다 그것을 즐겼습니다. 카란은 빵과 치즈로 싸인 작은 오믈렛 조각을 아마야의 입에 넣는 것을 잊지 않았다. 점심에는 튀긴 생선, 요리 된 양고기 볶음, 현미, 즙이 많은 야채가있었습니다.

Darjeeling 차는 저녁에 samosa 또는 kachori 와 함께 거기에 있었는데, 그들은 동쪽 발코니에 서서 가져갔습니다. 해변을 산책 한 후 수영장에서 한 시간 동안 수영을 한 것은 상쾌했고 원할 때마다 피아노를 연주했습니다. 저녁 식사 중에 부드러운 음악을 듣는 것은 둘 다 아기가 좋아할 것이라고 믿었 기 때문에 규칙적이었습니다. 그들은 저녁 식사 후 30 분 동안 뉴스를 보았고 Karan 은 매우 특별했습니다. 아마야는 푹 잤다. 때때로 그는 그녀의 이마, 손, 다리를 마사지하고 그녀의 머리를 무릎에 기대고 낮은 목소리로 힌디어 사랑 노래를 불렀습니다. 그들은 매일 아침 아마야가 일어나자마자 카란이 준비한 김이 모락모락 나는 침대 커피 한 잔을 계속 마셨다.

26 주에서 32 주까지 Karan 은 매일 Amaya 와 함께 대학에 갔고 하루 종일 저널리즘 스쿨의 공동 객실에서 보냈습니다. 그는 Amaya 가 데이터를 표 형식으로 코드화하고 통계 테스트를 통해 분석하며 전체 논문을 전산화하는 것을 도왔습니다. 아마야는 작업을 마무리하기 전에 연구 감독관과 정교한 논의를 했다. 32 주가 지난 후, 아마 야는 집에 있었고, 매주 카란과 함께 산부인과 의사를 방문했습니다. 카란은 각 의사의 말을 기록하고 병원 약국에서 처방 된 약을 모았습니다. 아마야의 임신 초기부터 카란은 모든 지시를 꼼꼼하게 따랐고, 아마야에게 약을 투여했다. Amaya 는 그녀가 어떤 약을 먹어야하는지 신경 쓰지 않았고 Karan 이 모든 것을 알고 있었기 때문에 환자를 돌보는 경계하고 헌신적 인 간호사처럼 관리했습니다.

한편 아마야는 연구를 마치고 지도교수의 승인을 받아 대학에 평가를 위한 논문을 제출했다. 감사의 말과 감독관의 이름에서 카란의 이름이 번쩍였다. 어린 시절부터 Amaya 는 꼼꼼하게 제 시간에 일을 마쳤습니다. 제 시간에 일을 끝낸 Amaya 는 고등 법원의 뛰어난 변호사 중 한 명으로 빛났습니다. 판사들은 그녀를 정직한 변호사로 여겼고, 법원을 오도하려고 시도하지 않았으며, 논쟁에서 법을 넘어서는 말을 한 번도 하지 않았습니다.

저녁에 사무실에 도착한 후 Amaya 는 모든 고객을 만나 후배들에게 새로운 고객을 위한 사건 파일을 준비하고, 다음날 청문회를 위한 목록을 작성하고, 최종 청문회를 위해 나열된 사건에 대한 후속 조치를 지시했습니다. 이메일을 확인하던 중 잠자리에 들기 전에 Poornima 에서 이메일을 찾았습니다. 아마야는 그 책을 몹시 읽고 싶었다.

"안녕하세요, 부인." 그녀가 말을 꺼냈다. "오늘 나는 너희가 나의 아버지를 아는 데 도움이 될 나의 부모에 대해 더 많이 이야기하고자 한다. 어머니는 언어가 그녀의 사랑, 신뢰, 친밀감의 강도를 설명하지 못하기 때문에 어떤 설명도 할 수 없을 정도로 아버지를 사랑했습니다. 그녀는 여자 아이를 갖고 싶어했고, 아버지는 그 소원이 현실이 될 것이라고 안심시켰습니다. 어머니는 자신의 눈을 믿을 수 없어 내 얼굴을 보며 며칠 동안 함께 울고 웃었습니다. 수녀의 기쁨은 무한했다. 내가 태어난 지 1 년 후, 그들이 유럽에서 인도로 돌아왔을 때, 어머니는 여러 날 동안 가족, 친척, 친구들과 함께 내 탄생을 축하했습니다. 매년 제 생일은 Dr Acharya Pharmaceutical Company 에서 중요한 행사였으며 어머니는 회사의 모든 직원에게 추가 증원을 발표하는 것을 잊지 않았습니다.

"남편의 복제품을 동시에 성별로 만드는 기쁨은 어머니의 마음 속에서 헤아릴 수 없었습니다. 나는 종종 남편을 닮은 여자 아이에 대한 그녀의 선호에 대해 반성했다. 아이와 닮은 것을 관찰하는 아버지가 더 자신감이 있기 때문일지도 모른다는 생각이 들었다. 아기는 그의 것이고 아이와 더 많은 시간을 보내고, 그녀를 돌보고 그녀를 사랑합니다. 그러나 어머니는 남편이 서로를 신뢰하고 사랑하기 때문에 아기가 그를 닮을 것이라고 간접적으로 확신 할 필요가 없었습니다. 아버지가 아내의 정조를 의심하는 모습은 상상조차 할 수 없다. 그런데 왜 어머니는 남편을 닮은 여자 아이를 갖고 싶었을까? 대부분의 경우 어머니는 자신이 낳은 아기가 자신의 아기라는 것을 알기 때문에 돌봅니다. 그것은 또한 진화론적 필요이지만, 남자는 자신이 아이의 생물학적 아버지인지 확신할 수 없습니다. 따라서 아버지를 닮은 아이는 아버지에게 자신이 생물학적 아버지임을 확신시킬 수 있고, 왜 남자가 아내가 낳은 다른 남자의 아이를 돌봐야 하는지 확신할 수 있다는 이점이 있습니다. 사실일 수 있습니다. 아버지는 자녀가 자신의 것임을 확인하는 데 중요한 관심을 가지고 있습니다. 아기가 태어나자마자 아버지는 아기를보고 신체적 유사성을 찾습니다. 어머니는 아버지를 설득해야 합니다. 그가 친아버지라는 것입니다. 그런데 왜 어머니는 남편을 닮은 소년을 선호하지 않았을까? 나는 여전히 설득력있는 대답을 찾고 있습니다."

아마야는 몇몇 사람들을 위해 읽기를 멈췄다. *Poornima, 그것은 당신의 어머니가 당신의 생물학적 어머니가 아니었기 때문입니다.* 그녀는 어떤 대가를 치르더라도 재산을 상속받을 수 있는 남편의 아이를 갖고 싶었습니다. 그러나 당신에 대한 자연스러운 친화력과 무조건적인 사랑을 갖기 위해 그녀는 아이를 자신의 성별로 찾았고, 그래서 그녀는 그녀를 주장하고, 신체적 정체성을 공유하고, 아기가 그녀의 것이라고 확신할 수 있었습니다. 다시 한번, 그녀는 읽기 시작했다 : "나의 어머니는 나의 누나, 친구, 그리고 멘토였다. 우리의 관계는 사랑과 신뢰를 바탕으로 성장했습니다. 그녀는 나에게 독립적이고 위험을 감수하는 법을 가르쳐 주었다. 우리는 서로 사랑했고 각자의 감정을 이해했습니다. 거절에 대한 두려움은 없었습니다. 어린 시절 그녀는 내 치어 리더였습니다.

"아버지는 제 인생에서 다른 누구도 보상할 수 없는 영감을 주는 역할을 하셨습니다. 그는 내가 비전, 이상 및 인식을 형성하는 데 도움을 주었고 항상 정서적, 인지적, 지적 및 영적 발달의 기둥으로 나와 함께했습니다. 내 삶의 규칙을 구성하는 데 도움을 줌으로써 그는 일상 활동에서 그 규칙을 시행했습니다. 그가 제공한 정서적, 육체적 안정감은 그가 나의 전반적인 성장과 사명에 관여했을 때 놀랍습니다. 애정과 지지를 보내면서 그는 내가 원하는 전문 교육과 자격을 취득하도록 이끌었습니다. 나도 부모님처럼 신경과 외과 의사가 되었습니다. 그의 존재는 사람들, 특히 가족, 친척, 교사, 친구 및 다른 사람들과의 관계를 구별하는 데 도움이되었습니다. 그 덕분에 다양한 차원, 상황, 층위에서 인간 관계의 미묘함과 의미를 인식할 수 있었습니다."

아마야는 다시 한 번 읽기를 멈췄다. 예, 그는 자신의 이익을 위해 강렬한 감정을 표현하면서 다른 가면을 자랑했습니다. 실제와 환상을 구별하는 것은 불가능했습니다.

"사춘기와 청년 성인으로서 나는 정서적 지원과 안전을 아버지에게 의존했습니다. 그는 좋은 관계가 무엇인지, 그리고 내가 성인이 되어 어떤 관계를 발전시킬 것인지 보여주고 싶어했습니다. 사랑이 많고 친절한 아버지는 이상적인 부모였으며 미래의 인생 파트너에서 그러한 자질을 찾았습니다. 그가 내 심리적 적응에 기여한 역할은 엄청났는데, 이는 내가 유아였을 때 시작되어 어린 시절, 청소년기, 청소년기, 그리고 성인이 되어서도 계속되었습니다. 나는 그가 내 인생에 미친 엄청난 영향을 깨달았다. 아버지는 모든 상황에서 나의 시금석이기 때문에 나의 역할 모델, 나의 안전, 사랑, 신뢰의 기초로 행동했습니다. 저의 자신감, 자존감 및 성취 동기는 우리 가족의 다양한 사건을 통해 발전했으며 아버지의 성격을 반영했습니다. 아버지가 내 교육에 비할 데 없는 관심을 보였기 때문에 나는 아버지가 딸을 돌보지 않는 다른 소녀들보다 더 잘했습니다. 아버지는 비판적이지 않으셨고 다른 사람들에 대해 형편없는 말을 한 적이 없습니다. 그는 외부인과 건전한 관계를 발전시키는 데 신중하고 성숙하도록 격려했으며 다양한 삶의 철학과 교류의 측면을 알 수 있게 해주었습니다."

아마야는 잠시 읽기를 멈췄다. "당신은 결코 당신을 속이지 않는 당신의 인생 파트너를 선택하는 데 신중해야 합니다. 포르니마, 행운을 빕니다." 아마야가 중얼거렸다. 문득 카란이 아기를 맞이하기 위해 준비했던 것이 떠올랐다.

카란은 임신 36 주째에 조심스러워서 침실, 부엌, 식당, 화장실, 서재 및 발코니에서 아마 야를 따라 갔다. 그는 와인 병, 자동차 및 차고를 보관하는 지하실을 포함하여 집 전체를 청소하고 살균했습니다. 카란은 푹신한 옷, 모직 렌즈, 유아용 침대라고 부르는 유아용 침대, 그리고 아마야에게 필요한 모든 것을 구입하고 그녀와 아기의 옷을 다른 가방에 포장했습니다.

카란은 매일 산부인과 의사와 이야기를 나눴고, 산부인과 의사는 아마야가 임신한 이후로 전문적인 치료를 해왔다. 그는 아마야의 상태가 조금이라도 변한 것을 보고했고, 의사의 제안에 대해 상세한 서면 보고서를 작성했다. 카란은 포장지를 포함한 원치 않는 약들을 태우고, 빈 와인병을 세제로 깨끗이 닦은 후 모두 구입한 와이너리로 돌려보냈다. 아마야가 카란에게 왜 와인병을 씻느냐고 물었을 때, 그는 그것이 자신의 예의 바른 행동이며 샤토가 고마워할 것이라고 말했습니다. 아마야는 카란이 집을 청소하고 걸레질을 하며 꼼꼼하게 모든 것을 정리했던 것을 회상했다. 집은 그를 위해 깔끔하고 안전해야 합니다.

갑자기 비가 내렸다. 스카이라인 너머로 천둥이 치고 아마야는 위빳사나를 하기 전에 사무실에 인접한 집의 정문을 잠그고 창문을 닫았는지 다시 한 번 확인했습니다.

아마야는 다음날 여러 법원에서 많은 청문회가 있었기 때문에 바빴습니다. 저녁에 사무실로 돌아왔을 때, 두 명의 유아를 안고 있는 한 젊은 여성이 대기실에 있었습니다. Wayanad 에 거주하는 Liza Thomas 는 컴퓨터 과학 석사 학위를 받았으며 벵갈루루에 있는 국제 회사에서 4 년 동안 상당한 급여를 받으며 일했습니다. Liza 는 4 학년 때 Kasargod 에서 Abdul Aziz 라는 청년을 만났습니다. 그는 Liza 에게 자신이 두바이에 있는 한 회사의 고위 간부이며 비즈니스 거래를 위해 벵갈루루에 있었고 1 년 동안 그곳에 머물 것이라고 말했습니다. 나중에 그들은 자주 만나 사랑에 빠졌고 결혼하기로 결정했습니다. 라이자는 정통 기독교인 부모가 무슬림과 결혼하는 것을 반대한다는 것을 알고 있었다. 따라서 그녀는 그들에게 알리지 않고 압둘과 결혼할 것입니다. 압둘은 도시에 두 명의 친구가 있었고 이슬람 율법에 따라 결혼식을 주선했습니다.

결혼 후, 아불은 리자에게 여권과 비자를 잃어버렸기 때문에 구자라트 해안에서 예멘과 두바이로 가는 배를 타겠다고 말했다. 놀랍게도 Liza 는 Abdul 이 그의 친구들이 배를 마련한 구자라트의 정부 관리들에게 쉽게 뇌물을 줄 수 있다는 것을 알게 되었습니다. 그러나 몇 시간 후, 그들은 전쟁을 위해 아프가니스탄과 예멘으로 가는 인도의 공학 졸업생을 중심으로 많은 교육받은 남녀와 함께 파키스탄 선박에 승선했습니다. 이틀 만에 그들은 예멘의 낡은 항구에 도착했습니다. 그들이 예멘에 도착하자마자 압둘은 사라졌습니다. 라이자는 다시는 그를 못했고 테러 활동에 종사하는 200 명이 넘는 사람들과 함께 캠프에 머물렀다. 수용소 생활은 지옥 같았습니다. 라이자는 적어도 대여섯 명의 남자들을 성적으로 만족시켜야 했다.

그녀의 주요 업무는 컴퓨터를 작동하여 이란의 메시지를 해독하여 사우디아라비아에 맞서 싸우는 사람들에게 전송하는 것이었습니다. 거의 매일 12 시간에서 15 시간 동안 일했습니다. 라이자는 외출할 자유가 없었기 때문에 야외에서 무슨 일이 벌어지고 있는지 몰랐지만, 전투기가 굉음을 내는 소리를 자주 들었다. 그녀의 아이들은 의학적 도움 없이 그곳에서 태어났습니다. 소년 시절에는 참수를 피했지만 소녀 아이들은 운이 없었습니다. 수용소의 수호자들은 소녀들이 태어난 날에 목을 베었습니다. 라이자는 아이들의 아버지가 누구인지 몰랐습니다.

4 년째 되던 해에 리자는 망갈로르에서 온 아부라는 남자를 만났는데, 그는 가능한 한 식량을 공급해 주었습니다. 아부는 라이자에게 6 개월 안에 그녀와 그녀의 아이들이 캠프를 탈출할 수 있도록 도와주겠다고 약속했다. 어느 날 밤 기지 근처에서 산발적인 폭격이 일어나 혼란을 일으켰고 많은 사람들이 다치거나 사망했습니다. 아부는 아이들을 팔에 안고 바다를 향해 달려갔다. 라이자가 그의 뒤를 쫓았다. 그들을 기다리고 있는 작은 배가 있었고, 사흘째 되던 날, 그들은 말라바르의 베이포르에 상륙했습니다. Liza 는 한 달 동안 Kozhikode 에서 가족과 함께 머물렀습니다. 그녀는 그들의 도움으로 아마야를 만나기 위해 고치로 갔다.

아마야는 리자가 유효한 여행 서류 없이 예멘으로 여행한 것과 비자가 없는 두 자녀를 데리고 돌아온 사실을 즉시 경찰에 알려야 한다고 말했다. 아마야는 라이자와 아이들이 머물 수 있는 안전한 주거지를 찾도록 도와주겠다고 안심시켰다. 게다가, 그녀는 올바른 직업에 대해 물어볼 것입니다.

Palakkad 지역의 부족 공동체에서 온 또 다른 고객인 Deepa 는 어머니와 함께 왔습니다. 영리한 사람인 디파는 고등학교를 마치고 전문직 입학 시험을 준비했습니다. 그녀의 부모는 산림부에서 경비원으로 일했고 디파는 세 자녀 중 맏이였다. 약 8 개월 전, 델리의 한 대학에서 인류학 박사 과정을 밟고있는 크리슈난 남부 디리 (Krishnan Namboodiri)는 부족을 연구하기 위해 6 개월 동안 마을에있었습니다. 그는 디파의 부모에게 숙박과 하숙을 요청했고, 디파의 전문 입학 시험과 두 형제의 학업 코치를 해주겠다고 약속했다. 그들은 크리슈난이 디파의 어머니가 요리한 음식을 나누어 먹으며 집에 머물도록 기꺼이 허락했습니다.

디파의 여름 방학 이었기 때문에 크리 샨은 인터뷰, 설문지 작성 및 일일 400 루피의 지불 일정을 준수하여 다른 집을 방문하고 데이터를 수집하기 위해 동행하도록 요청했습니다. Deepa 는 과학적 도구와 인류학적 데이터 분석 방법을 사용하여 사람들에 대해 더 많이 배울 수 있었기 때문에 작업을 완전히 즐겼습니다. 게다가 디파는 크리샨의 성격, 연구 통찰력, 인간적인 배려에 매료되었고, 점차 그와의 관계가 친밀해졌다. 6 개월 동안 그녀와 함께 머물면서 데이터 수집을 마친 크리슈난은 델리로 돌아와 디파에게 매일 전화를 걸어 박사학위를 마칠 때 그녀와 결혼하겠다고 약속했습니다. 그러나 디파는 떠난 후 크리슈난으로부터 전화나 메시지를 받지 못했다. 아마야를 만나기 약 한 달 전, 디파는 자신이 임신했다는 것을 깨달았고, 디파가 18 세 미만의 미성년자였기 때문에 그녀의 부모는 깊은 정서적 고통에 빠져 있었습니다. 그녀는 입학 시험에 응시하고 전문 과정을 밟아야했습니다. 디파의 어머니는 디파가 태아를 낙태시킬 수 있는지 알고 싶어 했다.

의학적 임신 중절법에 따르면, 아마야는 디파의 어머니에게 디파의 동의가 낙태에 충분하다고 말했다. 그녀가 미성년자였기 때문에 보호자의 승인도 유효했고, 두 경우 모두 강간으로 인한 임신의 경우 최대 20 주까지 낙태가 가능했습니다. Deepa 가 미성년자이고 미혼이었기 때문에 강간 생존자, 미혼 여성 및 기타 취약한 여성에게 안전한 낙태를 위한 임신 한도를 최대 24 주까지 늘리는 조항이 있었습니다.

디파는 아마야에게 크리슈난 남부디리와의 성적 친밀감이 동의했으며 강간 범죄가 아니라고 말했다. 아마야는 디파와 그녀의 어머니에게 디파가 미성년자로서 동의할 수 없었기 때문에 동의는 관련이 없다고 설명했다. 따라서 디파와의 성관계는 그녀의 동의와 상관없이 크리슈난 남부디리의 법정 강간이었다. 성범죄로부터 아동을 보호하는 법안은 성행위에 연루된 미성년자에게 정의를 제공했으며 Krishna Namboodiri 는 법안 위반으로 유죄 판결을 받았습니다. Amaya 는 또한 법에 따라 부모 나 보호자가 특수 청소년 경찰 부서 또는 지역 경찰에 범죄를 신고하는 것이 의무화되어 있다고 알렸다. 그렇게 하지 않는 것은 범죄였습니다. 아마야는 디파의 어머니에게 위반 사실을 경찰에 신고할 것을 촉구했다.

그 말을 들은 디파는 여전히 크리슈난 남부디리를 사랑하고 사건을 경찰에 신고하는 것에 반대한다고 말하며 울기 시작했다. 아마야는 크리슈난 남부디리가 디파가 미성년자라는 것을 알고 있다고 말했다. 또한 그는 결혼에 대한 거짓 약속을했습니다. 그의 성적 친밀감은 피해자의 오랜 고통의 삶을 융합시켰다. 따라서 형벌은 법적일 뿐만 아니라 사회적, 심리적 필요성이었습니다. 형벌은 복수나 억제가 아니었지만 그럼에도 불구하고 도덕적 의무였으며 그는 그럴 자격이 있었습니다.

아마야가 예상했던 대로, 푸르니마로부터 이메일이 왔다. 그녀는 아마야에게 델리를 방문할 날이 3 일밖에 남지 않은 수요일임을 상기시켰고, 공항에서 아마야를 만나기를 간절히 기다릴 것이라고 말했다. Poornima 는 그녀의 아버지가 혼수상태에 빠진 Amaya 를 알아보고 그녀의 존재가 회복으로 이어질 것이라고 확신했습니다. 전날, 그녀는 그의 파일에서 Amaya 가 뛰어난 피아노 연주자라는 낙서를 발견했습니다. 그녀의 손가락은 우아하게 움직였고, 마술처럼 건반 위에서 감미로운 음악을 만들어냈다. 그는 아마야가 가장 좋아하는 작곡가가 모차르트, 베토벤, 쇼팽이라고 언급했다. Poornima 의 아버지는 거주지에서 특별히 준비된 방에 있었는데, 그녀를 포함한 제약 회사의 의사 그룹이 항상 그를 돌 보았습니다. 그녀는 그들과 상의하기 위해 방에 피아노를 놓았고, 아마야가 한동안 피아노를 연주해 주기를 바랐다. 의사들이 믿었듯이 음악은 의심할 여지 없이 아버지의 회복에 도움이 될 것입니다. 아마야는 그녀와 카란이 남쪽 발코니에 앉아 여러 시간 동안 피아노를 연주했던 것을 기억했다. 아마야는 종종 카란의 오른편에 앉아서 그와 함께 놀았다. 종종 그는 연주를 멈추고 Amaya 의 음악을 들었습니다. 그녀에 대한 그의 감탄은 믿을 수 없을 정도였습니다. 피아노를 연주하는 동안 아마야에게 키스하고 포옹하는 것을 결코 잊지 않았지만, 카란은 뛰어난 음악을 통해 사랑과 애정을 표현했습니다. 그들이 함께한 시간은 특별했습니다. 카란이 자신을 속였다는 것을 알면서도 아마야는 그에게 악의를 품지 않았다. 아마야는 위빳사나 수련을 받은 후 그의 강박이 있었을지도 모른다고 생각하며 그를 무죄로 만들었지만, 딸을 만나고 싶은 꺼지지 않는 욕망이 있었습니다. 아마야는 마음을 차분하게 훈련시켰기 때문에 카란에게 흥분을 느끼지 않았다. Poornima 는 두 명의 피아니스트에게 짧은 시간 동안 연주를 요청했다고 덧붙였습니다. 그럼에도 불구하고 아버지의 상태에는 변화가 없었습니다.

Poornima 는 또한 이메일에서 Amaya 가 Karan 과 몇 달 동안 함께 머물렀다는 메모를 발견했다고 언급했으며, 이는 Poornima 를 상당히 고통스럽게 했습니다. 그녀는 왜 아버지가 마르세유를 떠났는지 궁금해했는데, 어머니는 남편의 무조건적인 사랑과 헌신이 필요할 때 임신 중에 혼자 머물렀다. 그녀의 어머니는 Poornima 가 세상 누구도 그들처럼 서로를 사랑할 수 없다는 것을 알고 있었기 때문에 그녀의 아버지는 그녀의 아버지를 절대적으로 신뢰했습니다. Poornima 는 특히 어머니의 임신이라는 결정적인 시기에 별거에 대해 반성했다고 설명했습니다. 푸르니마는 아버지가 왜 아마야를 집으로 초대하고 그녀와 함께 지내는지 이해할 수 없었다. 그러한 공생은 종종 성적인 친밀감으로 이어졌으며, 그녀의 아버지는 왜 다른 여자와 불륜적인 관계를 발전시켰습니까? 섹스는 생물학적 필요였고 사랑은 감정적이었다. 그러나 신뢰는 다른 사람에 대한 명백한 헌신 때문에 의식적인 신념과 행동으로 인해 성장했습니다. 기혼 남성으로서 그녀의 아버지는 어머니가 그에게 용서할 수 없는 신뢰를 부여한 잘못을 저질렀습니다.

갑자기 아마야가 읽기를 멈췄다. 그것은 참으로 신뢰를 저버린 일이었고, 그의 아내에게 저지른 변명의 여지가 없는 것처럼 보이는 범죄였습니다. 그러나 그의 아내도 그러한 행위를 저지르는 당사자였으며 제 3 자에 대한 범죄를 저질렀으며 외부인은 수년 동안 무수히 많은 고통을 겪었으며 정의를 부정함으로써 인권을 훼손했습니다. Poornima 는 바르셀로나에서 아버지와 함께 머물렀던 여성을 비난하기 쉬웠지만 그 여성은 의심의 여지없이 그를 신뢰했습니다. Poornima 는 지적이고 호기심이 많으며 분석적이며 진실을 찾고자 하는 거부할 수 없는 열망을 가지고 있었지만 진실을 아는 것은 고통을 일으키고 인류에 대한 그녀의 신뢰를 산산조각낼 것입니다.

Poornima 는 아버지와 어머니 사이의 갈등 사건을 추적 할 수 없다고 썼습니다. 에바 박사는 남편을 비난하거나 바람을 피우고 신뢰를 저버렸다고 비난한 적이 없습니다. 그녀는 유럽에서의 삶이 딸을 낳고 꿈을 이루는 황금기라고 말했습니다. 에바 박사는 남편을 거듭 칭찬하고 아이를 갖기 위한 그의 끈질긴 노력을 칭찬했습니다. 그것은 그녀가 1 년 동안 바르셀로나에서 남편의 행동을 완전히 알고 있었다는 것을 나타낼 수 있다고 Poornima 는 성명을 발표했습니다.

그럼에도 불구하고 에바 박사는 결코 다른 여성과 바람을 피우도록 격려하지 않았습니다. Poornima 는 돈이 아버지에게 문제가되지 않았기 때문에 임신 중에 어머니를 돌볼 자격을 갖춘 의사와 간호사가 마르세유에 있다고 확신했습니다. 그들의 제약 회사는 당국이 금지했음에도 불구하고 이미 알츠하이머 치료제를 개발했습니다. 신경계 질환에 대한 다른 치료법을 개발하기 직전이었습니다. 회사의 이름과 명성은 점점 커졌고, 아버지가 돌아가신 후 아버지가 회사를 물려받았을 때 회사는 기하급수적으로 성장하여 명성을 얻고 부를 축적했습니다.

Karan 은 Amaya 에게 물리적으로 해를 끼치지 않았음에도 불구하고 완전한 신뢰와 존경의 상상의 세계를 만들기 위해 약물을 실험했습니다. 그녀가 그에게 물려준 사랑은 의심의 여지가 없었습니다. 그녀는 그의 성실성, 정직성 및 관대함을 결코 의심하지 않았습니다. 몇 달 후, 그녀는 그가 자신의 계좌로 이체한 돈, 집과 차가 딸의 가격이라는 것을 깨달았습니다. 동시에 그는 아기의 어머니의 심장을 고칠 수 없을 정도로 찌그러뜨림으로써 놀라운 보상을 했습니다. 따라서 그가 양도 한 부는 쓸모없고 합당하지 않으며 비열하게되었습니다.

그녀의 아버지는 수입의 25%를 주로 어린이와 여성 복지를 위한 자선 단체에 기부했다고 Poornima 는 썼습니다. 딸이 태어난 후 에바 박사는 자신의 삶의 철학을 다시 쓰고 기아, 빈곤, 문맹, 건강 악화를 근절하기 위해 막대한 금액을 기부함으로써 자신이 변화된 사람이라고 말했습니다.

인간은 진화 과정으로 인해 변화할 수 있었습니다. 아무도 영원히 그대로 남아 있지 않습니다. 깊은 잠에 빠지기 전에, 아마야는 분석했다.

다음 날, 안남마의 마지막 청문회가 열렸고, 그녀의 자녀들이 지원서를 제출했다. 안남마는 로마 교황 아래 시로-말라바르 교회에 속한 중산층 가정 출신이었습니다. 그녀의 남편 마타이는 에르나쿨람 지역의 시골 지역에 12 에이커의 비옥한 농지를 소유한 농부였으며 코코넛 야자수, 아레카 너트, 고무 및 캐슈 나무를 재배했습니다. 토지에서 얻은 수입은 가족의 일차적 및 이차적 필요를 충족시키기에 충분했습니다. 마타이와 안남마, 그리고 그들의 자녀들은 행복하고 풍요로운 삶을 살았다. 그들은 교구 사제와 주교가 재정 지원을 요청할 때마다 교회에 현금과 친절을 기부했습니다. 그들은 비교적 부유했기 때문에 많은 수녀와 사제들이 그들의 집을 방문하여 교회가 조직한 종교 프로그램과 활동에 참석하도록 요청했습니다. 그들은 예수의 열정과 죽음에 대해 반복해서 이야기했습니다. 예수 하나님의 아들이었음에도 불구하고 자신을 낮추시고 인류와 그들의 죄를 위해 고통을 당하시고 십자가에서 죽으셨다고 수녀들과 사제들은 마타이와 안남마에게 말했습니다. 그들은 "교회의 지시대로 예수의 발자취를 따라 하늘에서 재물을 얻으라"고 말하곤 하였다. 수녀들과 사제들은 종종 집에서 월례 기도 모임을 마련하여 이웃을 초대하고 묵주기도와 함께 기도하고 매일 저녁 암송하도록 요청함으로써 성모 마리아의 신심을 격려했습니다. 깊은 기도의 분위기가 안남마와 마타이의 가족을 집어삼키기 시작했다. 아이들은 기도에 집중하고 공부는 소홀히 했습니다. "너희는 죄를 지을 때마다 예수 십자가에 못 박는다. 주님은 우리 모두를 사랑하십니다. 그것이 우리가 그의 신부인

이유입니다." 수녀들은 안남마와 마타이에게 말했다. 안남마는 아침, 점심, 저녁 식사 전후에 하루에 여러 번 기도했는데, 그들은 죄를 미워했습니다. 그들은 예수 다치게 하거나 지옥에 가고 싶지 않았습니다.

한 무리의 사제들이 오순절 기도를 위해 그들의 집을 방문했습니다. 며칠 후, 그들은 Annamma 와 Mathai 에게 수천 명의 신자들이 모여 기도할 수 있는 기도 센터인 dhyana-kendram 에서 열리는 10 일 간의 dhyanam 또는 대규모 오순절 기도 모임에 참석할 것을 제안했습니다. dhyana-kendram 의 모토는 "영원한 저주에서 자신을 구하고 영혼을 구하기 위해 예수로 돌아가십시오"였습니다. 맏딸에게 동생들을 돌봐달라고 부탁한 후, 안남마와 마타이는 열흘 동안 디아남에 참석했습니다. 수천 명의 신자들과 함께 살고 기도하는 것은 부부에게 새로운 경험이었습니다. 그들은 큰 소리로 노래하고, 격렬하게 춤을 추고, 환각 상태에서 기도문을 암송하고, 알 수 없는 방언으로 중얼거리면서 예수와 마리아를 찬양했습니다. 성령의 영감으로 그들은 오순절 기도가 그들의 견해를 바꿨다고 믿었습니다.

dhyanam 은 7 시경에 시작하여 저녁 8 시까 지 계속되었습니다. 사제들은 숙박비와 하숙비를 마련해 주었습니다. 음식은 빈약 했지만 탑승 시설은 수준 이하였습니다. 예수과 동정녀를 만나기 위해 천국에 갈 수 있도록 기도하는 동안 아무도 불평하지 않았습니다. 집단 히스테리가 주례자가 회중에서 선택된 수의 사람들의 머리를 만졌을 때 건물을 가득 채웠습니다. 기도, 루브릭, 향, 마술,

그리고 그들 가운데 초자연적인 사건을 나타내는 울리는 휴대용 종소리의 열광적인 분위기 속에서 사제는 "할렐루야, 할렐루야"라고 외치며 성령께서 비둘기의 형태로 그들에게 내려오시기를 거듭 요청했습니다. 땅에 엎드려 계속 구르고 방언을 할 때 여자와 남자는 마치 귀신들린 것처럼 행동했습니다. 제사장들이 떡을 떼고 예수의 몸과 피로 여겨지는 포도주를 마셨을 때 많은 사람들이 제단에서 부활예수 목격했습니다.

dhyana-kendram 에서 가장 중요한 사건은 주로 여성에게서 악마를 몰아내고 지팡이로 때리고 시리아어, 라틴어 및 모호한 언어로 기도문을 암송하는 사제들의 엑소시즘이었습니다. 병자를 고치는 일은 주례자가 했습니다.

안남마와 마타이는 마치 예수과 마리아와 함께 천국에 있는 것 같은 느낌이 들었고, 집으로 돌아온 후에도 기도하는 분위기에 머물렀다. 안남마는 마타이와 함께 케랄라의 여러 지역에서 열흘 동안 계속되는 네 번의 오순절 기도 모임에 더 참석했고, 3 개월 이내에 자녀들을 홀로 남겨두었습니다. 차츰차츰 Annamma 는 아이들이 학교에 다니지 않고 소와 가금류가 굶주리고 병든 채로 남아 있을 때 반복되는 dhyanams 가 그녀의 가족에게 만들어낸 혼란을 깨달았습니다. 가장 심각한 것은 농장의 잘못된 관리였습니다. 결과적으로 수익이 감소했습니다. 굶주림과 건강 악화가 엿보였고, 아이들은 방랑자가 되었고, 가족 다툼이 자주 일어났고, 마타이는 폭력적으로 행동하여 알코올 중독자와 마약 중독자가 되었습니다. 안남마는 마타이에게 기도 모임에 참석하지 말고 정신과 의사와 상담할 것을 요청했다. 그러나 그는 알코올 중독을 극복하기 위해 디아남에 더 자주 머물렀고 다른 기도원으로 여행했습니다. 마타이는 신자들의 대규모 모임, 큰 소리로 기도하는 것, 방언을 말하는 것, 귀신을 쫓아내는 것, 약 없이 병자를 고치는 것, 동정녀 마리아에게 기적을 행해 달라고 간청하는 것, 환각적인 춤을 추는 것을 좋아했습니다. 마타이는 고대 식인종처럼 빵과 포도주를 예수의 몸과 피로 변화시키는 미신과 마법의 가상의 세계에 남아 있었습니다. 그는 여러 기도원으로 여행하기 위해 농지를 팔기 시작했고, 사제들은 그에게 마리아와 함께 머물면서 순결한 삶을 살도록 예수 격려했습니다. 그들은 알코올 중독을 치료하기 위해 그의 머리에 손을 얹고 함께 기도했습니다. 한편, 그의 장녀는 코임바토르에서 마을을 방문하는 누군가와 함께 기성품 합성 의류를 팔고 도망쳤습니다.

안남마는 이것으로 충분하다고 생각하고 아마야를 만났고, 이 문제를 철저히 논의한 후 마타이가 더 이상 땅을 팔지 못하게 하고 기도 모임에 참석하지 못하게 하는 신청서를 제출했습니다. 더 나아가 안남마는 명상 센터의 사제와 지역 주교에게 가족의 평화와 재정적 안정을 파괴한 것에 대해 1 크로 루피의 보상금을 지불하도록 지시할 것을 법원에 요청했습니다. 최종 청문회에서 아마야는 사건을 자세히 설명하고 법원이 마타이가 나머지 3 에이커의 땅과 집을 매각하는 것을 제한하도록 설득했습니다. 법원은 마타이에게 집에 머물고, 밭에서 일하고, 아이들을 돌보고, 적절한 음식,

교육 및 안전을 제공하는 것이 그의 책임이라고 말했습니다. 법원은 마타이에게 토지와 집을 팔지 말라고 지시했다.

더 나아가 법원은 사제들과 주교에게 안남마에게 1 크로 루피를 보상하라고 명령했습니다. 교회는 고의적으로 그리고 사악한 의도로 평화와 조화와 재정적 안녕을 파괴했습니다. 사람들을 종교 노예로 개종시키는 것은 심각한 범죄였으며 투옥을 요청했으며, 법원은 오순절 설교자에게 3 년의 엄격한 징역형을 선고했습니다.

저녁에 사무실에 도착하자마자 아마야는 새로운 고객을 만났습니다. 그녀의 이름은 해양학의 최고 과학 책임자로 일한 은퇴 한 공무원 인 Kalyani Nambiar 였습니다. Kalyani 는 Boston University 에서 해양 생태학 박사 학위를 받았으며 34 년 이상 정부와 함께 일했습니다. 카르길 전쟁에서 전사한 군인인 그녀의 남편과 외동딸인 40 세 정도의 딸은 지적 장애를 가지고 있었습니다. Kalyani 의 경력이 끝날 무렵, 그녀는 어린 시절부터 Kalyani 와 함께 지내던 독신인 딸을 치료하기 위해 3 년 동안 장기 휴가를 가야 했습니다. Kalyani 가 퇴직했을 때 정부는 Kalyani 가 직장을 포기했다고 말하면서 연금 지급을 거부했습니다. Kalyani 는 다른 수입이 없었습니다. 그녀는 딸을 돌보기 위해 재정적 안정이 절실히 필요했습니다. 상황의 극도의 심각성을 깨달은 아마야는 후배들에게 즉시 법원으로 이동할 사건 파일을 준비해 달라고 요청했습니다.

잠자리에 들기 전, 아마야는 이메일을 훑어보다가 푸르니마가 보낸 메시지를 발견했다. 그것은 짧았다.

"안녕하세요, 부인. 오늘, 나는 아버지의 낙서에서 몇 가지 불미스러운 사실을 추적 할 수 있었다. 그들은 아버지에 대한 나의 믿음을 크게 산산조각 냈고, 아버지는 다음과 같이 썼습니다 : '아마 야가 메스꺼움을 반복하자 나는 그녀를 마드리드의 산부인과 의사에게 데려갔습니다. 의사는 단언했다. 아마야가 임신했다는 것을.' 부인, 당신이 임신했기 때문이 아니라 아버지가 어머니를 속이고 무고한 여성을 속였기 때문에 그것을 읽는 것이 부끄러웠습니다. 그는 어머니에게 잘못을 저질렀고 나는 그를 용서할 수 없습니다. 당신은 임신할 권리가 있었지만, 내 아버지가 결혼했고 그의 아내가 안고 있다는 것을 알고 있었을 것입니다. 아버지를 유도하고, 몇 달 동안 함께 지내고, 아이를 임신하게 한 것은 교활한 결정이었습니다. 정의와 인권에 대한 철학을 어디에 숨겼습니까? 당신은 당신이 저지른 혐오스러운 행동을 부끄러워해야합니다. 내 이복 여동생인 수프리야가 어디 있는지 알고 싶지 않아. 나는 그녀를 싫어하지 않지만, 당신의 폄하하는 행동에 대해 당신을 싫어합니다. 당신은 사악하게 행동했습니다. 나에게는 당신에 대한 존경심이 없습니다. 안녕히 주무세요. 포르니마."

아마야는 심장이 터질 때까지 조용히 앉아 있었다. 그녀는 울었지만 감정을 억누르려고 애썼다. 그날 밤은 고통스러웠다. 그럼에도 불구하고 그녀는 여느 때와 같이 한 시간 동안 위빳사나를 수행했습니다. 예상대로 깊은 잠에 빠지기 전에 가장 차분한 경험이었습니다.

아마야 부처님

그녀의 희망

아마야는 아침부터 여덟 건의 사건이 다른 법원에서 진행되어 바쁜 하루를 보냈고, 수난다가 그녀를 돕기 위해 그곳에 있었다. 최종 청문회에는 최악의 인권 침해 사례 중 하나인 30대 후반의 바나야가 1년 전에 제출된 신청서가 있었습니다. 그녀는 산림 관리들이 농지를 불태우고 집을 부수고 멧돼지를 죽였다고 주장함으로써 농부의 생계를 무자비하게 파괴하자 보상을 위해 기도했습니다. 산림 관리들의 반응은 비인간적이었고 인도 헌법에 명시된 기본권을 침해했다고 Amaya 는 주장했다. 바나자와 그녀의 가족에 대한 잔인한 대우의 결과는 참담했습니다. 그것은 자유, 평등, 평등한 기회, 인간의 존엄성을 짓밟았습니다. Amaya 는 인도 헌법의 기본권과 인도가 서명 한 유엔 세계 인권 선언의 다양한 부분을 강조하면서 법원을 설득하려고 노력했습니다. 산림 관리들이 저지른 인권 침해는 문명 사회에서 용납될 수 없는 일이라고 그녀는 바나자의 농장에서 일어난 사건을 인용하며 설명했다. Amaya 는 정부 변호인의 주장을 체계적으로 매복했습니다. Vanaja 와 그녀의 남편은 보호된 숲을 침범하여 나무를 베고 야생 동물을 죽임으로써 3 에이커를 농장으로 개조했습니다. 아마야는 마을 사무소, 판차야트, 세무서, 토지 등록 사무소에서 필요한 모든 증빙 서류를 법원에 제출하여 바나자와 고팔란이 토지와 그 안에 건설된 집의 법적 소유자임을 증명했습니다. 토지 소유권과 소유권에는 농장이 Vanaja 와 그녀의 남편 소유라고 언급되어 있습니다. 동시에, 산림 부서의 주장은 거짓이었고, 조작되었으며, 유효한 증거가 없었습니다. 따라서 그들이 농지와 집을 불태우는 것은 법을 어기는 일이었습니다.

아마야는 고팔란의 할아버지가 약 70 년 전에 숲 옆 언덕에 있는 3 에이커의 땅과 작은 집을 구입했다고 법원에 설명했다. 그 땅에는 정부에서 발행한 필요한 모든 서류가 있었습니다. Gopalan 과 Vanaja 는 열심히 일했습니다. 그들은 농장에서 거의 모든 것을 생산했습니다. 주요 작물은 1 에이커의 논으로 일년에 두 번 경작하여 1 년 동안 소비하기에 충분했습니다. 반 에이커의 타피오카, 1/4 에이커의 다양한 종류의 야채와 바나나 나무가 매년 약 20 만 루피를 가져왔습니다. 나머지 농지에서 고무, 캐슈, 코코넛 및 아레카 너트 나무로 얻은 수입은 소녀들의 교육을 위해 연간 10 만 루피의 은행 잔고를 유지하기에 충분했습니다. 그들은 또한 여름 동안 최고의 과일 품종을 제공하는 두 개의 망고와 잭프루트 나무를 가지고 있었습니다. 바나자는 소 두 마리와 버팔로 한 마리의 우유를 팔았고, 아이들을 학교에 보낸 후 하루 종일 푸른 풀을 깎고 사료를 모으느라 바빴다. 대여섯 마리의 염소가 항상 그녀의 빈둥거리는 헛간에, 그녀가 팔지 않고 집에서 사용하는 염소 우유는 그녀의 아이들에게 건강했습니다. 그녀의 가금류는 매일 먹기에 충분한 계란과 고기를 주었다. Vanaja 는 그녀의 모든 일을 소중히 여겼고 Gopalan 과 그녀의 딸들을 사랑했습니다.

Amaya 는 법원에 Gopalan 이 이상적인 농부라고 말했다. 모범적인 인간이었던 그는 은행이나 금융기관에서 대출을 받은 적이 없고, 스스로 일어서야 한다고 믿었으며, 양심적으로 국가의 복지에 기여했습니다. 누구에게도 짐이 되지 않는 고팔란은 악덕 없는 삶을 살았고 아내와 아이들을 사랑했습니다. 그는 저녁 7시부터 4시까지 밭에서 일했습니다. 그는 농업의 모든 측면을 잘 이해하고 작은 저장 탱크에 빗물을 모으고 풍부한 물을 제공했습니다. 따라서 그는 여름에 농지에 관개할 수 있었습니다. 그의 재산 구석에는 그가 물고기를 재배했던 작은 물고기 연못이 있었습니다. Vanaja 와 Gopalan 은 현대적인 시설을 갖춘 기와 집을 지어 행복하고 풍요로운 삶을 영위했습니다. 그들은 전문 대학에서 더 높은 수준의 학업을 위해 자녀를 보내는 꿈을 꾸었습니다. 그들의 집이 숲 옆에 있었기 때문에 적어도 일년에 몇 번, 주로 몬순 기간 동안 멧돼지가 밤에 농장에 침입하여 재배, 특히 타피오카를 파괴했습니다. Gopalan 은 멧돼지가 많이 와서 위험하게 행동한다는 것을 알고 있었지만 집 근처에 오지 않았습니다. 약 5년 전 몬순 기간의 어느 날 밤, 고팔란과 바나자는 개가 계속 짖는 소리를 들었고, 고팔란은 가금류를 잡을 여우나 비단뱀이 있을지도 모른다고 생각했습니다. Amaya 는 잠시 내레이션을 중단했지만 법원은 Vanaja 와 Gopalan 에 대해 더 알고 싶어했고 Amaya 에게 그녀의 설명을 계속하도록 요청했습니다.

Gopalan 은 일어나서 정문을 열고 개가 왜 오랫동안 짖고 있었는지 알기 위해 닭장 근처로 갔다. 개가 그와 함께 있었다. 갑자기 고팔란은 무언가가 그를 향해 돌진하는 것을 보았고, 잠시 후 그를 공격했습니다. 개는 그를 구하려고 노력했습니다.

거대한 멧돼지였습니다. 소란스러운 소리를 들은 바나자와 아이들은 문을 열고 고팔란을 향해 달려갔다. 그들은 심하게 부상당한 고팔란과 개가 땅에 쓰러져 있는 것을 보았습니다. 이웃의 도움으로 Vanaja 는 Gopalan 을 집에서 약 30km 떨어진 병원으로 옮겼습니다.

고팔란의 복부 상처는 심했다. 그는 손이나 다리를 움직일 수 없었습니다. 개는 몸 전체에 깊은 병변이 있었기 때문에 2 시간 만에 사망했습니다. 일주일도 채 안 되어, 화가 난 마을 사람들은 멧돼지를 우리에 가두고 고기를 먹었습니다. 산림 관리들은 사건을 알았을 때 Gopalan, Vanaja 및 일부 알려지지 않은 마을 사람들에 대한 첫 번째 정보 보고서를 제출했습니다. 바나자는 남편과 함께 병원에 입원해 있었기 때문에 집에서 무슨 일이 일어나고 있는지 전혀 알지 못했습니다.

아마야는 고팔란이 심각한 척수 손상을 입었고 마을 사람들이 멧돼지를 잡았을 때 병상에 누워 있었기 때문에 병원에 남아 있었다는 법원 병원 문서를 제출했습니다. 3 개월 후, Vanaja 는 Gopalan 을 집으로 데려갔습니다. 그의 무력화는 Vanaja 와 그녀의 아이들에게 타격이었습니다. 그들은 병원에 상당한 금액을 지불해야 했고 매일의 의료비는 견딜 수 없었습니다. 바나자의 꿈은 눈앞에서 무너졌지만, 패배를 받아들일 준비가 되어 있지 않았다. 아이들을 학교에 보내고 남편을 먹여 살린 후, 그녀는 매일 약 8 시간 동안 농장에서 일했습니다. 모든 일을 제때 끝낼 수는 없었지만 부지런함이 도움이 되었고 농장에서 돌아온 일은 격려적이었다. 바나자는 노예처럼 일했고 자녀와 남편을 돌봐야 했습니다. 소, 염소, 가금류를 돌보는 것이 가장 어려운 일이었습니다. 농장에는 푸른 풀이 충분히 있었고, 바나자는 소를 위한 사료를 모으는 데 약 3 시간을 보냈다. 그녀는 또한 가금류를 위해 곡물 자루를 보관했습니다.

멧돼지를 죽인 지 1 년이 채 되지 않은 어느 날 세 명의 산림 관리들이 바나자의 집에 찾아왔다. 그들은 그녀에게 법원 소송을 제기할 것이라고 알렸습니다. 그녀와 그녀의 남편은 야생 동물 보호법을 심각하게 위반한 멧돼지를 죽였습니다. 바나야는 멧돼지를 죽이는 데 손을 대지 않았고 남편과 함께 병원에 입원해 있었지만 산림 관리들을 설득하는 데 실패했습니다. 그들은 그녀에게 20 만 루피를 지불할 수만 있다면 범죄에서 그녀의 이름을 철회하겠다고 말했습니다. Vanaja 는 이미 남편의 입원과 치료에 상당한 금액을 지출했기 때문에 산림 관리에게 지불 할 돈이 없었습니다. 두 달 후, 산림 관리들은 바나자의 집을 방문했습니다. 그들은 농지가 숲의 일부라고 주장했습니다. Vanaja 와 그녀의 남편은 불법적으로 그것을 점유하고 있었습니다. 그들이 지은 건물은 허가받지 않았고 불법이었습니다. 따라서 그들은 한 달 안에 집과 땅을 비워야 했습니다.

Vanaja 는 마을 사무실, Panchayat 및 지역 경찰서에 가서 그녀와 그녀의 남편이 농지를 소유하고 있음을 증명했습니다. 그 집은 불법적으로 점유된 삼림 지대에 있지 않았습니다. 마을 사무실과 판차야트는 그녀의 고뇌에 관심을 보이지 않았다. 대신, 그들은 무례했습니다. 경찰은 그녀가 불법적으로 삼림을 점거하고, 수년 동안 경작하고, 집을 짓고, 야생 동물을 죽였다고 말하면서 그녀를 학대했습니다. 그녀는 수년 동안 감옥에 갈 자격이 있었습니다. 바나자는 망연자실했다. 그녀는 이웃과 마을 사람들로부터 아무런 도움도 받지 못했습니다. 그들은 산림 관리들이 멧돼지를 죽인 것에 대해 연루될 수 있다고 생각하여 그녀와 함께 서 있는 것이 두려웠습니다. 어느 날, 산림 관리들과 10 명에서 15 명의 산림 경비원이 토목을 옮기는 사람들과 함께 와서 경고없이 집을 철거하고 농지의 농작물과 과일 나무를 자르고 불에 태웠다. 바나자와 그녀의 아이들은 힘없이 큰 소리로 울었습니다. 그녀의 마음은 그들의 농장과 집을 집어삼키는 불을 보고 마음이 아팠습니다.

그 가족은 갈 곳이 없었고, 약 20 킬로미터 떨어진 마을의 길모퉁이에 옹기종기 모여 있었다. 그들은 일주일 동안 배가 고팠고, 소녀들은 병에 걸렸고, Gopalan 은 10 일째에 사망했습니다. 한 사회복지사가 바나자를 찾아가 그녀의 한심한 상황에 대해 묻고 기꺼이 도와주겠다는 의사를 표명하고 산림 관리들을 상대로 소송을 제기했습니다. 일주일도 채 안 되어 사회복지사는 바나자를 아마야로 데려갔다. 그날은 토요일이었다. 사무실이 없었습니다. 그래도 아마야는 사무실로 가서 세 시간 동안 바나자의 말을 듣고 바나자와 사회복지사와 함께 불타버린 농지와 바나자와 아이들이 머물렀던 곳을 보러 가겠다는 의사를 밝혔습니다.

Amaya 는 Vanaja 와 사회 복지사와 함께 즉시 시작했습니다. 불에 탄 농지와 철거된 집은 폭격을 받은 미니어처 미라이와 같았습니다. 아마야는 불에 탄 농장과 집의 사진 몇 장을 클릭했다. Vanaja 는 Amaya 에게 그것이 그들의 평생의 업적이라고 말했습니다. 그의 아버지이자 할아버지인 고팔란은 그곳에 머물면서 70년 동안 일했습니다. 아마야는 참상을 보고 말문이 막혔지만, 산림청에 가서 경찰관을 만났지만, 그는 그녀를 접견하기를 거부했다. 그런 다음 그녀는 Vanaja 와 그녀의 딸들이 머물고 있는 곳을 보러 갔습니다. 한심한 장면이었다. 굶주린 아이들은 비참해 보였다. 그들은 열병으로 고통 받고있었습니다. 그것이 자신의 직업 윤리에 어긋난다는 것을 알면서도 아마야는 눈물을 참을 수 없었다. 바나자의 허락을 받아 아마야는 사진 몇 장을 찍고 사회복지사들과 함께 소녀들을 고치에 있는 병원으로 옮겼다. 한 NGO 는 아마야가 바나자가 병원 근처에 머물면서 채소 시장에서 일자리를 찾을 수 있도록 도와주었다.

아마야는 판사들에게 불에 탄 농지와 철거된 바나자의 집 사진을 보여달라고 기도했고, 법원은 기꺼이 의사를 표명했다. 흑백 사진은 산림 관리들의 인권 침해를 노골적으로 보여줬다. 법원은 불운한 가족의 기본적 인권에 대한 노골적인 침해에 충격을 받았습니다. Vanaja 가 독립적으로 살 수 있는 자유로운 선택을 거부하고 그녀의 생계를 파괴함으로써 평등을 거부하는 것은 산림 관리들에 의한 테러를 초래했습니다. 산림 관리와 정부가 채택한 독재적인 방법으로 3세대의 사람들이 70년 동안 열심히 일한 것을 없애고 여성과 세 명의 소녀를 가난하게 만드는 것은 상상할 수없는 공포의 범죄였습니다. 범죄는 가혹한 처벌을 받아 마땅했습니다. 법원은 세 명의 산림 공무원 모두에게 10년의 징역형을 선고하고 정부에 그들의 복무를 중단하도록 지시했습니다. 법원은 뇌물을 요구한 산림 관리들에게 각각 10 만 루피의 벌금을 부과하고 한 달 안에 4 명의 희생자에게 30 만 루피의 보상금을 지불하도록 요구했습니다. 합의금을 지불하지 않으면 5 년 더 감옥에 갇혔다.

정부는 한 달 안에 Vanaja 와 그녀의 아이들에게 10 크로 루피를 지불 할 것입니다. 산림청은 각 어린이가 대학 교육을 마칠 때까지 매년 10 만 루피의 재정 지원을 제공할 것입니다. 법원은 또한 정부에 농지를 바나자에 반환하고 6 개월 이내에 모든 현대식 시설을 갖춘 집을 지을 것을 지시했습니다. 이 판결은 자유, 인권, 정의의 가치를 수호한 아마야와 바나자에게 압도적인 승리였다.

아마야는 그날 최종 청문회를 위해 한 가지 사건이 더 있었다. 술루가 제기한 신청서는 부정행위 혐의로 국무장관을 상대로 한 것이었다. 아마야의 사무실이 장관의 변호사에게 청원서 사본을 보낸 날, 그녀는 장관의 개인 비서로부터 아마야에게 술루 사건을 접대하지 말라고 요청하는 전화를 받았다. 아마야는 그에게 자신의 직업적 약혼에 간섭할 권리가 없다고 말했다. 그는 그것이 목사의 요청이며 그녀에게 어떤 도움도 줄 준비가 되어 있다고 설명했습니다. Amaya 는 범주적이었습니다. 그녀는 목사의 조언을 기대하지 않았다. 하루도 채 지나지 않아 장관의 전화가 걸려와 아마야는 술루를 고객으로 받아들이지 말라고 제안했다. "각자 맡은 일에 신경을 쓰세요, 장관님." 아마야가 대답했다. 그날 밤과 다음 날 밤, 아마야는 정체불명의 사람들로부터 전화를 받아 교훈을 주겠다고 협박했다. 일주일 후, 아마야는 법원에 가는 동안 뒷유리에 큰 소리가 나는 소리를 들었다. 즉시 그녀는 길가에 차를 세우고 산산조각난 뒷유리가 떨어지는 것을 보았습니다. 아마야는 사건을 설명하는 법원에 도달하기 위해 경찰서에 서면 고소장을 보냈다. 아마야는 장관의 전화 통화를 녹음했지만, 그녀는 고소장에 언급하지 않기로 결정했다.

법정에서 아마야는 두 명의 유아를 둔 과부인 술루의 신청을 설명했다. 그가 아부다비에 있을 때, 그녀의 남편은 유리창을 고치다가 고층 건물에서 떨어져 사망했습니다. 술루는 코타얌에서 차로 약 30 분 거리에 있는 마니말라 강둑을 마주보고 있는 30 센트짜리 땅에 침실 4 개짜리 집을 가지고 있었습니다. 그녀는 유럽에서 온 관광객들에게 홈스테이를 위해 방 2 개를 빌려주고 케랄라 스타일의 쇠고기, 생선 및 기타 요리를 적당한 가격으로 요리했으며 관광객들은 술루의 환대를 즐겼습니다. 그녀의 방은 일년 내내 가득 찼고 그녀는 사업으로 충분한 돈을 벌었습니다. 술루는 자녀 교육을 위해 정기적으로 은행에 금액을 예치하고 어머니를 돌보았다. 후자는 술루의 가사와 요리를 돕는 것 외에도 그녀와 함께 머물고 있었습니다.

입법부 (MLA)의 지역 의원은 물 테마파크, 2 개의 레스토랑 및 관광객을위한 2 개의 침실이있는 50 개의 독립 빌라를 건설하기 위해 Sulu 의 집 옆에 약 50 에이커의 땅을 인수했습니다. 그는 이 프로젝트에 약 500 크로 루피를 투자할 계획이었고 걸프 국가의 산업가들로부터 파트너십을 받았습니다. MLA 는 술루의 땅을 획득하지 않고는 그의 공원으로 가는 진입로를 건설하는 것이 불가능하다는 것을 알고 있었습니다. 어느 날 저녁, 그는 술루에게 가서 그녀의 땅과 집을 팔아달라고 요청하면서 3 크로 루피를 제안했습니다. 그는 종이에 숫자 3 을 적었고, 술루에게 자신이 얼마나 많은 돈을 지불할 준비가 되어 있는지 확신시키려는 것처럼 일곱 개의 0 을 썼습니다. 술루는 MLA 에 그녀가 생계를 위해 전적으로 의존하고 있기 때문에 흙의 조각과 그녀가 소유한 집을 파는 데 관심이 없다고 말했습니다. 그녀가 얻은 수입은 가족을 먹여 살리고 자녀를 교육하는 데 도움이되었습니다. MLA 는 술루에게 땅을 넘겨주기를 거부하면 며칠 안에 그녀의 시신이 마니말라 강에 떠다니게 될 것이라고 위협했습니다. 술루는 자신의 재산을 포기하지 않겠다고 단호했다. 그날 밤, 깡패들이 돌과 막대기로 그녀의 집을 공격하여 술루와 그녀의 아이들, 그리고 그곳에서 자고 있던 관광객들에게 부상을 입혔습니다. 다음 날, 술루는 경찰서에 가서 경찰관에게 MLA 에 대한 첫 번째 정보 보고서를 제출하도록 요청했지만 그는 이를 거부했습니다. 경찰관은 술루에게 욕설을 퍼붓고 "MLA 에 불만을 제기하지 말라"고 말했다. 하지만 밤에도 돌을 던지고 유리창을 깨는 일이 계속되었고, 술루는 홈스테이 사업을 운영하기가 어려웠다. 관광객들이 술루의 홈스테이 고용을 중단하자 그녀의 사업은 한 달 만에 무너졌다.

아마야는 법원에 술루가 토지와 집을 MLA 에 3 크로 루피에 매각하는 데 동의해야 한다고 설명했으며, MLA 는 수표로 1 크로 루피를 지불하고 일주일 이내에 잔액을 지불하겠다고 약속했습니다. 토지 등기소 사무실에서 술루는 토지와 주택에 대해 1 크로 루피를 받았다는 것을 보여주는 매매 증서에

서명했습니다. MLA 는 Sulu 가 매매 증서에 서명했을 때 Sulu 에게 집을 비우도록 강요했습니다. 술루는 그곳에서 약 5 킬로미터 떨어진 곳에 있는 땅 5 센트와 침실 3 개짜리 집을 95 라크 루피에 샀지만, 6 개월이 지나도 주요 관광지에서 멀리 떨어져 있어 홈스테이를 할 관광객을 구할 수 없었다. 술루는 잔고를 잡기 위해 MLA 사무실에 자주 갔지만 그를 만날 수 없었다. 그녀는 가족을 부양할 수입이 없었기 때문에 좌절했습니다.

한편 MLA 는 내각 장관이되었다. 그러나 그는 술루에게 2 크로 루피의 잔액을 지불하지 않았습니다. 법원은 사려 깊었지만 술루는 입국에 대한 임시 구제를 받지 못했습니다. 최종 청문회에서 아마야는 장관이 술루에게 집과 땅의 가격으로 3 크로 루피를 지불하겠다고 약속했지만 1 크로어만 지불했다고 법원을 설득했습니다. 아마야는 법정 앞에서 장관이 숫자 3 과 0 7 을 문서 증거로 쓴 종이를 제작했습니다. Amaya 는 작가의 진위를 증명하기 위해 법원에 세 가지 증명서를 제출했습니다. 첫 번째는 종이의 필체가 장관의 필체임을 증명하는 그래프 학자의 것이었습니다. 대본을 확고하게 확인하는 많은 사례와 함께 법의학 필적 전문가는 두 번째 인증서에서 장관에게 속했습니다. 또 다른 법의학 전문가는 종이에서 장관의 지문을 식별 할 수 있습니다. Amaya 는 그녀의 주장의 합법성과 정당성을 설명했습니다. 법원은 장관에게 3 년 동안 연간 15%의 이자가 포함된 200 억 루피와 사건 비용으로 10 라크 루피를 술루에 2 주 이내에 지불할 것을 요청했습니다. 법원은 과부를 속이는 목사는 계속할 자격이 없다고 판결했습니다.

술루는 판결을 듣고 기뻐하며 아마야에게 홈스테이 사업을 되살리기 위해 관광지인 벰바나드 호수 근처에 침실 4개짜리 집을 구입하겠다고 말했다.

늦은 저녁이었다. 후배들은 모두 떠났다. 잠자리에 들기 전, 아마야는 푸르니마가 보낸 이메일을 발견했다. 편안한 의자에 앉아 아나야는 그것을 읽기 시작했습니다.

"안녕하세요 부인,

이전 커뮤니케이션에서 무례한 말과 귀하의 존엄성을 훼손한 것에 대해 사과드립니다. 당신의 감정을 신경 쓰지 않고 내 마음 상태를 무례하게 표현하는 것은 품위가 없었고, 그것이 당신의 마음을 어떻게 움푹 패이게 할 것인지를 무시했습니다. 내가 쓴 것은 진짜였지만, 당신이 내 아버지와 함께 살도록 강요한 상황을 정확히 알지 못한 채 당신을 비난하면서 그것을 표현해서는 안 되었습니다. 나는 아버지와 당신과의 관계의 차원을 알지 못했습니다. 나에게 나타난 상황을 상상하는 것은 사실이 아닐 수도 있습니다. 아버지처럼 겉보기에 올바른 사람이라도 당신을 만나 그의 집에 함께 가자고 초대했을 때 고귀한 의도가 없었을 것입니다. 게다가, 당신은 그의 배경, 의도 및 계획을 알지 못했을 수도 있습니다.

부적절한 말을 용서해 주십시오. 솔직하게 말씀드리겠습니다. 나는 당신을 결코 미워할 수 없기 때문에 아무도 미워하지 않습니다. 당신은 항상 특별했고, 당신을 찾는 동안 나는 당신의 정신적인 그림을 가지고있었습니다. 당신을 직접 만나지 않고도 당신이 내 의식에 어떻게 나타났는지 투영할 수 있습니다. 당신은 나를 닮았고 나는 당신을 좋아했습니다. 그것은 단지 가정이 아니라 당신 안에 있는 나의 심리적 투영이었습니다. 왜 그런지 말해 줄 수 있습니다. 놀랄 수도 있습니다. 한 번도 만난 적이 없는 사람들 사이에는 상호 관계가 존재할 수 있으며, 상대방이 어딘가에 있다고 굳게 느낄 수 있습니다. 그들은 서로를 인식하고 서로를 끌어들입니다. 그들은 다른 사람이 누구인지 의식합니다. 나는 그것을 심령 중력이라고 부르게 하는데, 그것은 정확하면서도 동시에 현상학적이다. 그것은 부재 중에 다른 사람의 존재에 대한 상호 인식이며, 매우 강렬하고 모든 것을 포괄합니다. 당신은 당신 안에서 그것을 느끼고, 느끼고, 경험할 수 있습니다. 다른 사람을 보고, 만지고, 냄새를 맡고, 듣지 않고도 다른 사람이 누구인지 알 수 있습니다.

대부분의 경우, 당신의 감정, 갈망 및 직감이 옳다는 것을 증명합니다. 내가 태어나자마자 나는 당신이 거기에 있다는 것을 알았습니다. 당신은 어떻게 든 육체적으로, 심리적으로 또는 영적으로 나와 관련이 있습니다. 우리 사이에는 개인적인 의존성이 있었지만 우리는 자유로웠지만 서로 만나 우리의 존재와 사랑을 나누고 싶은 깊은 갈망이 있었습니다. 그것을 마음의 친화력이라고 합니다. 내 내면의 목소리는 당신이 나와 가깝고 떼려야 뗄 수 없는 관계라고 말합니다. 우리의 감정, 감정, 욕망 및 비전은 서로 연결되어 영원히 묶여 있습니다. 어젯밤, 나는 너를 잊으려고 노력했다. 그럼에도 불구하고, 내가 기억하지 못하거나 당신에게서 멀어지고 싶을 때마다, 당신은 더 큰 힘과 더 밝은 얼굴로 나에게 더 가까이 왔기 때문에 불가능한 일이었습니다. 당신은 나의 가장 깊은 감정에 물을주는 의식의 흐름입니다.

나는 어린 시절부터 내 주변의 누군가를 안내하는 힘, 휴대용 램프처럼 경험했습니다. 나는 그것이 내 어머니가 아니라 내 어머니와 동등하다는 것을 알았다. 수녀의 현존은 빛나고, 지속적이며, 진정되고 자극적이었다. 그녀는 자장가를 부르고, 이야기를 들려주고, 잠들기 전에 동화를 읽고, 내가 일어날 때 외롭거나 슬프지 않도록 침대 근처에서 기다렸습니다. 그녀의 손길은 부드럽고 온화하며 배려심이 많아서 그녀가 말하기 전에 내가 이야기할 수 있게 해주었습니다. 그녀가 나를 만지지 않을 때, 나는 그녀의 부드러움을 경험했고 그녀의 근접성을 박탈당했다고 결코 느끼지 못했습니다. 그녀는 내 놀이 학교에서 나와 함께 있었고, 결코 방해하지 않았으며, 내가 하기 싫은 일을 강요하지 않았으며, 영원히 즐거운 모습으로 나와 함께 있었습니다.

내가 학교에 다닐 때, 그녀는 마치 내가 그녀를 볼 수 있지만 다른 사람들에게는 보이지 않는 것처럼 나와 함께 앉았습니다. 그녀는 내가 가르친 모든 교훈을 배우도록 도와주었고, 나와 함께 놀았고, 눈에 띄지 않았음에도 불구하고 친구들과 합류했습니다. 우리는 다른 사람들에게서 받은 초콜릿, 케이크, 사탕을 나눠 먹었습니다. 그녀는 내 곁을 걸었지만 점차 내 그림자가 되어 나에게 두드러지면서도 변함없는 동반자가 되었습니다. 나는 그녀가 나와 이야기하고, 나를 부르는 것을들을 수 있었고, 내가 뒤를 볼 때마다 그녀의 외모, 미소 및 움직임이 마음에 들었다. 나는 그녀의 몸짓, 몸짓, 표정, 심지어 그녀가 숨쉬는 방식, 의식적으로 모방하려는 시도를 모방하려고 노력했습니다. 나는 그녀가 유령이 아니라 자연스럽다고 느꼈기 때문에 고등학교 때 그녀와 더 많은 시간을 보내고 싶었습니다. 내 미래에 대해 어떻게 생각하든, 나는 그녀가 나에게 영향을 미치고 형성한다는 것을 알았다. 그녀가 진실하고 친절하다고 생각했을 때, 나는 솔직하고 관대하고 싶었습니다. 나는 그녀에게서 바람직하지 않은 특성을 못했기 때문에 다른 사람들에게 적대적이거나 무례하게 행동하지 않았습니다.

사춘기 시절에 그녀는 내 감정을 느낄 수 있었습니다. 나는 그녀가 내가 행복하기를 원했기 때문에 그녀의 호의적인 반응을 경험할 수 있었다. 나는 그녀가 사려 깊고 감정이 따뜻한 사람이라는 것을 깨달았 기 때문에 그녀가 행복한 삶을 사는 방법을 알고 있다고 믿을 수있었습니다. 때때로 그녀는 완벽이 존재하지 않기 때문에 완벽할 필요는 없다고 말했고 나는 그녀의 말을 듣고 기뻤습니다. 그녀는 또한 내가 취약하지 않도록 조심해야 한다고 경고했습니다. 나는 그녀의 단어 선택을 좋아했고 그녀의 사소한 실수와 단점을 사랑했기 때문에 그녀가 인간이고 인간이 아름답다는 것을 깨닫는 데 도움이 되었습니다. 내가 소년들과 그들의 회사를 좋아하기 시작했을 때, 그녀는 나에게 말하도록 격려했다. 친구들은 내가 성장하는 데 도움을 줄 수 있었고, 그 덕분에 누가 신뢰할 수 있는 친구가 될 수 있는지, 인생의 후반기에 평생의 동반자가 될 수 있는지 알 수 있었습니다. 그녀의 가치관은 나와 같았고 그녀가 비슷한 가치관, 태도 및 관점을 가지고 있었기 때문에 나는 그녀를 좋아했습니다. 때때로, 그녀는 그 당시 나를 미묘하게 만졌는데, 그녀의 손길이 많은 따뜻함을 만들어 냈기 때문에 숭고한 경험이었습니다. 나는 날마다 그녀의 손길을 갈망했다.

그녀의 미소는 상냥했고, 나는 잠자는 동안에도 그것을 기억했다. 따라서 그녀와의 관계는 그녀가 웃는 얼굴을 가졌기 때문에 쉽게 시냇물처럼 흘렀습니다. 이따금 그녀는 자신에 대한 비밀을 말했고, 이는 그녀가 나를 신뢰한다는 신호였고, 우리의 관계는 더욱 깊고 견고해졌습니다. 그녀는 때때로 내 감정, 태도, 가치관 및 싫어하는 것에 대해 개인적인 질문을했습니다. 나는 그녀의 개방성을 좋아했다. 그녀는 점점 더 개인적이되었고, 나는 더 긴밀한 유대감을 경험했습니다. 그녀는 자신에 대해 이야기하고 우정, 학업, 직업, 돈, 음식, 성적 환상, 동료 및 인생 파트너에 대한 마음과 마음의 토론을 시작했습니다. 나는 그녀를 나의 이상적인 친구로 상상했고, 때때로 나는 그녀의 선생님, 멘토 및 가이드 인 것처럼 행동했다. 나는 그녀에게 건강을 돌보는 방법, 규칙적인 운동의 필요성, 먹지 말아야 할 것, 잠을 자야하는 시간에 대해 조언했다. 그녀는 정서적으로 개방적이고 정직하며 신뢰할 수 있었습니다. 그녀가 나를 믿고 비밀을 지킬 수 있다고 말했을 때, 그녀의 말이 나에게 자신감을 주었기 때문에 나는 대단히 기뻤습니다. 때때로 그녀는 유머러스하고 농담을 던졌으며 심지어 섹스에 대해서도 농담을 했습니다. 그녀가 나를 사랑했기 때문에 나는 그녀를 좋아했다. 그렇게 간단했습니다. 나는 나를 사랑하는 사람을 결코 싫어할 수 없다. 당연히, 나는 나를 사랑하는 그 사람을 사랑합니다. 나는 그녀가 누군가를 미워하지 않았기 때문에 누군가를 미워할 수 없으며, 나는 그녀의 가치를 흡수하고 그녀가 나에게 가르친 것을 내면화했다. 아내는 내게 따뜻하게 대해 주었고, 내가 다른 사람들에게 예의를 갖추어야 한다는 것을 보여 주었습니다.

젊은 성인으로 자라면서 그녀는 나를 동등하게 대했습니다. 우리는 많은 면에서 같은 조건이었습니다. 나, 내 말, 태도 및 의견을 존중하면서, 그녀는 나의 교제에 기쁨을 표현하고, 친밀한 관계, 특히 다른 섹스와의 관계에 대해 묻는 것을 자제했지만, 의사 결정에 대한 나의 복지와 신중함에 관심을 보였다. 나는 그녀의 면전에서 나에 대한 그녀의 깊은 친밀감을 느낄 수 있었다. 그 흔적은 그녀가 없는 동안에도 계속되어 내가 독립적이고 자존심을 갖도록 격려했습니다. 내 자신의 의견과 결정을 내릴 수 있도록 존엄성을 심어주는 것은 그녀와의 관계의 부산물이었습니다. 마지막으로, 나는 나의 성격, 사회적 관점, 심리적 지향, 감정 형성 및 가치 체계를 깨달았습니다. 나는 그녀를 크게 소유했다.

내가 처음으로 너와 이야기했을 때, 나는 그 목소리를 들었다. 친숙하고 개인적인 그녀의 목소리는 지난 24년 동안 저를 한 사람으로 형성했습니다. 나는 당신이 그녀라고 생각했고 나는 뚜렷했습니다. 나는 그녀와 함께 있었지만 독립적이었다. 그녀는 내 자신의 결정을 통해 내가 성장하도록 도왔습니다. 터널을 걷는 것조차 칠흑 같은 어둠 속에서 휴대용 램프를 들고 그녀를 만났습니다. 그런 다음 당신은 희망의 목소리 인 그녀가되었고, 나는 당신을 몇 번이고 불렀습니다. 당신이 나에게 말했을 때 내가 경험 한 행복은 내 존재의 순수한 표현의 최고의 예였습니다. 내 안에는 너에게 말하고 싶었고, 너의 말을 영원히 듣고 싶었다.

나는 너를 간절히 기다리고 있습니다. 당신을 직접 만나고, 당신을보고, 당신을 만지고, 당신을 경험하고자하는 다른 욕망이 있습니다. 내가 너와 처음 이야기하기 전까지, 내 인생에서 가장 큰 열정은 아버지의 회복이었다. 이제 당신을 만나는 것도 똑같이 강력한 갈망이되었습니다. 나는 수년 동안 내 내면의 눈으로 당신을 보았고 당신이 어떻게 보이고, 말하고, 걷고, 반응하는지 알고 있기 때문에 당신을 상상하지 않습니다. 나는 내가 당신을 닮았다고 확신합니다. 요즘 나는 거울을 보며 당신을보고 당신의 존재를 경험합니다. 나는 혼자있을 때 몇 시간 동안 함께 이야기합니다. 사람들은 내가 미쳤다고 생각할지도 모른다. 그러나 나에게는 그것이 필요합니다. 당신과 이야기하는 것은 내 마음의 표현이며, 당신이 내 소유로 간직한 사랑스러운 마음입니다.

부인, 누구세요? 우리는 어떻게 관련되어 있습니까?

포르니마."

잠자리에 들기 전, 아마야는 푸르니마에게 이메일을 보냈다.

"안녕, 포르니마. 나는 당신의 메시지를 읽은 후 말문이 막혔습니다. 어떻게 반응해야 할지에 대한 딜레마가 있었습니다. 당신은 나를 당신의 친구로 생각할 수 있습니다.

당신과 나의 관계는 모든 가정에서 볼 수 있는 가장 단순한 관계입니다. 안녕히 주무세요.

아마야."

다음 날, 아마야에게 이메일이 기다리고 있었고, 그녀는 위빳사나를 마친 후 그것을 찾았습니다.

"친애하는 부인,

저에게 편지를 써 주셔서 감사합니다. 내가 당신에게서 받은 첫 번째 이메일입니다. 나는 그것을 읽게되어 기뻤다. 가족에서 가장 복잡하지 않은 관계는 모녀 유대의 관계입니다. 그러나 나는 이미 내가 만난 가장 사랑스러운 사람인 어머니가 있습니다. 그래서 당신은 완전히 내 생물학적 어머니가 될 수 없습니다.

그럼에도 불구하고, 나는 아버지가 당신의 난자의 절반을 취하여 어머니의 난자 절반과 융합했다고 가정할 수 있습니다. 그래서 나는 두 어머니 밑에서 태어났습니다. 그래서 두 분 모두에게 똑같이 애착을 느낍니다. 그것은 과학적인 선택입니다. 미국, 싱가포르, 이스라엘의 일류 대학에서는 두 여성의 난자와 한 남성의 정자를 융합하여 세 명의 생물학적 부모를 가진 아이를 낳고 그들의 가장 좋은 특성을 병합하는 연구가 진행 중입니다. 나는 동료 심사를 거친 국제 저널에서 그러한 가능성에 대한 두 개의 기사를 읽었습니다.

언젠가 내 또래의 딸 수프리야에 대해 언급했잖아. 당신은 그녀의 행방과 그녀가 무엇을 하고 있는지에 대해 무지했습니다. 당신이 그토록 애정이 넘치고 매력적인 성격을 가지고 있기 때문에 어떤 딸도 당신에게서 멀어질 수 없습니다. 나는 내 의식 속에서 수프리야의 존재를 만나려고 노력했지만 헛수고였다. 나는 그녀에 대해 생각했을 때, 자아에 대한 인식을 나타냈다. 의식은 감정의 타당성을 테스트 할 수 있습니다. 마음과 마찬가지로 의식은 더 높은 영역에 속하는 인간 두뇌의 부산물입니다. 마음은 위험한 함정의 잘못된 길로 인도 할 수 있지만, 의식은 제대로 배양되면 존재의 기쁨을 정확하게 반영합니다. 따라서 지식이나 영적인 것이 아니라 자아의 존재에 대한 순수한 인식을 초월한 세계가 있으며, 이는 육체 또는 물질적 우주를 초월한 무(無)로 이어집니다. 새로운 과학이기 때문에 신경학의 의식 연구는 접합 단계에 있습니다. 나는 그것에 깊은 관심을 가지고있다.

내 안에 있는 너를 알고 있었기 때문에 처음 너와 이야기했을 때 너를 알아볼 수 있었다. 그것은 자신의 인식에 대한 이해일 뿐입니다. 거울에 비친 이미지를 보면 그 사본이 자신의 것임을 알 수 있지만 알고 있다는 것을 아는 것 이상으로 나아갈 수 있습니다. 그 인식은 신체적 한계를 넘어 먼 땅으로 여행하도록 이끕니다. 앞으로는 몸과 함께 움직일 필요가 없습니다. 당신의 의식은 뛰어 넘을 수 있고, 다른 사람들의 의식을 만나고, 개념, 아이디어 및 비전을 교환 할 수 있습니다. 그래서 우리가 지금 여기에서 느끼는 것 이상의 존재가 있습니다. 의식이 결코 죽지 않기 때문에 그 상황에서는 죽음이 없습니다. 그것은 그 자체로 에너지입니다.

거울 속에서, 나는 Supriya 를 투영 할 수 없었다. 내가 그녀를 찾을 때마다, 두 사람 대신 내 얼굴이 매번 나타났다. 그러나 내

의식 앞에 나타난 것은 수프리야의 얼굴이 아니라 내 얼굴뿐이었다. 최신 신경학 연구는 인간의 직관을 사용하여 의식을 테스트하고 확인할 수 있다는 가정을 증명하려고 합니다. 이 방법은 영성, 신비주의 또는 마술과는 아무런 관련이 없습니다. 불교 승려들은 무(無)가 존재하지 않는 것이 아니기 때문에 무(無)의 맥락에서 진리를 확인하기 위해 이 방법을 적용합니다. 그것은 충만하게 공허의 존재이며 다른 것은 없습니다. 빅뱅 이전에는 무(無)가 있었지만, 무(無)는 공허하거나 공허한 것이 아니었고, 무(無)는 우리 우주 이전의 우주였다. 그래서 무(無)는 진화할 수 있는 잠재력을 가지고 있으며, 실체가 될 수 있습니다. Supriya 는 순수한 물질적 존재가 마음, 의식 및 완전히 발달 된 뇌를 갖지 못할 수도 있기 때문에 육체적 존재 이상입니다. 인간은 마음의 산물인 감정을 가지고 있습니다. 신경학 석사 과정에서 나는 많은 가설을 검증하려고 노력했는데, 가장 중요한 것은 존재가 본질보다 앞선다는 것입니다. 간단히 말해서, 무언가의 존재는 세부 사항보다 우선합니다. 그래서 수프리야의 존재는 의식을 통해 느낄 수 있습니다. 그것이 제 이론입니다. 그녀가 독립적인 존재로 존재하지 않는다면 수프리야의 느낌은 사라질 것이다. 실험에서 나는 수프리야의 존재를 나의 존재로 경험했다.

내가 테스트하고 싶었던 두 번째 현상은 의식 속의 대상에서 얻은 지식이었습니다. 나는 지식을 대상에 대한 사람의 인식의 산물로 가정했다. 따라서 지식은 대상과 주제를 전제로합니다. 모든 지식은 대상의 특성과 알고있는 실체에 대한 이해의 특성을 가지고 있습니다. 따라서 지식은 전적으로 객관적이거나 주관적이지 않습니다. 그것은 주제의 충만함을 반영하지 않습니다. 그러나 인간의 경우 대상의 초기 지식은 대상을 아는 사람이 자신에 대한 인식을 발전시키는 더 높은 차원으로 변형됩니다. 주체는 알고, 알고, 알고있는 것을 알고 있습니다. 간단히 말해서, 나는 내 의식을 의식하고 있습니다.

이 의식에서 인간은 육체적 존재를 넘어 더 높은 의식의 영역으로 갈 수도 있고, 감정이 없는 본질을 버릴 수도 있습니다. 욕망, 고뇌, 슬픔, 고통 또는 행복이없는 단계입니다. 실질적으로, 마음, 감정, 기쁨 및 지적 동요가 없습니다. 오직 행복만이 존재하며, 순수하고 단순하며, 나는 그것을 열반이라고 부른다. 저의 미래 박사 학위는 이 분야에 있을 것입니다.

부인, 저는 아버지가 수프리야의 이름을 언급하는 것을 들어본 적이 없습니다. 그녀가 그의 딸이었다면 그는 그녀를 잊을 수 없었을 것이고, 그녀에 대해 계속 이야기했을 것이고, 내가 그에게서 경험한 사랑으로 수프리야를 감쌌을 것이라고 확신합니다. 아버지와 딸의 관계는 현세적인 것을 초월합니다. 숭고한 기쁨을 만나기 위해 의식의 광대 함을 찾아야합니다. 두 개인들의 관계적-연합이 육체적인 것에 국한될 때, 사랑은 의식(意識)에 의한 것이기 때문에, 어떤 사랑도 있을 수 없다; 그것은 물질계를 능가해야 한다. 내 인생 철학은 간단합니다 : 당신의 마음을 묶고, 의식을 자유롭게하고, 갈매기처럼 먼 섬으로 날아가고, 두려움과 죽음으로부터의 자유를 경험하십시오. 인간의 모든 노력은 죽음을 극복하려는 시도입니다. 그래서, 한 가지 더 가능성이 있습니다, 직감, 나는

당신의 Supriya 입니다; 어머니와 아버지는 저의 이름을
Poornima 라고 지었습니다. 수프리야는 나입니다. 이 전제는
검증 가능한 사실로 테스트 할 수 있습니다.

곧 찬디가르에 도착할 것입니다. 나는 당신을 맞이하기 위해
공항에 있을 것입니다. 당신의 임재가 저에게 희망을 주기
때문에 제 마음이 신선함을 느낍니다. 당신은 내 아버지가
의식을 되찾도록 도와줍니다. 내가 말했듯이 피아노는 그의
방에 있습니다. 당신은 그것을 얼마 동안 연주할 수 있고, 그는
당신의 음악을 알아볼 것입니다.

좋은 하루 되세요.

포르니마."

"수프리야, 당신의 이메일을 읽는 것은 위빳사나
경험이었습니다. 내 마음은 당신에 대한 사랑으로 가득
찼습니다. 내 의식은 당신을 만나기 위해 미지의 땅으로
날아가고 있었고, 삶의 충만함을 경험하고 있었습니다. 당신은
내가 당신에 대해 생각했던 것보다 훨씬 더 자랐고 내 기대
이상으로 성숙했습니다. 당신의 생각은 잘 발달되어 있었고,
수년간의 반사적 의식의 산물이며, 당신이 말한 것을 알고
있었고, 당신의 지식에 대한 인식이었습니다." 아마야는 자신과
푸르니마의 존재를 경험했고, 갑자기 아마야는 카란과 나눈
대화가 떠올랐다. "당신 안에, 나는 내 존재의 총체성을 가지고
있습니다." 그 말을 들은 카란은 미소를 지었다.

해질녘 전에 그들은 해변을 걸었습니다. 아마야는 그곳에서
조금 떨어진 곳에서 그들의 연꽃을 볼 수 있었고, 그곳에서

카란과 1 년을 보냈다. "걷기는 몸의 균형을 유지하는 데 좋으며 정상적인 분만을 시작하는 데 도움이됩니다."라고 Karan 은 말합니다. 카란은 임신 36 주째였기 때문에 걷는 동안 각별히 조심했다. 그는 항상 그녀의 편이었다. 그녀는 밝은 꽃이 달린 하얀 흐르는 드레스를 입었습니다. 카란은 티셔츠와 헐렁한 잠옷을 입고 있었다. 그는 차분하고 의인화 된 것처럼 보였다. 그녀는 저녁 햇살이 그를 비추는 동안 그의 얼굴을 보는 것을 좋아했습니다. 수백 명의 관광객, 남녀노소가 모두 축제 분위기에 휩싸였습니다.

아마야와 카란은 바다를 바라보며 끊임없이 밀려오는 파도에 집중했다. 바다는 그녀의 감정과 관련이 있습니다. 먼 해안에서 나는 공기 냄새가 매혹적이었고, 산들바람이 머리카락을 빗어넘겼고, 따뜻한 햇살이 몸을 감싸고, 꾸준한 바다 소리가 귓가에 울려 퍼졌다.

"자궁 속의 양수인 아마야는 몸의 60% 이상, 뇌의 77%가 물이기 때문에 물과 생물학적 연결을 생성합니다. 많은 과학자들은 물이 모든 생명체와 공생 관계를 맺고 있으며 생명체가 특히 인간의 마음에 진정 효과를 갖도록 영향을 미친다고 믿습니다." 라고 Karan 은 말합니다.

"카란, 어디선가 바다의 푸른색이 정신뿐만 아니라 마음에도 위안이 된다는 것을 읽은 적이 있어." 아마야가 대답했다.

"맞아, 아마야. 게다가 바다의 광활함과 해변의 고요함은 안전감을 줍니다. 우리의 마음은 열린 공간에 숨겨진 적이 없다는 것을 쉽게 인식 할 수 있습니다. 인간은 수백만 년 동안 동굴에서 살았기 때문에 항상 동굴 같은 느낌을 가지고 있으며, 어두운 숲과 위험한 사바나에서 알 수 없는 위험으로부터 자신을 보호합니다." 라고 Karan 은 설명했습니다.

아마야는 카란을 바라보며 웃었다. "내가 너와 함께 있을 때, 나는 안전하다고 느낀다. 당신은 나의 바다입니다, 친애하는 카란; 너도 내 바닷가야. 당신은 모든 숨겨진 위험으로부터 나를 보호합니다." 아마야가 미소를 지으며 말했다. 아마야를 바라보며 카란도 미소를 지었다. "우리가 해안선에있을 때, 우리는 사랑하는 사람들과 함께 행복을 느끼고, 즐거운 추억을 공유하며, 전자 기기를 거의 사용하지 않습니다."라고 Amaya 는 덧붙였습니다.

"맞아, 아마야. 나는 너와 동의한다. 과학자들은 햇빛에 흠뻑 젖어 피부가 비타민 D 와 세로토닌을 풍부하게 생성 및 방출하고 인간의 뇌에 수많은 기분 좋은 화학 물질을 생성하며 해변에서 자연스럽게 행복을 느낀다는 것을 증명했습니다."

아마야가 가장 좋아하는 음식을 먹은 후, 그들은 아늑한 집인 로터스로 걸어갔지만, 아마야는 그녀가 다시는 카란과 함께 해변과 레스토랑을 방문하지 않을 것이라고는 상상도 하지 못했다.

아침 식사 후, 아마야는 갑자기 허리에 통증을 느꼈고 다음날 수축을 경험했습니다. 하복부에 경련이 있었고 가벼운 메스꺼움과 함께 약간의 액체가 새어 나왔습니다. 그녀는 골반에 압력이 가해지는 것을 느낄 수 있었다.

"카란." 아마야가 불렀다.

"그래, 얘야." 그가 대답했다.

"때가 됐어." 그녀가 말했다.

"오, 얘야, 산부인과 병원에 가자." 카란이 대답했다. "나는 당신의 가방에 집과 차의 여분의 열쇠를 보관하고 있습니다." 그는 그녀의 뺨에 키스했다.

카란은 짐을 디키에게 맡겼다. 세 개의 가방이 있었는데, 하나는 아마야용이었고 두 개는 아기용이었습니다. 아마야는 약간의 두통을 느꼈다. 그들은 10 분 안에 병원에 도착했습니다. 아마야는 병원의 산부인과 병동을 정기적으로 방문하여 임신 초기부터 산부인과 의사와 상담하고 그녀와 함께 집에 있었습니다. 카란은 아마야의 휠체어를 밀었고, 거기에는 의사가 있었다. 아마야는 행복했지만 머리가 무겁게 느껴졌고, 어둠의 세계로 미끄러져 들어가는 느낌이 들었다.

"카란." 아마야가 불렀다. 그녀의 목소리는 흐릿했고, 그녀는 더 많은 것을 말하고 싶었지만, 그녀의 혀는 그녀의 입 안에서 뒤틀렸다. 그녀는 카란의 얼굴이 안개가 자욱한 채 앞유리에서 뿜어져 나오는 수증기처럼 녹아내리는 것을 볼 수 있었다. "아마야," 그가 불렀다. 그녀는 그가 마지막으로 자신의 이름을 부르는 것을 들었다. 그리고 아마야는 완전한 어둠 속으로 빠져들었다.

딸의 탄생

그날은 한 주의 마지막 근무일인 금요일이었고, 아마야는 아침 일찍 그날 청문회에 제출된 청원서를 검토했다. 4 건의 법원에서 7 건의 사건이 있었는데, 3 건은 입학, 3 건, 3 건은 임시 구제, 1 건의 최종 심리가 있었다. 아마야는 모든 서류를 샅샅이 뒤지고, 각 청원서의 요지를 적고, 수난다에게 전화를 걸어 그녀가 자유로울 경우 법정에서 그녀를 도와달라고 요청했다.

아마야는 고용국 소유주인 발루를 상대로 제기된 수잔 제이콥의 신청서에 두 판사 벤치 앞에서 최종 청문회를 위해 출두했습니다. 아마야는 법 위반 여부, 발루에 대한 법적 조치의 이유, 피해자에 대한 보상 및 배상의 필요성을 강조하면서 사건의 배경을 자세히 설명했다. Susan 은 간호학 학사 학위를 가진 훈련된 간호사였습니다. 그녀는 7 년 전 발루의 고용국을 통해 사우디아라비아의 병원 일자리를 신청했다. Susan 은 그 직업에 지원하기 전에 3 년의 근무 경험을 가지고 있었습니다. 발루는 부라이다(Buraydah)에 있는 수백 에이커의 대추야자 농장을 소유한 부유한 농부가 운영하는 병원에서 보수가 좋은 일자리를 약속했다. 인터뷰를 마치고 고용국에 상당한 노력을 기울인 후 Susan 은 Balu 와 함께 사우디 아라비아로 갔다. 발루는 대추야자 농장 주인인 압둘라를 알고 있었는데, 그는 2년에 한 번 아유르베다 치료를 받기 위해 케랄라를 방문했다.

부라이다에 도착하는 동안 수잔은 압둘라를 만났지만 농장 노동자를 위한 진료소에는 두 명의 남자 의사만 있었다. 그녀는 약속 된 급여가 케 랄라에서받은 급여의 10 배에 달했기 때문에 클리닉에 가입하기로 결정했습니다. 여성을 위한 호스텔은 없었고, 압둘라는 수잔의 궁전 같은 저택에서 음식과 숙박을 제공하면서 두 아내와 아홉 자녀와 함께 안전할 것이라고 약속했습니다. 수잔이 그의 집에 머물기 시작하자 압둘라는 수잔에게 결혼을 권유하기 시작했고, 며칠 만에 강제 성관계는 일상적인 일이 되었습니다. 수잔은 자유를 갈망했고 압둘라의 통제에서 벗어나는 것을 꿈꿨지만 첫 아이를 낳고 이슬람으로 개종하기 전에 부모와 외부 세계와의 접촉이 꾸준히 끊어졌습니다.

아마 야는 발루 (Balu)와 수잔 (Susan)의 여행 서류가 발행 한 수잔 (Susan)의 임명장을 법원에 제출했다. 아마야는 발루가 자격을 갖춘 간호사를 성노예로 가두었다고 설명하며, 사악한 의도로 부라이다의 현대식 병원에서 높은 보수를 받는 직업을 약속했다. 아마야는 또한 압둘라가 케랄라를 방문할 때마다 법정에서 발루가 포주 역할을 했다는 증거를 제시했다. 법원은 발루의 범죄의 심각성과 수잔이 견뎌낸 폭력의 심각성을 깨닫고 충격을 표명했다. 4년 안에 수잔은 두 아이를 낳았고, 건강이 나빠지자 압둘라는 수잔을 리야드로 옮겨 전문 치료를 받았다. 그녀는 6개월 동안 병원에 입원해 있었지만 수전의 병을 치료할 수 없었습니다. 마침내 압둘라는 수잔이 아이들을 사우디아라비아에 남겨두고 케랄라로 돌아가는 데 동의했고, 5년 후 수잔은 티루발라에 있는 부모님 집으로 돌아갔다.

아마야는 발루가 인신매매, 강간, 여성을 다른 종교로 강제 개종시키고 동의 없이 임신시킨 책임이 있다고 법원에 탄원했다. 그들은 수잔과 국가에 대한 범죄였으며 피해자의 심리적 안녕을 파괴하고 그녀를 심각한 정서적 위기와 신체적 무능력에 빠뜨렸습니다. 수잔이 경험한 정신적 고통, 신체적 불편함, 개인적인 갈등, 압둘라의 구금 중 성노예로 고통받는 것은 비인간적이었고 수잔은 자살을 선택으로 생각하도록 강요했습니다. 순전한 의지력 덕분에 그녀는 성범죄자의 하렘, 미지의 땅, 아무도도 없는 곳에서 5년의 극심한 고통과 시련을 견뎌낼 수 있었습니다. 수잔은 자녀들에게 깊은 감정적 애착을 가지고 있었고, 그들을 강간범의 자리에 영원히 남겨 두는 것은 고통 스러웠습니다. 케랄라에 도착한 후에는 교육받은 사람들로부터도 조롱과 경멸을 당할 것이 분명했습니다. 아마야는 인신매매, 세라글리오 감금, 강간, 강제 출산이 수잔의 기본권과 인권을 침해하는 비열한 범죄라고 주장했다.

발루는 수잔의 자유, 평등, 개인의 안전, 인간의 존엄성을 침해한 것에 대한 처벌이 필요했는데, 수잔은 발루의 고용국이 진짜라고 믿었기 때문에 상당한 금액의 커미션을 받는 것 외에도 처벌이 필요했습니다. 아마야는 발루가 자유의지를 가지고 있고 이성적인 결정을 내릴 수 있었지만 의식적으로 국가의 규범, 가치관, 법률을 위반해 피해자에게 엄청난 고통을 주었다고 주장했다. 피해자는 적절한 환경에서 일할 자유를 보호 할 합법적 인 권리가 있었지만 가해자는 자신의 권리를 침해하고 자기 이익을 위해 범죄에 탐닉했습니다. 가해자의 범죄에 대한 사회의 혐오를 반영하는 형벌이기 때문에 가해자에게 적절한 형벌을 내리는 것이 필수적이었습니다.

발루를 처벌하는 것은 사회적 비난의 표현이라고 아마야는 주장했다. 법원은 범죄자의 행위를 비난함으로써 범죄 행위가 처벌을 받아 마땅하다고 생각할 것입니다. 가해자는 법이 시민을 범죄로부터 보호했기 때문에 법을 어김으로써 부당한 이득을 취했습니다. 그러나 그것은 시민들이 법을 받아들이고 법을 위반하지 않을 때만 가능했습니다. 어떤 사람이 그것을 불명예스럽게 할 때, 그는 사회로부터 부당한 이익을 누렸다. 공동체의 균형은 부당한 이익이 완화되는 엄격한 처벌만을 유지했습니다. Amaya 는 또한 처벌은 법적 당국에 의해 가해자에게 고통을 부과하는 것이라고 말했습니다. 따라서 가해자에게는 달갑지 않은 행동이었지만 사회에서는 직접적인 비난을 받았습니다. 국가는 발루를 처벌함으로써 피해자에 대한 의무를 표명하고 질서를 회복함으로써 일정한 이익을 얻었습니다.

발루는 처벌을 요청했다. 그는 그럴 자격이 있다고 아마야는 분석했다. 국가는 범죄를 국가에서 인정하는 규범을 위반하는 것으로 정의하는 법을 제정했습니다. 따라서 그것은 대중의 잘못이었습니다. 발루는 위반에 대해 정부에 책임을 져야 했기 때문에 발루를 처벌할 권한은 국가에 있었고 처벌은 그의 잘못에 대한 합당한 대응이었습니다. 불운한 여인에 대한 그의 범죄는 죄책감을 낳았다. 형벌은 수잔과 국가에 도덕적 빚을 지는 것 외에도 그의 죄책감을 없애기 위한 해결책이었습니다.

아마야는 법원에 발루가 억만장자임을 상기시켰다. 그는 주로 불법 활동을 통해 부를 축적했습니다. 경찰, 관료 및 정치인들은 인도와 해외에서 그의 환대로부터 많은 혜택을 받았기 때문에 그의 범죄 거래를 무시했습니다. 아마야는 발루가 처벌을 받아 마땅하며 처벌을 가할 권한은 법원이라고 말하며 변론을 끝맺었다. 수잔이 적절한 보상을 한다고 해서 수잔의 고통이 사라지지는 않았지만, 발루는 그 손해를 배상할 의무가 있었습니다.

아마야는 법정에서 자신의 주장이 합법성, 합리성, 도덕성을 입증했다고 확신했다. 법원은 개인, 단체 또는 국가가 개인의 기본권을 침해했을 때 보상이 의무적이라고 판단했습니다. 가해자는 완전한 의도로 수잔의 법적 권리를 손상시켜 정신적 외상, 성 노예, 원치 않는 출산, 원치 않는 육아, 자유 상실, 외국에서의 소득 손실 및 이슬람으로의 강제 개종과 같은 어려움을 겪도록 강요했습니다. 피고인은 피해자임에도 불구하고 집에서 멸시를 받았습니다. 법원은 또한 주어진 보상이 합법적이고 인도적이기 때문에 피해자가 재정적 손실을 회복할 수 있도록 돕기 위한 것이라고 언급했습니다. 법원은 발루에게 보석이나 가석방 없이 10년의 엄격한 징역형을 선고하고 3개월 이내에 피고에게 총 15크로 루피를 지불하도록 지시했습니다. 법원은 주정부가 가해자가 규정된 시간 내에 보상금 전액을 지불하도록 허용하고, 그렇지 않으면 정부가 배상을 위해 그의 재산을 경매에 부칠 수 있도록 허용했습니다.

저녁이 되자 아마야는 혼자였다. 그녀의 후배들은 월요일 아침에만 사무실에 출근했습니다. 여느 때와 같이 그녀는 피아노를 치며 한 시간 동안 편안한 음악을 들려주었다. 마음이 차분해졌다. 그런 다음 그녀는 우타르 프라데시에서 증가하는 달리트 소녀들의 강간에 관한 기사를 신문에 썼습니다. 아마야는 집권당과 정치인들이 달리트들의 가시성을 높이는 것을 암묵적으로 지지했다고 주장했다. 우타르 프라데시에서는 달리트 여성 총리인 달리트(Dalits)의 재임 기간 동안 전체 인구의 21%가 고등 교육과 직업을 받았습니다.

결과적으로 달리트의 사회적, 경제적 상황은 상당히 개선되었습니다. 나중에 주로 상층 카스트인 우익 정당의 당원들이 집권하자 그들은 카스트인 달리트를 억압하고 예속시키기 시작했습니다. 상층 카스트 사람들은 강간이 달리트의 자존심을 파괴하는 가장 강력한 무기라는 것을 깨달았고 의식적으로 교육받은 소녀들을 희생자로 선택했습니다. 달리트에 대한 갱 강간은 우타르 프라데시의 상층 카스트 사이에서 일반적인 관행이 되었습니다. 인도에서는 매일 약 10명의 달리트 소녀들이 강간 당했고, 상당수는 우타르 프라데시 출신이었다고 Amaya는 통계를 통해 설명했다.

기사를 보낸 후, 아마야는 푸르니마가 보낸 이메일이 있다는 것을 알아차렸다. 그녀는 아마야와의 관계를 아름다운 경험으로 묘사했고 그것을 상당히 소중히 여겼습니다. Poornima는 Amaya가 10일 이내에 Poornima의 삶에 없어서는 안될 존재가 되었다고 언급했습니다. 한 번도 본 적도 없고 멀리 떨어져 있어도 강렬했다. 그들의 관계는 그녀가 예상했던 것보다 더 심오하고 강력했으며 행동에서 더 포괄적이었습니다. 어린 시절, 나중에 청소년이 된 Poornima 는 어머니의 보살핌과 보호와 같은 보이지 않는 힘의 존재를 느낄 수 있었습니다. 그녀가 아마야와 처음 이야기를 나눴을 때, 그녀는 마치 푸르니마가 태초부터 알고 지냈던 아주 가깝고 떼려야 뗄 수 없는 누군가와 이야기하는 것 같은 느낌이 들었고, 아마야의 첫 마디를 들었을 때 그녀의 심장은 뛰었다. 그들은 어머니와 딸처럼 꿰뚫는 유대감을 가지고 있었습니다. 공감, 보살핌, 신뢰, 사랑이 생겼습니다.

"너를 생각할 때마다, 나는 어머니를 본다, 두 어머니를 둔 느낌. 나는 당신에게서 나 자신을 분리할 수 없습니다. 당신은 처음부터 거기에 있습니다." 라고 Poornima 는 썼습니다.

Poornima 에게 어머니는 딸의 정서적 토대였습니다. "당신은 판단을 내리지 않고 잘 들어주고, 결코 비하하거나 폄하하지 않으며, 위계질서를 드러내지 않고 바위처럼 나와 함께 서 있었습니다. 당신 안에는 무조건적인 신뢰와 무한한 사랑이 있습니다. 가장 친한 친구가 제게 줄 수 있는 것 이상입니다." Poornima 는 Amaya 와의 관계가 정서적으로 만족스럽고 심리적으로 구성되며 생물학적으로 깨지지 않고 영적으로 반영된다고 느꼈습니다. 그것은 거의 간단하고, 뻔뻔스럽지 않고, 풍요롭고, 고양되고, 실존적으로 영구적인 동반자 관계였습니다. "모든 청녀는 배우자가 아닌 다른 친구를 원하며, 그 사람은 종종 그녀의 어머니입니다. 요즘 네가 그런 사람인 것 같아. 나는 어린 시절에 당신을 육체적으로 그리워했고, 당신의 사랑의 보살핌과 존재를 그리워했습니다. 어린 시절에는 선생님으로, 청소년기에는 멘토로, 청년 성인이었을 때는 친구로 당신을 존경했을 것입니다." Poornima 는 명백했습니다.

아마야는 이메일을 읽다가 잠시 멈춰 서서 수프리야에 대해 생각했다. 나는 내가 해롭다고 믿었던 모든 것으로부터 당신을 보호했을 것입니다. 생물학적으로나 심리적으로, 엄마가 아이의 삶에 더 많은 영향을 미쳤기 때문에 딸은 어머니에게 더 애착을 가졌습니다. 딸은 어머니의 기분을 쉽게 이해할 수 있지만 아버지는 여전히 수수께끼로 남아 있습니다. 어머니는 아이의 성장 과정에서 항상 사용할 수 있지만 아버지는 정서적으로 부재하고 심리적으로 멀리 떨어져 있습니다. Poornima 는 아이가 엄마의 언어, 몸짓 및 반응이 매력적이고 활력을 주기 때문에 엄마와 의사 소통하는 것이 더 쉽다고 썼습니다.

아버지는 의사 소통에 문제가 있습니다. 그의 연설은 미묘하고 형식적이며 의미를 파악하기가 어렵습니다. 아이가 정서적, 교육적, 대인 관계 또는 성적에 대한 우려에 직면 할 때마다 아이는 어머니와 공유하고 도움을 요청하는 것을 선호합니다. 아버지는 어머니가 자녀의 말을 듣고 이해할 때 조언과 지시를 제공합니다.

아마야는 다시 한 번 이메일에 몰두했.

"그것은 수수께끼입니다. 어머니 만 임신 할 수 있습니다. 나는 그것에 대해 깊이 숙고했고 그 이유를 찾았는데, 그것은

간단합니다 : 여성이 임신하는 생물학적 이유뿐만 아니라 어머니가되어 아이를 키우고 아이가 어른으로 자라는 것을 지켜 보려는 의지입니다. 그녀는 태어나지 않은 아이를 사랑하고 태어날 때 아이의 사랑을 확장합니다. 한 여성이 9개월 동안 아이를 낳기 위해 고통을 겪을 준비가되어 있습니다. 그녀는 태어나지 않은 아기를 모든 위험으로부터 보호하고, 자장가를 부르기 위해 도착하기를 간절히 기다리고, 밤낮으로 애무하고, 팔에 안고, 울 때마다 모유 수유를합니다. 아버지가 행하기를 꺼리는 것은 순수하고 단순한 사랑입니다. 현대 과학은 남성의 자궁을 발달시킬 수 있지만 남성 심리학은 남성이 아기를 낳는 것을 싫어하기 때문에 출산과 육아에 반대합니다. 여성의 심리는 정반대입니다. 그녀는 육체적 고통을 흡수할 준비가 되어 있으며, 출산 트라우마와 육아의 고통을 기꺼이 감수할 준비가 되어 있으며, 이를 끝없는 기쁨으로 변화시킵니다. 그녀는 모든 상황에서, 심지어 아버지까지도 아기를 보호하고, 아이를 지키기 위해 고통을 견뎌냅니다. 고통스러운 이별 속에서 아이를 만나려는 어머니의 노력은 형언할 수 없습니다."

갑자기 아마야가 읽기를 멈췄다. "그래, 수프리야, 내가 너를 찾는 것은 헤아릴 수 없는 일이었고, 영원했고, 헤아릴 수 없었다. 오직 어머니 만이 그것을 이해할 수 있습니다. 마찬가지로, 나에 대한 너희의 탐색은 너희가 내 안에서 태어나자마자 시작되었다. 네가 내게서 떠났을 때, 그것은 고통스러운 추구가 되었고, 사랑하는 딸을 찾기 위한 끝없는 탐구가 되었다. 어머니를 찾기 위한 탐색을 끝내는 것은 좋지만 여행의 끝에서 중요한 것은 항해 자체이기 때문에 여행을 끝내지 마십시오. 당신이 찾고 있는 사람은 그녀 근처에 있지만, 당신이 그녀를 찾으면 누군가 또는 무언가 또는 새로운 목적지를 찾기 위해 새로운 검색이 시작됩니다. 그것이 인생의 의미입니다. 태초에는 최종성도, 연속체도, 끝도 없다." 아마야는 푸르니마가 자신의 말을 듣고 있다고 확신했고, 다시 말을 멈췄다.

"오늘 하루 종일, 나는 아버지의 오래된 파일을 훑어보고 있었다"고 Poornima 는 썼다. "갑자기, 나는 찬디가르, 델리, 런던, 그리고 아버지와 어머니가 학생으로 몇 년을 보냈던 팔로 알토에 있는 여러 병원에서 발행한 흰 봉투에 보관된 어머니의 오래된 의료 보고서를 발견했습니다. 마르세유의 한 병원에서 아버지가 어머니를 데리고 일련의 건강 검진과 수술을 받으셨다는 보고가 있었습니다. 6 년 동안 의사, 주로 산부인과 의사, 산부인과 의사 및 종양 전문의로부터 약 20 건의 보고서가 있습니다. 팔로 알토에 있는 한 병원의 보고서에 따르면 어머니는 결코 임신할 수 없다고 합니다. 찬디가르 병원은 어머니가 중년에 난소암에 걸릴 확률이 평균 이상이라고 밝혔습니다. 어머니는 마르세유에서 두 번의 수술을 받아 결함이 있고 난모세포를 생산할 수 없는 난소를 제거하여 미래의 암 성장을 예방했습니다. 어리둥절한 느낌으로 보고서를 읽고 충격에서 회복되지 않았습니다.

"나는 부모님이 어떻게 가장 사악하고 무서운 당신에게 그렇게 잔인한 게임을 할 수 있는지 이해하지 못했습니다. 그것은 사기였습니다. 당신은 그들의 희생자가 되었습니다. 우리 부모님도 그 악행에 대해 똑같이 책임이 있었습니다. 아버지는 바르셀로나 대학 식당에서 악의적 인 의도로 당신을 만났고, 그의 연기로 당신을 매료 시켰고, 그의 행동으로 당신을 유혹했습니다. 나는 그가 알츠하이머 병에 대한 금지 약물을 당신에게 투여하고, 그것을 화이트 와인과 섞어 환각의 세계에 머물게하고 아이를 임신시켰을 것이라고 확신합니다. 나는 당신이 항상 활기차고 사랑스럽고 돌보고 신뢰한다는 것을 알았습니다. 당신은 산부인과 병동에서 경미하지만 지속적인 혼수 상태에 있었고 의사들은 나를 분만하기 위해 제왕 절개를 했습니다. 아버지는 당신이 얼마나 오랫동안 혼수상태에 있었는지는 언급하지 않았지만, 어떤 의사도 그 이유를 알아낼 수 없다고 확신하셨습니다. 어머니는 마르세유에서 첫날 병원에 도착하여 병원 당국에 자신이 여동생이라고 말했습니다. 어머니는 18 일 동안 하루 24 시간 당신과 나와 함께 계셨습니다. 궁극적으로, 아버지는 당신이 혼수 상태에 빠진 병원에 나를 가두는 것보다 더 나은 보살핌과 편안함을 위해 아기를 집으로 옮길 수 있도록 의사를 설득했습니다. 필요한 모든 예방 접종을 받은 후 아버지는 저를 바르셀로나의 집인 로터스로 데려갔고 부모님은 같은 날 밤 맨체스터로 떠났습니다. 나는 아버지의 파일에서 어머니의 이름이 병원 기록에 있는 에바라는 것을 알고 다시 한 번 충격을 받았습니다. 마드리드의 산부인과 진료소에서 발행 한 의료 보고서에서 당신은 에바였습니다. 다시 말하지만, 바르셀로나의 병원을 처음 방문했을 때 당신의 이름은 에바였습니다. 그것은 미리 계획된 범죄였고, 우리 부모님은 당신에게 용서할 수 없는 사기를 저질렀습니다. 당신은 당신의 마음보다 아버지를 훨씬 더 신뢰했지만, 그는 결코 당신을 사랑하지 않았고, 당신을 존경했으며, 당신을 감정, 심리적 필요, 존엄성을 가진 개인으로 여겼습니다. 그는 죄책감없이 당신의 삶을 짓밟았습니다. 아버지가 저지른 범죄를 용서해 주십시오. 나는 그의 범죄에 대한 처벌을 받아야한다. 아마야는 읽기를 멈췄다. 그녀의 눈은 젖어 있었다. 그녀는 눈물이 뺨을 타고 흐르는 것을 느낄 수 있었습니다."

"그런데 왜 아버지의 죄 때문에 고통을 받아야 하지, 수프리야?" 아마야가 물었다.

"그것은 경계를 초월한 속임수였으며, 어머니를 행복하게 하고, 심리적 활력을 불어넣고, 자살 충동에서 구출하기 위해 아버지는 사악하게 행동했습니다. 당신의 사랑은 순진하고 덧없고 약한 것 같았습니다. 나는 당신이 견뎌낸 고통, 당신이 복종한 슬픔, 그리고 당신이 겪었던 고통을 느낄 수 있습니다. 당신은 몇 년 동안 전 세계에서 나를 함께 찾았을 것입니다. 당신의 마음이 불타오르고, 당신은 나를 꿈꿨을 수도 있고, 잠자는 동안에도 나를 생각했을 수도 있고, 적어도 나와 함께 몇 분을 보내고 싶었을 것입니다. 당신은 나에게 가장 아름다운 이름, 가장 사랑하는 사람을 의미하는 Supriya 를 주었습니다. 나는 당신의 사랑, 인내, 자존심, 신념 및 결단력을 숭배합니다. 비정상적인 상황에서, 아이는 아버지가 아니라 어머니를 선택하는데, 아버지는 자신을 낳은 사람의 눈물을 참을 수 없지만 아버지의 탄식은 무시할 수 있습니다." 아마야는 그 문단을 두 번 읽었다.

"당신은 나의 가장 사랑하는 어머니입니다. 나는 지난 24 년 동안 당신의 고뇌를 이해합니다. 당신의 사랑에 대한 엄청난 사랑으로 당신을 안아드리겠습니다. 사랑하는 어머니, 사랑합니다. 엄마라고 불러도 될까요?

당신의 수프리야."

아마야는 한동안 조용히 흐느껴 울었다. "친애하는 수프리야, 사랑해." 아마야가 마음속으로 말했다. 그것은 참으로 상상을 초월하여 삶을 영구히 바꾸어 놓은 속임수였습니다. 24 년이 지난 지금도 그녀는 모든 사건을 기억할 수 있었습니다. 저녁 6 시쯤이었다. 아마야가 눈을 떴을 때, 한 무리의 의사들이 있었고, 그들을 만나는 데는 시간이 좀 걸렸다. "에바." 누군가 부르는 소리가 들렸어요. "에바, 괜찮을 거야. 눈을 감지 마세요." 의사가 말했다. 의사들은 그녀가 침대에 앉을 수 있도록 도와주었습니다. 그녀는 몸에 연결된 많은 튜브를 볼 수 있었고 의사들은 튜브를 제거했습니다. 아마야는 마음이 편안해졌고 자신과 주변을 의식하게 되었다. "내 아기는 어디 있니?" 갑자기 그녀가 물었다. "그녀는 괜찮습니다."의사가 대답했습니다. "나는 그녀를보고 싶다. 제발 보여줘, 내 아기." 아마야가 애원했다. "더 많은 휴식이 필요합니다. 나중에 보여줄게요." 의사는 확신했습니다.

간호사가 아마야 오렌지 주스를 마시게 했다. 그런 다음 아마야는 아침 7 시쯤까지 잠을 잤다.

"에바, 당신은 22 일 동안 혼수상태에 있었어요. 이제 괜찮은 것 같아요." 다음날 그녀가 일어났을 때 의사가 말했다. 아마야는 의사가 왜 자신을 에바라고 부르는지 궁금했다. 그녀는 깜짝 놀라 의사를 쳐다보았지만 아무 말도 하지 않았다.

"당신이 여기에 도착하자마자 당신은 혼수 상태에 빠졌고 우리는 즉시 제왕 절개를 수행했습니다. 당신의 딸은 괜찮습니다. 당신도 역시. 혼수 상태의 원인을 찾을 수 없었기 때문에 약간 걱정했습니다." 라고 의사는 설명했습니다.

"우리 아기는 어디 있지?" 아마야가 물었다.

"그녀는 건강하고 왕성합니다. 오늘 집에 가서 딸을 볼 수 있습니다. 당신의 남편은 열여덟째 날에 그녀를 집으로 데려갔습니다. 우리는 그녀를 그렇게 오랫동안 병원에 입원시킬 필요가 없다는 것을 알았다"고 의사는 말했다.

"괜찮아?" 아마야가 물었다.

"물론이지. 당신은 37 주에 태어난 만삭 아기입니다. 병원 규정에 따르면, 산모와 신생아는 48 시간 분만 후 집에 갈 수 있습니다. 당신이 혼수상태에 빠졌을 때, 우리는 아기를 더 오랫동안 병원에 입원시킬 생각을 했습니다. 하지만 나중에는 남편이 아기를 집으로 데려가도록 허락했습니다." 의사가 설명했습니다.

"그래서, 우리 아기는 집에 있어." 아마야가 미소를 지으면서 말했다.

"예, 그녀는 괜찮습니다. 네 여동생이 여기 와서 너와 아이를 돌보고 있었어." 의사가 말했다.

"내 여동생?" 아마야는 다소 놀란 표정으로 의사를 쳐다보았다. 그녀는 약간의 혼란이 있다고 생각했고, 의사는 다른 사람에 대해 이야기하고 있을지도 모른다.

"그렇다. 당신의 여동생은 아기가 태어난 날에 왔습니다. 그녀는 친절하고 배려심이 많은 큰 도움이되었습니다. 그녀는 두 사람 모두를 잘 돌 보았습니다." 라고 의사는 덧붙였습니다. 아마야는 의사가 하는 말을 이해할 수 없다는 것을 깨달았다. 잘못된 정체성일 수 있습니다.

"카란은 어디 있지?" 아마야가 물었다.

"그는 매일 여기에 있었다. 그런 사랑하는 사람이 있다는 것은 행운입니다. 지난 4일 동안 나는 그를 여기에서 못했습니다. 집에서 아기 때문에 바쁠지도 몰라요." 의사는 아마야의 기분을 상하게 하지 않으려고 조심하는 듯 대답했지만, 아마야는 의사가 설명한 것보다 더 많은 것을 느꼈다.

"그래서, 지난 나흘 동안 혼자 있었어?" 아마야가 물었다.

"걱정 마세요. 우리는 당신을 돌보기 위해 여기 있습니다. 당신의 남편이 아기를 돌볼 것이라고 확신합니다." 의사는 아마야를 위로하려고 했습니다.

아마야는 가벼운 아침을 먹었다. 그녀는 아기에 대해 생각하려고 노력했지만 마음이 텅 비어 있었습니다. 그런 다음 Amaya는 약 3시간 동안 일련의 의료 검사를 받았습니다. 그녀는 점심 식사 후 낮잠을 자고 의사는 저녁 5시경에 돌아왔습니다. "당신은 건강합니다. 걱정하지 마세요, 원한다면 오늘 집에 갈 수 있습니다. 그렇지 않으면 내일 아침입니다. 2 주 후에 아기와 함께 오십시오." 라고 의사는 지시했습니다.

"청구서를 주세요. 금액을 이체할 수 있습니다." 아마야가 말했다.

"당신의 남편은 이미 비용을 미리 지불했습니다. 귀하의 계좌에 약간의 금액이 남아 있습니다." 라고 의사는 설명했습니다.

"거기 있게 놔둬라. 우리는 다시 올 것이다." 아마야가 말했다.

"그건 그렇고, 어제 저녁에 남편에게 연락을 시도했습니다. 그의 전화가 죽은 것 같아요." 의사가 말했다.

아마야는 깜짝 놀라 의사를 쳐다보았다. 그녀는 뭔가를 말하고 싶었지만 말하지 않았습니다.

"다시 한번 해볼까요?" 의사는 아마야에게 허락을 구했다.

"박사님, 친절을 베풀어 주셔서 감사하지만, 제가 전화하겠습니다." 아마야가 대답했다.

아마야는 의사가 떠났을 때 카란에게 전화를 걸려고 몇 번이나 시도했지만 의사의 말대로 전화는 죽었다.

한 시간도 채 안 되어 의사는 아기의 출생 증명서 사본을 가지고 돌아왔습니다. "우리는 이미 당신 딸의 출생 증명서를 남편에게 발급했습니다." 의사는 아마야에게 사본을 주었다고 알렸다.

아마야는 8 월 18 일에 발행된 한 페이지짜리 문서를 검토했습니다. 아기의 생년월일은 7 월 31 일, 아침 11 시 30 분, 성별은 여성이었습니다. 아버지의 이름은 Karan A 이고 어머니는 Eva Kapoor 였습니다. 아마야는 자신의 눈을 믿을 수 없었다. 그녀는 자신이 현실 세계에 있지 않다고 생각했고, 움직이지 못했고, 더 이상 아무것도 생각할 수 없다고 느꼈습니다. 그녀는 한동안 앉아서 딸의 출생 증명서를 보았습니다.

의사가 돌아왔다. 그녀에게 100 페이지 분량의 문서 인 나선형으로 묶인 의료 보고서를 주었다. "꼼꼼히 살펴보시기 바랍니다. 도움이 될 것입니다. 반복적인 테스트와 분석 후에도 우리는 당신이 왜 혼수상태에 빠졌는지 이해하지 못했습니다. 신경학적으로 당신은 퍼센트 퍼센트 적합합니다. 당신에게는 아무런 문제가 없습니다. 그러나 우리는 앞으로 3 개월 동안 몇 가지 비타민 정제를 처방했습니다. 내년에는 3 개월마다 신경과 전문의와 상담하십시오." 라고 의사는 제안했습니다.

"물론이죠, 박사님." 아마야가 대답했다. "자, 집에 가도 될까요?" 그녀는 의사의 허락을 구했습니다.

"우리 운전 기사가 집에 도착할 수 있습니다."의사가 말했습니다.

"고맙습니다, 박사님. 난 감당할 수 있어." 아마야는 의사를 안심시켰다.

"조심해." 닥터가 아마야와 악수하며 말했다.

"고맙습니다, 박사님." 아마야가 대답했다.

그녀의 차는 병원 주차장에 있었고 Amaya 는 운전하는 데 아무런 문제가 없었습니다. 집에 도착했을 때, 그녀는 차고가 비어 있고, 카란의 차가 없어졌으며, 오토바이가 자전거

마구간에 있다는 것을 알아차렸습니다. "그는 어디로 갔습니까?" 아마야는 스스로에게 물었다. "카란," 그녀가 소리쳤지만, 아무런 반응도 없었다. "카란." 아마야가 다시 불렀다. 그녀는 구내에 있는 누구도 그녀의 마음 속에 떨림을 느끼지 않는다는 것을 깨달았습니다. 두려움이 그녀를 압도했다. 아마야는 차고를 잠그고 집 옆문을 열었다. 어둠이 그녀를 두렵게 했다. "카란, 아마야야." 그녀가 소리쳤고, 그 메아리가 그녀의 귓가에 몇 초 동안 울려 퍼졌다. 처음으로, 아마야는 카란이 없는 집에 있었다. 아마야는 한 번도 집의 네 벽 안에서 자신의 부재를 경험한 적이 없었다. 아마야는 전기를 켰고, 갑작스런 빛에 겁에 질렸다. 그녀는 집에 혼자 있는 공포를 견딜 수 없었습니다. "수프리야." 아마야는 큰 소리로 외치더니 땅에 쓰러졌다. 그녀는 숨쉬기가 어려웠지만 고개를 들려고 노력했습니다. 몸이 마비되고, 발과 손이 차가워지고, 정신이 멍해졌다. 그녀는 아무것도 생각할 수 없었다. 마치 죽음이 그녀의 몸의 모든 세포를 꿰뚫는 것 같았습니다. 아마야는 여러 시간 동안 움직이지 않았다. 그녀는 아침까지 땅에서 잠이 들었다.

배가 고프고 목이 말랐지만, 아마야는 몇 시간 동안 바닥에 누워 천장을 바라보았다. 그녀는 샹들리에, 부채, 매달린 벽과 그림을 보았습니다. 아마야는 천천히 일어나 부엌으로 걸어가 음식이 넘쳐나는 냉장고를 열었다. 그녀는 응축 된 우유 패킷을 가져다가 부엌에 가서 삶아서 커피를 준비하고 스토브 근처에 서서 머그잔을 마셨다. 부엌 선반에는 귀리 봉지가 있었고, 그녀는 우유와 설탕을 넣어 죽을 만들었습니다. 아마야는 죽을 가득 담은 그릇을 들고 식당으로 걸어가 식탁 옆 의자에 앉아 몇 분 안에 꿀꺽 꿀꺽 삼켰다. 여전히 배가 고팠던 그녀는 냉장고에서 다른 것을 찾았습니다. 큰 그릇에 빠에야가 있었다. 접시에 약간을 붓고 냉장고 근처에 서서 천천히 먹었다.

그녀는 지치고 어지러워서 바닥에 쓰러져 식탁 옆에서 잠을 자며 수프리야를 꿈꿨다. 아마야는 로즈와 함께 집에서 피아노를 치고 있었다. 갑자기 문을 가볍게 두드리는 소리가 들렸다. "엄마, 누군가 문을 두드리고 있어요. 가서 볼게요." 아마야가 문으로 걸어가며 말했다. 그것을 열었다. 로즈는 아마야를 따라 그녀의 뒤에 섰다. 아마야는 청바지를 입고 티셔츠를 입은 키 큰 젊은 여성이 그녀 앞에 서 있는 것을 보았다. "엄마, 저는 당신의 수프리야입니다. 병원에서 저를 찾고 계셨잖아요." 환한 미소를 지으며 젊은 여성이 그녀를 소개했습니다. 아마야는 그녀를 쳐다보았다. 수프리야는 그녀의 복제품이었다. "아마야, 그녀는 너야." 로즈가 뒤에서 말했다. "수프리야." 아마야는 울면서 몸을 안아주고 싶은 듯 그녀를 향해 달려갔다. 갑자기 아마야는 눈을 떴고 자신이 바닥에 누워 있다는 것을 깨닫고 놀랐습니다. "수프리야!" 아마야가 소리쳤다. "너 어디 있니? 나는 너를 찾고 있다." 그녀의 목소리는 쉰 목소리였다.

새벽 3 시였고 벽시계가 똑딱거렸다. 바닥에 앉아 주위를 둘러본 아마야는 소음에 겁을 먹자 깜짝 놀라 한 방에서 저 방으로 걸어갔다. 그녀는 어둠, 그림자, 빛, 고요함 및 침묵에 대한 두려움을 경험했습니다. 눈에 보이지 않는 위협이 어렴풋이 나타나고 있었고, 그녀는 위험이 맴도는 것을 상상하여 극도의 공황과 불안을 불러일으켰습니다. 집 전체에 무언가가 숨어 있었다. 그녀는 심계항진으로 땀을 흘리기 시작했고 극도로 경계하며 주위를 둘러 보았습니다. 그녀의 입은 건조 해지고 몸이 차가워지고 빠른 심장 박동으로 가슴에 통증이 느껴졌습니다. 아마야는 속이 쿵쾅거리고 메스꺼움을 느끼며 떨림과 구토를 반복하며 화장실로 달려갔다. 어둠에 대항하는 파충류의 그림자처럼 창턱에서 무언가가 움직이고 있었고, 그것은 위협적으로 보였다. 그녀는 식당으로 달려가 식탁 밑에 숨었다. 어둠과 침묵이 그녀를 놀라게 했다. 두려움 자체를 생각하는 것이 두려웠 기 때문에 두려움에 대한 두려움이었습니다. 탁자 밑에 앉아 어둠을 싫어하고 싶었고 어둠에 대한 두려움이 불합리하다는 것을 알면서도 불을 켜고 끄는 것에 대해 괴로워했지만 그녀의 반응을 도울 수 없었습니다. 빛은 그녀를 두려워했고, 여기에서 옷을 벗고, 돌고래처럼 알몸으로 송아지를 낳았습니다.

날이 갈수록 어둠과 빛에 대한 두려움이 커졌고, 아마야가 침실에서 잠을 않고 식당에 담요 두 장, 침대 시트, 베개로 요람을 만들어 더 안전하다고 느끼면서 공포 반응이 악화되었습니다. 가끔은 카란의 머리카락이 집 구석에 매달려 있는 것을 보고 큰 소리로 비명을 질렀다. 요리하는 동안 아마야는 부엌칼을 가까이에 두고 사용할 준비를 했고, 때로는 보이지 않는 적과 싸우는 것처럼 사무라이 검투사처럼 공중에서 칼날로 반복적으로 베기도 했다. 마드리드 로레토에 있는 동안 아마야는 구로사와 아키라가 감독한 경호원 요짐보를 보았고 영화 속 이름 없는 영웅을 존경했습니다.

아마야는 사무라이 전사처럼 싸우기 위해 베개 밑에 부엌칼을 하나 더 두었다. 그녀는 절대 어둠이 그녀를 걱정하고 완전한 침묵이 석화되고 그림자 없는 빛이 그녀를 괴롭히는 동안 밤에 가벼운 침대 시트로 램프를 끄지 않았습니다. 잠을 자려고 애쓰는 동안 그녀는 바닥이 없는 협곡의 수천 개의 절벽 가장자리를 보았고, 외계인의 기괴한 주먹 싸움과 창 싸움, 매머드 생물의 투우가 나타났습니다. 아마야는 자연을 초월한 고통과 죽음의 세계로 미끄러져 들어가는 것을 느꼈다. 점보제트기 크기의 새들이 머리 위로 치솟아 기도를 위해 눈을 떴고, 그녀는 편집증과 공포 정신병의 세계로 미끄러지고 있음을 느끼며 식탁 아래에 숨었습니다.

처음에는 자신의 행동과 생각에 환각과 망상 외에도 자신과의 접촉 상실이 두드러졌습니다. 존재하지 않는 존재가 나타났고, 그녀는 사실과 허구를 구분하는 것이 어렵다는 것을 알게 되었습니다. 유령은 번개와 같았고, 그녀는 목소리를 들었고, 존재하지 않는 냄새를 맡았다. 망상이 그녀의 마음을 압도했고, 끊임없는 혼란과 망치로 머리를 때리거나 도로 롤러 아래로 그녀를 짓밟음으로써 죽음의 소원을 형성했습니다. 때때로 그녀는 TV 뉴스 채널과 같은 토론을 고정했습니다. 프랑스어, 카탈로니아 어, Euskera, 스페인어, 영어, 힌디어 및 말라 얄람어를 구사하는 다른 사람들과 끝없는 논쟁을 벌이면서 그녀는 정신 분열증 증상을 나타 냈으며 참가자들은 헛되이 그녀를 진정 시키려고 노력했습니다. 불협화음은 몇 시간 동안 계속되었습니다. 초청된 연사들 사이에서 주먹다짐이 벌어졌다.

아마야의 기분이 바뀌었다. 때때로, 그녀는 끝없이 웃고, 몇 시간 동안 함께 소리 치고, 끊임없이 울고, 여러 날 동안 슬픔과 슬픔을 경험했습니다. 그녀는 집중하고, 요리하고, 먹고, 자는 데 어려움을 겪었습니다. 점차적으로, 그녀의 고립을 축하하고 손과 다리를 조정하는 데 어려움을 느끼는 불안감으로 가득 찼습니다. 그녀는 목욕하고, 양치질하고, 머리를 빗고, 옷을 빨고, 집을 청소하는 데 문제가있었습니다. 그녀의 내성은 낮아졌고 스트레스가 증가함에 따라 그녀는 자신에게 소리 쳤다. 한밤중에 일어나서 그녀는 자신의 생각과 행동이 모순되고 자신에게 이상하게 보인다는 것을 느끼지 못한 채 목적 없이 집 안으로 뛰어 들어갔다. 아마야는 새벽 2 시쯤 악몽을 꾸고 집 안에서 정처 없이 뛰기 시작했고, 벽에 부딪혀 쓰러져 의식을 잃고 다음 날 정오까지 그곳에 머물렀다. 그녀는 몸이 몹시 아팠지만 부상은 없었지만 적절하고 설득력 있게 생각할 수 있었기 때문에 약간의 변화를 경험했습니다.

집 안의 아마야에게는 벌써 두 달 반이 지났고, 바깥 세상과 그 모습, 색깔, 소리를 잊어버렸다. 광활한 지중해, 바르셀로나 해변, 구시가지의 미로가 그녀에게 낯설게 느껴졌다. 갑자기, 그녀는 저녁을 축하하는 관광객들을 보기 위해 집의 남쪽 발코니에 가서 서고 싶은 깊은 소망을 갖게 되었습니다. 그녀는 두려움과 억압을 버리고 문을 열었습니다. 햇빛, 세계, 다양한 색, 움직임 및 변화를보고 놀랐습니다. 그녀는 오랫동안 갤러리에 서있었습니다. 그녀가 외로움을 느꼈음에도 불구하고 게임 체인저였습니다.

그날 밤 아마야는 거실에 인접한 침실에서 잠을 잤다. 아침에는 양치질을하고 따뜻한 물로 목욕을하고 아침 식사를 준비했습니다. 아마야는 오후까지 집을 청소하고, 빨래를 하고, 음식을 요리했다. 점심을 먹으면서 저녁에 해변에 갈 생각을 했다. 그런 다음 그녀는 연구실로 갔다. 책은 거기에 있었고 컴퓨터는 손상되지 않았습니다. 그녀의 이메일을 확인하는 동안, 그녀는 수십 개의 이메일이 그녀를 기다리고 있음을 발견했습니다. 아마야는 은행에서 "이름을 밝히고 싶지 않은 친구"로부터 5 크로 루피를 이체한 것을 보고 놀랐다. 아마야는 그것이 피의 돈, 아이를 낳는 대가라고 중얼거렸다. 그런 다음 그녀는 조용히 울었습니다.

아마야는 아기의 아버지가 수프리야를 훔쳤다는 사실을 받아들였다. "그러나 그는 생각할 수 없습니다. 그가 아기를 샀어." 그녀는 중얼거렸다.

저녁이 되자 아마야는 외출했다. 세상은 새로워 보였고, 그녀는 활기차게 걸었다. 해변에 도착하는 데 약 20 분이 걸렸습니다. 바다는 파랗고 잔잔했고, 파도는 잔잔했고, 산들바람은 부드러웠다. 해안선은 수백 명의 어린이, 여성 및 남성으로 다채로웠습니다. 아마야는 자신의 존재를 즐기기 위해 거닐었다. 그녀는 바다, 파도, 해안, 하늘, 별, 그리고 온 우주와 하나가 되는 것을 느꼈다. 그것은 새롭고 온화한 경험이었고, 그녀는 잃어버린 기회, 신랄한 관계, 속임수 및 속임수에 대해 화를 내지 않고 머리를 침착하게 유지하려고 생각했습니다. 그녀는 수 킬로미터를 걸었고 행복을 느꼈습니다. 저녁 식사는 키오스크, 튀긴 생선, 닭고기 및 빠에야에있었습니다. 그녀는 서서 음식을 먹고 맛있게 먹었습니다. 아마야는 그동안 있었던 모든 일을 잊고 싶었다. 그런 다음 그녀는 집으로 돌아와 자정 무렵까지 잠을 잤습니다.

아침 식사 후, 아마야는 피아노를 연주했다. 음악은 그녀의 마음을 감동 시켰습니다. 그녀는 키보드 위에서 손가락이 움직이는 것을 보고 놀랐습니다. 피아노는 그녀의 몸과 마음이 떼려야 뗄 수 없이 얽혀 있었다. 그녀는 사랑하는 어머니, 암마, 엄마, 엄마에게서 얻은 삶의 초기 교훈, 심지어 피아노 연주까지 기억했습니다. 그녀에게 클래식 음악을 가르쳤던 로레토 수녀들도 공감하는 마음으로 똑같이 헌신했습니다. 저녁에는 Amaya 가 수영장에서 수영했습니다. 푸른 하늘을 보면서 물에 떠 있었다.

일주일에 한 번, Amaya 는 브라질, 아르헨티나, 칠레, 멕시코에서 온 소규모 음악가들의 음악을 듣고, 스페인, 포르투갈, 프랑스를 방문하고, 다양한 악기를 연주하면서 도시 거리를 오랫동안 걸어 다녔습니다. 그들의 음악에는 독특한 매력이 있었습니다. 그들은 젊은 부부의 사랑과 이별에 대한 이야기를 들려주었습니다. 아마야는 항상 고양이에게 한 줌의 돈을 떨어뜨렸습니다. 어느 날 그녀는 화려한 의상을 입은 로마니 부부를 보았습니다. 청년은 아내와 함께 바이올린과 피아노를 연주했습니다. 아마야는 그 여성에게 피아노를 칠 수 있도록 허락해 달라고 요청했고, 그녀는 동의했다. 그들은 한동안 함께 놀았습니다. 그런 다음 여자는 Amaya 가 혼자 연주하도록 허용했습니다. 아마야는 사랑과 공생의 힌디어 노래를 연주했고 군중이 모였습니다. 그녀는 한 시간 동안 키보드에 마법을 일으켰습니다. 부부는 그날 두 배 이상의 돈을 모았을 때 행복했습니다. 떠나는 동안 그들은 아마야에게 돈의 일부를 주었지만, 그녀는 미소를 지으며 돈을 돌려주었다.

아마야는 외로움을 느꼈고, 마치 아무것도 그녀에게 충만한 기쁨을 주지 못하는 것처럼 집에 도착했고, 그녀 안에 무언가가 빠져 있었고, 외로움은 나날이 커졌습니다. 요리도, 음악도, 수영도 공허함이 커져 그녀를 집어삼킬 때 그녀를 도울 수 없었습니다. 그것은 비자발적 인 고독, 공허함에 대한 노출, 잃어버린 관계, 그녀의 삶을 공유 할 사람의 부재였습니다. 한밤중에 그녀는 갑자기 일어나서 자신이 어디에 있는지, 왜 거기에 있는지 궁금해했고, 아마야는 그녀가 혼자라고 생각하며 주위를 둘러 보았다. 그녀는 연결하고 싶었습니다. 그녀는 누구와 관계를 맺고, 이야기하고, 공유해야할지 몰랐지만 아무도 몰랐습니다. 무한대로 뻗어나가는 메울 수 없는 틈이 존재했고, 그녀는 계속해서 그 틈을 맞물려 시도했지만 실패했다. 그녀는 신랄하고 따뜻하며 위로가 되고 부드러운 인간 관계를 구축하지 못했습니다. 꿈과 현실은 그녀를 구겨 놓았고, 그녀는 낡은 색이 바랜 신문 한 장처럼 실패에 엎드렸다.

그녀의 내면의 목소리는 그녀에게 동반자 관계가 부족하다고 말했고, 그녀 주위에, 또는 그녀 안에 있어야하는 누군가로부터 멀어지는 느낌이 들었다. 거부감이 심해졌습니다. 외로움이 심화되었고, 다른 사람들과 하나됨을 이루지 못했다는 인식과 진정성이 부족했습니다. 그녀의 어도비 벽돌의 네 벽 안에는 무언가 잘못되어 있었다, 공허, 무(無)였다: 발자국 소리도, 거친

숨소리도, 움직이는 그림자도, 사랑하는 이의 냄새도 없었다. 포옹 할 사람도, 물어볼 영혼도 없습니다 : "어떻게 지내십니까? 어떻게 지내세요?" 또는 인사: "안녕, 아마야!" 공허함의 존재, 만연한 무(無)의 존재, 공허함의 광대함, 외로움의 헤아릴 수 없는 것이 그녀를 잠기게 했다. 그녀는 잠재적인 거부, 고립, 자신의 존재에 대한 부정적인 편견, 부모조차 피하고 은둔하는 삶을 사는 것이 더 낫다는 느낌, 공허함을 위해 모든 것을 버린 산야신의 징후를 인식했습니다.

그녀는 혼자 죽을 것입니다. 공포가 산산조각이 났다. 그녀가 내부에서 모든 문을 잠갔기 때문에 아무도 눈치 채지 못할 것입니다. 그녀의 몸은 퇴화되고 분해될 것이고, 빈 두개골과 해골은 집 구석이나 수영장 근처에 놓일 것입니다. 아마야는 큰 소리로 웃었지만, 피부도 털도 없는 열린 머리가 그녀를 비웃으며 물었다: "내가 왜 죽어야 하지? 수프리야를 찾아 찾아 사랑하는 아이를 구해보는 건 어떨까요?" 어디서 찾을 수 있을까요?" 아마야는 스스로에게 묻고 서재를 향해 달려갔다. 하루 종일 그녀는 아기와 카란의 행방을 컴퓨터에서 검색했습니다. 갑자기, 그녀가 카란의 이름조차 모른다는 사실이 드러났다. 아기의 출생 증명서에는 Karan A 가 그의 이름이었습니다. 아마야는 카란의 생체 데이터나 다른 세부 사항을 찾아냈지만 헛수고였다. 갑작스런 깨달음이 그녀의 마음 속에 번쩍였다. 그녀는 카란에 대해 아무것도 몰랐다. 그의 부모와 그가 태어난 곳, 그가 속한 도시 또는 주, 주소, 경력, 그가 인도 시민인지, 스페인인인지, 프랑스인인지, 미국인인지는 흥미로운 질문이었습니다. 그를 믿었고, 그를 전적으로 믿었으며, 그에 대해 아무것도 묻지 않았습니다. 컴퓨터에도 그의 사진이 없었기 때문에 비참하게 그의 얼굴을 기억하려고 노력했습니다. 그녀는 스페인 전역을 광범위하게 여행하는 동안 그의 이미지를 클릭하지 않았습니다. 그녀는 집에 있을 때, 음식을 먹거나, 피아노를 연주하거나, 수영장에서 수영을 하거나, 해변을 걸을 때 카란의 사진을 찍는 것을 잊었습니다. 그의 얼굴은 겨울이 시작될 때 신기루나 사과나무의 낙엽처럼 기억에서 쇠약해졌습니다. 그녀는 일 년 동안 함께 살았던 카란이 훔친 수프리야를 임신시킨 것에 대해 아무것도 몰랐다.

아마야, 왜 여기 은둔자로 지내니? 얼마나 오래 여기에 머무를 건가요? 이곳에 사는 목적은 무엇입니까? 그녀는 그들 중 누구에게도 대답 할 수 없었다. *나가서 전 세계의 Supriya 를 찾겠습니다.* 그것은 단호한 결정이었고, 그녀는 런던으로 가기 위해 짐을 쌌습니다. 그러나 그녀는 왜 런던을 선택했는지, 런던에서 정확히 어디에서 Supriya 를 찾을 것인지, 얼마나 오래 찾을 것인지는 알지 못했습니다. 아마야는 이틀 만에 런던행 비행기를 탔다.

딸을 찾아서

수프리야의 납치는 아마야의 인생에서 가장 고통스러운 사건이었고, 그녀는 카란이 그것을 할 수 있다는 것을 그녀의 마음을 설득하는 데 실패했습니다. 그녀는 마음이 떨리며 반성했고, 그것은 오래 지속되었습니다. 상실은 고통과 슬픔을 불러일으켰고, 카란의 행동은 수치심과 괴로움을 불러일으켰다. 때로는 기계에 머리를 쥐어 짜는 느낌이 들었 기 때문에 고통이 참을 수 없었습니다. 굴욕은 깊은 침묵을 가져왔다. 그녀는 사람들과 이야기하는 것이 부끄러워서 그들을 쳐다보는 것을 피했습니다. 런던의 모든 사람들은 그녀의 이야기를 알고 있었습니다. 그들은 그것에 대해 이야기하고 그녀를 비웃었고, 이로 인해 그녀는 은둔자로 남을 수밖에 없었습니다. 그녀는 외계인으로 가득 찬 주변 환경과 연락이 끊겼습니다. 다른 사람들과 교류하는 것은 굴욕적인 경험이었습니다. 그녀는 단어, 문구 및 언어, 심지어 사물과 장소의 이름까지 잊어 버렸습니다. 행동을 설명하기 위해 적절한 동사를 기억하지 못하는 경우가 많습니다. 그녀는 자신을 둘러싼 환경을 어떻게 묘사하고 언어를 통해 세상에 대한 이해를 표현할 수 있을지 고민했습니다.

아마야는 외롭고 슬퍼졌고 호텔 방 밖으로 나가지 않고 자신을 미워하기 시작했습니다. 머릿속으로 모든 것을 의심하면서, 그녀는 때때로 가정부의 일상적인 방문이 딸을 납치하는 것이라고 상상하고 수프리야가 안전한지 확인하기 위해 미친 듯이 사방을 살폈습니다. 수프리야가 아버지와 함께 있다는 사실을 깨닫고 잠시 위안을 얻었지만, 곧바로 슬픔과 수치심이 그녀의 감정과 정신적 균형을 짓밟았다. 그녀는 Supriya 의 안전에 대한 끊임없는 두려움 때문에 그녀에게 일어날 수 있는 불리한 결과에 대해 생각해 본 적이 없습니다. 런던에 도착한 지 일주일도 채 되지 않아 Amaya 는 Apex Corner 를 건너는 동안 교차로 반대편에서 유모차에 유아를 태운 부부를 보았습니다. 갑자기 아마야는 큰 소리로 울며 딸의 이름을 반복해서 부르며 부부를 향해 달려들었다. 그녀는 보행자들을 헤치고 길을 건너려고 했고, 길을 건너려고 했고, 그녀는 놀란 표정으로 그녀를 쳐다보았다. 반대편에 도착하자 경찰 한 명이 그녀를 향해 빠르게 걸어왔다. "무슨 일이 있었니? 왜 소리를 지르는 거죠?" 순경이 물었다. "내 아기, 내 아기." 그녀는 약 50 미터 떨어진 부부와 유모차를 가리키며 신음했다. 그녀의 말은 떨리고 있었고, 그녀의 몸은 격렬하게 떨리고 있었고, 그녀의 발걸음은 불안정했다. 무전기를 타고 다음 경찰에게 메시지를 전달한 후, 바비는 아마야와 함께 부부에게 활기차게 걸어갔고, 조금 앞서 있던 다른 경찰관이 멈췄습니다. 아마야와 경찰이 그들 앞에 서 있는 동안 부부의 얼굴에는 놀라움이 서려 있었다. "그렇지 않아요." 아마야가 훌쩍였다. "부인, 불편을 끼쳐 드려 죄송합니다." 바비는 부부에게 유감을 표했고, 부부는 아무 일도 없었다는 듯이 마차를 한 번에 부드럽게 밀기 시작했다. "사모님, 괜찮으십니까?" 두 번째 경찰이 아마야에게 물었다. 그러나 아마야는 그녀가 무엇을 묻고 있는지 상관하지 않았고 방금 들은 말에 대해 반성하지 않았습니다.

목적 없이 며칠 동안 방황한 그녀는 몸짓과 표정으로 사람들의 얼굴을 보는 것이 두려웠습니다. 카란의 얼굴을 보고 싶지 않았기 때문에 사람들의 얼굴을 쳐다보는 것은 피했지만, 수프리야에 대한 기억이 두근거렸다. 카란의 얼굴을 기억하지 못한 채 그를 알아보는 것은 끊임없는 투쟁이었다. 지나가는 사람들은 모두 카란이었고, 임박한 그와의 만남에 대해 내면의 전율이 있었다. 다음 주에 그녀는 내셔널 익스프레스 코치 스테이션에 앉아 버스 승객이 들어오거나 내리는 것을 지켜보았습니다. 그 다음 주 동안 그녀는 빅토리아 코치 스테이션과 알드게이트 버스 정류장에 있었고, 그가 나타나자마자 그를 향해 달려가 그의 얼굴을 않고 그의 손에서 아기를 낚아챌 것이라고 생각했습니다. 그런 다음 그녀는 사랑하는 딸과 함께 부드럽게 걸어 갈 것입니다.

지하철을 여러 번 여행하면서 영웅적인 만남을 생각하고, 카란의 손을 비틀고, 수프리야를 구한 그녀는 주변을 잊고 큰 소리로 웃고 울었습니다. 몇 시간 동안 동상처럼 함께 서 있던 그녀는 Alperton 입구, Burnt Oak, Goodge Street, Leyton, Arnos Grove, Croxley 및 Woodside Park 역에 서서 승객을 의심스럽게 지켜 보았습니다. 그녀는 누군가가 가까이 올 때마다 눈을 마주 칠 용기가없는 것처럼 얼굴을 돌렸다. 엘리펀트 앤 캐슬에 들어갔을 때, 그녀의 불안정한 발걸음을 지켜보던 한 젊은 여성이 길을 건너는 것을 도와주겠다고 제안했고, 아마야는 그녀에게 엄한 표정을 지었다. "난 널 믿지 않아." 그녀가 중얼거렸다.

런던에서의 두 번째 달 동안, 아마야는 식당에 가는 것이 자기 모욕적이라고 생각하고, 주문을 하는 동안 웨이터와 이야기해야 했기 때문에 여러 날 동안 음식을 먹지 않고 지냈다. 배가 고프면 용기를 내어 그린 파크 근처의 길가 식당에 가서 주문도 하지 않고 30 분 동안 서 있었습니다. 그녀는 호텔에서 룸 서비스를 원했지만 전화를 건 후 수화기를 교체하는 경우가 많았습니다. "사모님, 전화하셨습니까?" 반복되는 질문이 있었고, 아마야는 치명적인 침묵을 지키는 것을 선호했다. 첫 달에 그녀는 호텔에서 폴란드 전쟁 기념관을 보았지만 나중에는 외부 세계와 접촉하지 않기 위해 창문을 단단히 닫았습니다. 그녀는 하루에 두 시간 이상 잠을 잘 수 없었고, 낮과 밤의 구별에 감각을 잃었습니다. 그녀의 시간 개념이 무한대를 향한 초와 분의 그물망이 되면서 시간과 날은 더 이상 존재하지 않게 되었습니다. 경험한 트라우마는 끝이 없었습니다. 그것은 그녀를 고요함으로 감쌌지만, 그녀는 끊임없이 그 손아귀에서 벗어나기 위해 자신과 씨름했다.

죄책감이 아마야를 무력감과 불안감으로 뒤틀렸고, 그녀는 카란의 의도를 의심하지 않고 카란을 신뢰한 자신을 저주했다. 때때로 그녀는 그가 어떻게 생겼는지, 그가 진짜인지 궁금해했습니다. 그러나 Amaya 가 그에 대해 기억하는 한 가지는 그가 그를 매우 매력적으로 만드는 긴 머리를 가졌다는 것입니다. 아마야는 카란이 자신에게 보여준 사랑과 보살핌, 보호를 잊을 수 없었지만 그의 불충성과 속임수가 고통스러워하는 것을 느꼈기 때문에 카란을 결코 미워하지 않았습니다. 그녀가 겪은 상처는 그리스 신화에 나오는 게아보다 100 배나 더 컸다. 그것은 그녀가 일 년 동안 사랑, 신뢰, 성적 기쁨, 친밀한 공생을 함께 나눴던 사람으로부터 겪었던 엄청난 불행을 멈출 수 없다는 그녀의 무능함을 깨달았습니다. 그 인정은 그녀의 가장 깊은 자아를 꼬집고 자신과 다른 인간에 대한 그녀의 자신감을 산산조각 냈습니다. 전 세계를 여행하고 다양한 상황에서 수백 명의 사람들을 만나고 다양한 조건에서 인간 행동을 분석한 교육받고 이성적인 사람에게 왜 그리고 어떻게 그런 일이 일어났습니까? 그녀는 최고의 교육 기관에서 공부하고 저널리즘과 법률을 졸업 한 사람이 속임수 희생자가되었다는 것을 받아 들일 수 없었습니다. 그녀는 자신이 왜 그런 수렁에 빠졌는지 탐구했고, 그녀의 지성이 확장되고 추론이 날카로워지고 지식이 커졌음에도 불구하고 그녀의 마음은 여전히 거칠고 통제되지 않는다는 것을 찔리는 양심으로 깨달았습니다. 그 결과 그녀는 배신과 속임수로부터 자신을 보호하기 위해 적절한 결정을 내리지 못했습니다.

고통은 아마야가 딸을 보호할 수 없다는 것을 알고 압도했다. 그녀는 육체적으로나 정신적으로 병에 걸렸고, 그 결과 외로움, 고립감, 그리고 그녀의 개선을 위해 무엇을 해야 할지에 대한 판단력이 떨어졌습니다. 그녀는 거울에 비친 자신의 모습을 보는 것을 싫어했습니다. 거칠고 단정하지 않은 드레스, 흐트러진 머리카락, 부풀어 오른 눈이 그녀를 두렵게 했습니다. 두 개의 거울을 낡은 신문지로 덮는 것—하나는 침실에, 다른 하나는 화장실에—이 혐오스러운 인물들로부터 벗어날 수 있는 유일한 선택이었다. 가정부가 방문하기 전에 그녀는 매일 그들을 제거하는 데 조심했습니다. 그러나 어느 날, 아마야는 화장실 거울에서 신문을 지우는 것을 잊었다. 침대를 내리고, 침대 시트, 침대 커버 및 수건을 교체하고, 매일 필요한 것을 보충하기 위해 매일 방문하는 가정부는 차폐 된 거울을보고 놀라움의 한숨을 쉬었습니다. "부인, 괜찮으십니까?" 아마야를 바라보며 그녀가 물었다. 아마야는 굴욕감을 느꼈고 다음 이틀 동안 방 안에 갇혔다. 호텔 매니저는 그녀가 방 밖에서 보이지 않고 갇혀 있었기 때문에 문을 두드렸다. 그녀는 아마야와 30 분 동안 이야기를 나누며 아마야의 외모와 건강에 대한 우려를 표명하고 적절한 건강 관리와 음식 없이 어떻게 살아남을 수 있는지 물었다. 매니저는 즉시 레지던트 의사에게 전화를 걸어 아마야를 방문했습니다. 의사는 그녀에게 몇 가지 약을 처방하고 정기적으로 영양가있는 음식을 먹고 전문적인 심리 치료를 받도록 조언했습니다.

중년의 심리 치료사가 저녁에 그녀의 방에서 Amaya 를 방문했고, 그녀의 존재는 Amaya 에게 자신감을주었습니다. 치료사는 Amaya 가 심리 치료를 통해 정서적 문제를 극복하고 복잡한 삶의 상황에 대처할 수 있도록 돕는 것이 그녀의 역할이라고 말했습니다. 치료의 목적은 마음을 강화하고 감정을 향상 시키며 감정을 전체적으로 경험하는 것이 었습니다. 아마야가 자신의 능력과 능력을 사용할 수 있도록 의식을 개발하기 위한 것이었고, 목표는 삶에서 기쁨과 행복을 경험하는 것이었습니다. 치료사는 Amaya 에게 호텔에서 1km

떨어진 클리닉에서 치료 프로그램에 참석할지 여부를 자유롭게 결정할 수 있다고 말했습니다.

아마야는 진료소로 걸어갔다. 도착하는 데 약 15 분이 걸렸습니다. 치료사는 첫 번째 세션에서 목표 지향적 인 인터뷰와 같은 기본적인 질문을하고 자유로운 대화로 Amaya 를 알아 가려고했습니다. Amaya 는 치료사에게 바르셀로나에서의 출생, 부모, 마드리드, 뭄바이, 벵갈 루루, 바르셀로나에서의 교육 등 모든 것을 말했습니다. 그녀는 대학 식당에서 Karan 과의 만남, Lotus 에서의 공생, 스페인 전역과 프랑스 일부 지역을 함께 여행, 임신, 출산 및 Supriya 의 상실에 대해 이야기했습니다. 치료사는 아무런 말이나 가치 판단 없이 아마야의 말을 들었지만 아마야는 안심했다. 그녀는 자신의 감정, 감정 및 이야기를 나눌 수있는 사람을 기다리고있었습니다. 첫 번째 세션이 끝날 무렵, 치료사는 Amaya 에게 그녀의 마음이 고통을 일으켰고 스트레스에 대처하는 것은 그녀의 자원에 달려 있다고 말했습니다. 사회적 지원은 중요한 자원이었고 치료사는 Amaya 를 지원했습니다. 그녀의 지원 과정은 압력을 조절하고 마음을 지시하는 능력을 향상시킬 수 있습니다. Amaya 는 통제 된 환경에서 12 일 연속 심리 치료를 받았으며 매일 약 2 시간 동안 지속되었습니다.

치료사는 분명한 목소리를 가졌습니다. 그녀의 언어는 의미로 가득 차 있었다. 그녀는 아마야가 무엇에 대해 생각하고 느끼고 있는지 쉽게 느낄 수 있었다. 그녀의 말과 몸짓은 친절하고 따뜻하며 격려적이었고 Amaya 를 비판적인 태도로 그대로 받아들였습니다. Amaya 는 치료사가 공감을 표현하고 뛰어난 경청 기술을 가지고 있다고 느꼈습니다. 그녀는 Amaya 에게 그녀의 사고 과정이 처음에는 중요하면서도 친근할 것이라고 말했고, 각 교차점에서 Amaya 가 미리 정의된 목표를 달성하기 위해 팀 구성원으로서 그녀와 함께 일할 수 있도록 도왔습니다. 아마야는 자신의 개인사를 털어놓는 동안 격렬한 감정적 변화를 겪었고 울음을 터뜨리며 가슴이 터졌다. 어떤 경우에는 분노를 표출했고, 쏟아지는 말은 급류와 같았으며, 매 세션이 끝날 때마다 육체적으로 지쳐 있었습니다.

치료사는 Amaya 가 사실을 분석하고, 직면한 문제를 평가하고, 문제 해결에 대한 통찰력을 사용하고, Amaya 가 정신적, 육체적 웰빙을 달성할 수 있도록 지식을 재구성하기 시작했습니다. 그녀는 의식적으로 자신의 지식과 기술을 사용하여 Amaya 가 자신의 문제를 이해하고 해결하는 데 자신을 지원하기 시작했습니다. 치료사의 긍정적 인 태도, 자신을 알기 위해 고객에게 집중합니다. 그것은 그녀에게 해로운 Amaya 의 사고 과정에 대한 인식으로 이어졌고, Amaya 가 스트레스를 처리하는 방법을 식별하는 데 도움이 되었습니다. 또한 그녀는 Amaya 를 시작하여 Karan 과의 상호 작용을 조사하여 절망과 우울증에서 회복하기 위해 생각, 감정 및 감정을 변화시키는 방법에 대한 지침을 제공했습니다. 치료사는 긴장을 풀고 마음챙김을 달성하는 방법을 설명하면서 Amaya 에게 희망, 삶에 대한 새로운 관점, 다른 사람들과의 공감, 신뢰 및 배려하는 관계를 주었습니다. 모든 상호 작용은 고객 중심이었고 치료는 자조 운동이었습니다. 12 세션 내에서 Amaya 는 사고 과정에 대한 필수적인 숙달을 얻었고, 경험을 통해 배웠고, 자신에 대한 감각을 창출했으며, 의사 결정에서 자율적 인 권한을 부여했습니다. 그것은 자립을 배우고, 정신적 상처를 치유하고, 두려움, 수치심, 증오를 완화하는 것이었습니다. 치료사는 그녀에게 다음 3 년 동안 매년 심리 치료를 반복하도록 요청했습니다. 그렇지 않으면 재발이 가능했습니다.

심리 치료를 받은 지 2 주일 만에 런던에서 4 개월을 보낸 후 Amaya 는 제네바로 비행기를 탔는데, 왜 그곳에 갔는지, Supriya 를 어디에서 검색해야하는지, 얼마나 오래 있을지 알지 못했습니다. 아마야가 공항에서 제네바 호수라고도 알려진 레만 호수의 서쪽 강둑에 있는 호텔까지 택시를 탔을 때 눈이 내리고 있었다. 생 피에르 대성당을 방문하는 동안 아마야는 호숫가 벽에 있는 작은 건물에 "어린이와 함께하는 사회 사업에 필요한 자원 봉사자"라는 작은 포스터를 발견했습니다. 유리문에서 아마야는 방 안에서 노트북으로 작업하는 여성을 볼 수 있었고, 문에는 "천만에요, 문을 열어주세요"라는 캡션이 붙어 있었습니다. 내부는 따뜻했습니다.

"안녕하세요, 저는 레아입니다." 앉은 사람이 손을 뻗으며 말했다.

"안녕 레아, 나는 아마야입니다. 너와 함께 사회복지사로 일하고 싶어요." 아마야가 레아를 소개하고 악수를 하며 말했다

"대단하군, 아마야. 오늘부터 시작할 수 있습니다." 레아가 대답했습니다. 아마야는 몇 달이 지난 후 누군가 자신의 이름을 부르자 행복을 느꼈다.

"확실히, 난 준비가 됐어." 아마야가 말했다.

"우리 단체는 일곱 명의 여성들이 설립한 *차일드 컨선(Child Concern)*이라는 단체이며, 우리는 스스로를 사회복지사라고 부릅니다. 우리는 전 세계, 특히 아시아, 아프리카, 동유럽 및 라틴 아메리카 국가에서 주로 위탁 양육, 후원, 교육, 영양 및 건강 관리 분야에서 아동의 복지를 위해 일합니다. 우리는 아동 노동, 결혼 및 아동 학대를 적극적으로 폐지하여 국제기구 및 회원국의 정책 입안자들에게 영향을 미칩니다. 아동 복지의 모든 측면이 우리의 관심사입니다. *Child Concern* 에는 영구적인 일자리가 없습니다. 우리는 모두 자원 봉사자입니다." 라고 Lea 는 설명했습니다.

그날 아마야는 사무실에서 자신의 일에 대해 배우며 시간을 보냈다. 자원 봉사 사회 복지사 작업 영역에는 기금 모금, 기금 분배, 관리 및 현장 감독의 네 가지 영역이 있습니다. 자원 봉사자는 하루에서 몇 년까지 *Child Concern* 과 함께 일할 수 있지만 보수는 물론 여행 수당도 받지 못합니다. 모두 자원봉사자로 참여하여 세계인권선언의 이름으로 단체의 기금을 오용하지 않고 정직하게 일하겠다고 맹세했습니다. 조직에는 위계질서가 없었고, 아무도 누군가를 지시하거나 따르지 않았다. *Child Concern* 을 시작한 일곱 명의 여성들은 일하는 여성들이었고, 그들은 그들이 원하는대로 본사 나 다른 사무실에서 매일 약 2 시간을 보냈습니다.

마찬가지로 자원 봉사자는 일할 국가를 자유롭게 선택할 수 있었고 다른 나라에서 일할 자유가있었습니다. 12 개월 이상 일한 자원봉사자들은 정부, 산업, 기업, 은행, 조직, 재단, 사회 및 개인으로부터 기금을 모금할 수 있습니다. 전 세계 수천 명의 자원 봉사자들이 기금 마련에 참여했습니다. 그들은 막대한 자금을 모았습니다. 모든 금융 거래는 디지털이었고 현금 거래는 없었습니다. 컴퓨터, 프린터, 복사 및 스캔 기계, 통신 기기 및 기타 모든 장비, 문구류 및 도구와 같은 본사 및 하위 사무실 요구 사항은 기증자로부터 받았습니다. 임대료, 세금, 전기, 수도 및 교통비를 포함한 비용을 충당하기 위해 수백 명의 기부자가 있었고 모든 거래는 디지털로 이루어졌습니다.

행정부에서 일한 자원 봉사자들은 아동 복지 사업과 관련된 여러 기관의 프로젝트 제안을 평가했습니다. 평가는 각 프로젝트의 문제, 목표, 근거, 이점 및 재정적 실행 가능성에 대한 것이었습니다. 현장 감독관은 프로젝트를 제출한 조직을 방문하여 진위, 역사 및 의도에 대한 현장 세부 평가 및 평가를 받았습니다. 그들은 최종 의사 결정을 위해 *Child Concern* 의 사내 웹 사이트에 철저한 검토를 게시했습니다. 프로젝트 제안서와 평가 보고서는 행정부의 사회 복지사들에 의해 다시 정교하게 연구되었습니다. 그들은 프로젝트를 구현하기 위해 조직에 재정 지원을 제공할지 여부를 결정했습니다. 기관은 자금이 프로젝트 목표만을 위한 것이라는 데 동의해야 했습니다. 마지막으로, 6 개월 분량의 기금은 배급을 담당하는 자원 봉사 사회 복지사에 의해 해제될 것입니다. *Child Concern* 은 6 개월 이내에 완료된 모든 평가 프로세스, 현장 감독, 보고 및 자금 공개를 완료했습니다. 각 기관은 승인된 공인 회계사가 감사를 받은 회계 재무제표와 함께 연간 설명 보고서를 디지털 방식으로 제출해야 했습니다. 각 단계마다 점검과 반대 점검이 있었습니다. *Child Concern* 과 한 달 이상 함께하기를 원하는 자원 봉사자들은 행정 또는 현장 감독에서 일했습니다. 그들의 작업에는 프로젝트 평가, 평가 및 프로젝트 실행을 위한 자금을 신청한 기관이나 조직에 대한 현장 방문에 더 많은 시간이 필요했습니다.

세계 인권 선언의 이름으로 서약을 한 후 Amaya 는 자원 봉사 사회 복지사로 *Child Concern* 에 합류했습니다. 그녀는 자원 봉사자로서 마지막 날까지 유효한 행정부 웹 사이트의 비밀번호를 받았습니다. 행정부에는 여덟 명의 자원 봉사자가 있었고 본부에는 그녀와 함께 있었습니다. Amaya 의 첫 번째 작업은 모든 국가에서 전날 자정까지 합류 한 자원 봉사자 명단을 준비하는 것이었습니다. 그것은 서로 다른 능력으로 총 14 명이었습니다. 그녀는 또한 Child Concern 과 함께 작업을 완료한 자원 봉사자 목록을 성문화하고 전날 은퇴한 사람들을 위한 감사 편지를 준비하고 *Child Concern* 웹사이트에 목록과 인증서를 모두 게시했습니다.

다음 날, 컴퓨터는 Amaya 에게 농업과 가사 노동에 종사하는 어린이들을 재활시키기 위해 남아프리카 공화국의 NGO 가 제출 한 프로젝트 제안서를 평가할 것을 제안했습니다. 주로 여성들이 관리하는 NGO 는 약 10 년 동안 다양한 역량의 어린이들과 함께 일한 경험이 있으며 정직하고 헌신적 인 부패없는 일에 대한 훌륭한 실적을 가지고 있습니다. 이 프로젝트는 주로 농촌 지역 출신의 약 450 명의 어린이를 위한 것으로, 이들은 삶의 상당 부분을 농업과 가사 노동에 보냈습니다. 어린이의 약 15%가 문맹이었고 65%가 초등학교 중퇴자였습니다. 아동의 45%는 하루 4시간 미만으로 일하는 시간제 아동 노동자인 반면, 나머지는 하루 8시간 이상 노동을 했다. 제안된 모든 프로젝트 수혜자는 16세 미만이었고 약 61%와 같은 대다수가 소녀였습니다. 남아프리카 공화국에서 아동 노동은 범죄였지만 아동 인신 매매로 인해 번성했습니다. 그것은 아이들이 극심한 빈곤에서 벗어나기 위해 부모에 의해 위험한 직업에 종사하도록 강요했습니다.

이 프로젝트는 5년 동안 진행되었으며 주거 시설, 영양가 있는 음식, 현대적인 의료, 부모를 위한 인식 제고, 지역 사회 참여 및 재활을 통해 모든 어린이에게 교육을 제공하는 것과 같은 명확한 목표를 가지고 있었습니다. NGO는 매년 16세가 되는 아동의 교육 및 기술 개발을 위한 지역 사회 노력을 시작할 것입니다. 필요한 재정 지원은 자녀 한 명당 한 달에 120달러였습니다. 그럼에도 불구하고 커뮤니티는 모든 기반 시설을 제공할 것입니다. Amaya는 문제 설명이 설득력 있고 달성 가능한 목표, 지역 조건에 기반한 프로그램 및 지역 사회 참여가 강력하고 적당한 예산을 예상한다는 것을 발견했습니다. "추천"을 의미하는 "A"등급으로 Amaya는 두 번째 의견을 위해 관리 웹 사이트에 평가와 함께 게시했습니다.

오후에 Amaya는 인도네시아에서 프로젝트 제안서를 검토하여 두 번째 의견을 게시하고 첫 번째 자원 봉사자의 짧은 평가 보고서를 작성했습니다. 요청은 1,500개 이상의 멀리 떨어진 섬으로 구성된 라자암팟 군도에서 10년 동안 약 1만 명의 어린이에게 책을 공급하는 것이었습니다. 책에 대한 접근성 부족은 문맹과 같은 상황을 만들어 인간 발달의 질에 부정적인 영향을 미쳤습니다. 그 섬에 사는 아이들의 약 85%는 책에 접근할 수 없었기 때문에 기능적으로 문맹이 될 수밖에 없었습니다. 그들은 글의 의미를 이해할 수 없었습니다. 그것은 사회 발전에 영향을 미치는 아동의 정서적, 개인적, 학문적, 사회적 및 재정적 영역에서 광범위한 결과를 초래했습니다. 프로젝트 제안서에는 아이들이 책을 구할 기회가 없었고 독서 습관이 부족하다고 언급했습니다. 자바, 발리, 수마트라, 라자암팟의 환초 사이에는 공공 도서관이 없는 엄청난 격차가 존재했습니다. 이 프로젝트는 10 년 이내에 10,000 명의 소녀와 소년을 완전히 문맹으로 변화시키고 미래 세대를 위해 수년 동안 프로젝트를 계속할 수있는 조항을 구상했습니다. 프로젝트 제안서를 평가한 후, 아마야는 첫 번째 평가 보고서를 읽었는데, 그 보고서는 제안서에 "A-플러스 등급"을 부여했는데, 이는 "강력 추천"을 의미했다. 신중하고 철저한 평가 후, 아마야는 "추천"을 제안하는 "A"라고 썼고, 대부분의 섬은 정부도 접근할 수 없었기 때문에 현장 자원 봉사자들의 포괄적이고 집중적인 감독에 주목했습니다.

Amaya 는 *Child Concern* 과 함께 매일 약 10 시간을 보냈습니다. 사무실은 휴일 없이 일년 내내 하루 24 시간 근무했습니다. 자원 봉사자들은 침묵 속에서 일했고, 대부분의 대학생들은 아이들의 문제를 다루었습니다. 일부 평범한 사람들은 근무 시간 이후에 몇 시간 동안 거기에 갔다. 휴일과 일요일에는 의사, 변호사, 은행가, 엔지니어, 건축가, 배우, 예술가 및 기타 전문가들이 사무실을 방문하여 평생 보거나 들어본 적이 없는 아이들을 위한 자원 봉사 활동을 했습니다. 아동의 권리와 인간의 존엄성을 믿었던 그들에게는 새로운 종교였습니다. 작업을 하는 동안 수프리야의 기억은 아마야의 마음을 어루만졌고, 그녀는 자신이 아프리카, 아시아, 라틴 아메리카, 동유럽의 아이들을 통해 딸을 돌보고 있다고 생각했다.

Amaya는 며칠 내에 12개 기관의 6개월별, 연간 및 프로젝트 완료 보고서를 평가했습니다. 진행 상황 또는 완료 보고서를 채점하는 것은 꼼꼼하게 따라야 할 수많은 기준이 있었기 때문에 어렵고 집요한 작업이었습니다. 양적 매개 변수는 질적 매개 변수보다 우선시되었는데, 이는 개발이 인식된 것이 아니라 관찰된 현실이었기 때문입니다. Amaya는 교육, 영양, 건강 관리, 아동 노동 예방, 아동 학대 및 폭력 분야에서 이러한 성장 지표를 계산하려고했습니다. 보고서는 질적 변화가 프로젝트 제안의 목표를 달성하는 데 있어 견고한 작업, 변화 및 성장이 부족했기 때문에 요점을 놓쳤다고 주장했습니다. 질적 변화만을 제시한 사람들은 실질적인 양적 변화 없이는 질적 변화가 존재할 수 없기 때문에 실패를 숨겼습니다. Amaya는 NGO가 프로젝트의 성과를 양적으로 표시하도록 주장하고 요청했습니다. 그녀는 NGO가 프로젝트 제안의 목표를 양적으로 이행하지 못할 경우 현장 자원 봉사자에게 추가 자금 지원을 중단할 것을 제안했습니다.

떠다니는 병원은 Amaya가 방글라데시에서받은 프로젝트 제안서의 제목이었기 때문에 새로운 개념이었습니다. 수많은 강과 수역이 있기 때문에 보트를 통해 국가의 다른 지역에 접근하는 것이 도로보다 더 실현 가능했습니다. 방글라데시 프로젝트 제안은 사회의 모든 계층에서 광범위한 지역 사회 참여를 일관되게 강조했습니다. 떠 다니는 병원은 그러한 개념을 가지고 있었고 수역을 통한 사람들의 참여를 강조했습니다. 프로젝트 제안은 빈곤층 그룹에 속하는 0 세에서 14 세 사이의 백만 명의 어린이를위한 것이었습니다. Amaya 는 방글라데시가 영양가 있는 음식, 더 나은 건강을 제공하고 1 차 보건 센터와 강력한 모자 보호 프로그램을 설립하는 등 교육 분야에서 빠르게 발전하고 있음을 알게 되었습니다. 정부는 사람들의 발전에 초점을 맞추고 수천 개의 NGO 가 문맹, 기아, 빈곤 및 건강 악화를 근절하기 위해 정부와 협력하도록 장려했습니다. 정부는 모든 곳에 손을 뻗을 수는 없었지만 사람들은 그들의 철학을 따를 수 있었습니다. 떠 다니는 병원 프로젝트 제안서에는 명확한 문제 진술, 구체적인 목표, 명시적이고 측정 가능한 활동, 입증 가능한 프로그램 및 검증 가능한 예산 제안이 포함되었습니다. Amaya 는 프로젝트에 대해 "A-Plus"를 표시하고 두 번째 의견을 위해 관리 웹 사이트에 게시했습니다.

타밀 엘람 해방군 (Tamil Elam Liberation Army)의 일원 인 약 2,000 명의 어린이를 재활시키기위한 프로젝트 제안은 그날 평가 된 다음 프로젝트였습니다. 프로젝트 제안은 개략적이었고 명확한 문제 진술, 구체적인 목표, 활동, 양적 프로그램 일정 및 성취 지표가 부족했습니다. 프로젝트 제안서를 제출한 기관은 등록된 조직이 아니었고 스리랑카에 은행 계좌가 없었습니다. Amaya 는 제안된 프로젝트 지역의 아이들에게 공감했지만 프로젝트 제안을 승인할 정당성은 없었습니다. 그녀는 "거부됨"을 의미하는 "F" 등급을 부여하고 두 번째 의견을 위해 게시했습니다.

제네바에서 *Child Concern* 사무실에서 아이들과 함께 사회사업에 온전히 참여하면서 행복이 싹트었습니다. 심리 치료 후, 그녀의 마음은 평온했습니다. 슬픔이나 우울함은 없었고 몸은 편안해졌습니다. 이 활동은 수백 명의 어린이들이 자원 봉사의 혜택을 받았기 때문에 큰 만족을 주었습니다. 그녀는 이미 *Child Concern* 에서 약 2 개월 반을 보냈으며 54 개의 프로젝트 제안서를 평가하고 35 개 이상의 완료 보고서를 평가했습니다. Amaya 는 Uttar Pradesh 의 강간 피해자와의 트라우마 상담에 관한 Lucknow 의 프로젝트 제안을 판단했습니다. 프로젝트 제안은 두 번째 의견을 위한 것이었고 첫 번째 평가자는 "A Plus"를 수여했습니다. 여성 단체가 설립한 NGO 가 제안서를 제출했습니다. 문제에 대한 설명은 배경을 분석하면서 다소 정교했습니다. 인도 정부 기관인 국가 범죄 기록국(National Crime Records Bureau)을 인용한 프로젝트 제안서에 따르면 인도에서는 매일 평균 75 건의 강간 사건이 발생했으며 우타르 프라데시는 여성에 대한 폭력 범죄를 포함하여 목록의 맨 위에 올랐습니다. 경찰은 강간 사건 10 건 중 1 건만 등록했다. 여당에 속한 정치인, 선출 된 대표 및 장관은 종종 경찰이 선거구의 범죄율에 대한 장밋빛 그림을 보여주는 문제를보고하는 것을 방해했습니다.

인도 정부 소식통이 인용한 프로젝트 제안은 우타르프라데시의 강간 피해자 중 95%가 달리트이고 85%가 미성년자 또는 미성년자라고 강조했습니다. 아리아인의 침공 동안 인도는 문명이 번성했습니다. 그럼에도 불구하고 새로 온 사람들은 비무장 원주민을 물리치고 그들을 노예로 삼아 하찮은 일을 하게 했습니다.

우타르 프라데시(Uttar Pradesh)의 분델칸드(Bundelkhand) 지역에서 달리트 농장 노동자의 새 신부는 종종 결혼식 밤에 "상위 카스트" 지주와 잠을 자도록 강요받았습니다. 프로젝트 제안서는 달리트가 "상위 카스트"에게 "불가촉천민"이지만 "상위 카스트" 남성은 젊은 달리트 여성을 강간하는 데 거리낌이 없다고 설명했습니다.

이 제안에는 구체적인 가시적 목표가 있었습니다. 트라우마로 고통받는 강간 피해자를 치료할 수 있는 자격을 갖춘 전문가가 있는 상담 센터를 구상했습니다. 바라나시, 알라하바드, 가지아바드, 고라크푸르, 러크나우, 칸푸르, 미루트, 노이다 사하란푸르, 아그라 등 우타르프라데시의 주요 도시와 마을에서 NGO 는 장기적으로 치료 센터를 가질 것을 제안했습니다. 이 프로젝트의 기간은 10 년이었고 매년 최소 1 만 명의 강간 피해자가 심리적 지원과 정신과 치료를받을 것이라고 프로젝트 제안서는 설명했다. Amaya 는 프로젝트 제안서에 "A Plus"를 부여하고 현장의 초기 평가를 위해 현장 감독자에게 게시했습니다.

가장 만족스러운 3 개월을 보낸 후, 아마야는 레아와 동료들에게 아이들과 함께 일할 수 있게 해준 것에 대해 감사를 표했습니다. 그녀의 헌신과 헌신에 감사를 표하며 Lea 는 Amaya 에게 앞으로 자원 봉사를 위해 *Child Concern* 을 사용할 수 있다고 말했습니다. 수프리야를 가슴에 꼭 품은 아마야는 6 월 1 일 수프리야를 직접 만나기 위해 음악, 왈츠, 오페레타의 도시인 비엔나로 비행기를 탔다.

"음악은 멜로디를 만들고, 멜로디는 기쁨을 만든다." 호텔에서 나오는 동안, 아마야는 개인 악기 박물관 위에 있는 거대한 판자를 읽었다. 아마야는 티켓을 받고 안으로 들어갔고, 커다란 유리문이 그녀의 존재를 감지하고 자동으로 열렸다. 피아노, 바이올린, 기타, 플루트, 드럼 및 다양한 크기와 모양의 100 가지 악기가있는 환상적인 악기의 세계였습니다. "악기는 피치에서 피치로 리드미컬한 움직임으로 특정 음표 순서의 시간에 싸인 멜로디를 만듭니다. 음악의 소리는 인간이 성대로 만들 수 없는 멜로디, 하모니, 키, 미터, 리듬의 최종성입니다." 아마야는 로즈의 이 말을 기억했다. 전 세계의 많은 관광객들이 다양한 전시물을 집중적으로 관찰했습니다. 아마야는 모차르트의 돈 조반니의 공연을 위해 비엔나 국립 오페라 극장을 방문하기 전에 박물관에서 약 4 시간을 보냈다. 그녀는 티켓을 샀고, 콘서트는 대강당의 모든 구석에서 모차르트가 울려 퍼지는 마법 같은 경험이었습니다. 다음 날, 그녀는 자전거를 타고 돔가세에 있는 모차르트의 아파트로 갔고, 그곳에서 모차르트는 부글부글 끓는 서곡이 있는 훌륭하게 제작된 4 막 오페라인 "피가로의 결혼"을 작곡했습니다. 나중에 Amaya 는 "피가로의 결혼"이 처음으로 공연 된 Café Frauenhuber 를 방문했습니다.

아마야는 모차르트가 말년을 보내고 미완성 "레퀴엠 "을 작곡한 라우헨슈타인가세(Rauhensteingasse)에서 잠시 멈춰 섰다. 그녀는 모차르트의 마지막 안식처인 성 마르크스 묘지에서 한동안 표시가 없는 무덤에 무릎을 꿇었습니다. 그녀가 일어섰을 때, 아마야는 바로 뒤에 서 있는 여자를 보았다.

"안녕하세요, 모차르트를 존경하는 것 같군요." 그녀가 말했다.

"물론이지, 난 그를 좋아해." 아마야가 대답했다.

"저는 카를로타입니다." 여자가 손을 내밀며 말했다.

"저는 아마야입니다." 아마야가 말했다.

"저는 학교의 교장입니다. 여유가 있다면 우리 학교를 방문해 주세요." 그녀에게 카드를 주면서 칼로타가 말했다.

"물론이지." 아마야가 대답했다.

"내일 아침 아홉 시에 뵙겠습니다." 칼로타가 물었다.

"아침 아홉 시에 도착할게요." 아마야가 확인했다.

아마야는 아침에 자전거를 타고 녹지와 운동장 사이에 현대적인 건물이 있는 학교에 도착했습니다. 칼로타는 사무실 근처에서 그녀를 기다리고 있었다.

"안녕, 아마야, 우리 학교에 온 걸 환영해." 아마야에게 인사를 건네며 칼로타가 말했다.

"안녕, 칼로타, 주변이 아름다워 보여." 아마야가 말했다.

칼로타는 미소를 지으며 아마야를 자신의 사무실에 딸린 응접실로 데려갔다. 그녀는 아마야에게 학교에서 10 년 동안 일했다고 말했다. 초등학교 4 년제를 마치고 입학한 82 명의 학생이 있는 중학교였습니다. 오스트리아에는 Volksschule 또는 초등학교와 *Gymnasium* 또는 중등 학교가 있었습니다. 6 세에 초등학교에 입학 한 후 4 년 동안 그곳에서 공부했습니다. 그 후 중학교는 4 년, 그 후 4 년은 고등학교였습니다. 정부가 관리하는 칼로타 학교에는 음악 교사 2 명, 스포츠 및 게임 강사 2 명, 사서 2 명, 행정 직원 5 명 외에 10 명의 교사가 있었습니다. 음악은 1 학년부터 필수 과목이었고, 매일 적어도 하나의 악기를 연주하는 법을 배우는 것을 포함한 음악 수업이 있었고 대부분의 학생들은 하나 이상을 마스터했습니다.

커피를 마신 후, 칼로타는 아마야를 음악실로 데려갔는데, 각 칸막이에는 특정 악기를 위한 10 개 이상의 칸막이가 있었다. 각 부스에서 두세 명의 학생들이 연습을 하고 있었습니다. 칼로타는 아마야에게 어떤 악기를 연주하느냐고 물었고, 아마야는 어머니로부터 피아노를 배웠고 나중에 마드리드 로레토 수녀원의 수녀들 밑에서 피아노를 완성했다고 말했다. 칸막이 중 하나에는 피아노 세 대가 있었고, 칼로타는 아마야에게 아무 대나 연주해도 된다고 말했다. 아마야는 97 개의 건반을 가진 뵈젠도르퍼를 선호했고 모차르트의 "판타지아"를 연주하기 시작했습니다. 칼로타는 그녀가 놀란 표정으로 연주하는 모습을 넋을 잃었다. 손질 조각을 완성한 후 Carlotta 는 Amaya 를 축하하고 그녀를 다른 선생님들에게 데려가 소개했습니다. 칼로타는 아마야가 앞으로 3 개월 동안 비엔나에서 지낼 수 있는지 물었다. 잠깐의 침묵과 반성 끝에 아마야는 10 월까지 비엔나에 있을 것이라고 말했다. 그런 다음 Carlotta 는 미소를 지으며 9 월 말까지 학생들에게 음악을 가르치는 데 관심이 있는지 물었습니다. 아마야는 잠시 생각한 후 기꺼이 의사를 표명했다. 그녀는 칼로타의 초대를 수락하게 되어 영광이라고 말했다. 갑자기 칼로타가 일어나 아마야를 껴안았다. "당신이 있어서 기쁩니다. 우리 학생들은 확실히 도움이 될 것입니다. 당신은 또한 그들에게 그들이 좋아하는 인기 있는 인도 영화 노래를 가르칠 수 있습니다." 아마야는 약 11 개월 만에 처음으로 미소를 지었다.

다음날, 아마야는 4 개월 동안 학교에 들어왔다. 아마야에게는 새로운 세계였다. 그녀는 매일 네 개의 수업 모두에서 각각 한 시간씩 가르쳤습니다. 처음에 그녀는 일주일 동안 학생들에게 힌디어 영화 노래를 연주하고 가르쳤습니다. "Awaara Hoon", "Aaj Phir Jeene Ki", "Dum Maro Dum", "Kabhi, Kabhi Mere Dil Mein", "Aap Jaisa Koi", "Dheere, Dheere Aap Mere", "Tujhe Dekha", 그리고 대부분은 학생들에게 큰 인기를 얻었습니다. 칼로타는 아마야에게 학생들이 그 노래를 좋아하고 종종 선생님에 대해 높이 평가한다고 말했다. Amaya 는 교사-학생 관계가 주로 지식, 기술 및 태도에 대해 학생들을 가르치고 준비시키는 데 있어 형평성과 질에 기반을 두고 있다는 것을 알고 있었습니다. 그녀는 열정과 열정을 바탕으로 무엇을 가르칠 것인지 미리 설명했고 수업에 유머를 불어넣는 것을 잊지 않았습니다. Amaya 가 자신의 관심사를 자신에게 유리하게 사용함에 따라 학습은 학생들에게 재미있어졌습니다. 그녀는 모차르트, 베토벤, 바흐, 브람스, 바그너, 드뷔시와 같은 위대한 작곡가들의 생애 사건에서 스토리텔링을 교수-학습에 통합했습니다.

학교에 입학한 지 한 달 후, Amaya 의 성과에 대한 평가가 있었고 대다수의 학생들이 그녀에게 "우수" 등급을 주었습니다. 일주일 후, 칼로타는 9 월 하반기에 아마야에게 5 명의 교사와 함께 중학교 마지막 해에 11 명의 여학생과 9 명의 남학생으로 구성된 20 명의 학생이 비엔나에서 흑해까지 10 일간의 유람선 항해를 떠날 것이라고 말했습니다. 다뉴브 강을 따라 사람들의 사회에 대해 배우는 그룹 생활 경험이었습니다. 자연, 강둑의 생명, 다뉴브 강둑과 흑해에 있는 10 개국의 생태, 환경, 날씨 및 기후 시스템을 관찰하는 것이 항해의 다른 주요 목표였습니다. 학생들이 공연하는 콘서트, 왈츠, 오페라가 있을 것입니다. Carlotta 는 남편과 함께 여러 유럽 악기 가게를 소유 한 전 학생의 후원으로 Amaya 를 항해에 초대했습니다. 아마야는 자신을 초대해 준 칼로타에게 감사를 표하고, 학생들과 함께 할 의향을 표명했으며, 칼로타에게 크루즈 전과 크루즈 기간 동안 학생들이 모든 활동을 준비할 수 있도록 돕겠다고 약속했습니다.

독일, 오스트리아, 슬로바키아, 헝가리, 크로아티아, 세르비아, 루마니아, 불가리아, 몰도바, 우크라이나는 다뉴브 강국이었으며 크루즈는 학생과 교사에게 새로운 경험의 세계를 열어줄 것입니다. 9 월 초부터 카를로타, 아마야, 그리고 투어에 참여한 다른 세 명의 교사는 왈츠, 오페레타, 콘서트를 위해 학생들을 준비하고 훈련시키느라 바빴습니다. 학생들은 단독으로 또는 그룹으로 쇼를 위한 음악 작곡을 개발하고, 교사의 도움을 받아 댄스 대본과 오페라 대본을 고정했습니다.

9 월 15 일 월요일, 크루즈는 20 명의 학생과 5 명의 교사로 시작되었습니다. 그 배는 *도나우 룸(Donau Ruhm)*이라는 작은 배였는데, 모든 승객을 위한 독립된 칸막이와 식당에 붙어 있는 하나의 큰 거실이 있었습니다. 콘서트, 무용, 오페라를 위한 시설이 잘 갖춰진 두 개의 홀이 있었는데, 하나는 30 명, 다른 하나는 50 명이었습니다. 도서관, 뷔페 레스토랑, 피트니스 센터, 영화관, 상점, 스파 및 리도 데크가 산책로 데크에있었습니다. 자연 관찰을 위해 3 개의 대형 개방형 발코니가있었습니다. 항해는 아침 10 시에 시작되었습니다. 배가 움직이기 전에 모든 학생, 교사 및 승무원이 모여 오스트리아 작곡가 요한 슈트라우스가 작곡한 왈츠인 "Auf der schonen, blauen Donau"(아름다운 푸른 다뉴브 강에서)를 불렀습니다. 학생들과 교사들은 우레와 같은 박수와 함께 미국 록 밴드 *Journey* 의 "Don't Stop Believing"을 불렀습니다. 노래가 끝난 후 학생들을 시작으로 모두가 자신을 소개했습니다. 선장을 포함하여 10 명의 승무원이있었습니다.

유럽에서 가장 아름다운 강 중 하나인 다뉴브 강은 브레그 강과 브리가흐 강이 독일의 블랙 포레스트 지역에 합류하면서 시작되었습니다. 그것은 바이에른 고원을 통해 흘렀고 운하와 함께 마인 강과 라인강 강과 합쳐졌습니다. 독일에서는 오스트리아 국경에 있는 인 강이 파사우의 다뉴브 강에 합류했습니다. 유럽에서 두 번째로 긴 강인 다뉴브 강은 흑해로 흘러 들어가 2,850km 에 달하는 10 개국을 통과했습니다. 아마야와 다른 선생님들, 학생들은 배가 움직이는 것을 보기 위해 발코니로 갔다. 강둑을 따라 늘어선 성과 요새는 웅장해 보였습니다.

국가 간의 중요한 상업 고속도로 역할을 하는 다뉴브 강은 많은 국가의 경계를 형성하는 것 외에도 문화적 연결 고리가 되었습니다. 독일에서 다뉴브 강을 따라 흑해까지 자전거 도로가 있었고 Donaueschingen 에서 부다페스트까지 트렌디했습니다. 비엔나 외곽의 강 양쪽에는 산이 있었고 보헤미안 숲이 눈길을 끌었습니다. 배는 천천히 움직여 학생들이 오스트리아의 아름다운 자연을 만끽할 수 있게 되었고, 학생들과 교사들 사이의 축제 분위기가 그들을 하나로 묶었습니다. 그들은 점심을 먹기 위해 모였는데, 식사가 축하 행사였기 때문입니다.

세 시간도 채 안 되어 배는 슬로바키아의 수도 브라티슬라바에 도착했고, 버스는 학생들과 교사들이 중세 도시를 돌아다닐 때까지 기다리고 있었습니다. 그들은 시립 박물관, 데빈 성, 성 미카엘 타워 및 몇 개의 거리를 방문한 후 6 명을 돌려 보냈습니다. 오스트리아, 슬로바키아, 헝가리 국경의 만남의 지점 근처의 리틀 카르파티아 산맥 내에서 다뉴브 강은 협곡을 통해 흘렀고 저녁에는 태양이 화려하게 보였습니다.

저녁 식사 후 7 명의 학생과 2 명의 교사가 주로 바이올린, 비올라, 첼로, 더블베이스로 연주되는 콘서트에 참석했습니다. 음악 감독은 콘서트 멤버와 악기를 소개했습니다. 바이올린은 독특한 악기였습니다. 그 음악은 삶의 평화, 행복 및 성취를 창조하는 마음을 해방 시켰습니다. 비올라는 바이올린보다 약간 더 낮고 깊은 소리를 냈습니다. 마찬가지로 첼로는 활을 휘감은 현악기인 바이올린 계열에 속했습니다. 음악 감독은 더블베이스도 바이올린보다 훨씬 큰 활 악기라고 설명했습니다. 콘서트는 약 2 시간 동안 계속되었습니다. 오스트리아의 시골 환경을 배경으로 한 소녀와 소년의 사랑 이야기인 학생이 대본을 쓴 오페레타는 마음을 사로잡았습니다. 9 시 30 분까지 모든 학생과 교사가 거실에 모여 30 분 동안 지속 된 항해 계획과 실행을 평가 한 다음 모두가 잠자리에 들었습니다.

이튿날 아침 식사 후 아홉 시쯤 모두 거실에 모여 "Break My Stride"를 함께 부르며 하루를 시작했다. Carlotta 는 약 한 시간 동안 계속된 전날의 활동에 대한 평가를 주재했습니다. 학생들과 교사들은 슬로바키아와 헝가리 사이에 있는 두 개의 큰 섬을 보았습니다. 헝가리 쪽에서 다뉴브 강의 오른쪽 강둑에는 아르파드 왕조가 알폴드의 평지와 카르파티아 산맥의 경사면에 지은 많은 요새와 대성당이 있었습니다. 강 유역에는 수달, 족제비, 여우, 늑대, 흑곰, 거북이, 뱀이 풍부했습니다. 교사 중 한 명이 학생들에게 다뉴브 생태계를 설명하면서 유럽 대륙에서 가장 긴 습지대라고 말했습니다. 헝가리의 비셰그라드에서는 다뉴브 강이 좁아졌고 아마야는 강둑에 있는 나무를 만지려고 했습니다.

오후 3 시까 지 배는 부다페스트에 도착했습니다. 버스가 항구에서 학생과 교사를 기다리고있었습니다. 성, 교회, 광장, 다리, 박물관, 도로 및 가장 현대적인 건물로 가득한 숨이 멎을 정도로 아름다운 도시인 부다페스트는 다뉴브 강의 여왕이었습니다. 얼마 후, 학생들은 돌아다니며 집에 있는 사랑하는 사람들을 위한 기념품과 선물을 사는 것을 선호했습니다. 갑자기 아마야는 아마야가 학교에 다닐 때 유럽과 인도를 가로질러 그녀를 데려갔던 어머니를 떠올렸다. 네팔에서 돌아온 아마야는 뭄바이 학교에서 주최한 여행을 마치고 로즈를 위해 많은 선물을 샀다. 그 중에는 로즈가 가장 사랑했던 명상하는 불상이 있었습니다. 수프리야가 학교에 다닐 때, 아마야는 그녀를 전 세계로 데려가곤 했고, 그녀가 여행을 갈 때, 수프리야는 그녀의 어머니를 위한 선물을 사곤 했다. 그녀는 딸에게서 무엇이든, 심지어 조개껍데기라도 얻고 싶어합니다.

Amaya 는 팀에 있었고 콘서트 마스터는 학생과 교사에게 팀을 소개했습니다. 피아노, 기타, 하프, 플루트는 콘서트에 사용된 악기였습니다. 피아노는 웅장한 곡을 만들어 낼 수 있고 적응할 수 있는 모든 악기를 아우르고 있습니다. 가장 똑똑한 기타; 청소년들은 그 외관, 소리 및 민첩성에 매우 매료되었다고 콘서트 마스터는 덧붙였다. 하프는 음악가들의 수호성인인 성 세셀리아를 상징하며 하늘과 희망을 상징하며 플루트는 콘서트에 매력과 아름다움을 선사한다고 그녀는 덧붙였다. 팀의 눈부신 활약이었습니다. 9 시 30 분까지 남학생, 여학생, 교사들은 "Wannabe", "Smells Like Teen Spirit", "What is Love", "Vogue", "This is How We Do it"의 선율에 맞춰 춤을 췄습니다. 그날 저녁, 칼로타는 아마야에게 평가 위원장을 맡아달라고 요청했다.

넷째 날, Amaya 는 다뉴브 강에서 수많은 섬을 발견했으며, 그 중 가장 큰 섬은 Csepel 섬이었습니다. 다뉴브 강의 지류 인 드라 바 (Drava), 티아 자 (Tiaza) 강, 시바 (Siva) 강은 배에서 인상적으로 보였고 크로아티아의 고대 땅은 매력적이었습니다. 학생들은 모든 활동에 열광했으며 많은 사람들이 관찰 한 내용을 기록했습니다. 콘서트, 오페라, 왈츠는 모든 학생과 교사가 매일 적극적으로 참여하면서 더욱 활기를 띠었습니다. 그날 저녁 음악회에 사용된 주요 악기는 드럼, 베이스 기타, 피아노였습니다. "드럼 연주는 인간과 동물에게 심오한 심리적 영향을 줄 수 있습니다. 유아도 그 소리에 반응할 수 있습니다. 음악은 감정의 자유, 상상력, 인간 활동의 정점의 총합입니다. 모든 동물, 새, 물고기, 식물 및 나무는 문화와 문명의 공통 언어이자 모든 것을 통합하는 가장 강력한 힘인 음악의 리듬에 반응합니다. 우주조차도 빅뱅 초기부터 진화 한 모든 은하계가 이해하는 음악을 가지고 있습니다." 라고 콘서트 마스터는 팀원을 소개 한 후 말했습니다.

다음날 배는 베오그라드에 정박했고 학생들과 교사들은 시티 투어와 세르비아 요리를 즐겼습니다. 세르비아 너머로 아마야는 왼쪽으로 루마니아의 광활한 평원을, 오른쪽으로는 불가리아의 고원을 볼 수 있었다. 드라큘라의 밀기울 성을 비롯한 많은 교회, 성 및 요새가 카르파티아 산맥으로 보호되는 울창한 숲이 우거진 트란실바니아 지역에 가려져 있습니다. 루마니아 사바나와 불가리아 고지대를 건너는 데 며칠이 걸렸습니다. 다뉴브 강은 도중에 많은 섬을 형성했고, 갈라치 이후 강은 몇 분 동안 몰도바의 남쪽 끝을 애무하기 시작했습니다. 학생들은 노래하고 춤을 추며 목적지인 흑해에 도착하기를 기대했습니다. 아침에 배는 강에 의해 형성된 삼각주에 들어갔다. 갑자기 수프리야가 아마야의 마음 속에 떠올랐고, 고뇌의 감정이 그녀의 마음을 스쳐지나갔고, 마치 그녀 주위에 아무것도 없는 것처럼 외로움이 그녀를 압도했다. 학생들은 축하하고 있었고, 아마야는 수프리야가 사라진 직후 바르셀로나에서 지내던 시절로 돌아가는 듯 외로움을 느꼈다.

아홉째 날에는 멀리서 흑해를 볼 수 있었고, 열흘째 되던 날에는 유람선이 강 어귀에 도착하여 매혹적이었습니다. 학생과 교사는 함께 몇 시간 동안 잔잔한 물에서 수영했습니다. 아마야는 배의 발코니에 서서 한동안 그들을 지켜보다가 학생들과 합류했다. 그녀는 힘들이지 않고 수영했고 동료 및 학생들과 함께 몇 시간 동안 물공을 가지고 놀았습니다.

흑해에서 우크라이나, 러시아, 그루지야, 투키, 불가리아, 루마니아로 항해하는 수백 척의 보트와 선박이 탁 트인 전망을 묘사했습니다. 저녁에는 스폰서가 도시에 머물고 다음날 툴체아 공항에서 비엔나로 가는 비행기를 마련했기 때문에 모두 버스로 밤을 보내기 위해 카탈로이로 갔다. 학생들은 밤새도록 음악과 춤으로 축하했고 Amaya, Carlotta 및 다른 교사들도 합류했습니다.

비엔나에서 칼로타는 아마야의 적극적인 참여에 대해 깊은 감사를 표했고, 학생들은 아마야를 만나 그녀의 격려와 지원에 감사를 표했다. "당신은 항상 우리와 함께했습니다. 우리는 당신을 잊을 수 없습니다." 그들은 한목소리로 말했다. "부인,

당신은 화려하고 은혜 롭습니다. 당신은 우리의 삶을 바꿨습니다. 우리는 여러분이 아이들을 사랑하는 법을 알기 때문에 여러분을 사랑합니다. "당신을 기리기 위해 노래를 부르자"고 그들은 말했다. 그들은 그녀 주위에 원을 형성하고 Toni Braxton 의 "Un-break My Heart"를 불렀습니다. 아마야는 수프리야와 함께 노래하고 춤을 추고 있다고 생각하며 그들과 함께 춤을 췄다. 그녀는 만나고, 놀고, 모든 강, 호수, 바다를 통해 긴 항해를 위해 그녀와 함께 가기를 갈망했습니다.

놀랍게도 칼로타와 20 명의 학생들은 아마야에게 작별 인사를 하기 위해 장미 한 송이를 들고 공항에 있었다. 우르릉거리는 비엔나 음악과 아이들의 위로가 되는 말이 합쳐져 오랜 세월 동안 귓가에 울려 퍼지는 아마야의 새로운 삶의 시작이었다.

"당신은 유능한 교사이자 뛰어난 인간입니다. 나는 당신을 만나고 당신을 알게 된 것을 행운이라고 생각합니다. 다시 와서 우리와 함께 있어줘." 칼로타가 아나야의 손을 잡으며 말했다

"칼로타, 사려 깊은 말씀에 감사드립니다. 나는 그것들을 좋아한다." 아마야가 대답했다.

"온화하고 상냥한 당신은 헌신적인 교사로 명성을 쌓았습니다." 아마야를 껴안으며 칼로타가 덧붙였다.

아마야는 9 월 마지막 날 헬싱키로 가는 비행기를 탔는데, 왜 가는지 모른 채 갔다. 행복한 사람들의 도시인 헬싱키는 매력적이었습니다. 거리는 매혹적이고 깨끗하며 관광객으로 가득 찼습니다. 하지만 아마야는 여름이 빠르게 물러가고, 밤이 길어지고 추워지고 있다는 것을 알고 있었다. 호텔 방 창문에서

그녀는 대성당의 녹색 돔을 볼 수 있었습니다. 그리고 무신론자들의 나라에서 찾기 힘든 신자들을 찾기 위해 아래를 내려다보는 열두 사도의 동상. 그녀는 세계에서 가장 안전한 도시를 자전거로 돌아 다녔습니다. 긴 겨울이 시작되기 직전에 식당이 넘쳐났습니다. 아마야는 수오멘린나 바다 요새로 가는 계단을 오르는 동안 도전을 극복하려는 인간의 끈기에 대해 궁금해했습니다. 발트해는 평온했다. 빙산의 봉우리가 멀리 나타났다. 10 월이 되자 공원은 황폐해지고 소나기가 쏟아졌으며 아마야는 외로움과 슬픔에 휩싸였습니다. 향수병이 그녀를 감쌌다. 어둠이 그녀를 두렵게 했을 때, 그녀는 로즈를 만나고 싶어하는 어머니의 회사를 갖고 싶었습니다. 11 월은 차가운 바람과 함께 밝아왔다. 눈 덮인 도시의 거리는 무섭게 보였다. 아마야는 자신이 얼마나 오랫동안 벤치에 앉아 로즈와 수프리야를 생각하는지 깨닫지 못했다. 에사벨이 왔을 때, 그녀는 그녀 옆에 앉았다. 에사벨의 손길은 마음이 따뜻해지고 희망으로 가득 차 있으며 인간적이었습니다.

"에사벨, 레스토랑에서 영양가 있는 커피와 따뜻한 존재에 감사드립니다. 저와 함께 호텔까지 걸어 가서 안전한 곳으로 데려다 주셔서 감사합니다. 그렇지 않으면 나는 얼어 붙은 물고기와 같았을 것입니다. 나는 너를 영원히 기억할 것이다"라고 헬싱키를 떠나기 전에 아마야는 에사벨에게 이메일을 보내 감사를 표했다. 그 한 사람이 핀란드 전체 인구를 대표했습니다.

로즈는 아마야가 그곳에 도착했다는 것을 알고 마을의 집으로 돌아왔다. 그녀의 딸은 수척하고 우울하고 과묵하고 외로워 보였고 그녀의 세계에 머물렀다. 히라에스의 잔재, 다시는 돌아올 수 없는 수프리야와 카란과 함께하는 고향에 대한 향수병, 존재하지도 않았던 고향이 아마야를 괴롭히고 그녀의 감수성과 욕망을 짓밟았다. 그것은 지옥의 사냥개처럼 그녀를 괴롭혔고, 그녀의 심장을 산산조각으로 갉아먹었고, 마음의 거울 전체에 살점을 뱉어냈습니다. 각 조각은 에덴의 뱀으로 자라서 그녀를 유혹하고 영원히 고통 받도록 주름졌습니다.

로즈는 아마야에게 햇빛과 신선한 공기를 마시기 위해 집의 네 벽을 떠나 피아노를 치고, 마음을 다스리기 위해 위빳사나 코스에 참석하고, 평정을 되찾도록 설득했습니다. 3년 후, 보드가야(Bodh Gaya) 근처의 날란다(Nalanda)가 그녀의 목적지가 되었습니다.

부처가 되다

보드가야는 고풍스러워 보였다. 아마야가 10일간의 위빳사나 수련 과정을 받기로 결정한 고대 대학의 소재지인 날란다(Nalanda)로 가는 버스를 탄 후, 그녀는 짧은 거리를 걸었습니다. 고대의 낡은 구조물은 보스니아 시골의 폭격 건물처럼 양쪽에 흩어져있었습니다. 그러나 인드라푸쉬카리니 호수는 잔잔해 보였고 서쪽 강둑에 있는 명상 센터는 햇빛에 반짝였다.

아마야는 참가자로 등록하고 위빳사나 센터에 도착하여 옷과 세면도구를 제외한 노트북, 휴대폰, 펜, 종이 및 기타 개인 소지품을 건넸습니다. 10일 코스는 음식과 숙박을 포함하여 완전히 무료였습니다. 규칙에 대한 브리핑이있었습니다. 아마야는 위빳사나 센터를 떠난 후에도 모든 거래에서 도덕적 행동을 따르겠다고 맹세했는데, 이는 지혜를 발전시키기 위한 마음 훈련의 기초가 되었습니다. 규칙에는 몸과 마음의 침묵을 유지하고, 다른 참가자와 눈을 마주치지 않으며, 모든 생명체를 훔치고, 거짓말하고, 죽이는 것을 금하는 것이 포함되었습니다. 음주, 흡연, 취하게 하는 물질, 비채식 음식 및 성범죄는 행동 강령에 위배됩니다. 종교, 기도, 요가, 경전 구절 암송, 종교적 상징물 착용은 위빳사나의 일부가 아니었습니다. 모든 지시는 교사의 녹음 및 비디오 테이프 연설에서 나왔습니다. 각기 다른 나라에서 온 약 50명의 남녀가 참여했고, 깊은 침묵이 건물에 스며들었다. 자원 봉사자들은 Amaya를 욕실이 딸린 침대가있는 방으로 데려갔습니다. 창문에서 그녀는 불교의 수도원 생활과 관련된 고등 교육의 중심지인 날란다 마하비하라(Nalanda Mahavihara)의 폐허를 볼 수 있었습니다.

저녁에는 메인 홀에서 위빳사나 훈련 교사의 오리엔테이션 강연이 있었습니다. 참가자들은 연꽃 자세로 땅에 쪼그리고 앉아 한 손바닥을 다른 손바닥 위에 놓고 심령 결합을 이루었습니다. 자원 봉사자들은 각 참가자가 원하는대로 편안한 포즈를 선택할 수 있도록 도왔고 감독관은 깊은 속임수로 모든 사람을 환영했습니다. 부드럽고, 정확하고, 의미 있는 목소리로, 스승은 위빳사나를 마음을 진정시키는 정신 발달 훈련이라고 설명했습니다. 그것은 고통에서 사람을 해방시키는 길이었고, 열반의 궁극적 인 목표를 위해 각성하고 진화하는 의식으로 이어졌습니다. 그러므로 위빳사나는 평온함, 마음챙김, 집중력, 평온함을 발전시켜 평화 속에서 즐거운 존재에 대한 통찰을 얻는 수행법이었습니다. 신체적·정신적 자제와 모범적인 노력을 통해, 사람은 정신을 단련하고 정신의 활동을 통제할 수 있습니다.

강사는 마음을 항상 파도, 폭풍, 쓰나미를 만들어 바다를 침묵시키는 것만 큼 까다로운 마음을 진정시키는 바다에 비유했습니다. 마음이 동요하면 몸 전체가 영향을 받고, 생각이 손상되고, 감각이 포화되고, 관찰이 방향 감각을 잃고, 언어 연결이 끊어지고, 지성이 손상되고, 관계가 비대칭으로 변합니다. 마음을 훈련시키는 것은 의도한 일을 할 수 있는 강력한 도구를 개발하는 것과 같았으며, 이는 목표를 달성하는 데 도움이 되었습니다. 10 일간의 위빳사나 수련은 마음을 도구로서 발전시키고 통제하는 데 도움이 되었습니다. 위빳사나는 병을 치료하거나 마법의 힘을 얻기 위한 물약이 아니었습니다. 그러나 간단한 연습을 통해 사람은 단순함, 벌거벗음 및 전체 성으로 자아를 아는 과정에서 마음에 대한 명령을 수행합니다. 교사는 자아의 본성, 차원 및 광대함을 이해하고 능력, 능력 및 잠재력을 실현함으로써 자아에 힘을 실어주라고 말했습니다. 신체의 각 부분을 관찰하고, 그들이 참여한 다른 작업, 역할 및 형성된 하나됨은 명상의 일부였습니다. 그것은 개인의 몸, 마음, 지성 및 의식의 전체적인 모습과 응집력으로 이어져 깨달음을 얻었습니다. 자신, 타인 및 세계에 대한 자신의 견해를 개선하는 것도 똑같이 중요했습니다. "우리는 우리 자신에 대해 생각하는 것"이라고 선생님은 말했다. "사람은 어린 시절부터 자신을 창조합니다. 양육과 자연은 그 과정에서 지배적 인 역할을합니다." 라고 교사는 덧붙였습니다. 자신의 전망을 개선하면 내면의 평화, 조화, 발전 및 기쁨으로 이어지는 더 나은 삶을 영위하는 데 도움이 됩니다. 성공적인 삶의 비결은 과거의 위험한 지형이나 미래의 광야에서 방황하지 않고 현재를 사는 것입니다." 그런 다음 선생님은 위빳사나 훈련 프로그램의 시간표를 설명해 주셨습니다.

오전 4:00: 아침 종소리.

오전 4 시 30 분부터 6 시 30 분까지: 방이나 홀에서 명상.

오전 6:30 - a.am 8:00: 아침 식사 및 개인 작업.

오전 8:00 - 오전 9:00: 홀에서 단체 명상.

오전 9:00 - 오전 11:00: 방이나 홀에서 명상.

오전 11:00 - 정오: 점심 시간.

12.00 정오부터 1.00 p.m.까지 : 감독자와의 토론.

오후 1:00 - 오후 2:30: 방이나 홀에서 명상.

오후 2 시 30 분부터 3 시 30 분까지: 홀에서 그룹 명상.

오후 3:30 - 오후 5:00: 방이나 홀에서 명상.

오후 5:00 - 오후 6:00: 홀에서 그룹 명상.

오후 6:00 - 오후 7:00: 차 휴식 및 개인 작업.

오후 7:00-8:15: 강당에서 강연.

오후 8:15 - 오후 9:00: 홀에서 그룹 명상.

오후 9:00 - 오후 9:30: 홀에서 질의응답 시간.

오후 9 시 30 분: 소등

알 수 없는 이유로 동요했지만, 아마야는 비교적 편안한 잠을 자고 3 시 30 분쯤 일어나 4 시 30 분쯤 첫 번째 명상에 참석하기 위해 홀에 도착했습니다. 그녀는 명상이 오랜 기간 동안 지속될 때 그 자세가 필요했기 때문에 몸을 똑바로 유지하면서 땅에 앉았습니다. 약 50 명의 연수생, 두 명의 자원봉사자 및 감독자가 있었습니다. 아마야는 명상을 시작했고, 호흡에 집중하고, 일상 생활에서 자연스러운 들숨과 날숨에 대한 인식을 고쳤습니다. 그녀는 태어날 때부터 호흡이 있었고 잠을 자거나 의식을 잃었을 때에도 삶의 모든 순간을 계속했기 때문에 호흡을 인식하면서 마음을 집중했습니다. 호흡은 가장 친숙하고 일관되며 선천적 인 활동 이었지만 집중하기가 어려웠습니다. 그녀는 열흘 중 사흘 반 동안은 호흡에만 집중했다. 그녀는 마음을 통제하고 진정시키기 위해 호흡에 총체적인 주의를 기울여야 했습니다. 선생님은 마음의 집중이 몸과 마음이 함께하는 행위이기 때문에 개인에게 내적 질서, 평화 및 명료성을 제공 할 것이라고 언급했습니다. 게다가, 호흡은 슬픔, 고통, 고통에서 벗어나는 것 외에도 몸과 마음을 현재의 현실에 집중시킬 것입니다.

아마야의 인도받지 못하고 훈련받지 못한 마음은 연약하고 우유부단했으며 깨달음에 도달하는 데 필요한 굳건함이 부족했습니다. 그것은 과거의 사건을 재현하고, 실제 상황에서 비현실적이고 상상의 사치스러운 일로 도약하고, 슬픔, 슬픔, 고뇌에 얽히기 시작했습니다. 고통스러운 과거에서 벗어나기 위해 마음은 공상적인 미래를 창조하고 희망찬 생각의 광야에서 끝없이 여행했으며 존재의 기쁨을 즐기기 위해 현재에 머물지 않았습니다. 그녀는 현재에 집중하면서 마음을 고치려고 노력했지만 마음을 통제하기가 유난히 어려웠습니다. 아마야는 배신적인 과거로 방황하거나 공상적인 미래의 꿈을 꾸지 않으면서도 자신의 목표를 위해 꾸준히 노력하는 것을 꺼냈다. 호흡에 집중하는 지속적인 연습은 마음을 진정시키는 데 필수적이었고, 그 최종성에 도달하는 유일한 방법이었습니다.

명상하는 동안 마음은 결코 움직이지 않았습니다. 그것은 일관되게 불평하고, 논쟁하고, 설명하고, 비판하고, 조롱하고, 수정하고, 토론하고, 판단했습니다. 아마야가 눈을 감았을 때에도 그녀의 마음은 활발하고 고문을 당했고, 산부인과 병동에서 돌아왔을 때 수프리야와 그녀의 아버지가 실종되었다는 것을 깨달았을 때 그녀의 과거와 극심한 고통을 상기시켰다. 그녀의 마음은 그녀를 집에서 혼자 보낸 4개월의 참혹한 시간으로 데려갔고, 외로움, 혼자 있는 것에 대한 두려움, 가슴 아픈 속임수에 대해 생각했습니다. 아마야는 연꽃 자세로 앉아 조용히 자신의 과거를 묵상하며 우울한 감정과 억압적인 생각을 만들어 울었다. 앉아 있는 동안 그녀는 뒤로 넘어져 바닥에 머리를 부딪쳤다. 추락으로 인한 고통은 참을 수 없었습니다. 아마야는 다시 연꽃 자세로 앉으려 했지만 호흡에 집중하지 못했다. 여하튼, 그녀는 명상을 계속하고 두려움, 고통과 고통을 극복하기 위해 모든 힘을 모았습니다.

선생님은 호흡에 집중하는 것이 마음을 가라앉히는 가장 효과적인 방법이라고 말했고, 과거의 낭비적인 짐을 버리고 싶었습니다. 그녀는 과거를 극복하기 위해 고통을 버리고 새로운 삶을 시작하려고 노력했습니다. 그녀는 여성, 원치 않는 소녀, 거부당한 어머니, 착취당한 스핀 스터 및 문맹 아동을 위해 무언가를하고 싶었습니다. 그녀는 위빳사나를 수행하고, 마음을 훈련하고, 새로운 사람이 되기 위해 과거를 불태워야 했습니다. 마음을 통제하고 억제하는 것은 마음이 반복적으로 반란을 일으키거나 피로와 질병을 가장하더라도 그 운명에 도달하는 데 필수 불가결했습니다. 마음은 종종 위빳사나가 구식이고 비과학적이며 검증 테스트에 반대할 수 없다고 불평했습니다. 무엇보다 그 결과는 불확실하고 비스듬했다. 마음은 아마야 위빳사나가 그녀의 인격, 지위, 개성을 죽이고 욕망과 꿈을 불태우는 용광로에 던져버렸다고 반복해서 말했습니다. 위빳사나 수련 과정을 마치고 나면 그녀는 육체적으로, 정신적으로, 지적으로 식물인간이 되어 그녀의 모든 주도권과 자신감을 앗아갈 것입니다. 그녀는 전 세계를 떠돌며 자선을 모으고 기생충으로 변신하는 평범한 삶을 살게 될 것입니다. 마음은 그녀를 놀라게하려고 노력했다. 아마야는 마음에게 조용히 하고 개인적인 결정에 간섭하지 말라고 말했다. 그녀는 10 일간의 중재를 받기로 한 그녀의 선택이 잘 짜여진 계획이라고 설명했다. 그녀 만이 그것에 대한 책임이 있었고 완전한 인식으로 그것을 가져 갔다.

그녀의 자세는 불편하여 육체적 고통, 정신적 고통 및 정서적 갈등을 일으켰습니다. 어떤 경우에는 로즈가 집에 혼자 있다고 말함으로써 마음이 그녀를 협박했습니다. 그녀는 사고를 당했을 수도 있고 딸에 대한 도움과 관심이 필요했을 수도 있습니다. 드문 경우지만, 마음은 그녀에게 5 분 이상 명상하면 그녀를 광기로 이끌 것이라고 말했습니다. 그녀는 거리를 배회하고, 사람들은 그녀에게 돌을 던지고, 경찰은 그녀를 구금할 수 있습니다. 문득 아마야는 하이드 파크에서 만난 두 마리의 바비에 대해 생각했다. 자정이 가까웠고 일부 사람들은 근처에 앉아 있거나 걷고있었습니다. 아마야는 옆에 서 있는 경찰관을 눈치채지 못했다.

"술 취하셨습니까, 부인?" 한 경찰관이 물었다. 갑작스러웠고, 아마야는 깜짝 놀랐다. 그녀는 그들이 누구인지 알기 위해 그들을 쳐다보았다.

"아닙니다." 아마야가 대답했다.

"당신은 노숙자입니까?" 또 다른 질문이 있었습니다.

"아니. 나는 근처 호텔에 머물고 있습니다." 아마야가 말했다.

"그럼 왜 이렇게 늦게 왔어?" 경찰은 알고 싶었다.

아마야는 대답이 없었다. "방금 여기 왔어요. 너무 늦었다고 생각한 적이 없어요." 그녀는 일어나면서 대답했다.

"공원은 자정 이후에 문을 닫습니다. 가끔은 여기 혼자 있는 게 위험하죠." 바비가 덧붙였다.

"전혀 몰랐어요." 아마야가 말했다.

"호텔로 가볼까요?" 경찰 중 한 명이 물었다.

"아니. 나는 혼자 갈 수 있다. 나는 안전하다. 걱정해 주셔서 감사합니다. 안녕히 주무세요." 아마야는 힘차게 걸어 나갔다.

"조심하세요, 부인. 안녕히 주무세요." 그녀는 부드러운 목소리를 들을 수 있었다.

런던 바비와의 한밤중의 만남이었습니다. 그럼에도 불구하고 그녀가 위빳사나의 실제 길에서 벗어나고 있다는 것을 갑자기 깨달았을 때, 그녀의 마음은 그녀를 산만하게 하고 그녀를 먼 땅으로 데려가는 데 성공했습니다. 마음은 그녀가 위빳사나를 떠나 딸을 찾아 다시 한 번 전 세계로 갈 수 있기를 바랬습니다. 아마야는 자신의 마음이 명상 과정을 포기하고 싶어 한다는 것을 이해할 수 있었다. 압박 전술은 오랫동안 계속되었고, 아마야는 정신에 맞서 자신을 지키기 시작했다.

그녀는 며칠 동안 함께 호흡에 절대적인 집중을 하면 올바른 생각과 올바른 이해, 즉 자신과 주변 환경에 대한 인식과 지혜로 이끌 것이라고 결심했습니다. 독특한 분위기, 마음을 교정하고, 통제하고, 지시하고, 부정적이고 해로운 영향으로부터 자신을 해방시키고, 완전한 의식으로 생산적이고 행복한 삶을 영위하려는 탐구가 그녀의 목표였습니다. 그러나 그녀는 호흡에 집중하려고 노력했지만 그녀의 마음은 어린 시절, 청소년기, 젊음, 바르셀로나에서 보낸 한 해로 끝없이 방황했습니다. 그녀의 머리는 4년 동안 유럽과 인도에서 딸을 찾던 것을 생각하면서 끊임없이 아팠습니다. 그것은 그녀의 찔림과 슬픔을 가져왔고, 때때로 아마야는 울었고, 눈물이 그녀의 뺨을 타고 흘러내렸고, 그녀는 그것을 통제하기 어려웠다. 그녀는 호흡에 집중하면서 반복적으로 마음을 통제하려고 노력했지만 실망스러운 운동이었고 성공하지 못했습니다. 그녀의 마음은 철저하게 그녀를 지배했고, 그녀의 감정을 짓밟았으며, 허리케인처럼 행동하고, 통제할 수 없고, 목적이 없고, 파괴적이었기 때문에 그녀의 목표를 황폐화시켰습니다. 그녀는 호흡에 집중하여 정신을 모니터링하는 것이 실패라고 생각했고, 정신이 광야에서 질주하여 아마야에게 극도의 좌절감을 불러일으켰습니다.

방에서 중재를 할 때, 아마야는 10일간의 위빳사나 프로그램을 포기하고 절망감과 패배감을 느끼며 평화를 위해 날란다와 보드가야의 거리를 배회할 생각을 했습니다. 일단 일어나서 옷과 세면도구를 챙기고 위빳사나가 사기라고 생각하면 마음을 통제하는 데 도움이 되지 않습니다. 그녀 안에는 표현되지 않은 감정과 고통이 있었다. 그녀는 큰 소리로 외치고 울고 싶었고, 심장이 찢어지고, 머리를 부수고, 자기 파괴, 갑작스런 자살 경향을 느끼고 싶었습니다.

"아마야," 그녀가 소리쳤다. "뭐하고 있니? 미쳤어?" 그녀는 스스로에게 물었다.

"자제하라, 정신을 다스려라." 아마야가 명령했다. 그녀 안에 갑작스런 깨달음이 있었다. 위빳사나를 버리는 것은 자신을 독수리에게 맡기고 마음의 독재에 넘겨주는 것과 같았습니다. 그녀에게는 두 가지 선택권이 있었습니다: 마음의 자비를 베풀거나 마음을 통제하는 것입니다. 하나는 불행으로 이어졌고 다른 하나는 깨달음과 행복으로 이어졌습니다. 아마야는 그 중 하나를 선택할 자유가 있었고, 그녀는 인생에서 가장 어려운 결정인 후자를 선택했습니다. 그녀는 다시 한 번 연꽃 자세로 앉아 눈을 감고 내면의 눈으로 자신을 바라보았다. "호흡에 집중하십시오. 코끝을 봐." 그녀는 정신을 차렸다.

아마야는 가만히 앉아 있었다. 그녀는 호흡에 집중하는 데 갑작스런 변화를 경험했습니다. 우주에는 오직 한 존재, 즉 그녀, 그녀 혼자가 있었습니다. 그녀는 유일한 일, 호흡을했고, 그녀는 공허, 무의 세계에서 오랫동안 아무 생각도하지 않고 조용히 앉아있었습니다.

아마야는 숙면을 취하고 3시 30분쯤 배고픔을 느끼며 일어났고, 열흘 동안 저녁에 차를 마신 후 음식이 없었기 때문에 저녁을 먹지 않았다는 것을 기억했습니다. 저녁 차는 한 잔에 불과했지만 아마야는 저녁을 먹지 않고 위빳사나를 계속하기로 결정했습니다. 새벽 4 시에 아침 종이 울렸고, 그녀는 그날의 첫 명상을 위해 4 시 30 분까지 홀에 있었습니다. 아마야는 자신의 확고한 통제 아래 마음을 가라앉히고 적어도 잠깐 동안은 호흡에 집중하기로 했다. 그녀는 마음을 통제함으로써 끊임없는 연습을 통해 깨달음을 경험할 수 있다는 것을 알고 있었고, 가장 좋은 기술은 호흡에 집중하는 것이었습니다. Amaya 는 모든 부정적인 생각, 태도 및 증오를 제거하고 공감, 친절, 겸손 및 겸손을 심어 의식을 강화하기를 원했습니다. 그녀는 자신의 과거와 현재의 기쁨을 극복하고 다른 사람들을 돕고 그들의 고통을 없애는 행복한 미래로 인도하겠다는 확고한 결심을 가지고 있음을 알았습니다. 그녀는 슬픔과 애도를 넘어 여행하고 의의 길을 걷고 빛을 얻음으로써 고통과 슬픔을 덜어주고 모든 부정에서 자신을 정화하기를 원했습니다.

위빳사나는 호흡 운동이 아니라 사물을 있는 그대로 알기 위한 깨달음의 과정이었습니다. 아마야는 선생님이 현실이나 존재에 대한 올바른 관점을 가지라고 말한 것을 기억했습니다. 명상가는 집중의 엄격함과 집착 없이 자신의 몸을 아는 것에 따라 얕거나 깊은 경험을 할 수 있으며, 따라서 자신의 존재를 관찰하는 사람이 될 수 있습니다. 발달된 의식은 호흡에 국한되지 않고 앉고, 서고, 걷고, 달리고, 관찰하고, 보고, 먹고, 놀고, 자는 등 사람이 하는 모든 활동으로 전신에 스며들었습니다.

호흡을 관찰함으로써 명상가는 감정, 생각, 의지 및 신체적 행동과 같은 사람 안팎의 다양한 신체 감각을 관찰하는 법을 배웁니다. 마음의 통제를 마스터함으로써 명상가는 감각이 즐거운지 불쾌한지를 구별하고 집착 없이 그 본질과 근원을 인식할 수 있습니다. 명상가는 의식을 갖게 될 것이고, 몸은 자아와 다른 실체가 될 것입니다. 따라서 신체를 좋아하거나 싫어하는 것은 개인에게 의미가 없었습니다.

차츰차츰 아마야는 콧구멍 안에서 숨결을 느낄 수 있었고, 콧구멍이 콧구멍의 가장 안쪽에 닿아 숨을 채우는 느낌을 느낄 수 있었다. 들어갔을 때 쿨링 효과가 있었고 숨을 내쉴 때 따뜻한 느낌이 들었습니다. 느낌은 호흡과 같은 별개의 실체였으며 몸, 호흡 및 느낌의 세 가지 다른 존재가 존재했습니다. 아마야는 공기가 온몸으로 순환하는 것을 느꼈다. 그녀는 그것을 외부인으로 관찰할 수 있었다. 그런 다음 Amaya 는 약 2 분 동안 방해받지 않고 호흡에 집중할 수 있었습니다. 마음이 그녀의 지시에 순종하고 그녀가 선택한 길로 여행했을 때 그것은 성취였습니다.

그날의 강연은 부처님의 가르침에 관한 것이었는데, 두 가지 극단, 즉 몸을 애지중지하거나 자기 고문을 피해야 한다는 것이었습니다. 그것은 아마야에게 계시였고, 그녀는 중도를 따르는 것을 선호했다. Amaya 는 질의응답 시간에 집중력을 연장하는 방법을 물었습니다. 감독관은 그녀에게 공허한 마음으로 벽에 걸린 가상의 점을 보고 다른 것을 보는 데 집중하라고 말했습니다. 아마야는 집중력을 유지하기 위해 더 많은 훈련이 필요하다는 것을 알게 되었고, 다음 날까지 더 오랜 시간 동안 집중할 수 있을 것입니다. 호흡, 감각, 주의력 및 마인드 컨트롤에 대한 몇 가지 질문이 더 있었습니다. 답변은 간결하고 어느 정도까지는 매일의 중재에서 연습하기 위한 것이었습니다. 아마야는 위빳사나에서 그들의 내용을 내면화하기 위해 그들의 말을 주의 깊게 들었습니다. 그녀는 점진적이고 일관되며 힘들게 얻은 자신의 진전을 내면화했습니다. 아마야는 새벽 4시까지 푹 잤고 종소리를 듣고 일어났다.

셋째 날이 밝았고 Amaya는 4시 30분에 홀에 있었습니다. 침묵이 그녀의 존재 속으로 들어갔다. 그녀는 고요함, 심오함, 스며들고 모든 곳에 퍼져 있는 것을 경험했습니다. 그녀는 자신을 분리하여 뚜렷하게 서서 자신의 몸과 마음과 지성을 독립적으로 관찰했습니다. 아마야는 명령했고, 그들은 그녀의 지시에 따라 그녀에게 복종했다. 그녀는 동요나 저항 없이 행동에 도구를 사용하기 시작했습니다. 그녀는 약 한 시간 동안 방해받지 않고 코끝에 집중하면서 감각, 감정, 감정, 욕망 및 상상력을 장악하기 시작했습니다. 눈을 감고도 코끝이 보였다. 그런 다음 그녀는 윗입술과 코 밑 사이의 삼각형에 집중했습니다. 그녀는 자신의 몸과 마음을 지배할 수 있는 힘을 얻고 있다고 느꼈다. 그녀는 삼각형의 바닥에서 천천히 여행하면서 모든 원자, 입자 및 세포를 경험했습니다. 여행은 마치 그녀가 무한한 공간에서 수백만 광년 동안 peripatetic에 있었던 것처럼 끝이 없었습니다. 그것은 우주만큼 광대한 특정 지점에서 그녀의 코 끝까지의 여행이었습니다. 그것은 시대를 초월한 참여, 공간 없는 여행이었고, 그녀는 혼자였습니다.

그러나 그녀는 그녀 주변의 우주가 마치 실제와 비현실, 유한하고 무한한, 순차적이고 질서가 없으며, 일시적이고 영원한 것처럼 식별했습니다.

아마야는 영원한 것이 아니기 때문에 무한한 변화를 경험했습니다. 그럼에도 불구하고 그녀는 그녀 주변의 모든 것을 알고 있었고, 그녀는 자신의 인식을 알고 있었기 때문에 경계했습니다. 그 지식은 그녀를 변화시켰습니다. 그녀는 아무것도 그녀를 패배시킬 수 없다는 것을 배웠고, 그녀가 의식하는 동안 그녀를 압도할 수 있었고, 동시에 그녀의 의식, 빛나는 느낌, 그녀 안의 빛, 그녀의 존재에 대한 불타는 감각, 가장 깊은 자아를 의식했습니다.

그 깨달음은 그녀의 마음에 힘을 가져다주었고 그녀의 지성에 방향을 가져다주었다. 그녀는 피곤하거나, 약하거나, 나른하거나, 좌절감을 느끼지 않고 집중했습니다. 그런 다음 그녀는 몸을 향해 몸을 돌려 발가락에서 머리 꼭대기까지 미세한 부분을 관찰하기 시작했는데, 이는 점진적이고 세심하고 힘든 과정이었습니다. 아마야는 선입견 없이 판단 없이 그 감각을 느끼고, 깊이 만지도록 정신을 지시했다. 마음은 그녀의 말과 명령에 순종하면서 그녀를 따라 갔고, 그녀가 특정한 감각을 경험할 때마다 그녀는 다시 멈췄다. 그녀는 마음이 그것의 일부가 아니라 단지 외부 관찰자가 되어 그것을 깊이 관찰하도록 요청했습니다. 수십억 개의 은하계를 가진 광대 한 우주처럼 그녀의 몸이 수백만, 수백만의 감각으로 가득 차 있다는 Amaya 의 점진적인 인식은 분리되고 빛나고 만족 스럽습니다. 몸의 각 지점은 자리, 감각과 감정의

보물이었습니다. 아마야에게는 한 번도 이해하지 못했던 새로운 지식이었다. 갑자기 아마야는 자신이 감각, 감정, 자각의 총체라는 것을 알았지만, 그것들과는 달랐고, 냄비처럼, 진흙도 아니고, 빛도 태양도 아니고, 아름다움도 장미가 아니었다. 감각은 그녀의 창조물이었고, 그것과 분리되고 독립적이며, 독특한 실체, 본질을 뺀 존재였습니다. 아마야는 홀로 서서 홀로 관찰하고 주변 물체의 영향 없이 독립적으로 존재했다. 슬픔, 고통, 고뇌, 고뇌와 분리된 이해력은 그녀의 존재가 아니라 그녀의 창조물이었습니다.

아마야는 애착 없이 존재했다. 그녀는 자신의 감정을 마음과 분리하여 자신이 자신의 감각의 주권자임을 깨달았습니다. 그러므로 그들은 그녀를 지배해서는 안됩니다. 그러한 인식이 부족했기 때문에 그녀는 말할 수 없는 불행을 겪었습니다. 그때까지 그녀는 감각과 감정이 그녀라고 생각했고, 그것들은 자아와 분리 할 수 없다고 생각했습니다. 사람이 감각, 감정, 몸과 마음을 개인의 친밀한 부분으로 관찰 할 때 고통이 왔습니다. 새로운 깨달음은 그들이 그녀가 아니라는 것이었고, 그 분리에 대한 지식이 떠오르면서 Amaya 는 지배적으로 등장했고 다시는 고통의 노예로 남아 있지 않기로 결정했습니다.

아마야는 자신의 몸이 자신의 존재의 외적 표현이기 때문에 자신의 존재와는 다른 별개의 실체로 생각했다. 감각은 신체의 변화에 대한 그녀의 인식이었고 감정은 감각의 후유증이었습니다. 별개의 독립체로서 그녀는 자신의 몸과 감정 밖에 설 수 있었다. 아마야가 감정에 휩싸이자, 그녀는 출구 없이 엄청난 고통을 겪었다. 탈출은 그녀가 감정의 필수적인 부분이 아니라 독립적인 존재라는 것을 알게되었을 때만 가능했습니다. 감정이 지배적이었을 때, 고통의 황폐함이 분명해졌습니다. 그녀의 마음은 명상 할 때 강렬하고 집중적이었고, Amaya 는 고통을 없애기 위해 생산적인 도구로 마음을 바꿀 수 있다고 생각하는 데 상당한 시간을 소비하기 시작했습니다. 수녀는 마음이 훈련과 끊임없는 감독과 지시를 필요로 한다는 것을 의식하고 있었다. 그렇지 않으면 마음이 전복적이고 강압적이며 자율적이 되어 그녀에게 불행을 초래할 수 있으며 고통은 죽을 때까지 계속될 것입니다.

마음은 자아 외부의 대상에 대해 작업할 수 있으며 지성이 대상을 분석하고 해석하여 지식을 생성하도록 도울 수 있습니다. 마음과 대상의 관계는 올바른 마음 챙김을 시작하는 자아의 감시 아래 상당했습니다. 아마야는 그것을 마음에 주어진 실습이라고 불렀다. 마음의 적절한 집중은 위빳사나의 결과였고, 아마야는 명상 3 일째에 그것을 배웠습니다. 감독관과 토론하는 동안 Amaya 는 지속적인 변화를 가져오는 방법을 물었습니다.

"당신이 바꾸고 싶은 유일한 사람은 당신이므로, 당신의 마음에 집중하고, 그것을 통제하고, 훈련하십시오"라고 감독관은 대답했다.

아마야에게는 참으로 계시였는데, 그녀는 다른 사람을 바꿀 자격이 없었고, 변화는 다른 사람들이 자신의 일을 할 수 있는 것처럼 내면에서 시작되어야 하기 때문입니다. 집중된 마음은 그 변화의 중심이 될 것입니다., 오직 자기 만이 마음이 행동하도록 지시 할 수 있고 다른 사람은 지시 할 수 없습니다. 사람을 사슬로 묶고 감옥에 가둠으로써 마음 외에는 아무도 그녀를 노예로 만들 수 없었습니다. 교도소의 극복할 수 없는 벽은 마음 속에만 존재했습니다. 자아가 깨어 있을 때, 마음은 자아를 가두는 데 결코 성공하지 못할 것입니다. 마음의 배신적인 행동을 제거하는 것은 고통을 정복하는 데 필수적입니다.

"행복의 비결은 당신이 될 수 있는 것을 진화시키는 것입니다." 로즈는 날란다에게 집을 떠날 때 말했고, 아마야는 그녀의 웃는 얼굴을 기억했다. 아마야는 로즈가 말한 것을 묵상했는데, 행복은 깨달음에 필수적이었기 때문입니다. 개인은 몸과 마음에 집중하고, 그것들을 별개의 실체로, 자아는 그들 밖에 서있는 관찰자로서 깨닫음으로써 일관되게 발전시킬 수 있습니다. 몸과 마음 안에서 일어나는 일은 자아에 영향을 주어서는 안됩니다. 그것은 자아를 노예로 만듭니다. 마음을 통제하는 것이 행복을 얻는 유일한 방법이었습니다. 자아는 자신의 진정한 본성을 깨닫고 몸과 마음이 자아의 지시에 따라 진화하도록 지시 할 수 있으며, 따라서 행복은 자기 효능이 될 것입니다. 그 결과, 행복은 존재로 인한 고통을 덜어 줄 것입니다.

그날의 강연은 고통의 기원과 소멸에 관한 것이었다. 망상은 의식을 억압하는 방황하는 마음의 표현이었고, 그로 인해 감각, 감정 및 감정이 두드러지고 갈망이 나타나 개인을 지배합니다. 그들을 관찰하고, 집중을 통해 마음을 통제하고, 마음을 억제하면서 집중하는 것이 필수적이었습니다. 마음의 일관된 훈련과 깊은 주의력은 마음을 지배하게 하여 몸의 속박과 마음의 속박에서 자아를 분리할 것입니다. 마음의 해방을 통해서만 고통이 제거되고 소멸 될 수 있습니다. 마음은 과거에 대한 망상과 미래에 대한 욕망에서 자유로워야 했습니다. 마음은 분노, 시기, 질투, 슬픔, 슬픔, 고통, 자기 증오, 절망, 살인 행위 및 고통이 발아하는 자궁이었습니다. "고독 속에서 사람은 자신의 본성을 깨닫게 될 것"이 그날의 마지막 메시지였습니다. 아마야는 "고귀한 생각"으로 가득 찬 방으로 걸어가면서 그 강연을 곰곰이 생각했다. 아마야에게 위빳사나는 불건전한 편법을 멀리하고 마음이 자신의 존재의 충만함을 이루도록 제한하는 지속적인 수행이 되었습니다. 에너지의 해방, 각성 및 깨달음이 마지막 단계였습니다. 그녀는 모든 것을 평가하기 시작했고, 사실의 진정성을 시험하고, 가르침, 경전, 종교 및 신앙이 해롭고 고통을 낳는다는 것을 깨달았습니다. 복지, 고통의 제거, 행복과 깨달음의 창조로 이어지는 것은 무엇이든 좋다는 것을 깨달았습니다. 평온과 평화는 개인의 운명이었고, 그러한 환경 속에서 기쁨은 개인, 가족 및 지역 사회에 존재했습니다. 풍요롭고 아름다웠습니다.

아마야는 아무 생각도 하지 않은 채 잠을 잤고, 어떤 감정도 벗어났고, 망상과 환상에서 벗어난 마음으로 악몽도 없었다. 다음날, 명상을하는 동안, 아마 야는 행복의 경험을했고, 그녀가 그녀의 존재의 충만 함이라는 것을 깨달았으며, 그녀를 행복하게 만든 것은 그녀였습니다. 어떤 외부 세력도 그녀의 삶의 성취, 기쁨의 선택을 부정 할 수 없습니다. 슬픔과 고통이 그녀의 존재의 일부가 아니라는 인식이었습니다. 그녀는 마음만 먹으면 그들에게서 멀어질 수 있었다. 탐욕, 적개심, 질투, 시기, 교만, 증오심, 이기심이 고통을 초래했습니다. 무기력, 무관심, 냉담함은 인간과 동물에게 고통을 안겨주었고, 다른 사람들이 행복과 깨달음을 얻도록 돕는 것은 모든 사람의 의무였습니다. 육체적 쾌락에 대한 욕망, 정신을 노예로 만드는 물질과 생각은 고통을 초래했습니다. 아마야는 명상에 잠겼다. 대조적으로, 그 사람의 존재에 대한 깊은 침묵과 반성은 행복을 향상 시켰습니다. 침묵을 통해 자신을 찾으면서 그녀는 자아 이외의 초자연적이고 더 높은 경험이 존재하지 않는다는 것을 깨달았습니다.

아마야는 잠자리에 들기 직전에 지난 3년 동안 위빳사나 수련 프로그램에 참석할 것을 제안한 어머니를 곰곰이 생각했습니다.

"엄마, 고마워요. 당신은 내가 위빳사나 명상에 참석할 것을 제안함으로써 내 인생을 바꿨습니다. 그것은 나를 알아볼 수 없을 정도로 변화시켰고 내가 누구인지, 내 능력과 잠재력을 알 수 있도록 도와주었습니다. 이제 저는 생각하고 걱정하는 것이 아니라 행동하는 것을 믿습니다. 내 마음은 나를 파괴의 장치로 사용하는 마음이 아니라 내가 일할 수 있는 도구가 되었습니다. 나는 고난을 극복하였다. 살아 있다는 것, 깨달음과 깨달음을 경험하는 것은 기쁨입니다." 아마야는 내면에서 암송했다. 갑자기 그녀는 로즈의 말을 떠올렸다 : "행복하기 위해서는 건강한 몸과 건강한 마음, 두 가지만 있으면된다." 아마야는 어머니의 말을 분석한 결과 발견했다. 그녀는 건강한 몸을 가졌지 만 건강한 정신을 얻으려고 노력했습니다. 그것을 되찾고 활기차고 순종적으로 만드는 것은 그녀의 책임이었습니다. 그녀의 마음은 평온했고, 아마야는 4년 만에 처음으로 아침까지 평화롭게 잠을 잤다.

아마야는 그녀가 전에 발견하지 못했던 새로운 현실의 새로운 영역으로 그녀를 들어 올렸습니다. 그것은 자아를 알고 바로 그 앎을 인식하는 2차원적이었습니다. 그녀는 몸과 마음 밖에 서서 몸과 마음을 관찰했습니다. 그녀의 몸과 마음이 자아와 다르다는 인식이 있었고, 그녀 안에는 독립적인 존재가 있었지만 그녀 없이는 자신의 존재를 행사할 수 없었습니다. 그럼에도 불구하고 몸과 마음은 자아를 정복하여 사고 패턴을 바꾸고 사고 과정을 바꿀 수 있습니다. 결과적으로 그녀는 마음의 노예가 될 것입니다. 그녀의 몸을 애지중지함으로써, 그녀는 신체의 거의 모든 부분에서 신체에 의해 생성된 무한한 수의 감각을 경험하지 못할 것입니다. 마음의 지배로부터 몸을 극복하기 위해서는 위빳사나를 하는 것이 필수적이었고, 위빳사나가 몸과 마음 밖에 서서 그것들을 단순한 대상으로 관찰하도록 시작했습니다. 그것은 아마야에게 계시하는 지식, 즉 몸과 마음의 근본을 아는 동시에 그것을 지식의 대상으로 아는 지혜였으며, 그녀는 그것을 수반되는 지식이라고 불렀습니다. 그녀가 만든 두 번째 인식은 그녀의 인식을 아는 것이었는데, 그녀는 그것을 반사적 지식이라고 불렀습니다. 아마야는 엄청난 내면의 활력을 가지고 있었다. 그것은 그녀를 감각, 지각, 상상력 및 판단의 노예 상태에서 해방시켰습니다. 그녀는 "그녀가 알고 있다는 것을 알았다"는 것을 깨닫고 아무도 그녀의 원칙, 가치 및 결정을 바꾸기 위해 그녀를 정복할 수 없다는 것을 깨닫고 강력 해졌습니다. 그녀만이 슬픔과 고통과 고통에서 벗어날 수 있었고, 그녀만이 자신의 행동에 책임이 있었습니다.

자유, 책임, 의무의 실현은 아마야의 성찰적 지식의 핵심 결과였다. 그것은 모든 것, 영성, 종교, 신, 이데올로기, 정치적 제휴, 미신, 선입견, 편견, 시기, 질투, 자기 변색 태도, 자기 경멸, 열등감 콤플렉스, 우월감 콤플렉스, 자기 억압, 자기 고문 및 자기기만으로부터의 자유였습니다. 그녀가 경험한 반사적 지식은 말살하고, 비하하고, 훼손하는 것이 아니라 그녀의 존재를 축하하고, 행동하고, 삶을 완전히 즐길 수 있는 자유를 부여하고, 향상시키고, 강화하는 것이었습니다. 다른 사람을 예속시키거나 얕잡아 보는 데 오용하는 것이 아니었습니다. 그것은 관계를 재건하고, 희망을 강화하고, 보람 있는 삶을 젊어지게 하기 위한 것이었습니다. 그것은 다른 사람들을 착취하는 것으로부터의 자유였지만 그들이 초기 잠재력을 실현할 수 있도록 힘을 실어주는 것이었습니다. Amaya 는 무언가를하지 않거나 누군가에게 무언가를하도록 강요 한 결과가 있었기 때문에 책임과 관계에 대해 반성했습니다. 그것은 캐주얼, 법적, 도덕적 등 다차원적이었고 도덕적 책임에 대한 그녀의 생각은 인류에 대한 것이었습니다. 그렇지만 선입견이 있는 윤리적이고 보편적인 질서는 없었다. 아마야가 위빳사나를 통해 얻은 성찰적 지식은 그녀가 일생 동안 성취한 가장 강력한 도구였습니다.

Amaya 는 다음 날에 깨달음과 평화에 대해 묵상했습니다. 둘 다 상호 연관되어 있고 떼려야 뗄 수 없는 관계였으며 행복한 삶에 필수적이었습니다. 강연 중에 교사는 명상가들에게 과장하지 않고 각자의 장소로 돌아 왔을 때 주변의 모든 것을 관찰하도록 요청했습니다. 행복한 공존과 각성을 위해서는 세상에 대한 객관적인 평가가 필요했습니다.

"인생은 육체적, 정신적 무모함, 당신 주변과 당신 안에서 일어나는 일에 대한 인식 부족으로 이어지기 때문에 너무 빠르거나 너무 느려서는 안됩니다."

불필요한 부담, 분노, 복수, 적대감, 성적 환상, 쾌락에서 마음을 해방시키는 것은 건강에 해로운 생활 방식이 객관적이고 비판적인 사고를 파괴했기 때문에 깨달음을 얻는 데 필수적이었습니다. 그럼에도 불구하고 질문을 하는 것은 필수적이었고, Amaya 가 배운 모든 변화의 기초는 탐험이었기 때문에 철저한 질문만이 답을 얻을 수 있었습니다.

가장 소중히 간직한 가치와 교리에 의문을 제기하는 것을 결코 두려워하지 마십시오. 아마야는 인생에서 거짓과 거짓을 의심하고 폭로하는 것을 두려워하지 않는 사람이 되기로 결심했습니다. 조사의 문턱을 넘어서는 사람은 아무도 없었다. 완전히 신성불가침한 사람은 없습니다. 존재하는 모든 것에는 인과 관계가 있었고, 그 연관성은 추론의 기초였습니다. 그 이유는 당신의 행동과 신념의 기초가되어야합니다. 이성을 초월한 것은 미신입니다. 믿음에는 이유가 없습니다. 그러므로 믿음은 환상이었다고, 아마야는 스스로에게 말했다.

아마야는 마지막 날의 중재를 통해 많은 것을 배웠고, 이는 그녀가 인생에서 중요한 결정을 내리는 데 도움이 되었습니다. 그녀가 주의를 기울이도록 마음을 지시했을 때, 그녀는 내면의 자아에 귀를 기울이는 기쁨을 경험했습니다 : 인생에서 몇 가지 물건을 소유하고, 가장 필요한 소지품 만 사용하십시오. 물질적인 것들은 애착, 갈망, 질투, 시기심을 만들어 냄으로써 그녀를 노예로 만들 것입니다. 그녀를 의존하게 만든 물건을 버리십시오. 마찬가지로 제한된 공간에 만족하는 것이 그녀의 콘텐츠를 만들었습니다. 충분하고 영양가 있는 건강에 좋은 음식을 먹되 식단이 유행이 되어서는 안 됩니다. 폭식은 사악했기 때문에 음식은 승려조차도 미치게 만들 수 있습니다. 아마야는 건강한 삶을 살기 위해서는 두 끼 식사로 충분하기 때문에 혼자라면 정오 이후에는 식사를 하지 않기로 했다.

그녀는 새로운 지식을 습득하고, 지식을 창조하고, 자아 실현과 타인의 복지를 위해 일하고, 행복하고 만족하기 위해 매일 충분한 수면을 취하는 것이 필수적이라고 결심했습니다. 아마야는 정시에 일어나야 할 필요성을 깨달았고, 활동적이고 생산적인 정신을 발휘하기 위해 정신에 집중했다.

통제할 수 없는 상황을 받아들이되 삶, 세계, 우주에 대한 과학적 태도를 발전시키십시오. 몬순 기간 동안 태양이 뜨고 빛나는 달, 별이 반짝이는 것, 블랙홀의 형성, 중력 및 비를 막을 수 없습니다. 주위를 둘러보고 일이 어떻게 일어나는지 보십시오. 일출, 빛, 하늘, 별, 구름, 소나기를 감상하고 계절을 관찰하며 동물, 새, 식물, 나무에서 배워보세요. 기복이 심한 산, 숲, 폭포, 강, 호수를 보세요. 파도가 일정하고 활동에 지치지 않기 때문에 파도가 많은 삶의 교훈을 가르쳐 줄 수 있으므로 바다의 아름다움과 웅장 함을 즐기십시오. 당신 주변의 모든 것은 아름답고, 매혹적이며, 도전적입니다. 아마야는 너와 하나가되고, 세상과 하나가되고, 우주와 하나가 되라고 스스로에게 말했다. 고통받는 사람들과 항상 공감하는 마음을 가지십시오. 집단의 힘과 인류의 단결을 믿으십시오. 마지막으로, 매일 위빳사나를 하고, 일어나자마자 한 시간, 저녁에 한 시간을 하십시오. 확고한 결정이었습니다.

그녀는 열흘간의 위빳사나 훈련 프로그램이 다가오고 있을 때 그녀 안에서 완전한 침묵을 지켜보았고, 그것은 그녀를 완전히 변화시켰습니다. 고통의 날이 끝나자 내면의 기쁨이 있었고, 아마야는 깨달음과 각성, 그리고 마침내 자신과의 평화를 찾았습니다. 그녀의 마음은 그녀의 부정주의, 자기 중심성, 무기력을 극복할 수 있는 균형으로 가득 차 있었습니다. 인생은 건설적인 활동, 새로운 개념, 아이디어, 구조 및 사건을위한 것이 었습니다. Amaya 는 그것이 창조와 레크리에이션, 건설, 재건 및 새로운 가능성에 자신을 개방하는 연속적인 무용담이라는 것을 배웠습니다.

아마야는 10 일간의 코스가 끝이 아니라 시작에 불과하다는 것을 알고 있었다. 그녀는 그것을 자아의 떼려야 뗄 수 없는 부분으로 진화시키고 지적으로 활기차게 유지하기 위해 매일 관상 생활을 계속해야 했습니다. 그녀의 삶은 그녀가 수년 동안 짊어지고 있던 무거운 짐을 덜어주기 위해 위빳사나의 살아있는 표현이 될 것입니다. 그녀의 몸과 마음을 꽉 묶고 있던 족쇄를 끊는 것은 상상할 수 없는 고통을 낳았습니다.

위빳사나는 영구히 성모님을 구제하고 고삐 풀린 괴로움을 없애 주어 삶의 선명한 이미지, 마음의 진정한 본성, 지성과 의식을 제공하여 희망과 평화와 평온을 얻을 수 있게 해 줍니다. 아마야는 위빳사나를 일상 생활에 통합하겠다는 확고한 결심으로 날란다를 떠났습니다. 그녀는 매년 한 달 동안 Nalanda 또는 Bodh Gaya 로 돌아와 10 일간의 명상에 참석하고 나머지 날에는 자원 봉사자로 일했습니다.

로즈는 집에 들어서자마자 아마야를 껴안았다. 그녀는 아마야의 변화가 눈에 띄고, 활기차고, 지속적이라는 것을 알아차렸다. 아마야는 냉정해 보였고 그녀의 손길은 부드럽고 배려심이 많았고 친절했습니다.

"엄마, 저는 영원히 변했어요. 처음에는 극심한 고통을 겪었지만 숭고하고 오래 지속되었습니다. 위빳사나는 제 마음과 지성과 마음에 들어갔습니다. 나는 그것을 내 것으로 사랑하고 그것은 내 삶의 일부가 되었습니다." 아마야는 어머니 곁에 앉아 자신의 내면에서 일어나는 일들을 이야기했다.

"나는 변화를 관찰 할 수있다. 당신은 겸손하고, 공감하고, 절제하고, 사랑스러워 보입니다. 나는 인생에서 할 일이 많은 성숙한 성인이 된 딸을 되찾았습니다." 라고 Rose 는 외쳤습니다.

"네, 엄마, 저는 새로운 삶을 시작하고 싶어요. 나는 여성들이 착취, 예속, 고문으로 고통받는 것을 돕는 건설적인 매체인 법을 실천하기로 결정했습니다. 가능한 한 많은 여성들이 정의를 얻고 고통을 덜어줄 수 있도록 돕고 싶습니다." 라고 Amaya 는 설명했습니다.

로즈는 차분한 마음으로 딸을 바라보았다. 그녀는 아마야의 신념과 의도, 결단력을 느낄 수 있었다. "좋은 생각입니다. 저의 전폭적인 지지는 여러분과 함께합니다." 로즈가 단언했다.

Rose 와 Amaya 는 Shankar Menon 이 딸을 만나기 위해 뭄바이에서 왔을 때 그것에 대해 논의했습니다.

"아마야, 의미 있는 생각이군요. 당신은 잘 할 수 있습니다. 당신은 법적 도움이 필요한 여성을 도울 수있는 최고의 사람입니다." 라고 그는 딸을 껴안고 말했습니다.

며칠 만에 Amaya, Rose 및 Shankar Menon 은 Amaya 의 거주지 겸 사무실 공간을 찾기 위해 고치를 방문했습니다. 3 일간의 집중적인 수색 끝에 그들은 법원에서 약 3km 떨어진 빌라를 찾을 수 있었습니다. Shankar Menon 이 구입했습니다. 아마야에게 선물했다. 거실, 침실 2 개, 아마야가 거주지로 개조한 주방, 사무실용 방 4 개를 포함한 집의 일부. Rose 는 주거 지역의 내부 구조 변경을 감독하고 벽 찬장, 캐비닛, 선반 및 가구를 제작했습니다. 그녀는 컴퓨터, 프린터, 복사기 및 사무실에 필요한 전자 장비를 구입했습니다.

샹카르 메논과 함께 로즈는 인권, 정의, 사회학, 심리학, 경제학, 사회 운동, 과학 및 인공 지능의 최신 발전에 관한 법률 서적, 저널 및 출판물을 주문했습니다. 말라얄람어, 프랑스어, 스페인어, 영어를 위한 특별 섹션이 있었고 약 100 편의 소설과 시가 있었습니다. 로즈는 아마야가 소중히 여겼던 부처님과 위빳사나에 관한 책 몇 권을 그녀에게 선물했습니다. 로즈가 아마야에게 준 가장 아름다운 선물은 피아노였고, 아마야와 로즈는 몇 시간 동안 함께 좋아하는 음악을 연주했다.

법률 업무를 시작하기 전에 Amaya 는 국제 기관이 바르셀로나에 있는 자신의 빌라, 가구, 컴퓨터, 책, 오토바이 및 자동차를 판매하고 3 개월 이내에 *소송 절차를 Child Concern* 에 기부할 수 있도록 승인했습니다. 그녀의 은행에는 8 크로루피가 있었고, 카란이 그녀의 계좌로 이체한 피의 돈이었고, 아마야는 그 금액을 인도의 여러 지역에서 소녀들의 교육을 위해 기부했습니다.

2 년 동안 Amaya 는 선임 변호사 밑에서 일했으며, 선임 변호사는 기술과 태도를 개발하고 성공적인 법률 전문가가 되기 위해 집중적인 훈련을 받았습니다. Amaya 는 인터뷰, 초안 작성, 법원 신청서 제출, 필수 법원 절차, 에티켓 및 강력한 주장으로 이어지는 사례에 대한 설득력 있고 강력하며 논리적인 프레젠테이션의 기본 교훈을 배웠습니다. 아마야는 뻣뻣한 화이트 칼라와 검은색 가운을 입고 법정에 서서 판사들을 겸손하게 "나의 주님" 또는 "나의 주권"이라고 부르면서 선배로부터 가장 중요한 교훈 중 하나를 배웠습니다. 선배는 아마야에게 많은 판사들이 다른 사람들을 사랑하고 신처럼 대하는 이기주의자이자 나르시시스트라고 말했다.

아마야가 독립적으로 변호사 활동을 시작했을 때, 유능한 변호사로 자리매김하는 것은 힘든 일이었습니다. 판사와 동료 변호사들 사이의 부패, 친족주의, 카스트 제도 및 종교적 편견은 그녀가 전에 결코 접하지 못했던 그녀를 놀라게했습니다. Amaya 는 3 학년 때 부족에 속한 여성 그룹을 대표 할 때 여성 단체와 활동가들로부터 탁월한 박수를 받았습니다. 수년 동안 그 여성들은 산림 관리와 광산 남작의 목재 상인에 의해 성적 및 재정적 착취를 겪었습니다. Amaya 는 범법을 폭로할 때 살해 위협, 사회적 보이콧 및 전문적인 금지를 경험했습니다. 확실한 문서와 통계로 강조된 Amaya 는 강간으로 태어난 약 12 명의 어린이와 착취당한 어머니에 대한 알려지지 않은 이야기를 들려주었습니다. 판결은 일반 대중과 여성 단체가 예상한 대로 피해자들에게 유리했다. 법원은 피해자들에게 상당한 보상과 약 12 명의 산림 공무원과 사업가들에게 장기 징역형을 선고했다. 이 사건은 법적 형제회에서 아마야의 지위를 바꾸어 놓았고, 그 후 15 년 동안 그녀는 사람들이 고통을 극복하도록 돕는 성공적인 여정을 가졌습니다.

아마야가 법조계 20 주년을 맞은 날, 그녀는 정체불명의 젊은 여성으로부터 전화를 받았다. 그 부름은 다시 한 번 그녀의 인생을 상상을 초월하여 바꿔 놓았습니다. 며칠이 지나서야 아마야는 그 젊은 여성이 다름 아닌 납치된 딸 수프리야라는 것을 알게 되었습니다. 금요일 밤, 그녀는 전화를 받은 지 15 일째 되는 날인 다음 날에 처음으로 딸을 만나기 위해 찬디가르에 갈 예정이었기 때문에 잠을 잘 수 없었습니다.

자정 무렵, 아마야는 수프리야가 보낸 새로운 메시지를 휴대전화 화면에 띄웠다: "엄마, 저는 아버지의 범죄를 속죄하고 싶어요. 그러나 나는 그를 떠날 수 없다. 유일한 선택은...." 아직 끝나지 않은 메시지였지만, 그 말에 함축된 의미는 아마야의 가슴에 갑작스런 충격으로 겁에 질렸다. "아니야, 수프리야. 거칠게 생각하지 마." 아마야가 소리쳤고, 수프리야의 말에 숨겨진 행동이 아마야의 평화를 잠깐 깨뜨렸다. 그것은 앞으로 몇 년 동안 고통에 대한 무서운 징조였습니다. 즉시 Amaya 는 오후 2 시경에 예정대로 찬디가르 공항에 도착할 것이라는 메시지를 보냈습니다. 그녀의 마음이 임박한 재앙에 얽히면서 수면 장애는 계속되었고, 그녀의 머리 역시 허무함의 수렁에서 벗어나기 위해 동요하고 있었습니다. 한 시간밖에 못했지만 아마야는 새벽 4 시에 일어났다. 위빳사나를 받은 후, 그녀는 수난다에게 이메일을 보내 그녀의 장기 휴가 기간 동안 아마야의 사무실을 관리하는 것 외에도 그녀의 사건을 대리할 수 있는 권한을 부여했습니다. 그녀는 또한 Sunanda 가 Amaya 의 재산을 매각하고 1 년 이내에 돌아올 수 없는 경우 *절차를 Child Concern* 에 기부할 수 있는 권한을 부여했습니다.

비행기는 고치에서 9 시에 출발했습니다. 델리에 도착하는 데 3 시간도 채 걸리지 않았습니다. 연결 항공편에서 오후를 보낸 후, 아마야는 찬디가르에 닿았다. 딸을 만나는 설렘은 그녀가 직면하게 될 비극의 고뇌가 놀라웠기 때문에 수동적이었습니다. 아마야는 약 15 분 동안 참을성 있게 서 있었지만, 아무도 그녀를 기다리고 있지 않았다. 그녀의 마음 속에는 다가오는 재앙에 대한 예고인 실망보다 두려움이 더 많이 도사리고 있었습니다. Supriya 의 거주지 인 뻐꾸기 둥지에 도착하는 데 약 20 분이 걸렸습니다. 아마야는 카란

아차랴 제약회사 박사의 본사를 볼 수 있었다. 다소 많은 군중이 있었고 TV 채널, 신문 및 경찰서의 여러 차량이 건물에 주차되었습니다. 뜻밖에도 아마야는 하얀 시트가 달린 들것이 경찰 순경들에 의해 구급차에 밀려 들어갔을 때 가만히 서 있었다.

"선생님, 저는 Adv Amaya Menon, Dr Poornima Acharya 의 변호인입니다. 당장 만나고 싶어요." 아마야가 경찰관에게 자신을 소개하며 말했다.

"부인, 오늘 그녀를 만나지 못해 죄송합니다. 그녀는 살인 혐의로 체포됐다"고 말했다.

아마야는 한동안 말문이 막혔다. "언제쯤 만날 수 있을까요?" 평정을 되찾은 아마야가 물었다.

"확실히 말할 수 없을지도 몰라요. 비록 일요일이지만, 그녀는 내일 치안 판사 앞에 서게 될 것이고 아마도 앞으로 14 일 동안 경찰이나 사법 구금에 있을 것입니다."

"그녀의 변호인으로서, 나는 그녀를 만날 권리가 있다." 아마야가 주장했다.

"나도 알아. 그러나 그녀를 만나려면 치안 판사의 서면 허가를 받아야합니다." 라고 경찰관은 설명했습니다.

아마야는 사진작가들과 언론 기자들이 집 입구에 주차된 경찰 지프를 향해 달려가는 것을 보았고, 그곳에서 여성 경찰관들이 검은 천으로 머리를 가린 여성을 지프에 밀어 넣었다.

"수프리야!" 아마야는 전화를 걸어 지프를 향해 달려갔다.

"부인, 그녀와 이야기하는 것은 허용되지 않습니다." 경찰관이 아마야를 멈추게 하면서 말했다.

아마야는 최신 뉴스를 알기 위해 휴대폰을 열었고, 다른 TV 채널에서 생방송이 흘러나왔다. "Karan Acharya 박사는 어젯밤 11 시경에 사망했습니다. 그는 55 세였습니다. 그는 Acharya Pharmaceutical Company 의 회장이었습니다. Acharya 박사는 자동차 사고로 인해 3 개월 반 동안 혼수 상태에있었습니다. 의료 보고서에 따르면 척수가 심하게 손상되었습니다. 그 결과 그는 지난 이틀 동안 위독한 상태였습니다. 그의 아내 에바 아차랴 박사는 3 년 전 난소암으로 사망했다. Acharya 박사에게는 회사의 CEO 인 Dr Poornima 라는 딸이 있습니다. 그는 델리에서 공부하고 런던과 캘리포니아 팔로 알토에서 연구했으며 찬디 가르에서 일했으며 국제적으로 유명한 외과 의사이자 과학자가되었습니다. Acharya 박사는 25 년 전에 알츠하이머 치료제를 개발했지만 나중에 끔찍한 부작용으로 인해 금지되었습니다. 이 나라의 의료 형제회와 통치자들은 그의 때 이른 죽음에 깊은 애도를 표했습니다."

아마야는 무슨 일이 일어났을지 상상할 수 있었다. "나는 내 딸을 지켜야 해." 그녀는 혼잣말을 했다.

"찬디가르 경찰은 카란 아차랴 박사의 딸인 아차리아 제약 회사의 CEO 인 푸르니마 아차랴 박사를 아버지 살해 혐의로 체포했다. 체포는 토요일 오후에 일어났다. CCTV 영상에는 푸르니마 박사가 금요일 밤 10 시 30 분쯤 아버지에게 주사를 놓는 모습이 담겨 있었다. 그녀는 치료 일지에 세부 사항을 입력하지 않았습니다. 지난 3 개월 반 동안 Karan Acharya 박사를 돌본 두 명의 의사는 Acharya 박사가 금요일 오후 10 시쯤 이미 사망했다고 말했습니다. 또 다른 의사는 승인되지 않은 안락사라고 말했습니다. 그러나 푸르니마 박사는 아직 살인 혐의를 부인하지 않고 있다"고 말했다.

아마야는 월요일 아침에 법정에 가서 수프리야를 만나도 좋다는 허락을 받았다. 오후 3 시쯤 경찰서에 도착했을 때, 아마야는 유치장 바닥에 앉아 있는 여성을 볼 수 있었다. 아마야는 뒤통수만 볼 수 있었고, 여자는 벽 쪽을 바라보았다.

"수프리야." 아마야가 잠긴 철창 바깥에 서서 낮은 목소리로 그녀를 불렀다.

"네, 엄마." 여자는 고개를 움직이지 않고 대답했다.

"보석을 신청하고 싶어요." 아마야가 말했다.

"아니에요, 엄마. 보석을 신청할 필요는 없습니다." 여자가 반응했습니다.

"왜?" 아마야가 물었다.

"나는 아버지의 범죄를 바로잡기 위해 고통받고 싶다. 그가 당신에게 저지른 범죄는 용서받을 수 없었습니다. 그가 처벌을 받을 수 없었기 때문에 나는 앞으로 24 년 동안 감옥에 있기로 결정했습니다." 라고 여성은 설명했습니다.

"수프리야, 무익한 운동이 될 거야. 그는 더 이상 없습니다. 내가 널 지켜줄게." 아마야가 말했다.

"엄마, 저를 사랑하셨어요. 나는 나의 고통을 통해서만 당신의 사랑을 돌려 줄 수 있습니다. 내가 고통받지 않는다면, 나는 이기적이고 평화를 얻지 못할 것입니다. 나는 당신의 출판물을 읽었습니다. 형벌은 범죄를 소멸시키는 데 필요한 결과였습니다. 그래서 다른 선택의 여지가 없기 때문에 투옥을 받아야합니다." 라고 여성은 설명했습니다.

"수프리야, 너는 젊고, 미래가 너를 기다리고 있다. 의약품을 통해 수백만 명의 사람들을 도울 수 있습니다. 인생의 밝은 면을 생각해봐." 아마야는 여자를 설득하려 애썼다.

"같은 방식으로 나는 아버지의 이름과 명성과 부를 물려받았습니다. 그의 범죄는 또한 나의 유산이며, 나를 감옥에 가둬야만 보상할 수 있습니다. 나는 고통 받고 싶다"고 설명했다.

"당신을 변호하는 것이 제 직업입니다. 우리 사이의 관계를 고려하지 마십시오." 아마야가 말했다.

"나를 변호하려면 법정에 거짓말을 해야 합니다. 그러나 당신은 진실과 정의를 보증합니다. 나는 당신이 규칙적인 위빳사나 수행자였다는 것을 어디선가 읽었습니다. 나는 당신이 그렇다고 믿습니다. 진실만으로는 소송에서 이길 수 없지만, 거짓말을 하는 것은 위빳사나 원칙에 어긋나는 일이며, 여러분은 그것을 하기 싫어합니다. 그래서 나를 변호하는 것은 비윤리적일 것이다." 그 여자는 확실했다.

아마야는 한동안 생각에 잠겨 있었다. 딸이 위빳사나와 진리에 대해 말한 것은 그녀의 마음에 깊은 영향을 미쳤습니다.

"수프리야, 네 아버지는 금요일 밤 10 시쯤 자연사했다. 그가 죽었다는 것을 알고, 당신은 10 시 30 분에 그에게 주사를 맞았습니다. 그리고 자정쯤 되어서야 네가 내게 메시지를 보냈는데, 그건 나중에 생각한 일이야." 아마야가 말했다.

긴 침묵이 흘렀다. 그러자 그 여자는 천천히 그리고 신중하게 "엄마, 당신은 진실을 알고 있지만 모든 경우에 진실은 정의를 반영하지 않을 수 있습니다. 진리와 정의가 대립할 때는 진리 편에 서는 것이 필수적입니다. 그러나 정의가 없으면 진실은 무효입니다. 나는 진실을 거부하는 것이 아니라 정의에 대한 의무를 지키는 것입니다. 나는 진실 뒤에 숨어 정의를 거부 할 수 없다. 그것은 도덕적 명령이며, 나는 그것에서 벗어날 수 없습니다. 내 아버지가 당신을 몹시 화나게 하셨기 때문에 그것이 나의 유일한 선택이었기 때문에 나는 고통을 겪어야 합니다. 그의 범죄는 정의를 부르짖고, 오직 나만이 그를 처벌할 수 있다. 게다가, 당신은 내 어머니이고 그는 내 아버지였기 때문에 나는 그것에서 벗어날 수 없습니다. 저를 변호하지 마십시오. 당신이 나를 방해한다면, 나는 오이디푸스처럼 남은 생애 동안 참회를하면서 찬디 가르의 거리를 방황해야 할 수도 있습니다. 안녕히 계세요, 엄마."

"안녕, 수프리야." 아마야가 떠나려고 몸을 돌리며 말했다.

다음날 아마야는 자카르타로 가는 비행기를 탔다. 라자 암팟 (Raja Ampat) 군도의 와이 사이 (Waisai)로가는 연결 항공편이있었습니다. 그곳에서 그녀는 현장 자원 봉사 사회 복지사로 *Child Concern* 에 합류하여 평생 동안 광활한 바다에 퍼져 있는 수천 개의 이름 없는 섬에 있는 어린이들에게 책을 배포했습니다.

저자 정보

Varghese V Devasia 는 Trivandrum 의 Loyola School 에서 영어를 가르쳤습니다. 그는 뭄바이 타타 사회 과학 연구소의 전 교수 겸 학장이며 툴자푸르 캠퍼스의 타타 사회 과학 연구소 소장입니다. 그는 나그푸르에 있는 나그푸르 대학교의 MSS 사회 복지 연구소의 교수이자 교장이었습니다.

그는 하버드에서 법무 공로증을, 벵갈루루 인도 국립 로스쿨에서 인권법 디플로마를, 성심 대학 Shenbaganur 에서 철학 졸업, 뭄바이의 Tata Institute of Social Sciences 에서 사회 복지 석사, Shivaji University Kolhapur 에서 사회학 석사, LLB, MPhil 및 Nagpur University 에서 박사 학위를 받았습니다.

그는 범죄학, 교정 행정, 피해자학, 인권, 사회 정의, 참여 연구 분야에서 10 개 이상의 학술 참고서를 발표했으며 동료 심사를 거친 국내 및 국제 저널에 많은 기사를 발표했습니다. 그는 런던의 올림피아 출판사에서 출판 한 단편 소설 선집 인 *큰 눈을 가진 여인*과 소설 인 신의 *나라의 여성들*, Book Solutions, Indulekha Media Network Kottayam 및 *The Celibate*, 하이데라바드의 Ukiyoto Publishing 에서 출판했습니다. 그는 캘리컷의 멀버리 출판사(Mulberry Publishers)에서 출판한 말라얄람어 소설을 썼습니다. Varghese V Devasia 는 Ukiyoto Publishing 에서 발표한 데뷔 소설 Women *of God's Own Country* 로 2022 년 올해의 작가상을 수상했습니다. 그는 케랄라 주 코지코데에 살고 있습니다.

이메일: vvdevasia@gmail.com

www.ingramcontent.com/pod-product-compliance
Lightning Source LLC
LaVergne TN
LVHW091622070526
838199LV00044B/899